হ্যারি পটার

এবং

অভিশপ্ত সন্তান

প্রথম এবং দ্বিতীয় অংশ

নাট্যলিপি

WIZARDING WORLD

জে.কে. রাউলিং
জন টিফানি এবং জ্যাক থর্ণ

রচিত একটি নতুন মৌলিক কাহিনী অবলম্বনে

জ্যাক থর্ণ'এর নতুন নাটক

সোনিয়া ফ্রীডম্যান প্রোডাকশন্স, কলিন ক্যালেন্ডার
এবং হ্যারি পটার থিয়েট্রিকাল প্রোডাকশন্স
দ্বারা সর্বপ্রথম প্রযোজিত

ওয়েস্ট এন্ড প্রযোজনার মূল
আধিকারিক নাট্যলিপি

নির্ধারিত এবং সুনিশ্চিত নাট্যলিপি

হ্যারি পটার

এবং

অভিশপ্ত সন্তান

প্রথম এবং দ্বিতীয় অংশ

নাট্যলিপি

- বঙ্গানুবাদ -

সোহম রায়

BLOOMSBURY

NEW DELHI LONDON OXFORD NEW YORK SYDNEY

BLOOMSBURY INDIA
Bloomsbury Publishing India Pvt. Ltd
Second Floor, LSC Building No. 4, DDA Complex, Pocket C – 6 & 7,
Vasant Kunj, New Delhi 110070

BLOOMSBURY, BLOOMSBURY INDIA and
the Diana logo are trademarks of Bloomsbury Publishing Plc

First published in print in Great Britain in 2016 by Little, Brown

Bengali translation of *Harry Potter and The Cursed Child*
First published in Bengali, 2019

Bengali Edition co-ordination by TranslationPanacea, Pune
Translated from English to Bengali by Soham Roy

ISBN: 978-93-88134-44-6

2 4 6 8 10 9 7 5 3 1

Printed and bound in India by Manipal Technologies Limited, Manipal

www.wearelumos.org
www.pottermore.com
www.bloomsbury.com

সূচিপত্র

জে. কে. রাউলিং

জ্যাক থর্ন'এর প্রতি

যে আমার জগতে প্রবেশ করেছে

এবং সেখানে নানান সুন্দর জিনিস করেছে

জন টিফানি

জো, লুই, ম্যাক্স, সনি এবং মার্ল'এর প্রতি... সকলেই জাদুকর...

জ্যাক থর্ন

এলিয়ট থর্ন'এর প্রতি, জন্ম ৭ই এপ্রিল, ২০১৬।

আমরা যখন রিহার্সাল করতাম, সে তখন কুলকুল শব্দ করতো।

নাট্যলিপির পাঠ বিষয়ক আলোচনা

পরিচালক জন টিফানি এবং নাট্যকার জ্যাক থর্ন'এর মধ্যে কথোপকথন

জ্যাক

আমার পড়া প্রথম নাটক *জোসেফ অ্যান্ড দ্য আমেজিং টেখনিকালার ড্রীমকোট*। আমি তখন প্রাথমিক বিদ্যালয়ে পড়ি এবং খুবই উৎফুল্ল। সঠিক মনে পড়ে না, কিন্তু সম্ভবত আমি ওর মধ্যে নিজের পংক্তিগুলো খুঁজছিলাম। হ্যাঁ, আমি ছোটোবেলায় খুবই দুষ্টু ছিলাম আর হ্যাঁ, আমার জোসেফের ভূমিকায় অভিনয় করার কথা ছিল। আমার পড়া পরবর্তী নাটক *দ্য সিল্ভার সোর্ড*, ইয়ান সেরেইলিয়ারের লেখা বিখ্যাত বইটির নাট্যরূপ। এটায় বোধ হয় মুখ্য চরিত্র আমার করার কথা ছিল না - আমি সম্ভবত 'থার্ড বয়' বা ওরকম কিছু একটা করেছিলাম। আমি এডেক বালীকি চরিত্রটি করতে চেয়েছিলাম। এডেক করার জন্য আমি আমার সর্বশ্য উজাড় করে দিতে পারতাম, কিন্তু দুর্ভাগ্যবশত সেই সময় আমার অভিনয় জীবনের আন্তিক পতন ঘটে। আমার বয়স তখন ন'বছর।

জন

আমার পড়া প্রথম নাট্যলিপি ছিল *অলিভার!*, ন'বছর বয়সে (যদিও সেই তরুণ বয়সেও আমার আবছা আবছা ধারণা ছিল যে নামের শেষে বিস্ময়সূচক চিহ্ন মানে সেটি একটি গীতিনাট্য - অলিভার... সঙ্গে গান!)। হাডার্সফীল্ড অ্যাম্যাচিয়র অপেরাটিক সোসাইটি'র ১৯৮১ সালের উপস্থাপনায় নাটকটি যার নামে নামাঙ্কিত, সেই মুখ্য চরিত্র অনাথ শিশুটির ভূমিকা আমাকে করতে দেওয়া হয়। যতদূর মনে পড়ে আমি আমার বাচনভঙ্গি বদলানোর কোনো চেষ্টা করিনি, তাই আমাদের উপস্থাপনা সম্ভবত ডিকেন্সের মূল গল্পের একটি অদ্ভুত পুনর্নির্মিত সংস্করণ হয়ে দাঁড়িয়েছিল, যেখানে অলিভারের মা সন্তান প্রসব করার উদ্দেশ্যে পথ খুঁজে খুঁজে ওয়েস্ট ইয়র্কশায়ারে গিয়ে পৌঁছয়। তোমার মতো আমিও নাট্যলিপির মধ্যে নিজের পংক্তিগুলো খুঁজে বেরিয়েছি। আমার মনে আছে আমি একটা চকচকে হলদে কালির কলম কিনতে বেরিয়েছিলাম যা দিয়ে আমি আমার খসড়ায় অলিভারের পংক্তিগুলো

দাগিয়ে রাখতে পারবো, ঠিক যেমন আমার দলের বাকি সদস্যরা করতো। তখন অবশ্য আমি ভাবতাম এই ক্রিয়া কোনো দক্ষ অভিনেতাকে চিহ্নিত করার একটি মাধ্যম। কিছুকাল পরে আর্টফুল ডজার আমায় বোঝালেন যে আমাকে নিজের পংক্তিগুলো শুধু চিহ্নিত করে রাখলেই হবে না, সেগুলোকে মুখস্তও করতে হবে। এবং সেই থেকে আমার নাটক পাঠ করার প্রশিক্ষণ শুরু হয়।

জ্যাক

অলিভারের ভূমিকায় তোমার অভিনয় দেখতে পারলে ভালো হতো, আর সঙ্গে তোমার ঐ দাগ দেওয়া খসড়াটি। আমি বরাবরই সযত্নে রাখা তোমার ঐ খয়েরি রঙের পরিচালকের নোটবইগুলির অনুরাগী। আমার খসড়ার ধারগুলি সবসময় বেঁকে যায়, দুর্বোধ্য মন্তব্যে খসড়াগুলি ভরতি থাকে এবং একটি শিশুর বমিতে প্রলিপ্ত (যদিও এই শিশুর বমিটি একটি নতুন সংযোজন)।

তা তোমার মতে নাট্যলিপি কিভাবে পড়া উচিত? কিভাবে তা পড়া যায়? প্রকাশনার জন্য আমি যখন মঞ্চ নির্দেশনা লিখছিলাম - মহড়া শুরু করার আগে সেই শেষ কিছু সপ্তাহের ঘষামাজায় - এই ভাবনা আমায় বেশ চিন্তিত করে তোলে। আমার মনে আছে মহড়ার সময় আমরা নাট্যলিপিতে লেখা বেশ কিছু অংশ বাদ দিয়ে দিতাম কারণ অভিনেতারা শুধু তাদের চোখের চাউনি দিয়ে এতো সুন্দর এক যোগাযোগ স্থাপন করতো যে আমার লেখা পংক্তিগুলোর আর প্রয়োজন হতো না। সেই খসড়াটি নির্দিষ্ট একদল অভিনেতাদের জন্যই তৈরি করা হয়েছিল, কিন্তু বাকিদেরকেও সেই মতো তাদের নিজ নিজ চরিত্র যাপন করতে হতো। চরিত্রগুলি পাঠকের দৃষ্টিগোচর হওয়া প্রয়োজন, ঠিক যেমনটা পরিচালকের জন্যেও আবশ্যক। তুমি যখন কোনো নাট্যলিপি প্রথমবার পড়ো, তখন তুমি তার মধ্যে কি খোঁজো?

জন

পরিচালক হিসেবে, তুমি একটি নতুন নাট্যলিপি প্রথমবার কিভাবে পড়ছো সেটা খুব জরুরী। এটাই একমাত্র সময় যখন তুমি কোনো দর্শকের পরিপ্রেক্ষি থেকে নাটকটি দেখো, যে এই নাট্যলিপির থেকে তৈরি উপস্থাপনা প্রথমবার দেখছে। একটি পূর্ণরূপে তৈরি নাট্যলিপি আমাদেরকে সেই গল্পে, তার চরিত্রের এবং বিষয়বস্তুর মধ্যে নিহিত করে যা সেই নাট্যকার অন্বেষণ করে চলেছে। একটি নাট্যলিপি আমাদের হাসানোর বা কাঁদানোর ক্ষমতা রাখে। সেটি তার গল্পের আনন্দের মধ্যে দিয়ে যেমন আমাদের বয়ে নিয়ে যেতে

পারে, ঠিক তেমনি চরিত্রদের ক্লিষ্টতায় আমাদের দুঃখও দিতে পারে। একটি নাট্যলিপি একটি পূর্ণ মাত্রায় প্রতীত উপস্থাপনা এবং এমন এক অভিজ্ঞতা গড়ে তোলে, যা দর্শকদের সাথে ভাগ করে নেওয়া সম্ভব।

একজন নাট্যকার হিসেবে লেখার সময় এই পূর্ণতা তুমি কতখানি কল্পনা করতে পারো? তুমি কি লেখার সময় চরিত্রদের কথাগুলি মুখে জোরে জোরে উচ্চারণ করো?

জ্যাক

আমি তার চেয়েও একটু বেশী করি, আমি তাদের মতো করে হাঁটাচলা করি, যা কোনো নামকরা কফী-শপ বা স্যান্ডুয়িচের দোকানের কোনো কর্মচারী করলে, বহু মানুষ তার দিকে অদ্ভুতভাবে তাকাবে। আমি মাঝে মধ্যেই দেখি আমি সেই চরিত্রটির মধ্যে ঢুকে পড়েছি এবং তার মতোই ভাব-ভঙ্গিমা ব্যক্ত করছি। এসব মাঝে মধ্যে খুবই অস্বস্তিকর অবস্থা সৃষ্টি করে।

এই নির্দিষ্ট নাট্যলিপিটি লেখার যে প্রক্রিয়া, তার মধ্যে আমার সবচেয়ে অন্যতম অভিজ্ঞতা হলো অভিনেতাদের সঙ্গে একসাথে এতক্ষণ সময় কাটানো, যা আমি আগে কখনো করিনি। বহু সপ্তাহ ধরে কর্মশালা এবং তারপর বহু সপ্তাহের মহড়ায় আমরা অতগুলো দিন ঐ ঘরগুলিতে একসাথে কাটালাম, সকলে, ডিসাইন টীম থেকে শুরু করে সাউন্ড টীম, লাইটস্, সকলে। আমার মনে হয় না আমাদের কারুর এরকম অভিজ্ঞতা এর আগে হয়েছে – সব মিলিয়ে আমাদের বোধ হয় আট মাস মতন সময় লেগেছিল। যা তৈরি হয়েছিল তার উপর ঐ একত্রিত যাপনের কতখানি প্রভাব পড়েছিল বলে তোমার মনে হয়? আমি নিশ্চিত সেটিই সবকিছুকে আরো বেশী উন্নত করে তুলেছিল, কিন্তু সর্বোপরি তোমার কি মনে হয় তার ফলে আমরা যা করেছি তার ভাব কিছুটা পাল্টে গেছে।

জন

ক্যাফেতে বসে আবোলতাবোল কথা বলতে বলতে নিজেকে মনে মনে বদলে নিয়ে নাটকের চরিত্রদের মধ্যে প্রবেশ করার ভাবনাটা আমার বেশ ভালো লেগেছে! আমার মনে হয়, জ্যাক, এরও একদল দর্শক আছে।এটি একদম অন্য ধরনের এক উপস্থাপনা। আমরা একবার এটা করে দেখতে পারি। আমি জানি *অভিশপ্ত সন্তান*'এর অভিনেতারা এবং আমি সেক্ষেত্রে প্রথম সারিতেই বসবো। তাই তো? ঠিকাছে, তাহলে...

আমার দৃঢ় বিশ্বাস আমরা যে এতদিন বিভিন্ন কর্মশালা এবং মহড়ার মধ্যে দিয়ে একসাথে সময় কাটিয়েছি, তার একটি দুর্দান্ত প্রভাব আমাদের কাজে পড়েছে। গোটা প্রক্রিয়াটি যেন এখনো চোখের সামনে সুদৃঢ়, প্রভাবশালী, এবং পরিষ্কার দেখা যাচ্ছে। ২০১৪ সালে গল্পের উদ্দেশ্যে জো'র সাথে আমাদের প্রাথমিক দেখাসাক্ষাৎ থেকে শুরু করে সেই সকল দর্শক যারা ২০১৬ সালের গ্রীষ্মে নাটকের প্রথম উপস্থাপনা দেখেছে, তার মধ্যে কতো অভিনেতা, সৃজনশীল শিল্পী, প্রযোজক, উৎপাদক এবং প্রযুক্তির দল এসে যুক্ত হয়েছে, যারা সকলে এই নাটকে কিছু না কিছু অবদান করেছে। এই কারণেই আমি তাদের সকলের নাম প্রকাশিত নাট্যলিপিতে রাখতে চেয়েছি। তাছাড়া এই ভাবেই নাট্যলিপিটি প্রেক্ষাগৃহে এই নাটক দেখার যে পূর্ণ অভিজ্ঞতা, তার একমাত্র প্রবেশপথ হয়ে উঠতে পারবে।

সুতরাং, এই নাট্যলিপির লেখক হিসেবে, তোমার মতে যারা এখনো অব্দি উপস্থাপনাটি দেখেনি, তাদের চিন্তাভাবনার উপর এই নাটকটি পাঠ করার প্রভাব কতখানি?

জ্যাক

এই প্রশ্নের উত্তর পাওয়া খুব কঠিন। প্রথম উপস্থাপনার আগের দিন আমি একটি 'টুইট্' লিখেছিলাম এই বলে যে 'আমি খুব খুশি হবো লোকে এটা দেখলে, এটি পড়ার থেকে দেখার অভিজ্ঞতা আরো ভালো - নাটক গানের তরঙ্গের মতো, যা গাওয়ার জন্যই তৈরি হয়েছে, এবং আমাদের কাছে অভিনেতা এবং কলাকুশলীর এমন একটি দল আছে যা সেই তুলনায় বলতে গেলে পুরোপুরি বিয়ন্সে'। তাই সেটিই হয়তো আমার উত্তর: সেই সকল পাঠকরা অভিনয় জগতের বিয়ন্সেদের কল্পনা করুক - আবেগপ্রবণ এবং সমানুভুতিশীল বীর - প্রতিটি পংক্তিকে তাদের সূক্ষ্মতা এবং দক্ষতা দিয়ে প্রহার করছে (কারণ এটাই সত্য, আমাদের অভিনেতারা অসাধারণ) - এবং তাদের মঞ্চায়ন, চলাফেরা, পোশাক, আলো, ভিডিও সবই অত্যুত্তম।

অথবা হয়তো আমি এটুকুই আশা রাখতে পারি, আমি যেভাবে লিখেছি, তারাও যেন সেভাবেই এটি পড়তে পারে - একদিকে জো আর অন্যদিকে তুমি, জন, তোমাদের দুজনের উপর ভরসা রেখে - প্রতিটি পংক্তিতে আমার সর্বচ্য প্রচেষ্টা ছিল সেই আবেগপ্রবণ সত্য এবং সততা'কে ধরার যা হ্যারি পটারের বইগুলির মধ্যে রয়েছে। কঠিন কাজ অবশ্যই ছিল পংক্তির মাঝে অন্তর্নিহিত অর্থগুলি তুলে ধরা, ঠিক যেমন ভাবে চোখের চাউনিতে ভেসে

ওঠা আবেগ ব্যক্ত করা কঠিন, এবং নাট্যলিপিতে অন্তর্কথন ধরতে না পারার অসুবিধা। একজন ব্যক্তি কিরূপ অনুভব করছে তা গদ্যে ব্যাখ্যা করা যায়, কিন্তু নাটকে অভিনেতার অন্তর্কথন কেবল তার মুখেই ফুটে উঠতে পারে। এছাড়াও মঞ্চে প্রচুর জাদুর ব্যবহার করা হয়েছে, যার বর্ণনা আমি দিতে পারবো না কারণ তাহলে নাটকের দর্শনীয়তা নষ্ট হয়ে যাবে এবং জেমী হ্যারিসনকে (ইলুশনস্ এবং ম্যাজিক) ম্যাজিক সার্কেল থেকে বরখাস্ত হতে হবে! পাঠকরা হয়তো নিজেদের মনে মনে সেই অভিনয় বুঝে নিতে পারবে? তারা হয়তো আমার মতো পাগলামো করে একটি ক্যাফেতে বসে সমস্ত চরিত্রের অভিনয় নিজেরা করতে পারবে? তোমার মতে এই নাট্যলিপি কিভাবে পড়া উচিত?

জন

যেমনটা তুমি বললে, এক ব্যক্তির অন্তরের সত্য দৃষ্টান্তের সাথে বর্ণনা করা কেবল গদ্যে সম্ভব, এদিকে আমাদের অভিনেতা এবং সৃজনশীল সহযোগীরা সেই উপাদানগুলি মঞ্চে তুলে ধরতে সাহায্য করে। তখনো আমরা দর্শকদের মিলিত চিন্তাশক্তির উপর অনেকটা নির্ভরশীল থাকি, বিশেষ করে গল্পের কিছু কিছু অংশের পূর্ণতা প্রাপ্তির জন্য। নাটকের প্রতি আমার উৎসাহের এটি একটি প্রধান কারণ। চলচিত্রে কম্পিউটারে তৈরি চিত্রাবলী থাকে, কিন্তু আমাদের চিত্রগুলি দর্শকদের কল্পনায় তৈরি। উভয়ই অত্যন্ত শক্তিশালী। আমি মনে করি পাঠকরা তাদের মনে মনে নাটকের অভিনয় তৈরি করছে, এটি একটি অসাধারণ ব্যাপার। অথবা ঘরের ভেতর তাদের সঙ্গীদের সাথে। হয়তো এর সাথে আমাদের মঞ্চের সামনে উপস্থিত দর্শকমণ্ডলীর কল্পনাশক্তির একটি যোগসূত্র রয়েছে। যারা *হ্যারি পটার এবং অভিশপ্ত সন্তান* দেখতে চায়, তাদের সেই ইচ্ছা পূরণ করার চেষ্টা আমরা করবো, সেটি লন্ডনের প্যালেস থিয়েটারে হোক বা অন্য কোথাও নতুন প্রযোজনার সাথে। ইতিমধ্যে, আমি সত্যিই খুব উৎসাহী সেই সকল অগণিত প্রযোজনার ব্যাপারে যা আমাদের পাঠকদের মনের মধ্যে নিয়মিত হয়ে চলেছে, যখন তারা তোমার লেখা এই নাটক উপভোগ করছে।

টাইমস্ট্যাম্প টি.কে.

প্রথম অংশ

প্রথম অংশ

প্রথম অঙ্ক

প্রথম অঙ্ক দৃশ্য এক

কিংস্ ক্রস

একটি ব্যস্ত এবং জনবহুল স্টেশন, প্রচুর লোকজন কোথাও একটা যাওয়ার জন্য তড়িঘড়ি করছে। হই-হট্টগোলের মাঝে দুটি বোঝাই করা ট্রলির উপর দুটি খাঁচা খনখন শব্দ করছে। দুটি ছেলে, জেমস পটার এবং অ্যাল্বাস পটার ট্রলি দুটি ঠেলে নিয়ে আসছে। তাদের মা, জিনি, তাদের পেছন পেছন আসছে। এক সাইত্রিশ বছরের ভদ্রলোক, হ্যারি, তার মেয়ে লিলিকে কাঁধে নিয়ে এগোচ্ছে।

অ্যাল্বাস

বাবা। ও এক কথা বলে চলেছে।

হ্যারি

জেমস, এবার একটু থামো।

জেমস

আমি শুধু বললাম ও হয়তো স্লীদারিনে যেতে পারে। আর ও যেতেই পারে, কারণ... *(বাবাকে চোখ রাঙাতে দেখে)* আচ্ছা, ঠিকাছে।

অ্যাল্বাস *(মায়ের দিকে মুখ তুলে তাকিয়ে)*

তুমি আমায় চিঠি লিখবে তো?

জিনি

তুমি চাইলে প্রতিদিন লিখবো।

অ্যাল্বাস

না। প্রতিদিন না। জেমস বলে সবাই নাকি মাসে একবার করে বাড়ি থেকে চিঠি পায়। আমি চাই না...

হ্যারি

গত বছর আমরা তোমার দাদাকে সপ্তাহে তিনবার করে চিঠি লিখেছি।

অ্যাল্বাস

কি? জেমস!

অ্যাল্বাস দোষারোপ করার ভঙ্গিতে জেমসের দিকে তাকায়, জেম্স তার দিকে ফিরে বিকৃত ভাবে হাসে।

জিনি

হ্যাঁ। হগওয়ার্টসের ব্যাপারে ওর সব কথা বিশ্বাস না করাই ভালো। তোমার দাদা বড্ড ইয়ার্কি করতে ভালোবাসে।

জেমস

আমরা কি এবার যেতে পারি?

অ্যাল্বাস প্রথমে বাবার দিকে, তারপর মায়ের দিকে তাকায়।

জিনি

তোমায় শুধু প্ল্যাটফর্ম নয় আর দশের মাঝের দেওয়ালের দিকে সোজা হেঁটে যেতে হবে।

লিলি

কি মজা।

হ্যারি

থেমো না আর ধাক্কা খাবে ভেবে একদম ভয় পেয়ো না, এটা খুব জরুরী। যদি ভয় করে, তাহলে সবচেয়ে ভালো একবারে দৌড়ে যাওয়া।

অ্যাল্বাস

আমি রেডি।

হ্যারি এবং লিলি অ্যাল্বাসের ট্রলির উপর হাত রাখে - জিনি জেমসের ট্রলি ধরে - এবং সপরিবারে তারা দেওয়ালের দিকে দৌড়ে যায়।

প্রথম অঙ্ক দৃশ্য দুই

প্ল্যাটফর্ম নয় এবং তিন চতুর্থাংশ

যেটি হগওয়ার্টস্ এক্সপ্রেসের সাদা ধোঁয়ায় আচ্ছন্ন।

এবং যেটি বড্ড ব্যস্ত – কিন্তু কর্মক্ষেত্রের উদ্দেশ্যে প্রতিদিনের ভালো পোশাক পরে বেরোনো সাধারণ মানুষজনের বদলে কেবল জোব্বা পরা জাদুকর এবং জাদুকরীদের দেখা যায়, যারা তাদের পরবর্তী প্রজন্মকে বিদায় জানাতে উদ্যত।

অ্যালবাস

এই সেই জায়েগা।

লিলি

বাহ!

অ্যালবাস

প্ল্যাটফর্ম নয় এবং তিন চতুর্থাংশ।

লিলি

ওরা কোথায়? ওরা কি এসেছে? আসেনি বোধ হয়?

হ্যারি রন, হারমায়নী *এবং তাদের মেয়ে* রোসের *দিকে আঙুল তুলে দেখায়।* লিলি *তাদের দিকে ছুটে যায়।*

রন আঙ্কেল। রন আঙ্কেল!!!

রন *তাদের দিকে ঘুরে দাঁড়ায়, এবং ঠিক সেই সময়* লিলি *তার দিকে দৌড়ে যায়।* রন *তাকে কোলে তুলে নেয়।*

রন

এই তো আমার প্রিয় পটার।

লিলি

তুমি আমার জন্য খেলনা এনেছো?

রন

তুমি কি উইস্লীদের উইজার্ড হুইজেস দ্বারা প্রমাণিত নাক-চুরি করা নিঃশ্বাসের ব্যাপারে জানো?

রোস

মা! বাবা আবার ঐ আজেবাজে জিনিসটা করছে।

হারমায়নী

তুমি বলো আজেবাজে, ও বলে মহান, আমি বলি... দুটোর মাঝামাঝি কিছু একটা হবে।

রন

দাঁড়াও। আমায় এটা একটু খেয়ে নিতে দাও...হাওয়া। এবার এটা খুব সহজ...আমার মুখ থেকে রসুনের গন্ধ বেরোলে কিছু মনে কোরো না...

সে লিলির মুখের কাছে নিঃশ্বাস ছাড়ে। লিলি *খিলখিল করে হাসে।*

লিলি

তোমার মুখ থেকে ডালিয়ার গন্ধ বেরোচ্ছে।

রন

বিং। ব্যাং। বইং। মামনি, আর কোনো কিছু শুঁকতে না পাওয়ার জন্য তৈরি হয়ে যাও...

সে লিলির নাক তুলে নেয়

লিলি

আমার নাক কোই?

রন

টাডা!

ওর হাত খালি। এটা খুব ভুলভাল একটা খেলা। সবার এই ভুলভাল ব্যাপারটাই ভালো লাগে।

লিলি

তুমি বোকা।

অ্যাল্বাস

আবার সবাই আমাদের দিকে তাকিয়ে আছে।

রন

আমার জন্য! আমি খুব বিখ্যাত। আমার নাকের খেলাগুলো খুবই জনপ্রিয়।

হারমায়নী

হ্যাঁ ওগুলো একদম অন্যরকম।

হ্যারি

গাড়ি ঠিক মতো রেখেছো তাহলে?

রন

অবশ্যই। হারমায়নী ভাবতে পারেনি আমি একটি মাগল ড্রাইভিং পরীক্ষায় সফল হবো, তাই না? ও ভেবেছিল আমায় হয়তো পরীক্ষককে বশ করতে হবে।

হারমায়নী

আমি ওরকম কিছুই ভাবিনি, তোমার উপর আমার সম্পূর্ণ বিশ্বাস আছে।

রোস

আর আমার সম্পূর্ণ বিশ্বাস যে বাবা পরীক্ষককে বশ করেছিল।

রন

ওই!

অ্যাল্বাস

বাবা...

অ্যাল্বাস হ্যারির *জোব্বা টেনে ডাকে।* হ্যারি *ওর দিকে তাকায়।*

তোমার কি মনে হয় - আমায় যদি - আমায় যদি স্লীদারিনে দেয় তাহলে কি হবে...

হ্যারি

সেটায় খারাপ কি?

অ্যাল্বাস

স্লীদারিন তো সাপ, কালা জাদুর দল...ওটা সাহসী জাদুকরদের দল নয়।

হ্যারি

অ্যালবাস সেভেরাস, হগওয়ার্টসের দুজন প্রধান শিক্ষকের নামে তোমার নাম। তাদের মধ্যে একজন স্লীদারিন ছিল, এবং তিনি সম্ভবত আমার জানা সবচেয়ে সাহসী ব্যক্তি।

অ্যালবাস

কিন্তু ধরো...

হ্যারি

এটা যদি তোমার কাছে এতটাই গুরুত্বপূর্ণ হয়, *তোমার কাছে*, তাহলে নির্ধারক টুপি সেই বুঝে বিবেচনা করবে।

অ্যালবাস

সত্যি?

হ্যারি

আমার ক্ষেত্রে করেছিল।

এই কথা সে আগে কখনো বলেনি, সেই স্মৃতি কিছুক্ষণ তার মাথায় ঘুরপাক খেতে থাকে।

হগওয়ার্টস্ তোমায় তৈরি করবে, অ্যালবাস। আমি তোমায় কথা দিচ্ছি, ওখানে ভয় পাওয়ার মতো কিচ্ছু নেই।

জেমস *(তীক্ষ্ণতার সাথে)*

থেস্ট্রাল ছাড়া। থেস্ট্রালদের থেকে সামলে থেকো।

অ্যালবাস

আমি তো জানতাম ওরা অদৃশ্য!

হ্যারি

তোমার প্রোফেসরদের কথা শুনো, জেমসের কথা *শুনো না*, আর হ্যাঁ, আনন্দে থেকো। এবার যদি তুমি না চাও যে এই ট্রেনটা তোমায় না নিয়েই বেরিয়ে যাক, তাহলে তাড়াতাড়ি উঠে পড়ো...

লিলি

আমি ট্রেনের পেছন পেছন দৌড়াবো।

জিনি

লিলি, এক্ষুনি এদিকে এসো।

হারমায়নী

রোস। নেভিলকে আমাদের ভালোবাসা জানিয়ো।

রোস

মা, আমি একজন প্রোফেসরকে ভালোবাসা জানাতে পারি না!

রোস ট্রেনের জন্য এগিয়ে যায়। অ্যাল্বাস *শেষ একবার ঘুরে* জিনি *আর* হ্যারিকে *জরিয়ে ধরে, তারপর রোসের পেছন পেছন বেরিয়ে যায়।*

অ্যাল্বাস

ঠিকাছে। টা টা।

সে ট্রেনে ওঠে। হারমায়নী, জিনি, রন *এবং* হ্যারি *ট্রেনের দিকে তাকিয়ে দাঁড়িয়ে থাকে – প্ল্যাটফর্মের সামনে পেছনে ভোঁ বাজতে থাকে।*

জিনি

ওরা ঠিকঠাকই থাকবে বলো?

হারমায়নী

হগওয়ার্টস্ একটা বিরাট জায়গা।

রন

বিরাট। অসাধারণ। খাবারে ভরতি। আমি আবার ওখানে ফিরে যাওয়ার জন্য যা খুশি করতে পারি।

হ্যারি

অদ্ভুত ব্যাপার, অ্যাল্ স্লীদারিনে যাওয়া নিয়ে এতো চিন্তিত।

হারমায়নী

আরে এ কিছুই না। রোস তো কুইডিচে নম্বর তোলার রেকর্ড প্রথম বছরে ভাঙবে না দ্বিতীয় বছরে সেই নিয়ে চিন্তিত। আর কতো তাড়াতাড়ি ও.উ.ল. পরীক্ষায় বসতে পারবে সেই নিয়ে।

রন

কোথা থেকে যে ও এতো উচ্চাকাঙ্ক্ষা পায় কে জানে।

জিনি

তোমার কেমন লাগবে হ্যারি যদি অ্যাল্ - যদি সত্যিই ও স্লীদারিনে যায়।

রন

জানো জিন, আমরা সবসময়ই ভাবতাম তোমার স্লীদারিনে যাওয়ার একটা সম্ভাবনা ছিল।

জিনি

কি?

রন

সত্যি, ফ্রেড আর জর্জ বাজি ধরতো।

হারমায়নী

আমরা কি এবার যেতে পারি? দেখো, লোকজন এদিকে তাকিয়ে আছে।

জিনি

তোমরা তিনজন একসাথে থাকলে লোকজন সবসময়ই তাকায়। আর তাছাড়া, লোকে এমনিও তোমাদের দিকে তাকায়।

চারজন বেরিয়ে যায়। জিনি হ্যারিকে *থামায়।*

হ্যারি... ও ঠিক থাকবে তো?

হ্যারি

অবশ্যই।

প্রথম অঙ্ক দৃশ্য তিন

হগওয়ার্টস্ এক্সপ্রেস

অ্যাল্বাস এবং রোস ট্রেনের কামরা দিয়ে হেঁটে যাচ্ছে। একজন ভয়ে কাতর, অন্যজন আনন্দে উৎফুল্ল। উল্টো দিক থেকে ট্রলি-বাহী জাদুকরী *আসে। সে তার ট্রলি ঠেলে নিয়ে যাচ্ছে।*

ট্রলি-বাহী জাদুকরী

ট্রলি থেকে কিছু নেবে, বাবু? কুমড়ো পেস্ট্রী? চকলেট ব্যাং? কড়াই কেক?

রোস *(*অ্যাল্বাস *কে চকলেট ব্যাঙের দিকে লোভনীয় দৃষ্টিতে তাকাতে দেখে)*

অ্যাল্। আমাদের মন দেওয়া উচিত।

অ্যাল্বাস

কিসে মন দেওয়া উচিত?

রোস

কাদের সাথে বন্ধুত্ব করবো সেই বিষয়ে। জানো, আমার মা-বাবার সাথে তোমার বাবার প্রথম আলাপ হয় তাদের প্রথম হগওয়ার্টস্ এক্সপ্রেস যাত্রায়...

অ্যাল্বাস

তার মানে আমাদের এখনই বেছে নিতে হবে কাদের সাথে আমরা আজীবন বন্ধুত্ব রাখবো? কি সাঙ্ঘাতিক।

রোস

বরং, এটা বেস মজার ব্যাপার। আমি একজন গ্রেঞ্জার-উইস্লী, তুমি একজন পটার - সবাই আমাদের সাথে বন্ধুত্ব করতে চাইবে, আমরা ইচ্ছামতো যাকে চাই বেছে নিতে পারি।

অ্যাল্বাস

তাহলে কিভাবে ঠিক করবো - কোন কামরায় যাওয়া উচিত...

রোস

আমরা আগে সবগুলো ঘুরে দেখবো, তারপর ঠিক করবো।

অ্যাল্বাস *একটি কামরার দরজা খোলে - সোনালী চুলওয়ালা একটি ছেলে একলা বসে আছে -* স্কর্পিয়াস *- এছাড়া কামরাটি ফাঁকা।* অ্যাল্বাস *হাসে।* স্কর্পিয়াসও *প্রত্যুত্তরে হাসে।*

অ্যাল্বাস

হাই। এই কামরাটা কি...

স্কর্পিয়াস

ফাঁকা। আমি একাই আছি।

অ্যাল্বাস

বেশ। তাহলে আমরা কি - আসতে পারি - একটুখানির জন্য - যদি কোনো অসুবিধা না হয়?

স্কর্পিয়াস

ঠিকাছে। হাই।

অ্যাল্বাস

অ্যাল্বাস। অ্যাল্। আমি - আমার নাম অ্যাল্বাস...

স্কর্পিয়াস

হাই স্কর্পিয়াস। মানে আমি স্কর্পিয়াস। তুমি অ্যাল্বাস। আমি স্কর্পিয়াস। আর তুমি নিশ্চয়ই...

রোসের *মুখ শুকিয়ে আসছে।*

রোস

রোস

স্কর্পিয়াস

হাই রোস। তুমি কি আমার কয়েকটা ফিজিং হুইজবীস্ নেবে?

রোস

ধন্যবাদ, আমি একটু আগেই জলখাবার খেয়েছি।

স্কর্পিয়াস

আমার কাছে কিছু শক-ও-চক, পেপার ইম্প এবং জেলি স্লাগও আছে। মায়ের বুদ্ধি - মা বলে *(গান গায়)*, 'মিষ্টি সবসময় বন্ধু বানাতে সাহায্য করে' *(ও বুঝতে পারে গান গাওয়াটা ঠিক হয়নি)*। বোকা বোকা ধারণা।

অ্যাল্বাস

আমি একটু নেবো... মা আমায় মিষ্টি খেতে দেয় না। তুমি কোনটা দিয়ে শুরু করো?

রোস স্কর্পিয়াসের *দৃষ্টির আড়ালে* অ্যাল্বাসকে *ঘুসি মারে।*

স্কর্পিয়াস

খুব সহজ। আমার সবসময়ই মনে হয় পেপার ইম্প মিষ্টির রাজা। ওটা এক ধরনের পুদিনার মিষ্টি যা খেলে কান দিয়ে ধোঁয়া বেরোয়।

অ্যাল্বাস

বাহ, তাহলে ওটাই আমি - (রোস আবার তাকে ঘুসি মারে) রোস, আমায় ঘুসি মারা বন্ধ করবে?

রোস

আমি তোমায় মারছি না।

অ্যাল্বাস

তুমি মারছো, ব্যাথা লাগছে তো।

স্কর্পিয়াসের *মুখ শুকিয়ে যায় ।*

স্কর্পিয়াস

ও তোমায় আমার জন্য মারছে।

অ্যাল্বাস

মানে?

স্কর্পিয়াস

শোনো, আমি জানি তুমি কে, তাই আমার পরিচয়ও তোমার জানা উচিত।

অ্যাল্বাস

আমি কে মানে?

স্কর্পিয়াস

তুমি অ্যাল্বাস পটার। ও রোস গ্রেঞ্জার-উইস্লী। আর আমি স্কর্পিয়াস ম্যাল্ফয়। আমার মা-বাবা এস্টোরিয়া এবং ড্রেকো ম্যাল্ফয়। আমাদের বাবা-মা'রা ঠিক বন্ধু ছিল না।

রোস

শুধু এটা বললে অনেক কম বলা হবে। তোমার মা-বাবা মৃত্যু ভক্ষক ছিল!

স্কর্পিয়াস *(অপমানিত হয়ে)*

বাবা ছিল - কিন্তু মা নয়।

রোস *অন্যদিকে তাকায়, এবং তার কারণ* স্কর্পিয়াস *জানে।*

আমি জানি কি গুজব রটানো হয়েছে, সেটা পুরোপুরি মিথ্যে।

অ্যাল্বাস *একবার* রোসের *দিকে তাকায় যে অস্বস্তি বোধ করছে, আর একবার* স্কর্পিয়াসের *দিকে যে মরিয়া হয়ে উঠেছে।*

অ্যাল্বাস

কি - গুজব?

স্কর্পিয়াস

গুজব এই যে আমার বাবা-মা সন্তানের জন্ম দিতে অক্ষম ছিল। আমার বাবা এবং ঠাকুরদা নাকি একজন শক্তিশালী বংশধরের জন্য এতটাই মরিয়া ছিল, ম্যাল্ফয়দের বংশ রক্ষা করতে, যে তারা... তারা একটি কাল-পরিবর্তক ব্যবহার করে আমার মা'কে ফেরত পাঠিয়ে দেয় -

স্কর্পিয়াস

কোথায় ফেরত পাঠায়?

রোস

অ্যাল্বাস, গুজব এই যে ও ভোল্ডেমর্টের ছেলে।

একটি ভয়াবহ, অস্বস্তিকর নিস্তব্ধতা

এসব কথা হয়তো পুরোপুরি ভুলভাল। মানে...দেখো, তোমার তো একটা নাক আছে।

পরিবেশ একটু হাল্কা হয়, স্কর্পিয়াস হেসে ওঠে, করুন ভাবে কৃতজ্ঞ।

স্কর্পিয়াস

আর এটা ঠিক আমার বাবার মতন! আমি তার নাক, তার চুল, এবং তার নাম পেয়েছি। সেও যে খুব গর্বের বিষয়, তা নয়। মানে - বাবা-ছেলের মধ্যে যা সমস্যা হয়ে থাকে, আমার সেগুলো সবই আছে। কিন্তু, সর্বসাকুল্যে, আমি কালাজাদুর সম্রাটের ছেলে হওয়ার থেকে একজন ম্যাল্ফয় হওয়া বেশী পছন্দ করবো।

স্কর্পিয়াস *এবং* অ্যাল্বাস *দুজন দুজনের দিকে তাকায় এবং দুজনের মধ্যে একটা অব্যক্ত বোঝাপড়া হয়ে যায়।*

রোস

হ্যাঁ, ঠিকাছে, আমাদের হয়তো অন্য কোথাও গিয়ে বসা উচিত। চলো, অ্যাল্বাস।

অ্যাল্বাস *গভীর চিন্তায়।*

অ্যাল্বাস

না (রোসের *দিকে না তাকিয়ে*), আমি ঠিক আছি। তুমি এগিয়ে যাও...

রোস

অ্যাল্বাস। আমি কিন্তু অপেক্ষা করবো না।

অ্যাল্বাস

আমি তোমার থেকে সেই আশাও রাখি না। কিন্তু আমি এখানেই থাকছি।

রোস এক মুহূর্ত তার দিকে তাকিয়ে থাকে, তারপর কামরা থেকে বেরিয়ে যায়।

রোস

ঠিকাছে!

স্কর্পিয়াস *আর* অ্যাল্বাস *রয়ে যায় - দুজন দুজনের দিকে তাকিয়ে - কিংকর্তব্যবিমুঢ়।*

স্কর্পিয়াস

ধন্যবাদ।

অ্যাল্বাস

না না। আমি থেকে গেলাম - তোমার জন্য না - তোমার মিষ্টিগুলোর জন্য।

স্কর্পিয়াস

ও বেশ রাগী।

অ্যাল্বাস

হ্যাঁ। সরি।

স্কর্পিয়াস

না। আমার ভালোই লেগেছে। তোমায় কি তাহলে অ্যাল্বাস বলে ডাকবো না অ্যাল্?

স্কর্পিয়াস *হেসে নিজের মুখে দুটো মিষ্টি পুড়ে নেয়।*

অ্যাল্বাস *(ভেবে)*

অ্যাল্বাস।

স্কর্পিয়াস *(তার কান দিয়ে তখন ধোঁয়া বেরোচ্ছে)*

আমার মিষ্টিগুলোর জন্য এখানে থেকে যাওয়ায় ধন্যবাদ, অ্যাল্বাস!

অ্যাল্বাস *(হেসে)*

আরিব্বাস।

প্রথম অঙ্ক **দৃশ্য চার**

পরিবর্তনের দৃশ্য

এবার আমরা সময় বদলের এক কাল্পনিক জগতে প্রবেশ করি। এই দৃশ্যটি সম্পূর্ণরূপে জাদু কেন্দ্রিক।

বিভিন্ন জগতে পারি দেওয়ার মধ্যে দিয়ে সময়ের পরিবর্তনগুলি খুবই দ্রুত। আলাদা করে বিশিষ্ট কোনো দৃশ্য নেই, কেবল কিছু খণ্ড খণ্ড মুহূর্ত যা সময়ের ক্রমাগত অগ্রগতির জানান দেয়।

শুরুতে আমরা হগওয়ার্টসের ভেতর, বড় হলঘরে, এবং সবাই অ্যাল্বাসকে ঘিরে নাচ করছে।

পলি চ্যাপম্যান

অ্যাল্বাস পটার।

কার্ল জেনকিন্স

একজন পটার। আমাদের বর্ষে।

ইয়ান ফ্রেডেরিক্স

ওর মাথার চুল তার মতো। একদম তার মতো।

রোস

এবং ও আমার পিসতুতো ভাই। *(সবাই ঘুরে তাকাতে)* রোস গ্রেঞ্জার-উইস্লী। আলাপ করে ভালো লাগলো।

নির্ধারক টুপি ছাত্রদের মধ্যে দিয়ে এগিয়ে যায়, তারা লাফিয়ে তাদের নিজ নিজ দলে গিয়ে যোগ দেয়।

খুব তাড়াতাড়ি বোঝা যায় সে রোসের দিকে এগোচ্ছে, যে নিজের ভাগ্য-নির্ধারণের অপেক্ষায় উৎকণ্ঠায় ভুগছে।

নির্ধারক টুপি

বহু শতাব্দী ধরে আমি এই কাজ করেছি
সব ছাত্রদের মাথায় আমি বসেছি
সবার ভাবনায় ভরেছি আমার ভাণ্ডার
কারণ আমি সেই বিখ্যাত নির্ধারক টুপি।

আমি উঁচু নিচু সবরকম নির্ধারণ করেছি,
আমি সুখ-দুঃখে সব সময়ে এই কাজ করেছি
তাই আমায় পরো আর জেনে নাও
কোন ঘরে তোমার যাওয়া উচিত...
রোস গ্রেঞ্জার-উইস্লী।

সে রোসের মাথায় টুপি পরিয়ে দেয়

গ্রিফিন্ডোর!

রোস তাদের মধ্যে যোগ দিতেই গ্রিফিন্ডোর দলের সদস্যরা উল্লাস করে ওঠে।

রোস

ডাম্বেলডোর সহায়।

স্কর্পিয়াস *দৌড়ে গিয়ে* রোসের *পরে নির্ধারক টুপির নিচে বসে পড়ে।*

নির্ধারক টুপি

স্কর্পিয়াস ম্যাল্ফয়।

সে স্কর্পিয়াসের *মাথায় টুপি রাখে।*

স্লীদারিন!

স্কর্পিয়াস এরকমই আশা করেছিল, সে মাথা নেড়ে মৃদু হাসে।

সে তাদের মধ্যে যোগ দিতেয়ি স্লীদারিনের সকলে উল্লাসধ্বনি দেয়।

পলি চ্যাপম্যান

হ্যাঁ, এ তো হওয়ারই ছিল।

অ্যাল্বাস *মঞ্চের সামনে গিয়ে দাঁড়ায়।*

নির্ধারক টুপি

অ্যাল্বাস পটার।

সে অ্যাল্বাসের মাথায় টুপি রাখে - এবার যেন সে একটু বেশী সময় নিচ্ছে - যেন ধন্দে পড়ে গেছে।

স্লীদারিন!

সব স্তব্ধ।

একটি সম্পূর্ণ, গভীর নিস্তব্ধতা।

এমন এক ভারিক্কি নীরবতা, যেন তা এক ধ্বংসাত্মক উদ্দেশ্য নিয়ে কুঁকড়ে ওত পেতে বসেছে।

পলি চ্যাপম্যান

স্লীদারিন?

ক্রেগ বাওকার জুনিয়ার

আরিব্বাস! একজন পটার? স্লীদারিনে।

অ্যাল্বাস একটু অপ্রস্তুত ভাবে তাকায়। স্কর্পিয়াস হাসে, সে খুশি হয়ে তাকে ডাকে।

স্কর্পিয়াস

তুমি আমার পাশে দাঁড়াতে পারো!

অ্যাল্বাস (*পুরোপুরি হতবাক*)

হ্যাঁ। ঠিকাছে।

ইয়ান ফ্রেডেরিক্স

আমার মনে হয় ওর মাথার চুল অতটাও একরকম নয়।

রোস

অ্যাল্বাস? এটা ঠিক না, অ্যাল্বাস। এটা হওয়ার কথা নয়।

এবং হঠাৎ দেখা যায় ম্যাডাম হুচ'এর ওড়ার প্রশিক্ষণ শুরু হয়ে গেছে।

ম্যাডাম হুচ

কিসের অপেক্ষা করছো সবাই? সকলে একটা করে উড়ন্ত-ঝাড়ুর পাশে দাঁড়াও। চলো, তাড়াতাড়ি।

বাচ্চারা সকলে উড়ন্ত-ঝাড়ুর পাশে জায়গা নেয়।

উড়ন্ত-ঝাড়ুর দিকে হাত বের করো, আর বলো, 'উপরে!'

সকলে

উপরে!

রোস এবং ইয়ানের উড়ন্ত-ঝাড়ু সহজেই ওদের হাতে উঠে আসে।

রোস এবং ইয়ান

বেশ!

ম্যাডাম হুচ

চলো এবার, ভীতুদের জন্য আমার কাছে সময় নেই। বলো 'উপরে'। এমন ভাবে 'উপরে' বলো, যেন তোমরা সত্যিই চাইছো সেরকম হোক।

সকলে *(রোস আর ইয়ান বাদে)*

উপরে!

স্কর্পিয়াস সহ সবার উড়ন্ত-ঝাড়ু উপরে ওঠে। শুধু অ্যাল্বাসের ঝাড়ু মাটিতে।

সকলে *(রোস, ইয়ান আর অ্যাল্বাস বাদে)*

বাহ!

অ্যাল্বাস

উপরে। উপরে। উপরে।

ওর ঝাড়ু নড়ে না। এক ইঞ্চিও না। অবিশ্বাস্যকর এক অস্বস্তি নিয়ে ও ওটার দিকে তাকিয়ে থাকে। ক্লাসের সবাই খিলখিল করে হেসে ওঠে।

পলি চ্যাপম্যান

হায় ভগবান, কি অবস্থা! ও একেবারেই ওর বাবার মতো নয়, তাই না?

কার্ল জেনকিন্স

অ্যাল্বাস পটার, স্লীদারিনের অকর্মা।

ম্যাডাম হুচ

চলো। সবাই। উড়বার সময় হয়েছে।

হঠাৎ কোথা থেকে হ্যারি অ্যাল্বাসের পাশে এসে দাঁড়ায়, এবং গোটা মঞ্চ ধোঁয়ায় ভরে ওঠে। আমরা আবার প্ল্যাটফর্ম নয় এবং তিন চতুর্থাংশে ফিরে এসেছি এবং সময় নির্মম ভাবে অনেকটা এগিয়ে গেছে। অ্যাল্বাসের বয়স এক বছর বেড়েছে (হ্যোরির'ও বেড়েছে তবে সেরকম চোখে পড়ার মতো না)

অ্যাল্বাস

আমি শুধু তোমায় বলছি বাবা যে তুমি – তুমি আমার থেকে একটু সরে দাঁড়াও।

হ্যারি *(অবাক)*

দ্বিতীয় বর্ষীয়রা চায়না তাদেরকে তাদের বাবাদের সাথে দেখা যাক, তাই কি?

এক অতিরিক্ত মনযোগী জাদুকর *তাদের চারপাশে গোল করে ঘুরতে থাকে।*

অ্যাল্বাস

না। ব্যাপার হচ্ছে – তুমি তুমিই আর – আমি আমিই আর –

হ্যারি

লোকে শুধু দেখছে, ঠিকাছে? লোকে দেখে। আর তারা আমায় দেখছে, তোমায় না।

অতিরিক্ত মনযোগী জাদুকর হ্যারিকে *একটা কোথাও সই করতে বলে – হ্যারি করে।*

অ্যাল্বাস

হ্যারি পটার এবং তার হতাশাজনক ছেলেকে।

হ্যারি

তার মানে?

অ্যাল্বাস

হ্যারি পটার এবং তার স্লীদারিন ছেলেকে।

জেমস তার ব্যাগ নিয়ে তাদের পাশ দিয়ে ছুটে যায়।

জেমস

স্লীদারিং স্লীদারিন, অনেক হয়েছে মিনমিন, চলো এবার ট্রেনে ওঠার পালা।

হ্যারি

এটার কোনো দরকার ছিল না জেমস।

জেমস *(অনেক দূর থেকে)*

আসছি বাবা, বড়দিনে দেখা হবে।

হ্যারি *চিন্তিত হয়ে* অ্যালবাসের *দিকে তাকায়*

হ্যারি

অ্যাল্

অ্যালবাস

আমার নাম অ্যালবাস, অ্যাল্ না।

হ্যারি

বাকিরা কি তোমার সাথে খারাপ ব্যবহার করছে? তাই কি? তুমি যদি আরো কিছুজনের সাথে বন্ধুত্ব করো - হারমায়নী আর রন ছাড়া আমি হগওয়ার্টসে টিকতে পারতাম না, একেবারেই পারতাম না।

অ্যালবাস

কিন্তু আমার কোনো রন বা হারমায়নীর প্রয়োজন নেই - আমার - আমার বন্ধু আছে, স্কর্পিয়াস, আর আমি জানি তুমি ওকে পছন্দ করো না, কিন্তু আমার শুধু ওকেই দরকার।

হ্যারি

দেখো, তুমি যতক্ষণ খুশি আছো, ততোক্ষণ আমার আর কিছু চাই না।

অ্যালবাস

তোমার আমাকে স্টেশান অব্দি নিয়ে আসার কোনো দরকার ছিল না, বাবা।

অ্যালবাস *তার জিনিসপত্র নিয়ে তাড়াতাড়ি হাঁটা শুরু করে।*

হ্যারি

কিন্তু আমি এখানে আসতে চেয়েছি...

কিন্তু অ্যালবাস *ততক্ষণে এগিয়ে গেছে।* ড্রেকো ম্যাল্ফয় *ভিড় থেকে বেরিয়ে* হ্যারির *পাসে এসে দাঁড়ায়। তার পরনে পরিপাটি করে পরা একটি জোব্বা এবং মাথার পেছনে ঝুটি সঠিক ভাবে বাঁধা।*

ড্রেকো

আমার একটা সাহায্য চাই।

হ্যারি

ড্রেকো।

ড্রেকো

এই যে গুজব - যে আমার ছেলের আসল বাবা কে - এ কিছুতেই শেষ হচ্ছে না। হগওয়ার্টসের বাকি ছাত্ররা ওকে বিরক্ত করে চলেছে - মিনিস্ট্রি যদি একটা বয়ান জারি করে যে ডিপার্টমেন্ট অফ মিস্ট্রীস্'এর যুদ্ধে সমস্ত কাল-পরিবর্তক নষ্ট হয়ে গিয়েছিল...

হ্যারি

ড্রেকো, এতে পাত্তা দিয়ো না - ওরা কিছুদিনের মধ্যেই ভুলে যাবে।

ড্রেকো

আমার ছেলে কষ্টে আছে - গত কয়েকদিন যাবৎ এস্টোরিয়ার শরীর খুব খারাপ - তাই স্কর্পিয়াসের যতটা সম্ভব সাহায্যের প্রয়োজন।

হ্যারি

এসব গুজবের জবাব দেওয়া মানে, আগুনে ঘী ঢালা। এমনটা বহু বছর ধরেই বলা হয় যে ভোল্ডেমর্টের এক সন্তান রয়েছে। সুতরাং স্কর্পিয়াস সেই অপবাদের প্রথম শিকার নয়। মিনিস্ট্রি এর থেকে যতো দূরে থাকে, তোমার এবং আমাদের সবার জন্য ততোই মঙ্গল।

> ড্রেকো *বিরক্ত হয়ে ভুরু কুঁচকায়, এবং তারপর মঞ্চ ফাঁকা হয়ে যাওয়ার পর দেখা যায়* রোস *এবং* অ্যাল্বাস *তাদের বাক্স নিয়ে দাঁড়িয়ে আছে।*

অ্যাল্বাস

ট্রেন ছাড়ার পরে আমার সাথে আর কোনোরকম কথা বলার দরকার নেই।

রোস

জানি। শুধু বড়দের সামনে আমাদের এই ভান করতে হবে।

> স্কর্পিয়াস *দৌড়ে দৌড়ে আসে - মনে বড় আশা এবং সঙ্গে আরো বড় বাক্স।*

স্কর্পিয়াস *(আশাবাদী)*

হাই রোস।

রোস *(দৃঢ়তার সাথে)*

আসছি অ্যাল্বাস।

স্কর্পিয়াস *(এখনো আশাবাদী)*

ওর মন আস্তে-আস্তে গলছে।

আমরা হঠাৎ বিরাট হলঘরের সামনে এসে উপস্থিত হই এবং প্রোফেসর ম্যাকগনেগাল *সামনে দাঁড়িয়ে, মুখে একগাল হাসি।*

প্রোফেসর ম্যাকগনেগাল

এবং আমি খুব আনন্দের সাথে গ্রিফিনডোরের কুইডিচ দলের নতুন সদস্যদের নাম ঘোষণা করছি - আমাদের - *(তিনি বুঝতে পারেন তিনি পক্ষপাতিত্য করতে পারবেন না)* - তোমাদের অসাধারণ নতুন চেসার - রোস গ্রেঞ্জার-উইস্লী।

গোটা হলঘর উল্লাসধ্বনিতে ফেটে পড়ে। সকলের সাথে স্কর্পিয়াসও *হাততালি দিতে থাকে।*

অ্যাল্বাস

তুমিও ওর জন্য হাততালি দিচ্ছো? আমরা কুইডিচ পছন্দ করি না এবং ও অন্য দলের হয়ে খেলতে চলেছে।

স্কর্পিয়াস

ও তোমার বোন, অ্যাল্বাস।

অ্যাল্বাস

তোমার মনে হয় ও আমার জন্য হাততালি দিতো?

স্কর্পিয়াস

আমার মনে হয় ও অসাধারণ।

ছাত্ররা অ্যাল্বাসকে *ঘিরে চক্রাকারে দাঁড়ায়, তারপর একটা মিশ্রণের ক্লাস আরম্ভ হয়ে যায়।*

পলি চ্যাপম্যান

অ্যাল্বাস পটার। বেকার। এমনকি সে সিঁড়ি দিয়ে উঠলে ছবিরাও মুখ ঘুরিয়ে নেয়।

অ্যাল্বাস একটা মিশ্রণের পাত্রের উপর ঝুঁকে পড়েছে।

অ্যাল্বাস

এবার দরকার - বাইকর্ণ'এর সিং , তাই তো?

কার্ল জেনকিন্স

আমি বলি, ওকে আর ভোল্ডেমর্টের ছেলেকে একসাথে ছেড়ে দাও।

অ্যাল্বাস

সঙ্গে একটু গিরগিটির রক্ত...

মিশ্রণটি বিরাট আওয়াজ করে ফাটে

স্কর্পিয়াস

ঠিকাছে। এর বিকল্প উপাদান কি? আমাদের কি কি পাল্টাতে হবে?

অ্যাল্বাস

সবকিছু।

সাথে সাথে সময় এগিয়ে যায় - অ্যাল্বাসের চোখের নিচে আরো কালি পড়তে থাকে, ওর মুখ আরো ফ্যাকাসে হয়ে আসে। ওকে এখনো সুন্দর দেখতে, কিন্তু সেটা প্রকাশ করার কোনো প্রচেষ্টা ও করেনা।

হঠাৎ করে সে আবার তার বাবার সঙ্গে প্ল্যাটফর্ম নয় এবং তিন চতুর্থাংশে এসে উপস্থিত - যে এখনো নিজের ছেলেকে (এবং নিজেকে) বোঝানোর চেষ্টা করছে যে সব স্বাভাবিক আছে। দুজনেরই বয়স আরো এক বছর করে বেড়েছে।

হ্যারি

তৃতীয় বর্ষ। গুরুত্বপূর্ণ বর্ষ। এই নাও তোমার হগ্স্মীডের অনুমতি-পত্র।

অ্যাল্বাস

আমার হগ্স্মীড ভালো লাগেনা।

হ্যারি

তুমি যেই জায়গায় কখনো যাওনি সেই জায়গা তোমার কি করে অপছন্দ হয়?

অ্যাল্বাস

কারণ আমি জানি ওখানে হগওয়ার্টসের প্রচুর ছাত্র-ছাত্রীরা থাকবে।

অ্যাল্বাস *কাগজটিকে দুমড়ে ফেলে।*

হ্যারি

একবার গিয়েই দেখো না - চলো - এইতো সুযোগ মা'র অজান্তে হানিডিউক্সে গিয়ে মজা করার – না অ্যাল্বাস, এরকম কোরো না।

অ্যাল্বাস (*তার জাদু-ছড়ি তাক করে*)

ইন্সেন্ডিয়ো!

কাগজের টুকরোটা আগুনে জ্বলতে জ্বলতে উপরে উঠে মঞ্চের এক পাশ দিয়ে উড়ে বেরিয়ে যায়।

হ্যারি

এ কি বোকামি!

অ্যাল্বাস

মজার ব্যাপার হচ্ছে, আমি ভাবিনি এটা কাজ করবে। আমি এই মন্ত্রটা একদম ঠিক করে ব্যবহার করতে পারি না।

হ্যারি

অ্যাল্-অ্যাল্বাস, আমি প্রোফেসর ম্যাকগনেগালের সাথে নিয়মিত প্যাঁচার মাধ্যমে চিঠির আদান-প্রদান করি – উনি বলছেন তুমি নাকি নিজেকে গুটিয়ে আলাদা করে ফেলছো – তুমি পড়াশোনাও ঠিক মতো করছো না – তুমি নাকি খিটখিটে হয়ে গেছো – তুমি –

অ্যাল্বাস

তা তুমি কি চাও? জাদুর মাধ্যমে নিজেকে জনপ্রিয় করে তুলি? জাদু করে নিজের দল পাল্টে নিই? নিজেকে আরো উন্নত ছাত্রে বদলে ফেলি? তোমার পছন্দ মতো যে কোনো মন্ত্র প্রয়োগ করে তুমি যেমনটা চাও আমাকে সেরকম বানিয়ে দাও, ঠিকাছে? তাতে আমাদের দুজনেরই ভালো হবে। এখন যেতে হবে। ট্রেন ধরতে হবে। বন্ধুকে খুঁজে বের করতে হবে।

অ্যাল্বাস দৌড়ে স্কর্পিয়াসের কাছে যায়, যে নিজের বাক্সের উপর উদাসীন হয়ে বসে আছে।

(*আনন্দে*)স্কর্পিয়াস...

(*চিন্তিত*)স্কর্পিয়াস...তুমি ঠিক আছো?

স্কর্পিয়াস *কোনো কথা বলে না।* অ্যাল্বাস *তার বন্ধুর চোখ দেখে আন্দাজ করার চেষ্টা করে।*

তোমার মা? অবস্তা কি আরো খারাপ হয়েছে?

স্কর্পিয়াস

এর থেকে বেশী খারাপ হওয়া বোধ হয় আর সম্ভব না।

অ্যাল্বাস স্কর্পিয়াসের *পাশে বসে পড়ে।*

অ্যাল্বাস

আমি ভেবেছিলাম তুমি হয়তো প্যাঁচার মাধ্যমে চিঠি পাঠাবে...

স্কর্পিয়াস

কি বলবো ঠিক বুঝতে পারিনি।

অ্যাল্বাস

আর এখন আমি বুঝতে পারছি না কি বলবো...

স্কর্পিয়াস

কিছু বোলো না।

অ্যাল্বাস

আমি কি কিছু...

স্কর্পিয়াস

শেষ ক্রিত্তে উপস্থিত থেকো।

অ্যাল্বাস

অবশ্যই।

স্কর্পিয়াস

আর আমার ভালো বন্ধু হয়ে থেকো।

হঠাৎ আমরা বিরাট হলঘরে ফিরে এসেছি এবং মঞ্চের মাঝখানে নির্ধারক টুপি*।*

নির্ধারক টুপি

কি শুনবে সেই ভয়?
যাতে তোমার ভীতি সেই নাম নেবো মনে হয়?
স্লীদারিন না! গ্রিফিন্ডোর না!
হাপ্লপাফ না! রেভেনক্ল্য না!
চিন্তা নেই, বৎস, আমি জানি আমার কাজ,
হাসতে শিখবে তুমি, যদি চোখের জল দিয়ে করো শুরু।
লিলি পটার। **গ্রিফিন্ডোর!**

লিলি

দারুন!

অ্যাল্বাস

অসাধারণ।

স্কর্পিয়াস

তুমি আদৌ ভেবেছিলে ও আমাদের দিকে আসবে? পটাররা স্লীদারিনে আসেনা।

অ্যাল্বাস

এই একজন আসে।

অ্যাল্বাস অন্ধকার আড়ালে মিশে যেতে থাকে, বাকি ছাত্ররা হাসাহাসি করে। সে মুখ তুলে তাদের সবার দিকে তাকায়।

আমি নিজে বেছে নেইনি, তোমরা জানো সেটা? আমি স্বেচ্ছায় তার সন্তান হইনি।

প্রথম অঙ্ক দৃশ্য পাঁচ

মিনিস্ট্রি অফ ম্যাজিক, হ্যারির দপ্তর

হারমায়নী হ্যারির অগোছালো দপ্তরে কাগজের স্তূপ নিয়ে বসে। ধীরে ধীরে সবগুলো নেড়েচেড়ে দেখছে, পড়ে বোঝার চেষ্টা করছে - হ্যারি দ্রুতবেগে প্রবেশ করে। তার গালে আঁচড়ের দাগ যেখান থেকে রক্ত বেরোচ্ছে। হারমায়নী মুখ তুলে তাকায়।

হারমায়নী

কেমন গেলো?

হ্যারি *(হেসে)*

খবরটা সত্যি।

হারমায়নী

থিওডোর নট?

হ্যারি

হেফাজতে আছে।

হারমায়নী

আর কাল-পরিবর্তক?

হ্যারি কাল-পরিবর্তকটি বের করে দেখায়। জিনিসটি আকর্ষণীয় ভাবে চকচক করছে। হারমায়নী অবাক হয়ে দেখে।

এটা কি আসল? কাজ করে? এটা ঘণ্টা-পরিবর্তক নয় তো - আরো আগে নিয়ে যায় তো?

হ্যারি

এখনো বেশী কিছু জানিনা। আমি তৎক্ষণাৎ পরীক্ষা করে দেখতে চেয়েছিলাম কিন্তু আমার থেকে বুদ্ধিমান মস্তিষ্কদের কথা শুনতে হলো।

হারমায়নী

কিন্তু, এখন এটা আমাদের কাছে।

হ্যারি

আর তুমি নিশ্চিত যে এটা তুমি রাখতে চাও?

হারমায়নী

আমার মনে হয় না আর কোনো উপায় আছে। দেখো এটার দিকে। আমার কাছে যেই কাল-পরিবর্তকটা ছিল তার থেকে এটা একদম আলাদা।

হ্যারি *(শুষ্ক ভাবে)*

আপাতদৃষ্টিতে দেখতে গেলে, আমাদের ছোটোবেলার থেকে এখন জাদুবিদ্যা অনেক এগিয়ে গেছে।

হারমায়নী

তোমার গালে রক্ত বেরোচ্ছে।

হ্যারি আয়নায় নিজের মুখ দেখে। ক্ষত জায়গায় তার জব্বার হাতা দিয়ে আস্তে করে রক্ত মুছে নেয়।

চিন্তা নেই, ওটা কপালের দাগটার সাথে ভালোই মানাবে।

হ্যারি (*হেসে*)

তুমি আমার দপ্তরে কি করছো, হারমায়নী?

হারমায়নী

আমি থিওডোর নটের ব্যাপারে জানতে উৎসুক ছিলাম আর - ভাবলাম দেখি তুমি তোমার কথা রাখছো কিনা, কাগজগুলো নিয়ে কাজ করছো কিনা।

হ্যারি

বুঝতেই পারছো করছি না।

হারমায়নী

না। সে তো করছোই না। এই বিশৃঙ্খলতার মধ্যে কি করে আর কাজ করবে, হ্যারি?

হ্যারি একবার তার জাদু-ছড়ি ঘোরাতেই সমস্ত বই এবং কাগজপত্র পরিপাটি করে সাজানো হয়ে যায়। হ্যারি হাসে।

হ্যারি

আর অগোছালো নেই।

হারমায়নী

কিন্তু এখনো অবহেলিত। জানো, এখানে কতোগুলো অদ্ভুত খবর আছে...হাঙ্গেরিতে পাহাড়ি দৈত্যরা গ্র্যাপহর্ন চড়ে বেড়াচ্ছে, পিঠে ডানার উল্কিওয়ালা দৈত্যরা গ্রীক সমুদ্রের উপর দিয়ে হেঁটে যাচ্ছে, এবং ওয়েরউল্ফরা একেবারে লুকিয়ে পড়েছে –

হ্যারি

বাহ্, চলো যাওয়া যাক। আমি দলের সবাইকে খবর দেই।

হারমায়নী

হ্যারি আমি বুঝি। কাগজের কাজ একেবারে নিরস...

হ্যারি

তোমার জন্য তা নয়।

হারমায়নী

আমার নিজের প্রচুর কাজ রয়েছে। এসব লোকেরা এবং পশুরা সেই বিরাট জাদুকরী যুদ্ধে ভোল্ডেমর্টের হয়ে লড়াই করেছে। এরা আঁধারের সহচর। এটা – এবং এর সঙ্গে আমরা থিওডোর নটের কাছ থেকে যা উদ্ধার করেছি – এই সবগুলোর একটা মিলিত অর্থ থাকতে পারে। কিন্তু ম্যাজিকাল ল্য এনফোর্সমেন্টের প্রধান যদি তার কাগজপত্র না পড়ে –

হ্যারি

আমায় পড়তে হয় না – আমি তো এইসব নিয়েই থাকি, সারাদিন সব খবর পাই। থিওডোর নট – কাল-পরিবর্তকটির ব্যাপারে আমিই প্রথম জানতে পারি এবং আমিই প্রথম সেবিষয়ে পদক্ষেপ নেই। এই বিষয়ে আমাকে বকাবকি না করলেও চলবে।

হারমায়নী হ্যারির দিকে তাকায় - বুঝতে পারে তাকে দিয়ে কাগজপত্রগুলো পড়ানো একটু অসুবিধাজনক।

হারমায়নী

টফি খাবে? রনকে বোলো না।

হ্যারি

তুমি কথা ঘোরাচ্ছো।

হারমায়নী

হ্যাঁ ঘোরাচ্ছি। টফি?

হ্যারি

পারবো না। এখন মিষ্টি খাওয়া বারণ।

এক মুহূর্তের বিরতি

জানো, ঐ জিনিসটা পুরো নেশার মতো।

হারমায়নী

কি আর বলবো? আমার বাবা-মা দাঁতের ডাক্তার ছিল, কোনো না কোনো সময় তো তাদের নীতির বিরুদ্ধে আমায় যেতেই হতো। চল্লিশ বছর বয়সটা হয়তো সেক্ষেত্রে একটু বেশীই, কিন্তু...(*সে তার বন্ধুর দিকে তাকিয়ে হাসে*) দেখো, তুমি একটা দারুণ কাজ করে ফিরেছো। তোমার উপর খবদারি করছি না, কিন্তু - তোমার দৈনন্দিন কাগজপত্রের কাজ মাঝে-মাঝে আমায় একটু দেখাশোনা করতে হবে, এটুকুই। *মিনিস্টার ফর ম্যাজিকের* থেকে এটাকে একটু হলকা - তাড়না - (হ্যারির *মুখ গোমড়া হয়ে আসে*) ধরে নিতে পারো।

হ্যারি *তার কথার ঝোঁক শুনে মূল অর্থ বুঝতে পেরে মাথা নাড়ে।*

জিনি কেমন আছে? আর অ্যাল্বাস?

হ্যারি

মনে হচ্ছে পিতার ভূমিকাতেও আমি ততটাই ভালো যতটা কাগজপত্রের কাজে। রোস কেমন আছে? আর হুগো?

হারমায়নী *(হেসে)*

জানো তো, রন বলে আমি নাকি আজকাল ওর থেকে বেশী আমার সেক্রেটারী ইথেল'এর *(হাতের ইশারায় দেখিয়ে)* সাথে সময় কাটাই।

তোমার কি মনে হয় আমরা আদৌ কোনো সময় ভেবেছি - বছরের সেরা অভিভাবক হবো নাকি – মিনিস্ট্রির সেরা কর্মকর্তা? যাও। বাড়ি যাও হ্যারি, তোমার পরিবারের কাছে হগওয়ার্টস্ এক্সপ্রেস আবার এক বছরের জন্য চলে যাবে - তার আগে যেটুকু সময় আছে উপভোগ করে নাও - তারপর তাজা মন নিয়ে ফেরত এসে এই কাগজপত্রগুলো পোড়ো।

হ্যারি

তোমার সত্যিই মনে হয় এই সবকিছুর কোনো গোপন অর্থ আছে?

হারমায়নী *(হাসি মুখে)*

থাকতেই পারে। এবং সত্যিই যদি থাকে তাহলে আমরা তার সম্মুখীন হওয়ার কোনো না কোনো উপায় ঠিক খুঁজে বের করবো, হ্যারি। আমরা সবসময় করেছি।

ও আরেকবার হাসে - মুখের মধ্যে একটি টফি পুড়ে অফিস থেকে বেরিয়ে যায়। হ্যারি ঘরে একলা। সে তার ব্যাগ গুছিয়ে নেয়। তারপর অফিস থেকে বেরিয়ে দালান বেয়ে নেমে আসে। সারা বিশ্বের ভার যেন তার কাঁধের উপর।

বিধ্বস্ত অবস্তায় সে একটি টেলিফোন বক্সের দিকে এগিয়ে যায়। নম্বর ডায়াল করে ৬২৪৪২।

টেলিফোন বক্স

বিদায়, হ্যারি পটার।

সে মিনিস্ট্রি অফ ম্যাজিকের বাইরে প্রস্থান করে।

প্রথম অঙ্ক দৃশ্য ছয়

হ্যারি এবং জিনি পটারের বাড়ি

অ্যাল্বাস ঘুমোতে পারছে না। সে একদম উপরের সিঁড়িতে বসে আছে। নিচ থেকে আওয়াজ শুনতে পাচ্ছে। হ্যারি বেরিয়ে আসার আগে আমরা নেপথ্যে তার গলার আওয়াজ শুনতে পাই। তার সঙ্গে হুইলচেয়ারে বসা এক বয়স্ক ভদ্রলোক, এমোস ডিগোরি।

হ্যারি

এমোস, আমি বুঝতে পারছি, সত্যিই বুঝতে পারছি – কিন্তু আমি সবে বাড়ি ফিরেছি আর–

এমোস

আমি মিনিস্ট্রিতে দেখা করার চেষ্টা করেছিলাম। ওরা বললো 'মিস্টার ডিগোরি, আপনার সাথে সাক্ষাতকার হবে, হলো গিয়ে, এই দু-মাসের মধ্যেই।' আমি অপেক্ষা করলাম। খুব ধৈর্য ধরে।

হ্যারি

–তা বলে মাঝরাতে আমার বাড়িতে আসবেন – আমার বাচ্চারা স্কুলে নতুন বছর শুরু করার প্রস্তুতি নিচ্ছে – এটা ঠিক না।

এমোস

দু-মাস বাদে আমার কাছে একটি প্যাঁচা পত্র নিয়ে এলো, 'মিস্টার ডিগোরি, আমরা দুঃখিত, কিন্তু মিস্টার পটার কিছু জরুরী কাজে বাইরে গেছেন, আমাদেরকে কিছু জিনিস একটু অদলবদল করতে হবে, আপনি কি দু-মাস বাদে সাক্ষাতকারের জন্য ফাঁকা থাকবেন।' তারপর সেই একই জিনিস বারবার চলতে থাকে, বারবার...তুমি খালি আমাকে এড়িয়ে যাচ্ছো।

হ্যারি

তা একেবারেই নয়। আসলে, বুঝবার চেষ্টা করুন, ডিপার্টমেন্ট অফ ম্যাজিকাল ল্য এনফোর্সমেন্টের প্রধান হিসেবে আমার অনেক দায়িত্ব আছে–

এমোস

তোমার উপর অনেক কিছুরই দায়িত্ব আছে।

হ্যারি

মানে?

এমোস

আমার ছেলে, সেড্রিক, সেড্রিককে তোমার নিশ্চয়ই মনে আছে, তাই না?

হ্যারি (*সেড্রিকের কথা তাকে কষ্ট দেয়*)

হ্যাঁ, আপনার ছেলেকে আমার মনে আছে। তার মৃত্যু –

এমোস

ভোল্ডেমর্ট তোমায় মারতে চেয়েছিল! আমার ছেলেকে নয়! তুমি নিজেই আমাকে এই কথা বলেছো, সে বলেছিল 'যে অনাবশ্যক তাকে মেরে ফেলো'। অনাবশ্যক। আমার ছেলে, আমার ফুটফুটে, সুন্দর ছেলে, সে ছিল অনাবশ্যক।

হ্যারি

মিস্টার ডিগোরি, আপনি জানেন, সেড্রিকের স্মারক সৃষ্টির জন্য আপনার প্রচেষ্টাকে আমি সম্মান করি, কিন্তু –

এমোস

স্মারক? স্মারক বানাতে আমি আর চাই না, আর না। আমি একজন বুড়ো লোক – একজন বুড়ো, মরণাপন্ন লোক – আর আমি এখানে এসেছি কেবল তোমার কাছে ভিক্ষা চাইতে - যে তুমি আমার ছেলেকে পুনরায় ফিরিয়ে আনায় আমার সাহায্য করো।

হ্যারি *তার দিকে অবাক হয়ে তাকায়।*

হ্যারি

ফিরিয়ে আনা? এমোস, সে অসম্ভব।

এমোস

মিনিস্ট্রির কাছে একটা কাল-পরিবর্তক আছে, তাই না?

হ্যারি

সব কাল-পরিবর্তক নষ্ট হয়ে গিয়েছিল।

এমোস

আমি এতো তাড়াহুড়ো করে এলাম তার কারণ আমার কানে সদ্য একটি খবর এসেছে - খুব পোক্ত খবর - যে মিনিস্ট্রি থিওডোর নটের কাছ থেকে একটি নিষিদ্ধ কাল-পরিবর্তক উদ্ধার করেছে। তদারকি করার উদ্দ্যেশ্যে মিনিস্ট্রি ওটা রেখেছে। আমাকে সেটি ব্যবহার করতে দাও। আমাকে আমার ছেলে ফিরিয়ে দাও।

একটি লম্বা, মারাত্মক বিরতি। হ্যারি খুব মুশকিলে পড়ে যায়। আমরা দেখতে পাই অ্যাল্বাস *সেইসব কথা শোনার জন্য উদগ্রীব হয়ে আরো এগিয়ে বসে।*

হ্যারি

এমোস, সময় নিয়ে খেলা? তুমি জানো আমরা সেটা করতে পারি না।

এমোস

যেই ছেলেটি বেঁচে গিয়েছিল তার জন্য আরো কতজনকে মরতে হয়েছে? আমি শুধু তাদের মধ্যে একজনকে বাঁচাতে বলছি।

এতে হ্যারি কষ্ট পায়। সে কিছুক্ষণ ভাবে, তার মুখচোখ কঠোর হয়ে আসে।

হ্যারি

তুমি যাই শুনে থাকো - থিওডোর নটের গল্প কাল্পনিক, এমোস। আমি দুঃখিত।

ডেল্ফি

হ্যালো।

অ্যাল্বাস *চমকে ওঠে যখন* ডেল্ফি *- বয়স কুড়ির ঘরে, একটু অদ্ভুত অথচ স্থির - সিঁড়ির ফাঁক দিয়ে তার দিকে তাকায়।*

ডেল্ফি

মাপ করবে। চমকে দিতে চাইনি। আমি নিজেও এরকম সিঁড়িতে বসে কথা শুনতাম। অপেক্ষায় থাকতাম কতক্ষণে কেউ কোনো মজার কথা বলবে।

অ্যাল্বাস

তুমি কে? কারণ এটা তো আমার বাড়ি আর...

ডেল্ফি

অবশ্যই আমি একজন চোর, আর তোমার যা কিছু আছে আমি সবকিছুই চুরি করে নিয়ে যাবো। তোমার সোনা, জাদু-ছড়ি আর তোমার চকলাট ব্যাং বার করে দাও! (*সে প্রথমে খুব রাগী মুখ করে তারপর হেসে ফেলে।*) হয় সেটা অথবা আমি ডেল্ফিনি ডিগোরি। (*সে সিঁড়ি দিয়ে উঠে হাত বাড়ায়*) ডেল্ফি। আমি ওনার দেখাশোনা করি - এমোস - মানে, চেষ্টা করি। (এমোসকে *দেখিয়ে*) আর তোমার পরিচয়?

অ্যাল্বাস (*উদাসীন ভাবে হেসে*)

অ্যাল্বাস।

ডেল্ফি

ও হ্যাঁ! অ্যাল্বাস পটার! তাহলে হ্যারি তোমার বাবা? এই ব্যাপারটা বেশ রোমাঞ্চকর, তাই না?

অ্যাল্বাস

আসলে তা একদমই না।

ডেল্ফি

উফ্। নিশ্চয়ই আমি আবার গাড্ডায় পা ফেলেছি? স্কুলেও সবাই আমাকে বলতো। ডেল্ফিনি ডিগোরি - এমন কোনো গর্ত নেই যেখানে সে 'ডিগ' করে ঢুকতে পারবে না।

অ্যাল্বাস

ওরা আমার নাম নিয়েও যা খুশি তাই করে।

মুহূর্তেক বিরতি। সে মনোযোগ দিয়ে অ্যাল্বাসের *দিকে তাকায়।*

এমোস

ডেল্ফি।

সে বেরোতে গিয়ে সামান্য ইতস্তত করে। তারপর অ্যাল্বাসের *দিকে তাকিয়ে মৃদু হাসে।*

ডেল্ফি

আমাদের পরিবার-পরিজনদের বেছে নেওয়ার সুযোগ আমরা পাই না। এমোস কেবল আমার চিকিৎসাধীন ব্যক্তিই নয়, সে সম্পর্কে আমার

কাকা, এবং এই কারণেই আমি আপার ফ্ল্যাগ্লীতে কাজ নিয়েছি। কিন্তু এতে আমার অসুবিধা বেড়েছে। যে মানুষ নিজের অতীতে পড়ে আছে তার সঙ্গে বর্তমানে থাকা খুব কঠিন, তাই না?

এমোস

ডেল্ফি!

অ্যাল্বাস

আপার ফ্ল্যাগ্লী?

ডেল্ফি

বয়স্ক জাদুকর এবং জাদুকরীদের সেইন্ট অসওয়াল্ডস বৃদ্ধাশ্রম। ইচ্ছা হলে কখনো আমাদের সাথে দেখা করে যেও।

এমোস

ডেল্ফি!

ডেল্ফি *একবার হাসে তারপর সিঁড়ি দিয়ে নামার সময় একবার হোঁচট খায়।* এমোস *আর* হ্যারি *যেই ঘরে আছে সে সেই ঘরে ঢোকে।* অ্যাল্বাস *তার দিকে তাকিয়ে থাকে।*

ডেল্ফি

হ্যাঁ, কাকু?

এমোস

এই হলো হ্যারি পটার, এককালীন শ্রেষ্ট এবং বর্তমানে পাথরের মতো নির্বিকার একজন মিনিস্ট্রির কর্মকর্তা। আমি আপনাকে শান্তিতে ছেড়ে যাচ্ছি, স্যার। আদৌ যদি এটাকে শান্তি বলা যায়। ডেল্ফি, আমার চেয়ার...

ডেল্ফি

হ্যাঁ, কাকু।

এমোসকে *ঠেলে ঘরের বাইরে নিয়ে যাওয়া হয়।* হ্যারি *একা, তার মুখ বিষণ্ণ।* অ্যাল্বাস *এখনো তাকিয়ে আছে এবং মন দিয়ে কিছু একটা ভাবছে।*

প্রথম অঙ্ক দৃশ্য সাত

হ্যারি এবং জিনি পটারের বাড়ি, অ্যাল্বাসের ঘর

অ্যাল্বাস তার খাটে বসে আছে, কিন্তু দরজার বাইরে জগ তার নিজের তালে চলছে। বাইরের কোলাহলের তুলনায় অ্যাল্বাস একদম শান্ত। জেমসের গলায় হুংকার শোনা যায় (নেপথ্যে)।

জিনি

জেমস, নিজের চুল ছেড়ে ঘরটা পরিষ্কার করো...

জেমস

কি করে ছাড়বো? এ তো গোলাপি রং হয়ে গেছে! আমাকে আমার অদৃশ্যতার চাদরটা ব্যবহার করতে হবে।

জেমস দরজার সামনে এসে দাঁড়ায়, তার মাথার চুল গোলাপি রঙের।

জিনি

এই কাজের জন্য তোমার বাবা তোমায় ঐ চাদরটা দেয়নি!

লিলি

আমার মিশ্রণের বইটা কেউ দেখেছো?

জিনি

লিলি পটার, ভেবো না ওটা পড়ে তুমি কাল স্কুল যাবে...

লিলি অ্যাল্বাসের দরজার সামনে এসে দাঁড়ায়। সে পরীদের মতো একজোড়া ডানা পরে আছে যেগুলো নিজে নিজেই ঝাপটায়।

লিলি

আমার এগুলো খুব ভালো লাগে। কি সুন্দর ডানা ঝাপটায়।

সে বেরিয়ে যেতেই অ্যাল্বাসের দরজার সামনে হ্যারি এসে দাঁড়ায়। ভেতরে তাকায়।

হ্যারি

হাই।

দুজনের মধ্যে এক অদ্ভুত নীরবতা। জিনি দরজার সামনে এসে দাঁড়ায়। সে তাকিয়ে দেখে ভেতরে কি হচ্ছে এবং কিছুক্ষনের জন্য দাঁড়িয়ে যায়।

তুমি হগওয়ার্টস্ যাওয়ার আগে কিছু উপহার দিতে এসেছি - উপহারগুলো - রন এটা পাঠিয়েছে...

অ্যাল্বাস

বেশ, একটা ভালোবাসার মিশ্রণ। ভালো।

হ্যারি

আমার মনে হয় এটা ওর এক ধরনের ইয়ার্কি - যদিও আমি ঠিক জানি না এটা কি। লিলি কতগুলো গ্নোম্ পেয়েছে যেগুলো দুর্গন্ধ ছাড়ে, জেমস একটা চিরুনি পেয়েছে যেটায় আঁচড়ে ওর চুল গোলাপি রঙের হয়ে গেছে। রন - মানে, রনের স্বভাব তো তুমি জানোই।

হ্যারি অ্যাল্বাসের ভালোবাসার মিশ্রণটি তার খাটের উপর রেখে দেয়।

আমিও - মানে এটা আমি তোমার জন্য...

একটা ছোট্ট কাঁথা বের করে। জিনি সেটির দিকে তাকায় - দেখতে পায় হ্যারি খুব চেষ্টা করছে, এবং তারপর নিঃশব্দে হেঁটে বেরিয়ে যায়।

অ্যাল্বাস

একটা পুরোনো কাঁথা?

হ্যারি

আমি অনেক ভেবেছি যে তোমায় এবছর কি দেওয়া যায়। জেমস - মানে, জেমস বহু বছর ধরে অদৃশ্যতার চাদরের জন্য বিরক্ত করে চলেছে, আর লিলি - আমি জানি ওর ঐ ডানাগুলো পছন্দ হবে - কিন্তু তুমি। তোমার এখন চোদ্দ বছর বয়স অ্যাল্বাস, তাই আমি তোমায়

এমন কিছু দিতে চেয়েছি – যার একটা বিশেষ গুরুত্ব আছে। এটা – আমার মায়ের আমাকে দেওয়া শেষ জিনিস। একমাত্র জিনিস। এটায় করে জরিয়ে আমায় ডার্স্লীদের কাছে রেখে আসা হয়েছিল। আমি ভেবেছিলাম এটা হারিয়েই গেছে কিন্তু তারপর – যখন তোমার দিদা পিটুনিয়া মারা যায়, তখন তার জিনিসপত্রের মধ্যে থেকে ডাডলী অদ্ভুত ভাবে এটা খুঁজে পায় – আর খুব অমায়িক ভাবে সে এটা আমার কাছে পাঠায়, তারপর থেকে - মানে, আমার যখনই খারাপ সময় যেতো এবং ভাগ্যের দরকার হতো আমি এটাকে বার করে ধরে বসতাম তাই আমি ভাবছিলাম যদি তুমি...

অ্যাল্বাস

ওটাকে ধরে বসতে চাই? চলো ঠিকাছে। ধরলাম। আসা করি এটা আমাকে সৌভাগ্য এনে দেবে। আমার সত্যিই প্রয়োজন।

সে কাঁথাটা ধরে।

কিন্তু তুমি এটা রেখে দাও।

হ্যারি

আমার মনে হয় – আমার বিশ্বাস – পিটুনিয়া চেয়েছিল এটা যেন আমি পাই, সেই কারণেই সে এটা রেখে দিয়েছিল আর এখন আমার ইচ্ছা এটা তুমি আমার থেকে পাও। আমি কোনোদিন আমার মা'কে জানতে পারিনি – কিন্তু আমার মনে হয় সে আজ থাকলে সেও চাইতো এটা তুমিই নাও। আর হয়তো আমি তোমায় – আর এটাকে – হ্যালোস ইভ'এ দেখতে পাবো। আমি প্রতিবার সেই রাতে, যেদিন তারা মারা যায়, এটার সাথে থাকতে চাই – আমাদের দুজনের জন্যেই বোধ হয় সেটা ভালো হবে...

অ্যাল্বাস

শোনো, আমার এখনো অনেক গোছগাছ বাকি, আর তোমারও নিশ্চয়ই মিনিস্ট্রির প্রচুর কাজ রয়েছে, কাজেই...

হ্যারি

অ্যাল্বাস, আমি চাই তুমি এই কাঁথাটা রাখো।

অ্যাল্বাস

আর রেখে কি করবো? পরীদের ডানা বুঝলাম, বাবা, অদৃশ্যতার চাদর, সেটাও কাজের – কিন্তু এটা – সত্যি?

হ্যারি একটু মনঃক্ষুণ্ন হয়। সে তার ছেলের দিকে তাকায়, তার মনের কথা বোঝার জন্য সে আকুল।

হ্যারি

তোমার কোনো সাহায্য লাগবে? আমি সবসময় গোছাতে ভালোবাসতাম। কারণ তার মানে ছিল যে আমি প্রিভেট ড্রাইভ ছেড়ে হগওয়ার্টস্ যাচ্ছি। যা... মানে, আমি জানি তুমি খুব একটা পছন্দ করো না কিন্তু...

অ্যাল্বাস

তোমার জন্য ওটা পৃথিবীর সবচেয়ে সেরা জায়গা। আমি জানি। বেচারা অনাথ, ডার্স্লী কাকু-কাকিমার কাছে অত্যাচারিত -

হ্যারি

অ্যাল্বাস, অনেক হয়েছে - আমরা কি শুধু -

অ্যাল্বাস

– নিজের পিসতুতো ভাই, ডাডলীর হাতে নিপীড়িত, হগওয়ার্টস্ গিয়ে বেঁচে গেছে। আমি সবটাই জানি বাবা। বারে বারে সেই এক কথা।

হ্যারি

আমি তোমার ওসকানোতে কান দেবো না, অ্যাল্বাস পটার।

অ্যাল্বাস

সেই অনাথ ছেলেটি যে আমাদের সবাইকে রক্ষা করেছে - তাই আমি - পুরো জাদুর জগতের হয়ে বলছি। আমরা তোমার বীরত্বের জন্য কৃতজ্ঞ। মাথা নত করতে হবে নাকি নমস্কার করলেই হবে?

হ্যারি

অ্যাল্বাস, অনেক হয়েছে - তুমি জানো আমি কখনো কারুর কৃতজ্ঞতা চাইনি।

অ্যাল্বাস

কিন্তু এই মুহূর্তে আমার মধ্যে কৃতজ্ঞতা বোধ উপচে পড়ছে - এটা নিশ্চয়ই এই ছাতাধরা কাঁথাটার জন্য হচ্ছে...

হ্যারি

ছাতাধরা কাঁথা?

অ্যাল্বাস

তুমি কি ভেবেছিলে, কি হবে? আমরা দুজনে দুজনকে জড়িয়ে ধরবো, আমি তোমায় বলবো যে আমি তোমায় কতো ভালোবাসি। কি ভেবেছিলে? কি?

হ্যারি (*অবশেষে আর সামলাতে না পেরে মাথা গরম করে*)

কি জানো তো? তোমার এই দুঃখের দায়ভার নিতে নিতে আমি হাঁপিয়ে উঠেছি। অন্তত তোমার কাছে তোমার বাবা আছে। কারণ আমার কাছে ছিল না, বুঝলে?

অ্যাল্বাস

আর তোমার মনে হয় তুমি অভাগা ছিলে? আমার সেরকম মনে হয় না।

হ্যারি

তুমি চাও আমি মরে যাই?

অ্যাল্বাস

না! আমি চাই তুমি যাতে আমার বাবা'ই না হতে।

হ্যারি (*রেগে আগুন*)

হ্যাঁ, আমারো কখনো কখনো মনে হয় তুমি যেন আমার ছেলে না হতে।

নীরবতা। অ্যাল্বাস মাথা নাড়ে। থামে। হ্যারি বুঝতে পারে ও কি বলে ফেলেছে।

না, মানে আমি তা বলতে চাইনি...

অ্যাল্বাস

হ্যাঁ। তুমি ঠিক তাই বলতে চেয়েছো।

হ্যারি

অ্যাল্বাস, তুমি ঠিক জানো আমাকে কি করে রাগিয়ে তুলতে হয়...

অ্যাল্বাস

তুমি যা বললে, জেনে বুঝেই বলেছো, বাবা। আর সত্যি বলতে কি, আমি তোমায় দোষ দেই না।

একটা ভয়ানক বিরতি।

তোমার হয়তো এখন আমাকে একলা ছেড়ে দেওয়াটাই ঠিক হবে।

হ্যারি

অ্যাল্বাস, প্লীস...

অ্যাল্বাস কাঁথাটা তুলে ছুড়ে ফেলে। সেটি রনের ভালোবাসার মিশ্রণের সাথে ধাক্কা খেয়ে পড়ে যায় এবং সারা চাদরে এবং বিছানার উপর ছড়িয়ে গিয়ে একটা ধোঁয়ার সৃষ্টি করে।

অ্যাল্বাস

তার মানে ভাগ্য বা ভালোবাসা কোনোটাই আমার জন্য নয়।

অ্যাল্বাস দৌড়ে ঘরের বাইরে চলে যায়। হ্যারি তার পেছন পেছন যায়।

হ্যারি

অ্যাল্বাস। অ্যাল্বাস... প্লীস...

প্রথম অঙ্ক দৃশ্য আট

স্বপ্ন, পাথরের উপরের ঘর

একটা বিরাট আওয়াজ। কিছু একটা জোরে ভাঙার শব্দ। ডাডলী ডার্স্লী, পিটুনিয়া আন্টি *এবং* ভার্নন আঙ্কেল *একটা খাটের পেছনে লুকিয়ে।*

ডাডলী ডার্স্লী

মা, আমার এটা ভালো লাগছে না।

পিটুনিয়া আন্টি

আমি জানতাম এখানে এসে ভুল করেছি। ভার্নন, ভার্নন। আর কোথাও লুকানোর জায়গা নেই। একটা বাতিঘরও এখান থেকে অনেকটা দূরে।

আরেকটা জোরে আওয়াজ।

ভার্নন আঙ্কেল

দাঁড়াও। দাঁড়াও। এটা যাই হোক, ভেতরে ঢুকতে পারবে না।

পিটুনিয়া আন্টি

আমরা অভিশপ্ত! এ আমাদের অভিশাপ দিয়েছে! ছেলেটা আমাদের অভিশাপ দিয়েছে! (*তরুণ* হ্যারিকে *দেখে*) এইসব তোমার দোষ। যাও তোমার গর্তে ফিরে যাও।

ভার্নন আঙ্কেলের *হাতে বন্দুক দেখে* হ্যারি *একটু কেঁপে ওঠে।*

ভার্নন আঙ্কেল

যেই থাকো ওখানে, আমার হাতে কিন্তু বন্দুক আছে।

খুব জোরে একটা কিছু ভাঙার আওয়াজ। কব্জা থেকে দরজা খুলে পড়ে। দরজার সামনে হ্যাগ্রিড *দাঁড়িয়ে। সে একবার সবার দিকে তাকায়।*

হ্যাগ্রিড

একটু চা বানানো বোধ হয়ে সম্ভব হবে না, তাই না? খুব কঠিন যাত্রা ছিল।

ডাডলী ডার্স্লী

ঐ দেখো।

ভার্নন আঙ্কেল

পিছিয়ে দাঁড়াও। পিছিয়ে দাঁড়াও, পিটুনিয়া। ডাডলী, আমার পেছনে। এই ভয়ানক লোকটাকে আমি এক্ষুনি তাড়িয়ে দেবো।

হ্যাগ্রিড

ভয়াকি? (*সে ভার্নন আঙ্কেলের বন্দুক হাতে তুলে নেয়*) এই জিনিসটা বহুদিন দেখিনি।(সে বন্দুকটাকে বাঁকিয়ে একটা গিঁট পাকিয়ে দেয়) এইরে। (*তারপর একটু বিভ্রান্ত হয়ে পড়ে। সে তরুন হ্যারিকে দেখতে পেয়েছে*) হ্যারি পটার।

তরুন হ্যারি

হ্যালো।

হ্যাগ্রিড

শেষ যখন তোমায় দেখেছিলাম, তখন তুমি কোলের শিশু।তোমায় অনেকটা তোমার বাবার মতো দেখতে, কিন্তু তোমার চোখ একদম তোমার মায়ের মতো।

তরুন হ্যারি

তুমি আমার বাবা-মা'কে চিনতে?

হ্যাগ্রিড

ছিঃ, এই আমার ভদ্রতা? জন্মদিনের অনেক অনেক শুভেচ্ছা। তোমার জন্য একটা জিনিস এনেছি – আমি হয়তো এটার উপর দু-একবার বসে পড়েছি, কিন্তু খেতে খারাপ লাগবে না।

তার কোটের ভেতর থেকে সে একটা সামান্য থেঁতলে যাওয়া চকলেট কেক বার করে যার উপর সবুজ গ্লেজ দিয়ে লেখা 'শুভ জন্মদিন হ্যারি'।

তরুন হ্যারি

তুমি কে?

হ্যাগ্রিড (*হাসতে হাসতে*)

সত্যিই তো, আমি এখনো নিজের পরিচয়ই তো দেইনি। রুবিয়াস হ্যাগ্রিড, হগওয়ার্টসের চাবি এবং ময়দানের সংরক্ষক। (*সে নিজের চারপাশে একবার ঘুরে তাকায়*) কিন্তু চা'টার কি হলো, হ্যাঁ? অবশ্য একটু কড়া থাকলেও আমি আপত্তি করবো না।

তরুন হ্যারি

হগকোথায়?

হ্যাগ্রিড

হগওয়ার্টস্। তুমি অবশ্য হগওয়ার্টসের ব্যাপারে সবই জানো।

তরুন হ্যারি

আসলে - না, জানিনা। ক্ষমা করবেন।

হ্যাগ্রিড

ক্ষমা করবেন? ক্ষমা তো ওদের চাওয়া উচিত! আমি জানতাম তুমি তোমার চিঠিগুলো পাচ্ছিলে না, কিন্তু আমি কখনো এটা ভাবিনি যে তুমি হগওয়ার্টস্ সম্বন্ধে জানবে না। তোমার কি কখনো মনে হয়নি তোমার বাবা-মা এসব কোথায় শিখেছে?

তরুন হ্যারি

কি শিখেছে?

হ্যাগ্রিড *রেগে* ভার্নন আঙ্কেলের *দিকে ঘুরে তাকায়।*

হ্যাগ্রিড

তার মানে তুমি বলতে চাও যে এই ছেলেটা - এই ছেলেটা! - কোনোকিছুর ব্যাপারে কিচ্ছু জানেনা?

ভার্নন আঙ্কেল

ওকে আর বেশী কিছু বলতে আমি তোমায় বারণ করছি।

তরুন হ্যারি

কি বলতে?

হ্যাগ্রিড প্রথমে ভার্নন আঙ্কেলের দিকে তারপর হ্যারির দিকে তাকায়।

হ্যাগ্রিড

হ্যারি - তুমি একজন জাদুকর - তুমি এক বিরাট পরিবর্তন এনেছো। তুমি পৃথিবীর সবচেয়ে বিখ্যাত জাদুকর।

ঠিক তারপর ঘরের পেছন থেকে সকলের আশপাশ দিয়ে একটা সুস্পষ্ট গলায় একটা গুঁজন শোনা যায়। ভোল্ডেমর্টের গলা...

হ্যায়াররির পটটটাআআর...

প্রথম অঙ্ক দৃশ্য নয়

হ্যারি আর জিনির বাড়ি, শোয়ার ঘর

হঠাৎ হ্যারির ঘুম ভেঙে যায়। সে জোরে জোরে নিঃশ্বাস ফেলতে থাকে।

এক মুহূর্তের জন্য থামে। নিজেকে শান্ত করে। তারপর কপালে অসহ্য যন্ত্রণা বোধ করে। তার ক্ষতচিহ্নতে। তার চারপাশে কালা-জাদু ঘুরপাক খেতে থাকে।

জিনি

হ্যারি...

হ্যারি

কিছু হয়নি। ঘুমিয়ে পড়ো।

জিনি

ল্যুমস।

তার জাদু-ছড়ি থেকে উৎপন্ন হওয়া আলোয় সারা ঘর আলোকিত হয়ে ওঠে। হ্যারি তার দিকে তাকায়।

দুঃস্বপ্ন?

হ্যারি

হ্যাঁ

জিনি

কি নিয়ে?

হ্যারি

ডার্স্লীদের নিয়ে – মানে ওখান থেকেই শুরু – তারপর অন্য কিছু একটা হলো।

স্তব্ধতা। জিনি তার দিকে তাকায় - বোঝার চেষ্টা করে তার মনের মধ্যে কি চলছে।

জিনি

ঘুমের ওষুধ খাবে?

হ্যারি

না। আমি ঠিক আছি। ঘুমিয়ে পড়ো।

জিনি

তোমায় দেখে তো ঠিক বলে মনে হচ্ছে না।

হ্যারি *কোনো উত্তর দেয় না।*

(*তার বিচলিত ভাব দেখে*) তোমার পক্ষে নিশ্চয়ই খুব একটা সহজ ছিল না - এমোস ডিগোরির সাথে কথা বলা।

হ্যারি

তার রাগ আমি মেনে নিতে পারছি, কিন্তু যেই সত্যটা সে বলছে সেটা মেনে নেওয়া কঠিন। এমোস আমার জন্যেই তার ছেলেকে হারিয়েছে -

জিনি

এটা বলে কি তুমি নিজের সাথে খুব একটা সুবিচার করছো -

হ্যারি

আর আমি কিছু বলতেও পারছি না - কাউকে কিছু বলতে পারছি না - মিথ্যে কথা ছাড়া।

জিনি *জানে ও কিসের - বরং কার - কথা বলছে।*

জিনি

তাহলে এটাই তোমার মন খারাপের আসল কারণ? দেখো, হগওয়ার্টস্ যাওয়ার আগের রাত, যদি যাওয়ার ইচ্ছা না থাকে, তাহলে কখনোই খুব একটা ভালো কাটে না। অ্যাল্'কে কম্বল দেওয়া। ভালো চেষ্টা ছিল।

হ্যারি

কিন্তু সেখান থেকে গোটা ব্যাপারটা খুব বাজে দিকে চলে গেলো। আমি কতগুলো কথা বলেছি জিনি...

জিনি

আমি শুনেছি।

হ্যারি

আর তার পরেও তুমি আমার সাথে কথা বলছো?

জিনি

কারণ আমি জানি তুমি ঠিক সময় ক্ষমা চেয়ে নেবে। তুমি আসলে কথাগুলো বলতে চাওনি। তোমার রাগের কারণ - অন্য। তুমি ওকে সব সত্যি বলতে পারো হ্যারি... ও ওইটুকুই চায়।

হ্যারি

আমি শুধু ভাবি ও জেমস বা লিলির মতো হলে ভালো হতো।

জিনি *(রুক্ষ ভাবে)*

এতটাও সত্যি বোলো না আবার।

হ্যারি

না, আমি ওকে বদলানোর কোনোরকম প্রচেষ্টাই করবো না... কিন্তু ওদের মনের কথা আমি বুঝতে পারি আর...

জিনি

অ্যাল্বাস বাকিদের থেকে আলাদা আর সেটা নিঃসন্দেহে একটা ভালো ব্যাপার। আর ও ঠিক ধরতে পারে – জানো – কখন তুমি তোমার হ্যারি পটারের সত্তায় ঢুকে পড়ো। তুমি আসলে যেরকম, ও সেরকম ভাবেই তোমায় চায়।

হ্যারি

'সত্য একটা সুন্দর এবং ভয়ানক বস্তু, এবং তার সাথে খুব সাবধানে ব্যাবহার করা উচিত।'

জিনি *অবাক হয়ে তার দিকে তাকায়।*

ডাম্বেলডোর।

জিনি

একটা বাচ্চাকে এই কথাটা বললে খুবই অদ্ভুত শোনাবে।

হ্যারি

শোনাবে না, যদি তুমি বিশ্বাস করে নাও যে সেই বাচ্চাটাকে একদিন পৃথিবী রক্ষা করার জন্য নিজের প্রাণ দিতে হবে।

হ্যারি আবার জোরে জোরে নিঃশ্বাস ফেলতে থাকে - এবং নিজের কপালে হাত না দেওয়ার যথা সম্ভব চেষ্টা করতে থাকে।

জিনি

হ্যারি। কি হয়েছে?

হ্যারি

না কিছু না। আমি ঠিক আছি। আমি শুনেছি তুমি কি বললে। আমি চেষ্টা করবো -

জিনি

তোমার কপালের ক্ষতচিহ্নটায় কি ব্যাথা করছে?

হ্যারি

না। না। আমি ঠিক আছি। এবার আলো নিবিয়ে চলো ঘুমাই।

জিনি

হ্যারি। কতো বছর হলো তোমার ঐ চিহ্নটায় শেষ ব্যাথা হয়েছে?

হ্যারি জিনির *দিকে ফিরে তাকায়, তার* মুখের *ভাব সব বলে দেয়।*

হ্যারি

বাইশ বছর।

প্রথম অঙ্ক দৃশ্য দশ

হগওয়ার্টস্ এক্সপ্রেস

ট্রেনের মধ্যে দিয়ে অ্যাল্বাস তাড়াতাড়ি হেঁটে যাচ্ছে। তার মাথা নিচু করা যাতে তাকে কেউ লক্ষ্য করতে না পারে।

রোস

অ্যাল্বাস, আমি তোমাকে খুঁজছিলাম...

অ্যাল্বাস

আমাকে? কেন?

রোস বুঝতে পারছে না ও যেটা বলতে চায় সেটা ও কিভাবে বলবে।

রোস

অ্যাল্বাস, এটা চতুর্থ বর্ষ, এবং আমাদের জন্য এক নতুন বছর। আমি আবার আগের মতো বন্ধুত্ব করতে চাই।

অ্যাল্বাস

আমরা কোনোদিন বন্ধু ছিলাম না।

রোস

এরম বলোনা! আমার যখন ছ'বছর বয়স তখন তুমি আমার সবথেকে ভালো বন্ধু ছিলে।

অ্যাল্বাস

সে বহুদিন আগের কথা।

সে চলে যেতে থাকে। রোস তাকে টেনে ধরে একটা ফাঁকা কামরায় নিয়ে যায়।

রোস

তুমি কি ঐ উড়ো খবরগুলো শুনেছো? কিছুদিন আগে মিনিস্ট্রি একটা বড়সড় হামলা চালায়। তোমার বাবা নাকি বিশেষ সাহসীকতার পরিচয় দিয়েছে।

অ্যাল্বাস

তুমি কি করে এইসব খবর পেয়ে যাও আর আমি পাই না?

রোস

শোনা যাচ্ছে যে তার - মানে যেই জাদুকরের বাড়িতে হানা দেওয়া হয় - সম্ভবত থিওডোর নট - তার কাছে নানারকম বেআইনী জিনিসপত্র ছিল এবং একটা - আর এইটার জন্যই বিশেষ সাড়া পড়ে গেছে - একটা বেআইনী কাল-পরিবর্তক পাওয়া গেছে। আর সেটা বেশ শক্তিশালী বলে ধরা হচ্ছে।

অ্যাল্বাস রোসের *দিকে তাকায়, ধীরে ধীরে সব বুঝতে পারে।*

অ্যাল্বাস

একটা কাল-পরিবর্তক? আমার বাবা একটা কাল-পরিবর্তক খুঁজে পেয়েছে?

রোস

আহ আস্তে! হ্যাঁ। পেয়েছে। দারুণ ব্যাপার, তাই না?

অ্যাল্বাস

তুমি ঠিক জানো?

রোস

একদম।

অ্যাল্বাস

এবার আমায় স্কর্পিয়াসকে খুঁজে বার করতে হবে।

সে ট্রেনের ভেতর দিয়ে সোজা হেঁটে চলে যায়। রোস তার পেছন পেছন যেতে থাকে, তার এখনো কিছু বলবার আছে।

রোস

অ্যাল্বাস!

অ্যাল্বাস *সাথে সাথে ঘুরে তাকায়।*

অ্যাল্বাস

আমার সাথে কথা বলবার জন্য তোমায় কে বলেছে?

রোস (*লাফিয়ে*)

হ্যাঁ, হয়তো তোমার মা আমার বাবাকে প্যাঁচার মাধ্যমে চিঠি পাঠিয়েছে – কিন্তু তার একমাত্র কারণ হলো সে তোমার জন্য চিন্তিত। আর আমার মনে হয় –

অ্যাল্বাস

আমায় একলা ছেড়ে দাও রোস।

স্কর্পিয়াস *তার নির্দিষ্ট কামরায় বসে আছে।* অ্যাল্বাস *আগে ঢোকে,* রোস *তার পেছন পেছন।*

স্কর্পিয়াস

অ্যাল্বাস! হেলো রোস, তুমি কিসের গন্ধ ছড়াচ্ছো?

রোস

আমি কিসের *গন্ধ ছড়াচ্ছি?*

স্কর্পিয়াস

না মানে সুগন্ধ? তোমার থেকে কেমন যেন তরতাজা ফুল আর টাটকা – পাউরুটির গন্ধ ভেসে আসছে।

রোস

অ্যাল্বাস, আমি পাশেই আছি, ঠিকাছে? তোমার আমাকে যদি প্রয়োজন হয়।

স্কর্পিয়াস *(মরিয়া হয়ে যেন কিছু একটা হাতড়াচ্ছে)*

মানে আমি বলতে চেয়েছি, সুন্দর পাউরুটি, ভালো পাউরুটি, পাউরুটি... পাউরুটিতে খারাপ কি?

রোস *মাথা নেড়ে হেঁটে চলে যায়।*

রোস

পাউরুটিতে খারাপ কি!

অ্যাল্বাস

আমি সর্বত্র তোমায় খুঁজে বেড়াচ্ছিলাম...

স্কর্পিয়াস

আর এবার আমায় খুঁজে পেয়ে গেছো। টাডা! আমি তো লুকাইনি। তুমি জানো আমি কেরকম...আগেভাগেই চলে আসি। লোকজনের নজর এড়াতে পারি। তাদের চিৎকার। আমার ট্রাঙ্কে 'ভোল্ডেমর্টের ছেলে' লিখে দেওয়া। এই শেষেরটা কিছুতেই আর শেষ হয় না। ও সত্যি আমায় পছন্দ করে না, তাই না?

অ্যাল্বাস *তার বন্ধুকে জড়িয়ে ধরে। খুব জোরে। এক মুহূর্ত ওরা একে অপরকে জড়িয়ে ধরে থাকে।* স্কর্পিয়াস *এতে একটু অপ্রস্তুত হয়ে পড়ে।*

আচ্ছা। ঠিকাছে। হম্। আমরা কি আগে কখনো এরকম গলা জড়িয়ে ধরেছি? আমরা কি জড়িয়ে ধরি?

দুজনেই একটু অস্বস্তি বোধ করে বিচ্ছিন্ন হয়ে পড়ে।

অ্যাল্বাস

গত চব্বিশ ঘণ্টা একটু অদ্ভুত ভাবে কেটেছে।

স্কর্পিয়াস

কি হয়েছে?

অ্যাল্বাস

পরে বোঝাবো। আমাদের ট্রেন থেকে নামতে হবে।

দূর থেকে ভোঁ শোনা গেলো। ট্রেন চলা শুরু করেছে।

স্কর্পিয়াস

দেরি হয়ে গেছে। ট্রেন চলতে শুরু করে দিয়েছে। হগওয়ার্টস্ আমরা আসছি!

অ্যাল্বাস

তাহলে আমাদের চলন্ত ট্রেন থেকেই নেমে পড়তে হবে।

ট্রলি-বাহী জাদুকরী

ট্রলী থেকে কিছু চাই তোমাদের?

অ্যাল্বাস একটা জানলা খুলে বেরোনোর চেষ্টা করে।

স্কর্পিয়াস

একটি চলন্ত মায়াবী ট্রেন।

ট্রলি বয়া জাদুকরী

কুমড়ো পেস্ট্রী? কড়াই কেক?

স্কর্পিয়াস

অ্যাল্বাস সেভেরাস পটার, ওরকম অদ্ভুত ভাবে তাকিয়ো না।

অ্যাল্বাস

প্রথম প্রশ্ন। ত্রয়ীজাদুকরী প্রতিযোগিতা সম্বন্ধে তুমি কি জানো?

স্কর্পিয়াস (*খুশি*)

ও, কুইজ! তিনটি স্কুল তিনজন সেরা ছাত্র-ছাত্রীকে বেছে নেবে যারা একটি কাপ জয় করার জন্য তিনটি প্রতিযোগিতায় অংশগ্রহন করবে। কিন্তু তাই দিয়ে কি হবে?

অ্যাল্বাস

তুমি ভীষণ পড়ুয়া একটি ছেলে জানো?

স্কর্পিয়াস

হ্যাঁ।

অ্যাল্বাস

দ্বিতীয় প্রশ্ন। গত কুড়ি বছরে ত্রয়ীজাদুকরী প্রতিযোগিতা হয়নি কেন?

স্কর্পিয়াস

শেষ যেই প্রতিযোগিতাটি হয়েছিল তাতে তোমার বাবা এবং সেড্রিক ডিগোরি নামক একটি ছেলে ছিল - তারা ভেবেছিল একসাথে জিতবে কিন্তু কাপ'টি ছিল একটি পোর্টকী - আর সেটি তাদের দুজনকে ভোল্ডেমর্টের কাছে নিয়ে গিয়ে উপস্থিত করে। সেড্রিককে মেরে ফেলা হয়। তার পরেই এই প্রতিযোগিতা বন্ধ করে দেওয়া হয়।

অ্যাল্বাস

বাহ। তৃতীয় প্রশ্ন। সেড্রিককে মারা কি দরকার ছিল? সহজ প্রশ্ন, সহজ উত্তর: না। ভোল্ডেমর্ট বলেছিল 'যে অনাবশ্যক তাকে মেরে ফেলো'।

অনাবশ্যক। সে মারা যায় কারণ সে আমার বাবার সঙ্গে ছিল এবং আমার বাবা তাকে বাঁচাতে পারেনি - আমরা পারবো। একটা ভুল হয়েছে আর আমরা সেটাকে ঠিক করবো। আমরা কাল-পরিবর্তক ব্যাবহার করবো। আমরা তাকে ফিরিয়ে আনবো।

স্কর্পিয়াস

অ্যাল্বাস, স্পষ্টতই, আমি কাল-পরিবর্তক জিনিসটার খুব একটা ভক্ত নই...

অ্যাল্বাস

এমোস ডিগোরি যখন কাল-পরিবর্তকটি চায় তখন আমার বাবা সেটার উপস্থিতি অস্বীকার করে। সে একজন বৃদ্ধকে মিথ্যে বলে, যে কেবল নিজের ছেলেকে ফিরে পেতে চায় - যে কেবল নিজের ছেলেকে ভালোবাসে। আর বাবা এরকম করেছে কারণ তার কিছু যায় আসে না। সবাই বাবার বাহাদুরির চর্চা করে। কিন্তু সে অনেক ভুলও করেছে। কিছু কিছু খুব বড় ভুল। আমি তার মধ্যে একটা ভুল শুধরাতে চাই। আমি সেড্রিককে বাঁচাতে চাই।

স্কর্পিয়াস

বেশ, মানে এতদিন ধরে যেই জিনিসটা তোমার মস্তিষ্ককে চালনা করছিল সেটা বোধ হয় কাজ করা বন্ধ করে দিয়েছে।

অ্যাল্বাস

আমি এটা করবোই স্কর্পিয়াস। আমায় এটা করতেই হবে। আর আমরা দুজনেই জানি যে তুমি আমার সাথে না থাকলে আমি সব ঘেঁটে ফেলবো। আমার সঙ্গে চলো।

সে হাসে। তারপর ট্রেনের ছাদের দিকে এগিয়ে যায়। স্কর্পিয়াস একটু ইতস্তত করে। মুখ বিক্রীত করে।কিন্তু সে জানে তাকে কি করতে হবে - সে কি করবে - সে জানলা দিয়ে বেরিয়ে নিজেকে টেনে উপর দিকে তুলে অ্যাল্বাসের পেছন পেছন এগিয়ে যায়।

প্রথম অঙ্ক দৃশ্য এগারো

হগওয়ার্টস্ এক্সপ্রেসের ছাদ

চারিদিক থেকে সাঁ সাঁ করে ভয়ানক হাওয়া দিচ্ছে যার মধ্যে দৃঢ়প্রতিজ্ঞ অ্যাল্বাস *এবং ভীত* স্কর্পিয়াস *ট্রেনের ছাদে দাঁড়িয়ে আছে।*

স্কর্পিয়াস

আচ্ছা, এখন আমরা একটা ট্রেনের ছাদে দাঁড়িয়ে, ট্রেন দ্রুতগতিতে ছুটছে, ব্যাপারটা খুবই ভয়াবহ লাগছে, এতক্ষণ যা হয়েছে তা অসাধারণ, আমার মনে হচ্ছে আমি নিজেকে নতুন করে চিনেছি, তোমার ব্যাপারেও কিছু কিছু জেনেছি, কিন্তু -

অ্যাল্বাস

আমার হিসেব বলছে আমরা শিগগিরি সেতুটির উপর দিয়ে যাবো, তারপর সেখান থেকে বয়স্ক জাদুকর এবং জাদুকরীদের জন্য সেইন্ট অসওয়াল্ডস বৃদ্ধাশ্রম হাঁটা পথ...

স্কর্পিয়াস

কি? কোথায়? দেখো, আমিও তোমার মতোই জীবনে প্রথমবার বিদ্রোহী হওয়ায় খুবই উৎসাহী - দারুণ ব্যাপার - ট্রেনের ছাদ - মজা - কিন্তু এবার - আরে।

স্কর্পিয়াস *এমন কিছু দেখতে পায় যা সে দেখতে চায়নি।*

অ্যাল্বাস

আমাদের প্রতিঘাত-রোধক মন্ত্র যদি কাজ না করে তাহলে ঐ জল আমাদের খুব প্রয়োজনীয় সহায়ক হিসেবে কাজ করবে।

স্কর্পিয়াস

অ্যাল্বাস। ট্রলি-বাহী জাদুকরী।

অ্যাল্বাস

তুমি এইটুকু রাস্তার জন্য আবার খাবার নিয়ে রাখতে চাও?

স্কর্পিয়াস

না অ্যাল্বাস। ট্রলি-বাহী জাদুকরী আমাদের দিকে এগিয়ে আসছে।

অ্যাল্বাস

না, তা কি করে হয়, আমরা তো ট্রেনের ছাদে...

স্কর্পিয়াস অ্যাল্বাসকে *ধরে ঠিক দিকে ঘোরায়, এবার সে* ট্রলি-বাহী জাদুকরীকে *দেখতে পায়, যে নির্দ্বিধায় তাদের দিকে এগিয়ে আসছে। তার ট্রলী ঠেলতে-ঠেলতে।*

ট্রলি-বাহী জাদুকরী

ট্রলি থেকে কিছু চাই তোমাদের? কুমড়ো পেস্ট্রী? চকলেটের ব্যাং? কড়াই কেক?

অ্যাল্বাস

ও।

ট্রলি বয়া জাদুকরী

লোকে আমার ব্যাপারে বেশী কিছু জানে না। তারা আমার কড়াই কেক কেনে – কিন্তু আমায় খুব একটা লক্ষ্য করে না। শেষ কবে কেউ আমার নাম জিজ্ঞেস করেছিল মনে পড়ে না।

অ্যাল্বাস

তোমার নাম কি?

ট্রলি বয়া জাদুকরী

আমি ভুলে গেছি। আমার শুধু এটুকুই মনে আছে যে প্রথম যখন হগওয়ার্টস্ এক্সপ্রেস চালু হয় – তখন অট্টালিন গ্যাম্বল নিজে আমায় এই কাজ দেন...

স্কর্পিয়াস

সে তো – একশো-নব্বই বছর আগে।তুমি একশো-নব্বই বছর ধরে এই কাজ করছো?

ট্রলি-বাহী জাদুকরী

এই হাত ষাট লক্ষরও বেশী কুমড়ো পেস্ট্রী বানিয়েছে।ঐটা ওটা আমি এখন বেশ ভালোই বানাতে পারি। কিন্তু লোকে যেটা লক্ষ্য করেনি তা হলো, কি সহজে সেগুলি অন্য কিছুতে বদলে যেতে পারে...

সে একটি কুমড়ো পেস্ট্রী তোলে। সেটিকে বোমার মতো করে ছোড়ে। সেটি ফেটে পড়ে।

আর তুমি ভাবতেই পারবে না আমি আমার চকলেটের ব্যাং দিয়ে কি করতে পারি। কখনো, কোনোদিন এই ট্রেন তার গন্তব্যে পৌঁছনোর আগে আমি কাউকে এর থেকে নামতে দেইনি। কেউ কেউ চেষ্টা করেছিল – সিরিয়াস ব্ল্যাক আর তার সাঙ্গপাঙ্গরা, ফ্রেড এবং জর্জ উইস্লী। **কেউ পারেনি। কারণ এই ট্রেন – এ লোকজনের নেমে যাওয়া পছন্দ করেনা...**

ট্রলি-বাহী জাদুকরীর *হাতদুটি ধারালো গজালে বদলে যায়।সে মৃদু হাসে।*

সুতরাং অনুগ্রহ করে বাকি যাত্রার জন্য নিজের নিজের জায়গায় গিয়ে বসে পড়ো।

অ্যাল্বাস

তুমি ঠিক বলেছিলে স্কর্পিয়াস। এই ট্রেনটা সত্যিই মায়াবী।

স্কর্পিয়াস

এই মুহূর্তে আমি সেই ঠিক বলার জন্য একটুও গর্ব বোধ করছি না।

অ্যাল্বাস

কিন্তু আমিও ঠিক ছিলাম – সেতুটির ব্যাপারে – ঐযে নিচে জল দেখতে পাচ্ছো, প্রতিঘাত-রোধক মন্ত্র ব্যাবহার করার সময় এসে গেছে।

স্কর্পিয়াস

অ্যাল্বাস, আমরা কিন্তু ভুল করছি।

অ্যাল্বাস

তাই নাকি? (*সে এক মুহূর্তের জন্য দ্বিধাগ্রস্ত হয়ে পড়ে, পরমুহূর্তে বোঝে দ্বিধার সময় পেরিয়ে গেছে*) অনেক দেরি হয়ে গেছে। তিন। দুই। এক। মলিয়ের!

সে লাফানোর সাথে সাথে মন্ত্র প্রয়োগ করে।

স্কর্পিয়াস

অ্যাল্বাস... অ্যাল্বাস...

সে অস্থির হয়ে নিজের বন্ধুর দিকে তাকায়। তারপর তার নিজের দিকে এগিয়ে আসা ট্রলি-বাহী জাদুকরীর *দিকে তাকায়।* জাদুকরীর *চুল এলোমেলো। তার গজালগুলি আরো বেশী ধারালো।*

যাই হোক, তোমায় দেখতে যদিও খুব মজার লাগছে, কিন্তু আমাকে আমার বন্ধুর সাথে যেতেই হবে।

সে নিজের নাক চেপে ধরে অ্যাল্বাসের পেছনে লাফ দেয়, এবং সাথে সাথে মন্ত্রটি আওরায়।

মলিয়ের!

প্রথম অঙ্ক দৃশ্য বারো

মিনিস্ট্রি অফ ম্যাজিক, প্রধান সভাগৃহ

মঞ্চে ভর্তি জাদুকর এবং জাদুকরী। তারা সত্যিকারের জাদুকর এবং জাদুকরীদের মতোই কথাবার্তা বলে চলেছে। তাদের মধ্যে জিনি, ড্রেকো *এবং* রন। *তাদের উপর, একটা মঞ্চে* হারমায়নী *এবং* হ্যারি।

হারমায়নী

অর্ডার। অর্ডার। আমাকে কি তাহলে জাদু করে সবাইকে চুপ করাতে হবে? (*সে তার জাদু-ছড়ির মাধ্যমে জনগনের মধ্যে নীরবতা আনে*) বেশ। এই অসাধারণ সম্মেলনে সকলকে স্বাগত। আপনারা এতজন আসতে পেরেছেন এই বিষয়ে আমি যার পর নাই আপ্লুত। জাদুকরী মহল বহু বছর ধরে বেশ শান্তিতে রয়েছে। বাইশ বছর হয়ে গেলো আমরা ভোল্ডেমর্টকে হগওয়ার্টসের যুদ্ধে হারিয়েছি এবং আমি খুব আনন্দ সহকারে বলছি যে এক নতুন প্রজন্ম গড়ে উঠছে যারা কোনোরকম বিবাদ সেই অর্থে দেখেনি। এখনো পর্যন্ত। হ্যারি?

হ্যারি

ভোল্ডেমর্টের সঙ্গীরা গত কিছু মাস ধরে সক্রিয় হয়ে উঠেছে। আমরা ইউরোপের মধ্যে দিয়ে কিছু ট্রোলদের স্থানান্তর হতে দেখেছি, দৈত্যদের সমুদ্র পার করতে দেখেছি, এবং ওয়েরউল্ফ – মানে আমি খুবই দুঃখের সাথে জানাচ্ছি যে আমরা কিছু সপ্তাহ ধরে তাদের হদিস পাচ্ছিনা। আমরা জানিনা তারা কোথায় যাচ্ছে বা কারা তাদের চালিত করছে – কিন্তু এটুকু জানি যে তারা নিশ্চিতরূপে কোথাও একটা যাচ্ছে – এবং এর অর্থ কি হতে পারে সেই নিয়ে আমরা যথেষ্ট চিন্তিত। তাই আমরা

জিজ্ঞেস করতে চাই - কেউ কিছু দেখেছেন কিনা? কিছু অনুভব করেছেন কিনা? আপনারা যদি জাদু-ছড়ি তুলে ধরেন তাহলে আমরা সকলের কথা শুনবো। প্রোফেসর ম্যাকগনেগাল - ধন্যবাদ।

প্রোফেসর ম্যাকগনেগাল

গরমের ছুটি থেকে ফিরে আসার পর মনে হয়েছিল যে আমাদের মিশ্রণের ঘরে কেউ হস্তক্ষেপ করেছে, কিন্তু বেশী কিছু উধাও হয়নি, কিছু বুমস্ল্যাঙের চামড়া এবং দরি-আক্রিতির মাছি, নিশিদ্ধ তালিকা থেকে কিছু সরানো হয়নি। আমারা এটা পীভস'এর কাজ বলেই ধরে নিয়েছিলাম।

হারমায়নী

ধন্যবাদ প্রোফেসর। আমরা তদন্ত চালাবো। (*সে সারা ঘরে ফিরে তাকায়*) আর কেউ? বেশ, এবং - সব চাইতে গুরুতপূর্ণ - এবং ভোল্ডেমর্টের পর থেকে এই জিনিস ঘটেনি - হ্যারির কপালের ক্ষতচিহ্নতে আবার ব্যাথা হচ্ছে।

ড্রেকো

ভোল্ডেমর্ট মৃত, ভোল্ডেমর্ট আর নেই।

হারমায়নী

হ্যাঁ, ড্রেকো, ভোল্ডেমর্ট মৃত কিন্তু এই সকল ঘটনা ইঙ্গিত করছে যে হয়তো ভোল্ডেমর্ট - অথবা তার কোনো অংস - হয়তো আবার ফিরে এসেছে।

এই কথায় সবাই বেশ নড়েচড়ে বসে।

হ্যারি

এই বিষয়টা হয়তো অস্বস্তিকর কিন্তু কোনোরকম সিদ্ধান্ত নেওয়ার আগে জিজ্ঞেস করতেই হচ্ছে। যাদের শরীরে কালো চিহ্ন আছে...কেউ কিছু অনুভব করেছেন? সামান্য কিছুও?

ড্রেকো

সেই আগের মতো যাদের কালো চিহ্ন আছে তাদের বিরোধিতা করা, তাই তো পটার?

হারমায়নী

না, ড্রেকো। হ্যারি কেবল –

ড্রেকো

তুমি জানো আসলে ব্যাপারটা কি? হ্যারি খবরের কাগজে আবার নিজের মুখ দেখতে চায়। প্রতি বছর একবার করে আমরা *ডেইলী প্রফেট*এ ভোল্ডেমর্টের ফিরে আসার খবর পাই –

হ্যারি

সেরকম কোনো গুজব আমি রটাইনি!

ড্রেকো

তাই? তোমার স্ত্রী *ডেইলী প্রফেট*এর সম্পাদক না?

জিনি *রেগে তার দিকে এগিয়ে আসে।*

জিনি

খেলার খবরের সম্পাদক!

হারমায়নী

ড্রেকো, হ্যারি এই তথ্য মিনিস্ট্রির সামনে তুলে ধরেছে... এবং আমি, মিনিস্টার ফর ম্যাজিক হিসেবে –

ড্রেকো

যেটা হতে পেরেছো কেবল তুমি ওর বন্ধু বলে।

রন ড্রেকোর *দিকে এগিয়ে যাচ্ছিলো।* জিনি *তাকে ধরে রাখে।*

রন

তুমি কি মুখে একটা ঘুষি খেতে চাও?

ড্রেকো

মেনে নাও – ওর জনপ্রিয়তার প্রভাব তোমাদের সবার জীবনেই পড়েছে। আর পটারের নাম আবার সবাই গুনগুন করুক তার (*সে* হ্যারিকে *নকল করে*) 'আমার দাগটায় জ্বালা করছে, আমার দাগটায় জ্বালা করছে' এর চেয়ে ভালো উপায় আর কি হতে পারে। আর তোমরা কি জানো এই সবকিছুর অর্থ কি দাঁড়ায় – পরচর্চাকারীরা আমার ছেলের বংশ-পরিচিতি নিয়ে ভুলভাল কুৎসা রটানোর আরেকটা সুযোগ পেয়ে যাবে।

হ্যারি

ড্রেকো, কেউ বলছে না যে এটার সাথে স্কর্পিয়াসের কোনোরকম যোগাযোগ রয়েছে...

ড্রেকো

যাই হোক, আমি মনে করি এই গোটা সম্মেলনটা একটা প্রহসন। আমি চললাম।

সে বেরিয়ে যায়। বাকিরাও তার পরে একে একে বেরোতে থাকে।

হারমায়নী

না। এটা ঠিক না...ফিরে এসো। আমাদের একটা কিছু পরিকল্পনা দরকার।

প্রথম অঙ্ক দৃশ্য তেরো

বয়স্ক জাদুকর এবং জাদুকরীদের সেইন্ট অসওয়াল্ডস বৃদ্ধাশ্রম

এটা একটা হট্টগোল। এটা জাদু। এটা বয়স্ক জাদুকর এবং জাদুকরীদের সেইন্ট অসওয়াল্ডস বৃদ্ধাশ্রম এবং এটা তোমাদের কল্পনার মতোই সুন্দর।

হাঁটবার ওয়াকার জাদু দিয়ে প্রাণবন্ত করে তোলা হয়েছে, কাপড় বোনার উল দিয়ে জাদুর মাধ্যমে এক হট্টগোল সৃষ্টি করা হয়েছে, এবং পুরুষ পরিষেবকদের ট্যাঙ্গো নাচ নাচতে হচ্ছে।

এই লোকগুলো কোনো বিশেষ কারণে জাদুর ব্যবহার করার দায়বদ্ধতা থেকে মুক্ত - বরং এই সমস্ত জাদুকর এবং জাদুকরীরা কেবল মনের আনন্দের জন্যেই জাদুর ব্যবহার করে থাকে। আর কি আনন্দই না তারা করে।

অ্যাল্বাস *এবং* স্কর্পিয়াস *ভেতরে প্রবেশ করে, চারপাশে ঘুরে তাকায়, অবাক, এবং - বলাই বাহুল্য - একটু ভীত।*

অ্যাল্বাস এবং স্কর্পিয়াস

হম্, একটু শুনবেন...একটু শুনবেন। **একটু শুনবেন!**

স্কর্পিয়াস

হ্যাঁ, এই জায়গাটা সত্যিই ক্ষ্যাপা।

অ্যাল্বাস

আমরা এমোস ডিগোরির খোঁজ করছি।

হঠাৎ সবাই চুপ করে যায়। সবকিছু একেবারে স্তব্ধ। এবং একটু বিষণ্ণ।

উল মহিলা

তোমাদের মতো দুজন ছোকরার ঐ বুড়ো ভামটার সাথে কি কাজ?

ডেল্ফি *হাসিমুখে উপস্থিত হয়।*

ডেল্ফি

অ্যাল্বাস? অ্যাল্বাস! তুমি এসেছো? বাহ! এসো, এমোসের সাথে দেখা করবে এসো!

প্রথম অঙ্ক দৃশ্য চোদ্দ

বয়স্ক জাদুকর এবং জাদুকরীদের সেইন্ট অসওয়াল্ডস বৃদ্ধাশ্রম, এমোসের ঘর

এমোস স্কর্পিয়াস *এবং* অ্যাল্বাসের *দিকে বিরক্ত হয়ে তাকায়। ডেল্ফি তাদের তিনজনকে দেখতে থাকে।*

এমোস

তাহলে ব্যাপারটা এরকম দাঁড়ায়। তুমি আড়ি পেতে কিছু কথা শুনেছো - এমন কিছু কথা যা তোমার শোনার কথা ছিল না - এবং তুমি ঠিক করে নিলে, কাউকে কিছু না জানিয়ে - উপরন্তু কারুর অনুমতি না নিয়ে - তুমি আরেকজন ব্যক্তির কাজে ভীষণ ভাবে নাক গলাবে।

অ্যাল্বাস

আমার বাবা আপনাকে মিথ্যে কথা বলেছে - আমি জানি - ওদের কাছে একটা কাল-পরিবর্তক আছে।

এমোস

অবশ্যই আছে। তুমি এখন আসতে পারো।

অ্যাল্বাস

মানে? না। আমরা আপনাকে সাহায্য করতে এসেছি।

এমোস

সাহায্য? তোমাদের মতো দুটো ছোকরা আমার জন্য কি করতে পারবে?

অ্যাল্বাস

আমার বাবা প্রমান করে দিয়েছে যে জাদুকরী জগতে পরিবর্তন আনার জন্য বয়সে বড় হতে হয় না।

এমোস

তার মানে আমায় তোমাকে এর মধ্যে হস্তক্ষেপ করতে দিতে হবে কারণ তুমি একজন পটার বলে? নিজের বিখ্যাত নামের উপর নির্ভরশীল, তাই না?

অ্যাল্বাস

না!

এমোস

একজন পটার যে কিনা স্লীদারিন ঘরের সদস্য - হ্যাঁ, আমি তোমার ব্যাপারে পড়েছি - এবং যে একজন ম্যাল্ফয়কে নিয়ে আমার কাছে এসেছে - একজন ম্যাল্ফয় যে একজন ভোল্ডেমর্টও হতে পারে। কে বলতে পারে, তুমি কালা জাদুর সাথে যুক্ত আছো কি না?

অ্যাল্বাস

কিন্তু -

এমোস

তুমি যা বললে তা আমার আগে থেকেই জানা, তবুও তুমি যে খবরটা পাকা করলে সেটা ভালো। তোমার বাবা মিথ্যা বলেছে। এবার বেরও। দুজনেই। আর আমার সময় নষ্ট কোরো না।

অ্যাল্বাস (*দৃঢ়তার সাথে*)

না, আপনাকে আমার কথা শুনতেই হবে, আপনি নিজেই বলেছেন - আমার বাবার হাত কতজনের রক্তে রক্তাক্ত। আমায় আপনি সেই পরিস্থিতি পাল্টাতে দিন। তার একটা ভুল অন্তত শোধরাতে দিন। আমার উপর বিশ্বাস রাখুন।

এমোস (*গলা তুলে*)

তুমি কি আমার কথা শুনতে পাওনি, ছোকরা? তোমায় বিশ্বাস করার কোনো কারণ আমি দেখি না। সুতরাং চলে যাও। এক্ষুনি। নয়তো আমায় তোমাদের *বের করে দিতে* হবে।

সে আশঙ্কাজনক ভাবে তার জাদু-ছড়ি উঁচিয়ে ধরে। অ্যাল্বাস সেই ছড়ির দিকে তাকায় - সে হতাশ হয়ে পড়ে - এমোস তাকে পরাস্ত করেছে।

স্কর্পিয়াস

চলো বন্ধু, আমরা একটা জিনিস খুব ভালো করে বুঝতে পারি, কোথায় আমরা অপ্রয়োজনীয়।

অ্যাল্বাস *যেতে অনিচ্ছুক।* স্কর্পিয়াস *তার হাত ধরে টানে। সে ঘুরে দাঁড়ায় এবং দুজনে বেরিয়ে যায়।*

ডেল্ফি

আমার মনে হয় একটা কারণ আছে যার জন্য তুমি ওদের বিশ্বাস করতে পারো কাকু।

ওরা দাঁড়িয়ে পড়ে

এরাই একমাত্র স্বেচ্ছায় সাহায্য করতে চাইছে। ওরা তোমার ছেলেকে ফেরানোর জন্য বিপদের সম্মুখীন হতেও রাজি। আমার ধারণা ওরা এখান অব্দি পৌঁছনোর জন্যেও অনেক বাঁধা পেরিয়েছে...

এমোস

আমরা সেড্রিকের কথা বলছি...

ডেল্ফি

আর – তুমি নিজেই বলতে না – হগওয়ার্টসের ভেতরের কাউকে পেলে *খুব সুবিধা* হতো?

ডেল্ফি এমোসের *কপালে চুমু খায়।* এমোস ডেল্ফির *দিকে তাকায়, তারপর দুটি ছেলের দিকে।*

এমোস

কেন? তুমি এভাবে নিজেকে বিপদে ফেলতে চাইছো কেন? তোমার তাতে কি লাভ?

অ্যাল্বাস

আমি জানি অনাবশ্যক হওয়া কাকে বলে। মৃত্যু আপনার ছেলের প্রাপ্য ছিল না মিস্টার ডিগোরি। আমরা তাকে ফিরে পেতে আপনার সাহায্য করতে পারি।

এমোস (*অবশেষে আবেগপূর্ণ ভাবে*)

আমার ছেলে – আমার ছেলে ছিল আমার জীবনের সবচেয়ে সুন্দর প্রাপ্তি – আর তুমি ঠিক বলেছো ওর সাথে অবিচার হয়েছে – ঘোরতর অবিচার – যদি তুমি আদৌ এই কথা মন থেকে বলে থাকো...

অ্যাল্বাস

আমরা সত্যিই মন থেকে বলছি।

এমোস

এটা কিন্তু খুব ভয়ানক একটা প্রস্তাব।

অ্যাল্বাস

আমরা জানি।

স্কর্পিয়াস

সত্যিই কি আমরা জানি?

এমোস

ডেল্ফি – তুমি কি ওদের সাথে যেতে রাজি আছো?

ডেল্ফি

সেটায় যদি তুমি খুশি হও তাহলে অবশ্যই যাবো।

সে অ্যাল্বাসের *দিকে তাকিয়ে হাসে।* অ্যাল্বাস *প্রত্যুত্তরে হাসে।*

এমোস

তোমরা নিশ্চয়ই বুঝতে পারছো যে কাল-পরিবর্তকটি উদ্ধার করাও তোমাদের জন্য প্রাণঘাতক হতে পারে।

অ্যাল্বাস

আমরা নিজেদের প্রাণের ঝুঁকি নিতে রাজি আছি।

স্কর্পিয়াস

তাই কি?

এমোস (*গম্ভীর ভাবে*)

আশা করি তোমরা পারবে।

প্রথম অঙ্ক দৃশ্য পনেরো

হ্যারি এবং জিনি পটারের বাড়ি, রান্নাঘর

হ্যারি, রন, হারমায়নী *এবং* জিনি *একসাথে বসে খাবার খাচ্ছে।*

হারমায়নী

আমি ড্রেকোকে বহুবার বলেছি – মিনিস্ট্রিতে স্কর্পিয়াসকে নিয়ে কেউ কিচ্ছু বলছে না। গুজবগুলো আমাদের দিক থেকে রটছে না।

জিনি

আমি ওকে চিঠি লিখেছিলাম – এস্টোরিয়া মারা যাওয়ার পর – জিজ্ঞেস করতে, আমরা কোনোরকম সাহায্য করতে পারবো কিনা। আমার মনে হয়েছিল – যেহেতু সে অ্যাল্বাসের এতো ভালো বন্ধু – হয়তো স্কর্পিয়াস বড়দিনের ছুটিতে কয়েকদিন আমাদের সঙ্গে থাকতে চাইবে বা... আমার প্যাঁচা একটা চিঠি নিয়ে ফিরে এসেছে যার মধ্যে কেবল একটা কথা লেখা: 'তোমার বর'কে বলো আমার ছেলের উপর থেকে এই কুৎসা চিরকালের মতো মেটাতে'।

হারমায়নী

ও একরোখা হয়ে উঠেছে।

জিনি

ও খুবই দিশাহারা – দুঃখে কাতর এবং দিশাহারা।

রন

ওর ক্ষয়ক্ষতির জন্য আমার খারাপ লাগে কিন্তু ও যখন হারমায়নীকে দোষারোপ করে...মানে...(*সে হ্যারির দিকে তাকায়*) এইযে ভাবজগতে বিচরণকারী, আমি যে কথা ওকে সবসময় বলি, এটা হয়েতো তেমন কিছু না।

হারমায়নী

ওকে?

রন

ট্রোলগুলো হয়তো কোনো আড্ডার আশরে যাচ্ছে, দৈত্যরা হয়তো কারুর বিয়েতে, তুমি হয়তো এসব দুস্বপ্ন দেখছো কারণ তুমি অ্যাল্বাসকে নিয়ে চিন্তিত, আর তোমার কপালের দাগটায় হয়তো জ্বালা করছে কারণ তুমি বুড়ো হয়ে যাচ্ছো।

হ্যারি

বুড়ো হয়ে যাচ্ছি? ধন্যবাদ, বন্ধু।

রন

সত্যি, এখন আমি কোথাও বসতে গেলেই মুখ থেকে 'উউউফ' বেরোয়। একটা 'উউউফ'। আর আমার পা - পা নিয়ে আমি যা সমস্যায় আছি - আমার পা আমায় যা যন্ত্রণা দেয় তাই নিয়ে আমি একটা পুরোদস্তুর গান লিখে ফেলতে পারি - তোমার দাগটাও হয়তো ওরকম।

জিনি

তুমি প্রচুর ফালতু কথা বলো।

রন

ওটাই তো আমার বিশেষ ক্ষমতা। ওটা আর আমার নানারকম অদৃশ্যকর মিষ্টির বাক্স। আর তোমারদের প্রতি আমার ভালোবাসা। এমনকি স্কিনি জিনির প্রতিও।

জিনি

রোনাল্ড উইস্লী, তুমি যদি এরকম অভদ্রতা করো, আমি কিন্তু মা'কে বলে দেবো।

রন

তুমি বলবে না।

হারমায়নী

ভোল্ডেমর্টের কোনো অংশ যদি রয়ে গিয়ে থাকে, সে যেই আকারেই হোক না কেন, আমাদের তার জন্য তৈরি থাকতে হবে। আর এই ব্যাপারে আমার একটু ভয় করছে।

জিনি

আমারও ভয় করছে।

রন

আমি কাউকে ভয় পাই না। মা'কে ছাড়া।

হারমায়নী

আমি সত্যি বলছি হ্যারি। এই ব্যাপারে আমি কর্নেলিয়াস ফাজ'এর মতো করবো না। আমি চোখ বুজে থাকবো না। এর জন্য যদি ড্রেকো ম্যাল্ফয়ের কাছে আমায় খারাপ হতে হয়, আমার তাতে কিছু যায় আসে না।

রন

তুমি কখনোই বিশেষ সুখ্যাতি চাওনি, তাই না?

হারমায়নী *রেগে* রনের *দিকে তাকায় এবং তাকে মারতে ওঠে, কিন্তু* রন *সরে দাঁড়ায়।*

পারোনি।

জিনি রনকে *প্রচণ্ড পেটায়।* রন *কুঁকড়ে বসে পড়ে।*

লেগেছে। খুব জোরে লেগেছে।

হঠাৎ ঘরের মধ্যে একটা প্যাঁচা ঢুকে আসে। সে নিচু হয়ে হ্যারির পাত্রের উপর একটা চিঠি ফেলে যায়।

হারমায়নী

প্যাঁচা এতো দেরিতে আসেনা, তাই না?

হ্যারি *চিঠি খোলে। একটু অবাক।*

হ্যারি

প্রোফেসর ম্যাকগনেগাল পাঠিয়েছেন।

জিনি

কি লেখা?

হ্যারির *মুখ শুকিয়ে আসে।*

হ্যারি

জিনি, অ্যাল্বাসের ব্যাপারে লেখা – অ্যাল্বাস আর স্কর্পিয়াস – ওরা স্কুলে পৌঁছায়নি। ওরা নিরুদ্দেশ!

প্রথম অঙ্ক দৃশ্য ষোলো

হোয়াইটহল, গুদামঘর

স্কর্পিয়াস, *যার দুপাশে* অ্যাল্বাস *এবং* ডেল্ফি, *একটি বোতলের দিকে একদৃষ্টিতে তাকিয়ে আছে।*

স্কর্পিয়াস

তাহলে কি আমরা এটা শুধু গিলে নেবো?

অ্যাল্বাস

স্কর্পিয়াস, আমায় কি তোমাকে - যে এতো শিক্ষিত এবং মিশ্রণের বিদ্যায় দক্ষ - পলিজুসের উপকারিতা বোঝাতে হবে? ভাগ্যিস ডেল্ফি সব বানিয়ে রেখেছিল, আমরা এই মিশ্রণটি খেয়ে রুপান্তর করে, গোপনে মিনিস্ট্রি অফ ম্যাজিকে প্রবেশ করতে পারবো।

স্কর্পিয়াস

আচ্ছা, দুটো প্রশ্ন, এক নম্বর, এটা কি খুব *যন্ত্রণাদায়ক* হবে?

ডেল্ফি

ভীষণ - আমি যা বুঝেছি।

স্কর্পিয়াস

ধন্যবাদ। জেনে রাখা ভালো। দ্বিতীয় প্রশ্ন - তোমাদের দুজনের মধ্যে কেউ কি জানো পলিজুসের স্বাদ কেরকম? কারণ আমি শুনেছি মাছের মতো, আর তাই যদি হয় তাহলে আমি বমি করে দেবো। মাছ আমার সহ্য হয় না। কখনো হয়নি। কখনো হবেও না।

ডেল্ফি

ধরে নাও আমরা সতর্ক থাকবো। *(সে একটা দীর্ঘশ্বাস নিয়ে মিশ্রণটি খেয়ে নেয়)।* এটা মোটেই মাছের মতো খেতে না। *(সে রূপান্তরিত হতে থাকে। এই প্রক্রিয়াটি একটু যন্ত্রণাদায়ক)।* বরং এটা বেশ ভালো খেতে, হ্যাঁ। একটু যন্ত্রণাদায়ক বটে, কিন্তু... *(সে জোরে ঢেকুর তোলে)* এক ঢোঁকে খেয়ে নাও। একটু - *(সে আবার ঢেকুর তোলে এবং হারমায়নীর চেহারা ধারণ করে)* সামান্য - কড়া - মাছের স্বাদের আভাস রয়েছে।

অ্যাল্বাস

আচ্ছা, এটা - দারুণ তো!

স্কর্পিয়াস

দারুণ দারুণ!

ডেল্ফি/হারমায়নী

সাধারণত আমি যেরকম অনুভব করে থাকি এটা ঠিক সেরকম না - আমার গলার আওয়াজ অব্দি ওর মতো শোনাচ্ছে! দারুণ, দারুণ, এ অবিশ্বাস্য!

অ্যাল্বাস

ঠিক আছে। এবার আমার পালা।

স্কর্পিয়াস

না। একেবারেই না, ক্যাবলাকান্ত। এটা যদি করতেই হয়, তাহলে আমরা *(সে একটি খুব-পরিচিত চশমা পড়ে নিয়ে হাসে)* একসাথেই করবো।

অ্যাল্বাস

তিন। দুই। এক।

তারা গিলে নেয়।

না, বেশ ভালো (হঠাৎ অসহ্য ব্যাথা ওঠে)। এটা একটু কম ভালো।

তারা দুজনেই বদলাতে শুরু করে আর সেটা খুবই যন্ত্রণাদায়ক।

অ্যাল্বাস *রন হয়ে যায়, আর* স্কর্পিয়াস হ্যারি।

তারা দুজন দুজনের দিকে তাকায়। সব চুপ।

অ্যাল্বাস/রন

এটা একটা অদ্ভুত ব্যাপার হতে চলেছে তাই না?

স্কর্পিয়াস/হ্যারি (*নাটকীয় ভাবে - সে এই ব্যাপারটায় বেশ মজা পেয়েছে*)

নিজের ঘরে যাও। সোজা ঘরে যাও। তুমি একটি অত্যন্ত খারাপ সন্তান।

অ্যাল্বাস/রন (*হেসে ফেলে*)

স্কর্পিয়াস...

স্কর্পিয়াস/হ্যারি (*তার জোব্বা কাঁধের উপর জড়িয়ে*)

এটা তোমার বুদ্ধি ছিল - আমি তোমার বাবা হবো আর তুমি রন! আমি শুধু একটু মজা করতে চাই কারণ এর পর...(*তারপর সে খুব জোরে ঢেকুর তোলে*) হ্যাঁ, এটা খুব বিরক্তিকর।

অ্যাল্বাস/রন

জানো তো, সে যদিও সেটা ভালো লুকাতে পারে, কিন্তু রন আঙ্কেলের না একটু ভুঁড়ি হচ্ছে।

ডেল্ফি/হারমায়নী

আমাদের এবার যাওয়া উচিত - তাই না?

তারা রাস্তায় বেরোয়। তারা একটি টেলিফোন বক্সে ঢোকে। তারা ৬২৪৪২ নম্বরে ফোন করে।

টেলিফোন বক্স

সুস্বাগতম, হ্যারি পটার। সুস্বাগতম, হারমায়নী গ্রেঞ্জার। সুস্বাগতম, রন উইস্লী।

তাদের মুখে হাসি ফোঁটে এবং টেলিফোন বক্স মাটির নিচে অদৃশ্য হয়ে যায়।

প্রথম অঙ্ক দৃশ্য সতেরো

মিনিস্ট্রি অফ ম্যাজিক, সভাগৃহ

হ্যারি, হারমায়নী, জিনি *এবং* ড্রেকো *একটা ছোট্ট ঘরে হেঁটে বেড়াচ্ছে। চারজনই অত্যন্ত চিন্তিত।*

ড্রেকো

আমরা কি রেল লাইনের ধারে ঠিকমতো খুঁজেছি...?

হ্যারি

আমার ডিপার্টমেন্ট একবার খুঁজেছে এবং আবার খুঁজতে গেছে।

ড্রেকো

আর ট্রলি-বাহী জাদুকরীও বিশেষ কিছু বলতে পারছে না?

হারমায়নী

ট্রলি-বাহী জাদুগরী রেগে আগুন। সে কেবল বলে যাচ্ছে সে অট্টালিন গ্যাম্বলের নাম খারাপ করেছে। হগওয়ার্টসের বাচ্চাদের তাদের গন্তব্যে পৌঁছে দেওয়ার নিখুঁত ইতিহাস ওর গর্ব।

জিনি

মাগলদের মধ্যে কোনো জাদুর খবর পাওয়া গেছে?

হারমায়নী

এখনো অব্দি না। মাগল প্রধানমন্ত্রীকে আমি খবর পাঠিয়েছি এবং তিনি মিস্পার নামক কিছু একটা জারি করছেন। কেমন মন্ত্রের মতো শোনালো। তাই না?

ড্রেকো

তাহলে এবার আমরা আমাদের সন্তানদের খোঁজার দায়িত্ব মাগলদের দিচ্ছি? আমরা কি তাদেরকে হ্যারির কপালের ক্ষতচিহ্নের ব্যাপারেও জানিয়েছি?

হারমায়নী *ক্রমশ গড়ে ওঠা উত্যক্ত অবস্থা শান্ত করার চেষ্টা করে।*

হারমায়নী

আমরা শুধু মাগলদের সাহায্য নিচ্ছি। আর কে বলতে পারে হ্যারির ক্ষতচিহ্ন এর সঙ্গে জড়িত কিনা, কিন্তু এই বিষয়টাকে আমরা যথেষ্ট গুরুতর ভাবে দেখছি। আমাদের অরার'রা সেই সমস্ত ব্যক্তিকে জিজ্ঞাসাবাদ করছে যারা কালা জাদুর সাথে যুক্ত এবং -

ড্রেকো

এটা মৃত্যু ভক্ষক সংক্রান্ত ব্যাপার *নয়*।

হারমায়নী

এই ব্যাপারে আমি তোমার মতো এতো নিশ্চিত হতে পারছি না।

ড্রেকো

আমি শুধু নিশ্চিত নই, আমি জানি আমি ঠিক বলছি। আজকাল যেরকম মূর্খ লোকজন কালাজাদুর অনুশীলন করে। আমার ছেলে একজন ম্যাল্ফয়, ওরা ভুলেও ওকে কিছু করার সাহস করবে না।

হ্যারি

যদিনা নতুন কিছু এসে থাকে, এমন কিছু -

জিনি

আমি ড্রেকোর সাথে একমত - এটা যদি অপহরণ হয় - তাহলে শুধু অ্যাল্বাসকে নিয়ে গেলে বুঝতাম, কিন্তু দুজনকে একসাথে...

হ্যারি *এবং* জিনি *চোখে চোখ রাখে,* জিনির *মতে* হ্যারির *কি বলা উচিত তা স্পষ্ট বোঝা যায়।*

ড্রেকো

এবং আমি যাই শিখিয়ে থাকি না কেন, তা সত্ত্বেও স্কর্পিয়াস একজন অনুগামী, অগ্রগামী নয়। সুতরাং নিঃসন্দেহে অ্যাল্বাসই তাকে সেই ট্রেন থেকে নামতে উদ্বুদ্ধ করেছে এবং আমার প্রশ্ন হলো সে তাকে কোথায় নিয়ে যেতে পারে?

জিনি

হ্যারি, ওরা দুজন পালিয়ে গেছে, তুমি আর আমি সেটা খুব ভালো করে জানি।

ড্রেকো দেখতে পায় হ্যারি এবং জিনি দুজন দুজনের দিকে তাকিয়ে আছে। সে বুঝতে পারে কোনো কথার আদান-প্রদান হচ্ছে তাদের মধ্যে।

ড্রেকো

তোমরা? জানো? কি লুকাচ্ছো আমাদের থেকে?

নীরবতা।

তোমরা যাই লুকাও, আমার পরামর্শ সেগুলো আমাদেরও এক্ষুনি জানাও।

হ্যারি

অ্যাল্বাস আর আমার মধ্যে আগের দিন একটু ঝগড়া হয়েছিল।

ড্রেকো

আর...

হ্যারি একটু ইতস্তত করে পরমুহূর্তে ড্রেকোর চোখে চোখ রাখে।

হ্যারি

আর আমি ওকে বলেছিলাম যে কোনো কোনো সময় আমার মনে হয় ও আমার ছেলে না হলেই ভালো হতো।

আবার নীরবতা। এবার যেন আরো বেশী গম্ভীর। তারপর ড্রেকো হ্যারির দিকে তেড়ে যায়।

ড্রেকো

স্কর্পিয়াসের যদি কিছু হয়...

জিনি ড্রেকো এবং হ্যারির মাঝখানে এসে দাঁড়ায়।

জিনি

হুমকি দিয়ো না ড্রেকো, এরকম কোরো না।

ড্রেকো (*হুংকার ছেড়ে*)

আমার ছেলে নিরুদ্দেশ!

জিনি *(সমান শুরে হুংকার ছেড়ে)*

আমার ছেলেও নিরুদ্দেশ!

ড্রেকো *তার দিকে তাকায়। ঘরে আবেগের চরম টানাপড়েন চলছে।*

ড্রেকো (*একদম তার বাবার মতো ঠোঁট বাঁকিয়ে)*

তোমরা যদি সোনা চাও...ম্যাল্ফয়দের কাছে যা আছে...ও আমার একমাত্র উত্তরাধিকারী...ও আমার - একমাত্র পরিবার।

হারমায়নী

ধন্যবাদ ড্রেকো, কিন্তু মিনিস্ট্রির কাছে প্রচুর সোনা রয়েছে।

ড্রেকো *বেরোতে গিয়ে হঠাৎ থেমে যায়। সে হ্যারির দিকে তাকায়।*

ড্রেকো

তুমি কি করেছো বা কাকে বাঁচিয়েছো তাতে আমার কিছু যায় আসেনা, তুমি চিরকাল আমার পরিবারের জন্য অভিশাপ হয়ে এসেছো, হ্যারি পটার।

প্রথম অঙ্ক দৃশ্য আঠেরো

মিনিস্ট্রি অফ ম্যাজিক, বারান্দা

স্কর্পিয়াস/হ্যারি

তুমি ঠিক জানো তো ওটা ওখানেই আছে?

একজন পাহারাদার *পাশ দিয়ে হেঁটে যায়।* স্কর্পিয়াস/হ্যারি *এবং* ডেল্ফি/হারমায়নী *ভান করার চেষ্টা করে।*

হ্যাঁ মিনিস্টার, আমি অবশ্যই মনে করি যে এটা এমন একটা বিষয় যা নিয়ে মিনিস্ট্রিকে বিস্তর ভাবনাচিন্তা করতে হবে।

পাহারাদার (*মাথা নেড়ে অভিবাদন জানিয়ে*)

মিনিস্টার।

ডেল্ফি/হারমায়নী

তাহলে একসাথেই বসে একটু ভাবনাচিন্তা করে দেখি।

পাহারাদার *হেঁটে চলে যায়, তারা স্বস্তির নিশ্বাস ফেলে।*

ভেরিটাসেরাম ব্যবহার করার বুদ্ধি আমার কাকার – মিনিস্ট্রির একজন আধিকারিক দেখা করতে এসেছিল, তখন আমরা তার পেয়ালায় ওটা মিশিয়ে দেই। সে আমাদের জানায় কাল-পরিবর্তক সযত্নে রাখা আছে এবং তার সঠিক স্থানও বলে দেয় – স্বয়ং মিনিস্টার ফর ম্যাজিকের ঘরে।

এই বলে সে একটা দরজার দিকে ইঙ্গিত করে। হঠাৎ তারা একটা আওয়াজ শুনতে পায়।

হারমায়নী (*নেপথ্যে*)

হ্যারি... আমাদের এটা নিয়ে কথা বলা উচিত...

হ্যারি (*নেপথ্যে*)

কথা বলার কিছু নেই।

ডেলফি/হারমায়নী

এই রে।

অ্যাল্বাস/রন

হারমায়নী। আর বাবা।

হঠাৎ তারা প্রচণ্ড আতঙ্কিত হয়ে পড়ে।

স্কর্পিয়াস/হ্যারি

আচ্ছা। লুকানোর জায়গা। কোনো লুকানোর জায়গা নেই। কেউ কোনো অদৃশ্যতার মন্ত্র জানো?

ডেল্ফি/হারমায়নী

আমরা কি ওর – দপ্তরে যাবো?

অ্যাল্বাস/রন

উনি তো নিজের দপ্তরে আসবেন।

ডেল্ফি/হারমায়নী

আর কোনও জায়গা নেই।

সে দরজা খোলার চেষ্টা করে, পারে না। সে আবার চেষ্টা করে।

হারমায়নী (*নেপথ্যে*)

তুমি যদি আমার সাথে বা জিনির সাথে এটা নিয়ে কোনোরকম কথা না বলো...

স্কর্পিয়াস/হ্যারি

পিছিয়ে দাঁড়াও। অ্যালোহোমোরা!

সে দরজার দিকে তার জাদু-ছড়ি তাক করে। দরজা খুলে যায়। সে আনন্দে হেসে ওঠে।

অ্যাল্বাস। ওনাকে আটকাও। এটা তোমাকেই করতে হবে।

হ্যারি (নেপথ্যে)

এতে বলার কি আছে?

অ্যাল্বাস/রন

আমাকে। কেন?

ডেল্ফি/হারমায়নী

আমাদের দুজনের মধ্যে তো কেউই যেতে পারবো না, তাই না? আমরা *তো এখন ওদের মতো দেখতে।*

হারমায়নী (*নেপথ্যে*)

তুমি যা বলেছো তা অবশ্যই ভুল - কিন্তু - এর পেছনে তোমার কথাগুলো ছাড়া আরো অনেকগুলো কারণ লুকিয়ে আছে -

অ্যাল্বাস/রন

কিন্তু আমি পারবো না...আমি পারবো না...

একটা সামান্য ধস্তাধস্তির পর অ্যাল্বাস/রন *দরজার সামনে গিয়ে দাঁড়ায় আর ঠিক সেই সময়* হারমায়নী *আর* হ্যারির *প্রবেশ।*

হ্যারি

হারমায়নী, তুমি যে এটাকে এতো গুরুত্ব দিচ্ছো তার জন্য আমি সত্যিই কৃতজ্ঞ কিন্তু এটার কোনো দরকার নেই -

হারমায়নী

রন?

অ্যাল্বাস/রন

অবাক হয়ে গেলে তো!!!

হারমায়নী

তুমি এখানে কি করছো?

অ্যাল্বাস/রন

একজন লোককে তার বউয়ের সাথে দেখা করার জন্য অজুহাত দিতে হবে?

সে হারমায়নীকে *ভীষণ জোরে চুমু খায়।*

হ্যারি

আমি বরং আসি...

হারমায়নী

হ্যারি। আমার কথা হচ্ছে যে ড্রেকো যাই বলুক - তুমি অ্যাল্বাসকে যা বলেছো...সেটা নিয়ে বেশী চিন্তা করে কারুর কোনো লাভ হবে না...

অ্যাল্বাস/রন

ও, তোমরা ঐ ব্যাপারে আলোচনা করছো, ঐযে হ্যারি বলেছে সে মাঝে মাঝে ভাবে আমি - (*নিজেকে শুধরে নিয়ে*) অ্যাল্বাস ওর ছেলে না হলে ভালো হতো।

হারমায়নী

রন!

অ্যাল্বাস/রন

আমি তো বলবো এসব কথা চেপে রাখার থেকে খোলাখুলি বলে দেওয়াই ভালো...

হারমায়নী

ও ঠিক বুঝবে...আমরা সবাই এমন অনেক কথা বলি যেগুলো আমরা আসলে বলতে চাই না। ও জানে সেটা।

অ্যাল্বাস/রন

কিন্তু যদি এমন কথা আমরা বলে ফেলি যেগুলো আসলে আমরা চাই... তখন?

হারমায়নী

রন, এখন এসব তর্কের সময় নয়, বিশ্বাস করো।

অ্যাল্বাস/রন

সত্যিই তো, এটা সময় নয়। টা টা ডার্লিং।

অ্যাল্বাস/রন তাকে যেতে দেখে, এই আশায় যে সে দপ্তর দিয়ে হেঁটে বেরিয়ে যাবে। কিন্তু খুব স্বাভাবিক, সে যায় না। সে ঘরে ঢুকবার আগেই অ্যাল্বাস/রন দৌড়ে গিয়ে তার পথ আটকে দাঁড়ায়। একবার আটকায়, তারপর আবার, কোমর বেঁকিয়ে আটকাতে থাকে।

হারমায়নী

তুমি আমার দপ্তরের দরজা আটকে দাঁড়াচ্ছো কেন?

অ্যাল্বাস/রন

না, আমি তো। কিছুই। আটকাচ্ছি না।

হারমায়নী *আবার ঢুকতে যায়, সে আবার আটকায়।*

হারমায়নী

তুমি আটকাচ্ছো। আমায় আমার ঘরে ঢুকতে দাও রন।

হারমায়নী *তাকে পাশ কাটিয়ে ঢুকতে যায়।*

অ্যাল্বাস/রন

চলো আমরা আবার আরেকটা বাচ্চার জন্ম দেই।

হারমায়নী

কি?

অ্যাল্বাস/রন

অথবা আরেকটা বাচ্চা না হলে, অন্তত একটা ছুটি কাটিয়ে আসি। আমার একটা বাচ্চা অথবা একটা ছুটি চাই, আর এটা আমার জেদ। আমরা পরে এটা নিয়ে কথা বলবো তো, সোনা? লীকি কল্ড্রনে বসে হাতে পেয়ালা নিয়ে? অনেক ভালোবাসা।

হারমায়নী *ভাবতে থাকে, তার দিকে সন্দেহের চোখে তাকায়, তারপর আবার নিজের দপ্তরের দরজার দিকে দেখে। সে হার মেনে নেয়।*

হারমায়নী

ওখানে যদি একটাও দুর্গন্ধওয়ালা নুরি-পাথর পাওয়া যায়, তাহলে স্বয়ং ইশ্বারও তোমায় বাঁচাতে পারবে না। বুঝেছো। আমাদের এমনিতেও মাগলদেরকে খবর দিতে হবে।

সে বেরিয়ে যায়। হ্যারি *তার সঙ্গে যায়।*

অ্যাল্বাস/রন *দরজার দিকে ঘুরে দাঁড়ায়।* হারমায়নী *আবার ফিরে আসে, এবারে একা।*

একটা বাচ্চা - **অথবা** - একটা ছুটি? জানো তো, তোমার না কোনো কোনো দিন সত্যিই মাথা খারাপ হয়ে যায়।

অ্যাল্বাস/রন

এই জন্যেই তো তুমি আমায় বিয়ে করেছো তাই না? আমার এই দুষ্টু রসবোধের জন্য।

হারমায়নী *বেরিয়ে যায়। এবার সে দরজা খুলতে যায়, কিন্তু আবার* হারমায়নী *ফিরে আসে, সে দরজা বন্ধ করে দেয়।*

হারমায়নী

আমি মাছের স্বাদ পাচ্ছি। আমি তোমায় বার বার বলেছি ঐ মাছের স্যান্ডুইচগুলো না খেতে।

অ্যাল্বাস/রন

একদম ঠিক।

হারমায়নী *বেরিয়ে যায়।* অ্যাল্বাস/রন *এগিয়ে গিয়ে দেখে* হারমায়নী *বেরিয়েছে কিনা এবং তারপর স্বস্তির নিঃশ্বাস ফেলে সে দরজা খোলে।*

প্রথম অঙ্ক দৃশ্য উনিশ

মিনিস্ট্রি অফ ম্যাজিক, হারমায়নীর দপ্তর

স্কর্পিয়াস/হ্যারি *এবং* ডেল্ফি/হারমায়নী *দরজার ওপাশে অপেক্ষা করছে এমন সময়* অ্যাল্বাস/রন *ঢুকে আসে – তার মুখ ছোটো হয়ে গেছে, সে বিধ্বস্ত।*

অ্যাল্বাস/রন
এই পুরো ব্যাপারটা খুব অদ্ভুত।

ডেল্ফি/হারমায়নী
তুমি খুব ভালো করেছো। দারুণ আটকেছো।

স্কর্পিয়াস/হ্যারি
আমি জানি না তোমার সাথে হাত মেলাবো নাকি তোমার দিকে সন্দেহের চোখে তাকাবো, কারণ তুমি তোমার মামীকে প্রায় পাঁচশো বার চুমু খেয়েছো!

অ্যাল্বাস/রন
রন একজন প্রেমিক মানুষ। আমি শুধু ওনার মন অন্যদিকে ঘোরানোর চেষ্টা করছিলাম। আর আমি সেটাতে সফল হয়েছি।

স্কর্পিয়াস/হ্যারি
আর তোমার বাবা যা বললো...

ডেল্ফি/হারমায়নী
এইযে ছেলেরা...ও কিন্তু যে কোনো মুহূর্তে ফিরে আসবে – আমাদের হাতে বেশী সময় নেই।

অ্যাল্বাস/রন (স্কর্পিয়াস/হ্যারিকে)
শুনলে?

ডেল্ফি/হারমায়নী

হারমায়নী একটা কাল-পরিবর্তক কোথায় লুকাতে পারে? (*সে ঘুরতে ঘুরতে বইয়ের তাকগুলি দেখতে পায়*) বইয়ের তাকে খোঁজো।

তারা খোঁজা শুরু করে। স্কর্পিয়াস/হ্যারি *চিন্তিত ভাবে তার বন্ধুর দিকে তাকায়।*

স্কর্পিয়াস/হ্যারি

তুমি আমায় বলোনি কেন?

অ্যাল্বাস/রন

আমার বাবা বলে সে নাকি মনে করে আমি তার ছেলে না হলে ভালো হতো। এটা বলার মতো কোনো কথা হলো?

স্কর্পিয়াস/হ্যারি *ভাবছে কি বলা উচিত।*

স্কর্পিয়াস/হ্যারি

আমি জানি যে - ভোল্ডেমর্টের ব্যাপারটা - সত্যি নয় - আর - তুমি জানো - কিন্তু কখনো কখনো, আমার মনে হয় আমি দেখতে পাই আমার বাবা ভাবছে: আমি কি করে এরকম একটা ছেলের জন্ম দিলাম?

অ্যাল্বাস/রন

তাও আমার বাবার থেকে ভালো। আমি নিশ্চিত জানি সে সারাক্ষণ ভাবছে: আমি কি করে একে ফিরিয়ে দিতে পারি?

ডেল্ফি/হারমায়নী স্কর্পিয়াস/হ্যারিকে *বইয়ের তাকের দিকে টেনে আনার চেষ্টা করে।*

ডেল্ফি/হারমায়নী

আমরা যেই কাজটা করতে এসেছি সেটাকে আপাতত বেশী গুরুত্ব দিলে ভালো হয়।

স্কর্পিয়াস/হ্যারি

আমি বলতে চাই - কোনো একটা কারণ নিশ্চয়ই আছে - যার জন্য আমরা বন্ধু, অ্যাল্বাস - যে কারণে আমরা দুজন দুজনকে খুঁজে পেয়েছি, তাই না? আর সেটা যাই হোক - রোমাঞ্চ তো...

তাকের উপর সে একটা বই দেখতে পেয়ে ভেরু কুঁচকায়।

এই তাকটার বইগুলি লক্ষ্য করেছ? এখানে খুব গুরুত্বপূর্ণ কিছু বই আছে। নিষিদ্ধ বই। অভিশপ্ত বই।

অ্যাল্বাস/রন

স্কর্পিয়াসকে কঠিন মানসিক অবস্থা থেকে ছাড়িয়ে আনার উপায় কি। তাকে একটা গ্রন্থাগারে নিয়ে যাওয়া।

স্কর্পিয়াস/হ্যারি

নিষিদ্ধ অংশের সমস্ত বই এবং তার সাথে আরো কিছু। *সবচেয়ে ভয়ানক জাদু, পনেরোশো শতাব্দীর দস্যু, জাদুকরের লেখা কবিতা -* এইটা তো হগওয়ার্টসেও নিষিদ্ধ!

অ্যাল্বাস/রন

ছায়া এবং আত্মা। নেক্রম্যান্সির রাত্রিকালীন পথপ্রদর্শক।

ডেল্ফি/হারমায়নী

এগুলো দারুণ জিনিস তাই না...

অ্যাল্বাস/রন

ওপাল আগুনের আসল ইতিহাস। ইম্পেরিয়াস অভিশাপ এবং তার অপব্যবহার।

স্কর্পিয়াস/হ্যারি

এই দেখো। বাপরে। সিবিল ট্রেলনীর লেখা *আমার চোখ এবং কি করে তার ঊর্ধ্বে দেখতে হয়।* ভবিষ্যদ্বাণীর উপর একটা বই। ভবিষ্যদ্বাণী হারমায়নী গ্রেঞ্জারের ঘোরতর অপছন্দ। এটা অসাধারণ। এটা একটা দারুণ প্রাপ্তি...

ও তাক থেকে বইটিকে বের করে। সেটি খুলে যায়। এবং কথা বলে ওঠে।

বই

প্রথম হচ্ছে চতুর্থ, একটি দুঃখজনক দাগ

এটা পার্ক করা জায়গায় রাখা আছে কিন্তু পার্কে নয়।

স্কর্পিয়াস/হ্যারি

আচ্ছা। একটা বই যেটা কথা বলতে পারে। এটা একটু অদ্ভুত বটে।

বই

যারা দু-পায়ে হাঁটে তাদের মধ্যে দ্বিতীয়জন একটু কম ফর্সা। নোংরা, লোমশ ডিমের রোগ।

এবং তৃতীয়টি একটি পাহাড় যাতে চড়তে হয় এবং একটি পথ যা ধরে এগোতে হয়।

অ্যাল্বাস/রন

এটা একটা ধাঁধা। এ আমাদেরকে একটা ধাঁধা দিচ্ছে।

বই

শহরের মধ্যে বাঁক, হ্রদের মধ্যে দিয়ে বয়ে চলা।

ডেল্ফি/হারমায়নী

এটা কি করলে?

স্কর্পিয়াস/হ্যারি

আমি, তো, আমি বই খুলেছি। এই কাজটা তো - আমার জন্মের পর থেকে - কখনো ভয়াবহ বলে মনে হয়নি।

বইটি এগিয়ে গিয়ে অ্যাল্বাস/রন'কে আঁকড়ে ধরে। সে কোনোরকমে সেই বন্ধন ছাড়িয়ে নেয়।

অ্যাল্বাস/রন

ওটা কি?

ডেল্ফি/হারমায়নী

ও ওটাকে অস্ত্রবন্দী করে রেখেছে। ও ওর গ্রন্থাগারকে অস্ত্রবন্দী করে রেখেছে। কাল-পরিবর্তক এখানেই আছে। ধাঁধার সঠিক উত্তর দিতে পারলে আমরা পেয়ে যাবো।

অ্যাল্বাস/রন

প্রথম হল চতুর্থ।এটা পার্ক করা জায়গায় রাখা আছে কিন্তু পার্কে নয়। এড - ডি -

স্কর্পিয়াস/হ্যারি

দ্বিতীয়টি ডিমের রোগ, যারা দু-পায়ে হাঁটে তাদের মধ্যে একটু কম ফর্সা...

ডেল্ফি/হারমায়নী (*দ্রুত*)

মেন! ডি - মেন - টর্স। আমাদেরকে ডিমেন্টর্সদের উপর একটা বই খুঁজতে হবে।(*সে বইয়ের তাকের দিকে এগোতে গিয়ে ঘাবড়ে যায় কারন সেটি তাকে গিলে খেয়ে নিতে উদ্যত*), অ্যাল্বাস!

অ্যাল্বাস/রন বইয়ের তাকের দিকে এগিয়ে যায় কিন্তু ততক্ষণে অনেক দেরি হয়ে গেছে। ডেল্ফি/হারমায়নীকে তাকটি পুরোপুরি গিলে নিয়েছে।

অ্যাল্বাস/রন

ডেল্ফি! এটা কি হচ্ছে?

স্কর্পিয়াস/হ্যারি

ভাবো, অ্যাল্বাস। ও যা বললো তাই করো। ডিমেন্টর্সদের উপর একটা বই খোঁজো কিন্তু খুব সাবধানে।

অ্যাল্বাস/রন

এইতো। *ডিমেন্টর্সদের শাসন: অ্যাজকাবানের আসল ইতিহাস।*

বইটি নিজে থেকেই খুলে গিয়ে উড়ে স্কর্পিয়াস/হ্যারির উপর ভয়ানক ভাবে ঝাপটা মারতে থাকে, এবং সে কোনোরকমে সেই ঝাপটা এড়িয়ে সরে যায়। খুব জোরে একটা বইয়ের তাকের কাছে গিয়ে পড়ে যা ওকে গিলে খেতে যায়।

বই

আমার জন্য একটি খাঁচায়
যা আমি রাগের চোটে ভেঙে ফেলি
আমার ভেতরের খিদে
ধাঁধা দিয়ে আমায় মুক্ত করে
তার থেকে, যা আমায় শেষ করে।

অ্যাল্বাস/রন

ভোল্ডেমর্ট।

ডেল্ফি আবার নিজশ্য রূপে বইগুলির মধ্যে থেকে বেরিয়ে আসে।

ডেল্ফি

তাড়াতাড়ি করো!

তাকে আবার টেনে নেওয়া হয়, শুধু তার চিৎকার শোনা যায়।

অ্যাল্বাস/রন

ডেল্ফি! ডেল্ফি!

অ্যাল্বাস/রন তাকে ধরার চেষ্টা করে, কিন্তু সে ততক্ষণে আবার চলে গেছে।

স্কর্পিয়াস/হ্যারি

ও আবার আগের মতো হয়ে গিয়েছিল - দেখলে?

অ্যাল্বাস/রন

না! বরং একটা বইয়ের তাক যে ওকে খেয়ে নেবে, সেটা নিয়ে আমি বেশী চিন্তিত! খোঁজো। কিছু একটা। তার বিষয়ে যা পাওয়া যায়।

সে একটা বই খুঁজে পায়।

স্লীদারিনের উত্তরাধিকারী? কি মনে হয়?

সে তাক থেকে বইটি বের করতে যায়, কিন্তু সেই বইয়ের তাকটি তাকে টেনে নেয়, সে প্রাণপণ চেষ্টা করে নিজেকে ছাড়ানোর, কিন্তু, বইয়ের তাকটি অ্যাল্বাস/রন'কে গিলে ফেলে।

স্কর্পিয়াস/হ্যারি

অ্যাল্বাস? অ্যাল্বাস!!

স্কর্পিয়াস/হ্যারি তার কাছে পৌঁছানোর আগেই অ্যাল্বাস/রন উধাও হয়ে যায়। সে এক মুহূর্ত ভাবলো, ঘোরতর সংশয়গ্রস্ত, তারপর বুঝলো এবার তাকেই এই কাজ শেষ করতে হবে।

ঠিকাছে। ওটা না। ভোল্ডেমর্ট। ভোল্ডেমর্ট। ভোল্ডেমর্ট।

সে বইয়ের তাকে খুঁজতে থাকে।

মারভোলো: সত্য কথা, এটাই...

সে টেনে বইটি বের করে। এই বইটিও ছিটকে পড়ে যায়, এবং তার মধ্যে থেকে একটা আলোর শিখা বেরোয়, এবং আগের বইটির তুলনায় আরো গম্ভীর কণ্ঠস্বর শোনা যায়।

বই

আমি সেই প্রাণী যাকে তুমি দেখোনি
আমি তুমিই। আমি আমিই। অপ্রত্যাশিত প্রতিধ্বনি।
কখনো সামনে, কখনো পেছনে,
সবসময়ের সঙ্গী, কারণ আমরা একত্রিত।

অ্যাল্বাস বইগুলির মধ্যে থেকে বেরিয়ে আসে। নিজশ্য রূপে।

স্কর্পিয়াস/হ্যারি

অ্যাল্বাস...

সে তাকে ধরার চেষ্টা করে। কিন্তু বইয়ের তাকটি অত্যন্ত শক্তিশালী।

অ্যাল্বাস

না। শুধু – **ভাবোওওওওও**।

অ্যাল্বাসকে আবার টেনে নেওয়া হয়।

স্কর্পিয়াস/হ্যারি

কিন্তু আমি পারছি না...অপ্রত্যাশিত প্রতিধ্বনি, কি সেটা? আমি একমাত্র যেটা ভালো পারি সেটা হলো ভাবতে, কিন্তু যখন ভাবার দরকার তখন – আমি পারি না।

বইগুলি ওকে ভেতর দিকে টানতে থাকে; সে আর জোর খাটাতে পারে না। ভয়ানক একটা অবস্থার সৃষ্টি হয়।

সবকিছু স্তব্ধ। তিনজনকেই গ্রাস করে ফেলা হয়েছে। আর কিছু বাকি নেই।

তারপর ***দুম*** *– তাক থেকে ঝরঝর করে বই পড়তে থাকে – এবং স্কর্পিয়াস বইগুলোকে ঠেলে বেরিয়ে আসে।*

স্কর্পিয়াস

না! তুমি পারবে না! সিবিল ট্রেলনী। না!!!

সে চারিদিকে ঘুরে তাকায়, একটু ক্লান্ত কিন্তু পুরোপুরি সতেজ।

এগুলো সব ভুলভাল। অ্যাল্বাস? আমায় শুনতে পাচ্ছো? একটা পাতি কাল-পরিবর্তকের জন্য এতো কিছু। ভাব, স্কর্পিয়াস। ভাব।

বইগুলি আবার তাকে গ্রাস করার চেষ্টা করে, কিন্তু সে নিজেকে বাঁচিয়ে নেয়।

একজন সবসময়ের সঙ্গী। কখনো পেছনে। কখনো সামনে। এক মিনিট। আমি ভুলেই গেছিলাম। ছায়া। তুমি ছায়া। *ছায়া এবং আত্মা*। তাই হবে...

সে বইয়ের তাকে চড়তে থাকে, যা খুবই বিপজ্জনক ভাবে ওর উপর চরাও হতে থাকে। প্রত্যেক পদক্ষেপের সাথে সাথে তাকে ধরবার চেষ্টা করতে থাকে। তাক থেকে সে ঐ বইটি বের করে। বইটি বেরোনোর সাথে সাথে সমস্ত আওয়াজ, হই-হট্টগোল হঠাৎ থেমে যায়।

ওটা কি –

হঠাৎ একটা জোরে আওয়াজ হয় এবং অ্যাল্বাস আর ডেল্ফি তাক থেকে বেরিয়ে মাটিতে পড়ে যায়।

আমরা হারিয়ে দিয়েছি! আমরা এই গ্রন্থাগারটাকে হারিয়ে দিয়েছি।

সে বিজয়ী হওয়ার ভঙ্গিতে উপরের দিকে হাত তোলে, অন্যদিকে অ্যাল্বাস *একটু চিন্তিত হয়ে ডেল্ফির দিকে তাকায়।*

অ্যাল্বাস

ডেল্ফি, তুমি কি...?

ডেল্ফি

বাপরে। একখানা যাত্রা বটে।

অ্যাল্বাস *দেখতে পায়* স্কর্পিয়াস *নিজের বুকের কাছে একটা বই ধরে রয়েছে।*

অ্যাল্বাস

এটা কি...স্কর্পিয়াস? কি আছে ঐ বইটায়?

ডেল্ফি

আমাদের দেখা উচিত, তাই না?

স্কর্পিয়াস *বইটি খোলে। সেটির ঠিক মাঝখানে - একটি আবর্তিত কাল-পরিবর্তক।*

বাহ!

স্কর্পিয়াস

আমরা কাল-পরিবর্তকটা পেয়ে গেছি - আমি ভাবতেই পারিনি এতদূর আসতে পারবো।

অ্যাল্বাস

বন্ধু, এটা যখন পেয়ে গেছি, এবার পরের কাজ হলো সেড্রিককে বাঁচানো। আমাদের যাত্রা সবে মাত্র শুরু হয়েছে।

স্কর্পিয়াস

সবে শুরু হয়েছে এবং প্রায় আধমরা করে ছেড়েছে। ভালোই। ভালোই হবে মনে হচ্ছে।

গুনগুন শব্দ ক্রমে বিরাট আওয়াজে বদলে যায়। এবং চারিদিক অন্ধকার হয়ে যায়।

মধ্যান্তর

প্রথম অংশ

দ্বিতীয় অঙ্ক

দ্বিতীয় অঙ্ক দৃশ্য এক

স্বপ্ন, প্রিভেট ড্রাইভ, সিঁড়ির নিচের গুদামঘর

তরুন হ্যারি সিঁড়ির নিচের গুদামঘরে ঘুমাচ্ছে এবং ঘুমের ঘোরে দুঃস্বপ্ন দেখছে। আশেপাশে খারাপ কিছু অনুভব করে সে ছটফট করছে।

পিটুনিয়া আন্টি *(নেপথ্যে)*

হ্যারি। হ্যারি। এই বাসনগুলো পরিষ্কার হয়নি। এই বাসনগুলো একদম নোংরা। হ্যারি পটার। ঘুম থেকে ওঠো।

তরুন হ্যারি ঘুম থেকে উঠে দেখে পিটুনিয়া আন্টি *তার উপর ঝুঁকে পড়েছে।*

তরুন হ্যারি

পিটুনিয়া আন্টি। কটা বাজে?

পিটুনিয়া আন্টি

অনেক বাজে। আমরা যখন প্রথম তোমাকে এই বাড়িতে রাখতে রাজি হই, ভেবেছিলাম তোমাকে শুধরাতে পারবো - গড়ে তুলতে পারবো - তোমাকে ভদ্রলোক করে তুলবো। তাই এই যে তুমি একটা কুলাঙ্গার তৈরি হয়েছো, এর জন্যে আমরা নিজেরাই দায়ী।

তরুন হ্যারি

আমি তো চেষ্টা করি -

পিটুনিয়া আন্টি

কিন্তু চেষ্টা করা আর সফল ভাবে করতে পারা এক নয়, তাই না? বাসনগুলোতে এখনো তেল চিটচিট করছে। এবার ওঠো আর রান্নাঘরে গিয়ে বাসনগুলো ঘসতে শুরু করো।

সে বিছানা থেকে ওঠে। তার প্যান্টের কোমর থেকে শুরু করে নিচ অব্দি একটা ভেজা দাগ।

আরে না। এবাবা। এটা কি করেছো? তুমি বিছানা ভিজিয়ে ফেলেছো, আবার।

এই বলে সে চাদর টেনে সরায়।

এটা সহ্যের সীমা ছাড়িয়ে যাচ্ছে।

তরুন হ্যারি

আমায়...ক্ষমা করে দাও, আমি বোধ হয় একটা খারাপ স্বপ্ন দেখছিলাম।

পিটুনিয়া আন্টি

বিরক্তিকর ছেলে কোথাকার। জানোয়াররা এরকমভাবে নিজেদের ভেজায়। জানোয়ার আর বিরক্তিকর বাচ্চা ছেলেরা।

তরুন হ্যারি

মা আর বাবাকে নিয়ে স্বপ্ন দেখছিলাম। মনে হলো আমি ওদের দেখলাম - মনে হলো ওদের দেখলাম - মারা যেতে?

পিটুনিয়া আন্টি

তাতে আমার কি?

তরুন হ্যারি

একজন লোক চিৎকার করছিল অ্যাডকাভা অ্যাড-কি যেন অ্যাক্যাব্রা - অ্যাড - আর একটা সাপ হিস্ হিস্ আওয়াজ করছে। আমি মা'র চিৎকার শুনতে পাচ্ছিলাম।

পিটুনিয়া আন্টি *নিজেকে সামলে নিতে এক মুহূর্ত সময় নিলো।*

পিটুনিয়া আন্টি

তুমি যদি সত্যিই ওদের মৃত্যু দেখতে পেতে তাহলে একটা গাড়ির ব্রেকের আওয়াজ আর একটা জোরে ধাক্কা খাওয়ার আওয়াজ শুনতে পেতে। তোমার বাবা-মা একটা গাড়ির অ্যাক্সিডেন্টে মারা যায়। তুমি তো সেটা জানো। তোমার মা চিৎকার করার সময়ও পায়নি। ঈশ্বর করুক এর থেকে বেশী বিবরণ যেন তোমায় জানতে না হয়। এবার ঐ চাদরটা পাল্টাও, আর রান্নাঘরে গিয়ে বাসনগুলো ঘসতে শুরু করো। আমায় যেন আর বলতে না হয়।

সে শশব্দে দরজা বন্ধ করে বেরিয়ে যায়।

তরুন হ্যারি *বিছানার চাদর হাতে ধরে একা দাঁড়িয়ে আছে।*

এবার মঞ্চসজ্জা পাল্টে গিয়ে গাছপালা উঠে আসে এবং স্বপ্নটা সম্পূর্ণ অন্যকিছুতে বদলে যায়।

হঠাৎ গাছের মধ্যে থেকে অ্যাল্বাস বেরিয়ে এসে তরুন হ্যারির *দিকে তাকিয়ে থাকে।*

তারপর আবার সজোরে এক টানে পশ্চাৎপটে মিশে যায় এবং সর্পভাষার গুঞ্জন গোটা প্রেক্ষাগৃহে ছড়িয়ে পড়ে।

সে আসছে। সে আসছে।

এক বহুপরিচিত গলার স্বর শোনা যায়। ভোল্ডেমর্টের *গলা...*

হ্যাঅ্যাঅ্যারির পটটটার...

দ্বিতীয় অঙ্ক দৃশ্য দুই

হ্যারি এবং জিনি পটারের বাড়ি, সিঁড়ি

অন্ধকারের মধ্যে হ্যারির ঘুম ভেঙে যায়, ঘন ঘন দীর্ঘশ্বাস ফেলতে থাকে। তার ক্লান্তি স্পষ্ট বোঝা যাচ্ছে, সে অত্যন্ত ভীত।

হ্যারি

ল্যুমস।

জিনির *প্রবেশ, সে আলো দেখে অবাক হয়ে যায়।*

জিনি

সব ঠিকাছে তো?

হ্যারি

আমি ঘুমাচ্ছিলাম।

জিনি

হ্যাঁ।

হ্যারি

তুমি ঘুমাওনি। কোনো - খবর? কোনো প্যাঁচা বা...?

জিনি *তার দিকে তাকায়, সেও ক্লান্ত এবং ভীত।*

জিনি

না।

হ্যারি

আমি স্বপ্ন দেখছিলাম - আমি সিঁড়ির নিচে ছিলাম তারপর আমি - আমি ওকে শুনতে পেলাম - ভোল্ডেমর্ট - স্পষ্ট।

জিনি

ভোল্ডেমর্ট?

হ্যারি

তারপর দেখলাম – অ্যাল্বাস। লাল – ও ডার্মস্ট্র্যাং জোব্বা পরেছিল।

জিনি

ডার্মস্ট্র্যাং জোব্বা?

হ্যারি ভাবে।

হ্যারি

জিনি, আমার মনে হচ্ছে আমি জানি ও কোথায়...

দ্বিতীয় অঙ্ক দৃশ্য তিন

হগওয়ার্টস্‌, প্রধানশিক্ষিকার দপ্তর

হ্যারি *এবং* জিনি প্রোফেসর ম্যাকগনেগালের *দপ্তরে দাঁড়িয়ে।*

প্রোফেসর ম্যাকগনেগাল

আর আমরা জানিনা নিষিদ্ধ জঙ্গলের মধ্যে কোথায়?

হ্যারি

এরকম ধরনের স্বপ্ন আমি বহু বছর দেখিনি। কিন্তু অ্যাল্বাস ছিল ওখানে। আমি জানি সে ছিল।

জিনি

আমাদেরকে যতো তাড়াতাড়ি সম্ভব খোঁজা শুরু করতে হবে।

প্রোফেসর ম্যাকগনেগাল

আমি প্রোফেসর লংবটমকে তোমাদের সাহায্য করতে বলতে পারি - গাছপালার বিষয়ে ওর জ্ঞান হয়তো তোমাদের কাজে আসতে পারে - আর -

হঠাৎ করে চিমনীতে আওয়াজ হয়। প্রোফেসর ম্যাকগনেগাল *একটু ঘাবড়ে গিয়ে সেদিকে তাকায়। তারপর* হারমায়নী *সেখান থেকে বেরিয়ে আসে।*

হারমায়নী

খবরটা কি সত্যি? আমি কি কোনো সাহায্য করতে পারি?

প্রোফেসর ম্যাকগনেগাল

মিনিস্টার - তুমি আসবে ভাবিনি...

জিনি

এটা হয়তো আমারই ভুল – আমিই জোর করে বলেছিলাম *ডেইলী প্রফেট*এর একটা আকস্মিক সংস্করণ বার করতে। কিছু স্বেচ্ছাসেবীর আর্জি জানিয়েছিলাম।

প্রোফেসর ম্যাকগনেগাল

আচ্ছা। বেশ ভালো। আমি আশা করি...বেশ কয়েকজনকে পাওয়া যাবে।

রন ঢুকে আসে। ঝুল-কালি মাখা। ঝোল-লাগানো একটা সান্ধ্যভোজনের তোয়ালে তার গায়ে।

রন

আমি কি দেরি করে ফেললাম – আমি বুঝতে পারছিলাম না কোন চিমনী দিয়ে ঢুকবো। জানি না কি করে রান্নাঘরেরটাতে পৌঁছে গেছিলাম। (*হারমায়নী কটমট করে তার দিকে তাকাতেই সে তোয়ালেটি বার করে*)। কি হলো?

হঠাৎ করে চিমনীতে আবার গুড়গুড় শব্দ হয় এবং এবার ড্রেকো খুব জোরে এসে পড়ে, কালি আর ধুল মাখা।

সবাই অবাক হয়ে তার দিকে তাকায়। সে উঠে দাঁড়িয়ে নিজের গা থেকে ঝুল-কালি ঝেড়ে ফেলে।

ড্রেকো

তোমার মেঝেটা নোংরা করার জন্য মাপ করবে, মিনার্ভা।

প্রোফেসর ম্যাকগনেগাল

আমি তো বলবো চিমনী লাগানোটাই আমার ভুল হয়েছে।

হ্যারি

তোমায় এখানে দেখে অবাক লাগছে, ড্রেকো। আমি তো ভাবতাম তুমি আমার স্বপ্নগুলোতে বিশ্বাস করো না।

ড্রেকো

না করি না। কিন্তু তোমার ভাগ্যের উপর আমি বিশ্বাস করি। যেখানে কোনোরকম গণ্ডগোল হবে হ্যারি পটার সবসময় সেখানে উপস্থিত। আর আমি আমার ছেলেকে সুস্থ অবস্তায় নিজের কাছে ফিরে পেতে চাই।

জিনি

তাহলে নিষিদ্ধ জঙ্গলে চলো দুজনকেই খুঁজে বার করি।

দ্বিতীয় অঙ্ক দৃশ্য চার

নিষিদ্ধ জঙ্গলের প্রান্তে

অ্যাল্বাস *এবং* ডেল্ফি *মুখোমুখি দাঁড়িয়ে, হাতে জাদু-ছড়ি।*

অ্যাল্বাস

এক্সপেলিয়ার্মাস!

ডেল্ফির *জাদু-ছড়ি হাওয়ায় উড়ে যায়।*

ডেল্ফি

এইতো এবার তুমি পারছো। তুমি এটায় বেশ ভালো।

সে অ্যাল্বাসের *থেকে নিজের জাদু-ছড়ি ফেরত নেয়।*

বেশ উৎকৃষ্ট গলায়।

'তুমি আমাকে বেশ ভালোই নিরস্ত্র করতে পারো'।

অ্যাল্বাস

এক্সপেলিয়ার্মাস!

ডেল্ফির *জাদু-ছড়ি আবার তার কাছে উড়ে যায়।*

ডেল্ফি

আর আমরা একজন বিজয়ীকে পেয়ে গেছি।

দুজন দুজনের হাতে তালি দেয়।

অ্যাল্বাস

আমি কোনোদিনই মন্ত্র ভালো মতো ব্যবহার করতে পারতাম না।

স্কর্পিয়াস মঞ্চের পেছনে এসে দাঁড়ায়। সে দেখতে পায় তার বন্ধু একটি মেয়ের সাথে কথা বলছে – সেটা দেখে তার মনের একাংশ খুশি হয় এবং একাংশ অখুশি।

ডেল্ফি

আমিও খুব বাজে ছিলাম – তারপর কিছু একটা হয়েছিল। তোমারও হবে। আমি খুব বিরাট মাপের জাদুকরী নই, কিন্তু আমার মনে হয় তুমি বেশ ভালো একজন জাদুকর হতে চলেছো, অ্যাল্বাস পটার।

অ্যাল্বাস

তাহলে তো তোমায় আমার সঙ্গে আরো বেশী করে থাকতে হবে – আমায় শেখাতে হবে –

ডেল্ফি

অবশ্যই থাকবো, আমরা তো বন্ধু, তাই না?

অ্যাল্বাস

হ্যাঁ। হ্যাঁ। নিশ্চয়ই আমরা বন্ধু। নিশ্চয়ই।

ডেল্ফি

বেশ। জাদুকর!

স্কর্পিয়াস

জাদুকর মানে?

স্কর্পিয়াস বেশ দৃঢ়তার সাথে এগিয়ে আসে।

অ্যাল্বাস

মন্ত্রটা শিখে গেছি। মানে, বেশ সোজা, কিন্তু আমি – যাই হোক, আমি পেরে গেছি।

স্কর্পিয়াস *(বেশ উৎসাহের সাথে, তাদেরকে সঙ্গ দেওয়ার উদ্দেশ্যে)*

আর আমি স্কুলে পৌঁছনোর রাস্তা খুঁজে পেয়ে গেছি। শোনো, তোমরা নিশ্চিত তো এটায় কাজ হবে...

ডেল্ফি

হ্যাঁ!

অ্যাল্বাস

এটা ভালো বুদ্ধি। সেড্রিককে মৃত্যু থেকে বাঁচানোর উপায় হলো তাকে ত্রয়ীজাদুকরী প্রতিযোগিতা জেতার থেকে আটকানো। ও যদি না জেতে, তাহলে ওকে আর মারা যাবে না।

স্কর্পিয়াস

সেটা বুঝতে পারছি কিন্তু...

অ্যাল্বাস

সুতরাং আমাদেরকে প্রথম প্রতিযোগিতাতেই ওর জিতবার সুযোগ পুরোপুরি নষ্ট করে দিতে হবে। প্রথম প্রতিযোগিতা হলো একটা ড্রাগনের কাছ থেকে একটা সোনালী ডিম উদ্ধার করা - সেড্রিক ড্রাগনটিকে কিভাবে ভুলিয়েছিল -

ডেল্ফি *হাওয়ায় নিজের হাত তুলে ধরে।* অ্যাল্বাস *হেসে তার দিকে তাকায়। দুজন বেশ ভালোই জোট বেঁধেছে।*

ডিগোরি।

ডেল্ফি

—একটা পাথরকে একটা কুকুরে রূপান্তরিত করে।

অ্যাল্বাস

—ছোট্ট করে এক্সপেলিয়ার্মাস করলেই ও আর ওটা করতে পারবে না।

ডেল্ফি-অ্যাল্বাসের *যৌথ কাজ* স্কর্পিয়াসের *পছন্দ হচ্ছে না।*

স্কর্পিয়াস

আচ্ছা, দুটো কথা, প্রথমত আমরা কি নিশ্চিত যে ড্রাগনটা ওকে মারবে না?

ডেল্ফি

ওর সবসময় দুটো কথাই বলার থাকে, তাই না? অবশ্যই মারবে না। এটা হগওয়ার্টস্। ওরা ওদের সেরা খেলোয়াড়দের কোনো ক্ষতি হতে দেবে না।

স্কর্পিয়াস

আচ্ছা, দ্বিতীয় *কথা - বেশী গুরুত্বপূর্ণ কথা* - আমরা কিন্তু পিছিয়ে যাচ্ছি এটা না জেনে যে আমরা আবার এই সময়ে ফিরে আসতে পারবো

কিনা। যেটা একটু রোমাঞ্চকর বটে। কিন্তু হয়তো আমদের একবার - চেষ্টা করা উচিত প্রথমে এক ঘনটা পেছনে যেতে, আর তারপর...

ডেল্ফি

কিছু মনে করো না স্কর্পিয়াস, কিন্তু আমাদের কাছে নষ্ট করার মতো সময় নেই। স্কুলের এতো কাছে দাঁড়িয়ে অপেক্ষা করাটা বিপজ্জনক - আমি নিশ্চিত ওরা তোমায় খুঁজছে আর...

অ্যাল্বাস

ও ঠিক বলছে।

ডেল্ফি

এবার তোমাদের এগুলো গায়ে পরতে হবে -

ডেল্ফি *দুটো বড় কাগজের ঠোঙা বার করে। ছেলেরা দুজন তার ভেতর থেকে দুটি জোব্বা বার করে।*

অ্যাল্বাস

এগুলো তো ডার্মস্ট্র্যাং জোব্বা।

ডেল্ফি

আমার কাকুর বুদ্ধি। তোমরা যদি হগওয়ার্টসের জোব্বা পরে থাকো তাহলে লোকজন তোমাদের পরিচয় জানতে চাইবে। কিন্তু ত্রয়ীজাদুকরী প্রতিযোগিতাতে আরো দুটো স্কুল অংশগ্রহণ করছে - কাজেই তোমরা যদি ডার্মস্ট্র্যাং জোব্বা পরে থাকো - তাহলে সহজেই ভিড়ের মধ্যে মিশে যেতে পারবে, তাই না?

অ্যাল্বাস

ভালো বুদ্ধি! এক মিনিট, তোমার জোব্বা কোথায়?

ডেল্ফি

শুনে ভালো লাগলো অ্যাল্বাস, কিন্তু আমার মনে হয় না আমি ছাত্রী হওয়ার ভান করতে পারবো, তাই না? আমি তোমাদের পেছন পেছন থাকবো, আর এমন দেখাবো - আমি দেখাবো আমি ড্রাগনদের দেখাশোনা করি। এমনিতেও সমস্ত মন্ত্রের কাজ তুমিই করবে।

স্কর্পিয়াস *একবার তার দিকে এবং তারপর অ্যাল্বাসের দিকে তাকায়।*

স্কর্পিয়াস

তোমার আসা উচিত হবে না।

ডেল্ফি

কি?

স্কর্পিয়াস

তুমি ঠিকই বলেছো। মন্ত্রের জন্য তোমাকে লাগবে না। আর তুমি যদি কোনো ছাত্রীর জোব্বা পরতে না পারো - তাহলে খুব বড় রকমের বিপদ হতে পারে। আমি দুঃখিত, ডেল্ফি, কিন্তু তোমার আসা উচিত হবে না।

ডেল্ফি

কিন্তু আমায় যেতেই হবে - ও আমার খুড়তুতো ভাই। অ্যাল্বাস?

অ্যাল্বাস

আমার মনে হয় স্কর্পিয়াস ঠিক বলছে। আমি দুঃখিত।

ডেল্ফি

কি?

অ্যাল্বাস

আমরা কোনো গণ্ডগোল করবো না।

ডেল্ফি

কিন্তু আমাকে ছাড়া - তোমরা কাল-পরিবর্তকটি ব্যবহার করতে পারবে না।

স্কর্পিয়াস

তুমি তো আমাদের কাল-পরিবর্তক ব্যবহার করতে শিখিয়ে দিয়েছো।

ডেল্ফি *সত্যিই খুব দুঃখ পেয়েছে।*

ডেল্ফি

না। আমি এটা তোমাদের করতে দেবো না...

অ্যাল্বাস

তুমি তোমার কাকুকে বলেছো আমাদের ভরসা করতে। এবার তোমার পালা। এখন স্কুল বন্ধ আছে। তোমায় এখানে ছাড়াই ঠিক হবে।

ডেল্ফি দুজনের দিকে তাকিয়ে একটা গভীর নিঃশ্বাস নেয়। সে নিজেই মাথা নেড়ে মৃদু হাসে।

ডেল্ফি

তাহলে যাও। কিন্তু – শুধু এটা মনে রেখো...আজকে তোমাদের এমন এক সুযোগ দেওয়া হচ্ছে যা সবার ভাগ্যে জোটে না – আজকে তোমরা ইতিহাস বদলাতে চলেছো – সময় পাল্টাতে চলেছো। কিন্তু সর্বোপরি, আজকে তোমরা এক বৃদ্ধ লোকের কাছে তার ছেলেকে ফেরত দেওয়ার সুযোগ পেয়েছো।

ডেল্ফি হাসে। সে অ্যাল্বাসের *দিকে তাকায়। সে ঝুঁকে পড়ে* অ্যাল্বাসের *দুই গালে ঈষৎ চুমু খায়।*

সে বনের ভেতর চলে যায়। অ্যাল্বাস *তার দিকে তাকিয়ে থাকে।*

স্কর্পিয়াস

ও তো আমায় চুমু খেলো না – দেখলে? *(সে তার বন্ধুর দিকে তাকায়)*। তুমি ঠিক আছো তো, অ্যাল্বাস? তোমায় একটু ফ্যাকাসে দেখাচ্ছে। আর লাল। একসাথে ফ্যাকাসে আর লাল।

অ্যাল্বাস

চলো কাজটা সারি।

দ্বিতীয় অঙ্ক দৃশ্য পাঁচ

নিষিদ্ধ জঙ্গল

জঙ্গল ক্রমশ বড় এবং ঘন হয়ে আসছে, এবং গাছপালার মধ্যে - লোকজন সন্ধান চালাচ্ছে - নিখোঁজ জাদুকরদের খুঁজছে। কিন্তু ধীরে ধীরে সকলে সরে যায় এবং একমাত্র হ্যারি একা পড়ে থাকে।

সে কিছু একটা শুনতে পায়। ডানদিকে ঘুরে দাঁড়ায়।

হ্যারি

অ্যাল্বাস? স্কর্পিয়াস? অ্যাল্বাস?

তারপর সে খুরের আওয়াজ শুনতে পায়। হ্যারি চমকে ওঠে। সেই আওয়াজের সন্ধানে সে চারিদিকে তাকায়। হঠাৎ সামনে আলোয় বেন এসে দাঁড়ায়। সে এক সুদৃশ্য সেন্টর।

বেন

হ্যারি পটার।

হ্যারি

বাহ। তুমি এখনো আমায় চিনতে পারছো, বেন।

বেন

তুমি বড় হয়ে গেছো।

হ্যারি

হ্যাঁ।

বেন

কিন্তু বুদ্ধিমান হওনি এখনো। কারণ এখনো তুমি আমাদের জমিতে অনধিকারে প্রবেশ করছো।

হ্যারি

আমি সবসময় সেন্টরদের সম্মান করেছি। আমরা শত্রু নই। তুমি হগওয়ার্টসের যুদ্ধে বীরবিক্রমে লড়াই করেছো। আর আমি তোমার পাশে থেকে লড়েছি।

বেন

আমি আমার কাজ করেছি। কিন্তু শুধুমাত্র আমার দল, এবং আমাদের নিজের সম্মান রক্ষার জন্য। তোমার জন্য না। আর লড়াইয়ের পরে জঙ্গলটি সেন্টরদের জায়গা বলে নির্ধারিত করা হয়েছিল। আর তুমি যদি আমাদের জমিতে প্রবেশ করো – আমাদের অনুমতি ছাড়া – তাহলে তুমি আমাদের শত্রু।

বেন

আমার ছেলে নিখোঁজ, বেন। ওকে খুঁজে বের করতে আমার সাহায্যের দরকার।

বেন

সে কি এখানে? আমাদের জঙ্গলে?

হ্যারি

হ্যাঁ।

বেন

তাহলে তো সে তোমার মতোই বোকা।

হ্যারি

তুমি আমায় সাহায্য করবে বেন?

অল্পক্ষণের নীরবতা। বেন হ্যারির *দিকে গুরুগম্ভীর ভাবে তাকায়।*

বেন

আমি যেটুকু জানি সেটুকুই তোমায় বলতে পারবো... কিন্তু আমি তোমার ভালোর জন্য না, বরং আমার দলের ভালোর জন্য যা বলার বলবো। সেন্টররা আরেকটা যুদ্ধ চায়না।

হ্যারি

আমরাও চাইনা। কি জানো তুমি?

বেন

আমি তোমার ছেলেকে দেখেছি, হ্যারি পটার। তারাদের স্থান পরিবর্তনে তাকে আমি দেখেছি।

হ্যারি

তুমি তাকে তারাদের মধ্যে দেখেছো?

বেন

আমি বলতে পারবো না সে এখন কোথায়। আমি বলতে পারবো না তুমি তাকে কিভাবে খুঁজে পাবে।

হ্যারি

কিন্তু তুমি কিছু একটা দেখেছো? তুমি ভবিষ্যতের কিছু একটা জানতে পেরেছো?

বেন

একটা কালো মেঘ তোমার ছেলের আশেপাশে ঘোরাফেরা করছে, একটি ভয়ানক কালো মেঘ।

হ্যারি

অ্যাল্বাসের আশেপাশে?

বেন

একটা কালো মেঘ যা আমাদের সকলের জন্য বিপজ্জনক। তুমি তোমার ছেলেকে আবার খুঁজে পাবে, হ্যারি পটার। কিন্তু তারপর তুমি ওকে আজীবনের জন্য হারিয়েও ফেলতে পারো।

এই বলে সে ঘোড়ার কান্নার মতো একটা আওয়াজ করে - তারপর দ্রুত সেখান থেকে চলে যায় - হ্যারি বিহ্বল অবস্থায় সেখানে দাঁড়িয়ে থাকে।

হ্যারি আবার খুঁজতে শুরু করে - এবার আরো উদ্যমের সাথে।

হ্যারি

অ্যাল্বাস! অ্যাল্বাস!

দ্বিতীয় অঙ্ক দৃশ্য ছয়

নিষিদ্ধ জঙ্গলের প্রান্তে

স্কর্পিয়াস এবং অ্যাল্বাস একটা কোনা ঘুরে গাছপালার মাঝে একটি ফাঁকা জায়গায় এসে দাঁড়ায়।

একটি গাছের ফাঁক দিয়ে দেখা যাচ্ছে... এক উজ্জ্বাল আলো...

স্কর্পিয়াস

ঐযে ওখানে...

অ্যাল্বাস *সেদিকে তাকিয়ে ঢোক গেলে।*

অ্যাল্বাস

হগওয়ার্টস্। এই দৃশ্য আমি আগে কখনো দেখিনি।

স্কর্পিয়াস

এখনো গা ছমছম করে, তাই না? ওদিকে তাকালে?

গাছের ফাঁক দিয়ে হগওয়ার্টস্ দেখা যাচ্ছে - গম্বুজওয়ালা অট্টালিকা এবং স্তম্ভের একটি নিদারুণ সমষ্টি।

আমি প্রথম যখন শুনেছিলাম, তখন থেকেই যাওয়ার জন্য উদগ্রীব হয়ে ছিলাম। মানে, বাবা যদিও ওখানে খুব একটা খুশি ছিল না, কিন্তু তাও সে যেভাবে বর্ণনা দিতো...দশ বছর বয়স থেকে আমি রোজ সকালে উঠে সবার আগে *ডেইলী প্রফেট* দেখতাম - নিশ্চিত ছিলাম যে কোনো না কোনো অঘটন নিশ্চয়ই ঘটবে - নিশ্চয়ই আমার আর যাওয়া হবে না।

অ্যাল্বাস

আর তারপর তুমি ওখানে পৌঁছলে এবং দেখলে সবকিছু সত্যিই কতটা বাজে।

স্কর্পিয়াস

আমার জন্য তা না।

অ্যাল্বাস অবাক হয়ে তার বন্ধুর দিকে তাকায়।

আমি চিরকাল হগওয়ার্টস্ যেতে চাইতাম আর একজন বন্ধু চাইতাম যার সাথে মিলে আমি প্রচুর উৎপাত করবো। ঠিক যেমন হ্যারি পটার করতো। আর আমি তার ছেলেকেই সঙ্গে পেলাম। কি অদ্ভুত ভাগ্য আমার।

অ্যাল্বাস

কিন্তু আমি তো একেবারেই আমার বাবার মতো নই।

স্কর্পিয়াস

তুমি আরো ভালো। তুমি আমার সবচেয়ে ভালো বন্ধু অ্যাল্বাস। আর এটা তো উৎপাতের চরম পর্যা। আর এটা দারুণ, একেবারে শ্রেষ্ঠ, শুধু - না বলে আর পারছি না - বলতে লজ্জাও পাচ্ছি না - আমি সামান্য - একদম অল্প ভয় পাচ্ছি।

অ্যাল্বাস স্কর্পিয়াসের দিকে তাকিয়ে হাসে।

অ্যাল্বাস

তুমিও আমার সবচেয়ে ভালো বন্ধু। আর চিন্তা কোরো না - আমার মনে হচ্ছে একটা ভালো কিছুই হতে চলেছে।

নেপথ্যে রনের গলা শোনা যায় - সে খুব কাছেই আছে।

রন

অ্যাল্বাস? অ্যাল্বাস!

অ্যাল্বাস ভয়ে ভয়ে সেদিকে ঘুরে তাকায়।

অ্যাল্বাস

কিন্তু এবার আমাদের যেতে হবে - এক্ষুনি।

অ্যাল্বাস কাল-পরিবর্তকটি স্কর্পিয়াসের থেকে নেয় - নিয়ে সেটায় চাপ দেয় এবং কাল-পরিবর্তকটি কাঁপতে শুরু করে, আর তারপর বিশাল জোরে নড়াচড়া করতে থাকে।

আর তার সাথে সাথে মঞ্চসজ্জা পাল্টাতে থাকে। ছেলে দুজন কাল-পরিবর্তকটির দিকে তাকিয়ে থাকে।

তারপর হঠৎ করে এক ঝলক আলো দেখা যায়। খুব জোরে কিছু একটা ফাটার আওয়াজ শোনা যায়। তারপর সময় থেমে যায়। তারপর জিনিসটা উল্টে যায়, একটু থামে, তারপর আস্তে আস্তে উল্টো দিকে ঘুরতে থাকে, প্রথমে খুব ধীর গতিতে... তারপর দ্রুতবেগে গতি বাড়ায়।

দ্বিতীয় অঙ্ক দৃশ্য সাত

ত্রয়ীজাদুকরী প্রতিযোগিতা, নিষিদ্ধ জঙ্গলের প্রান্তে, ১৯৯৪

হঠাৎ চারিদিক আওয়াজে ভরে ওঠে এবং অ্যাল্বাস আর স্কর্পিয়াস ভিড়ের মধ্যে হারিয়ে যায়।

এবং হঠাৎ 'পৃথিবীর শ্রেষ্ঠ মনোরঞ্জনকারীকে (তার নিজের দেওয়া বর্ণনা, আমাদের না) মঞ্চে দেখা যায়, সোনোরাস মন্ত্র দ্বারা তার ধ্বনি বিস্তার করছে, এবং...দেখা যায়...সে দারুণ মজা পাচ্ছে।

লুডো ব্যাগম্যান

মহাশয় এবং মহাশয়া, ছেলেরা এবং মেয়েরা, আপনাদের সামনে পেশ করছি - সর্বশ্রেষ্ঠ - চমৎকার - এক - এবং অদ্বিতীয় **ত্রয়ীজাদুকরী প্রতিযোগিতা**।

উচ্চস্বরে উল্লাসধ্বনি শোনা যায়।

হগওয়ার্টসের সদস্যরা। তোমাদের উল্লাসধ্বনি শুনতে চাই ।

উচ্চস্বরে উল্লাসধ্বনি শোনা যায়।

ডার্মস্ট্র্যাঙের সদস্যরা - তোমাদের উল্লাসধ্বনি শুনতে চাই ।

উচ্চস্বরে উল্লাসধ্বনি শোনা যায়।

এবং বোব্যাটন্সের সদস্যরা। তোমাদের উল্লাসধ্বনি শুনতে চাই ।

তুলনামূলক একটু আস্তে উল্লাসধ্বনি শোনা যায়।

ফরাসীদের মধ্যে উৎসাহ একটু কম দেখা যাচ্ছে।

স্কর্পিয়াস (*হেসে*)

এটায় কাজ হয়েছে। ওটা লুডো ব্যাগম্যান।

লুডো ব্যাগম্যান

এবং ঐযে এসে গেছে। মহাশয় এবং মহাশয়া, – ছেলেরা এবং মেয়েরা – আপনাদের সামনে আসছে – যাদের জন্য আজকে আমরা সকলে এখানে একত্রিত হয়েছি – **বিজয়ীরা**। ডার্মস্ট্র্যাং থেকে, কি তার চোখের চাউনি, কি তার চলন, কি একখানা ছেলে, এমন কিচ্ছু নেই যা সে উড়ন্ত-ঝাড়ুতে বসে করতে পারে না, আপনাদের সামনে আসছে, ভিক্টর কেরামতি ক্রাম।

স্কর্পিয়াস এবং অ্যাল্বাস (*যারা নিজেদের এবার ডার্মস্ট্র্যাং ছাত্র বলেই মনে করছে*)

দেখিয়ে দাও কেরামতি ক্রাম। দেখিয়ে দাও কেরামতি ক্রাম।

লুডো ব্যাগম্যান

বোব্যাটন্স অ্যাকাডেমি থেকে – উন্মাদ করা সৌন্দর্য নিয়ে, ফ্ল্যুর ডেলাকূর!

একটু বিনম্র প্রশংসাধ্বনি।

এবং হগওয়ার্টস্ থেকে এক নয় বরং দুজন ছাত্র; যাকে দেখলেই আমাদের মন চনমন করে ওঠে, সেড্রিক ডিলিশিয়াস ডিগোরি।

জনগণ পাগলের মতো চিৎকার করে ওঠে।

এবার আরেকজন – তোমরা তাকে 'যেই ছেলেটি বেঁচে গিয়েছিল' বলে চেনো, আমি তাকে চিনি সেই ছেলে হিসেবে যে আমাদের সকলকে সমানে অবাক করতে থাকে...

অ্যাল্বাস

এটা আমার বাবা।

লুডো ব্যাগম্যান

হ্যাঁ, সে হচ্ছে হ্যারি সাহসী পটার।

জনগণের উল্লাসধ্বনি। বিশেষ করে একটি চিন্তিত-দর্শন মেয়ের থেকে যে ভিড়ের এক কোনায় বসে – এটি তরুন হারমায়নী *(যেই মেয়েটি* রোসের *ভূমিকায় অভিনয় করেছে, সেই একই মেয়ে এই ভূমিকায় অভিনয় করবে)। দেখা যায় হ্যারির জন্য উল্লাস সেড্রিকের থেকে একটু কম।*

এবং এবার – সকলে অনুগ্রহ করে শান্ত হন। প্রথম – ক্রিয়া। একটি সোনালী ডিম উদ্ধার করা। আনতে হবে একটি বাসা থেকে – মহাশয়

এবং মহাশয়া, ছেলেরা এবং মেয়েরা - একটি ড্রাগনের বাসা থেকে। এবং সেই ড্রাগনদের চালনা করছেন **চার্লি উইস্লী**।

আরো উল্লাসধ্বনি

তরুন হারমায়নী

তুমি যদি আমার এতো কাছেই দাঁড়াবে বলে ঠিক করে থাকো, তাহলে আমি চাইবো আমার উপর এতো ঘন ঘন নিঃশ্বাস যেনো না ফেলা হয়।

স্কর্পিয়াস

রোস? তুমি এখানে কি করছো?

তরুন হারমায়নী

রোস আবার কে? আর তোমার কথাগুলো ওরকম শোনাচ্ছে কেন?

অ্যাল্বাস (খারাপ বাচনভঙ্গি)

মাপ করবে। হারমায়নী। ও তোমায় অন্য আরেকজনের সাথে গুলিয়ে ফেলেছে।

তরুন হারমায়নী

তুমি আমার নাম জানলে কি করে?

লুডো ব্যাগ্যান

আর সময় নষ্ট না করে চলো আমাদের প্রথম প্রতিযোগীকে ডেকে নিই - একটি সুইডিশ শর্ট স্নাউটের মুখোমুখি দাঁড়াবে - **সেড্রিক ডিগোরি!**

একটি ড্রাগনের গর্জন তরুন হারমায়নীকে *অন্যমনস্ক করে, এবং* অ্যাল্বাস *তার জাদু-ছড়ি হাতে নিয়ে তৈরি হয়।*

এবং সেড্রিক ডিগোরি মঞ্চে উপস্থিত। তাকে দেখে মনে হচ্ছে সে প্রস্তুত। একটু ভীত কিন্তু প্রস্তুত। পাশ কাটিয়ে ও একবার এদিক, একবার ওদিক যাচ্ছে। আড়াল খোঁজার জন্য সে ঝাঁপ দিলো, এবং মেয়েরা এদিকে অভিভূত হয়ে পড়েছে। তারা একত্রে চেঁচাচ্ছে: আমাদের ডিগোরির কোনো ক্ষতি কোরো না, ড্রাগন মহাশয়।

স্কর্পিয়াস *চিন্তিত।*

স্কর্পিয়াস

অ্যাল্বাস, কিছু একটা গণ্ডগোল হচ্ছে। কাল-পরিবর্তকটা কাঁপছে।

একটা টিকটিক শব্দ শুরু হয়, একটি ক্রমাগত, বিপজ্জনক, টিকটিক শব্দ। শব্দটি কাল-পরিবর্তক থেকে আসছে।

লুডো ব্যাগম্যান

এবং সেড্রিক বাঁ দিকে ঝুঁকে তারপর ডান দিকে লাফ দিলো - এবং সে তার জাদু-ছড়ি নিয়ে তৈরি - এই বীর, সুদর্শন যুবকের মাথায় কি চলছে এখন -

অ্যাল্বাস (*তার জাদু-ছড়ি বাড়িয়ে দিয়ে*)

এক্সপেলিয়ার্মাস!

সেড্রিকের *জাদু-ছড়ি* অ্যাল্বাসের *হাতে চলে আসে।*

লুডো ব্যাগম্যান

–কিন্তু না, এটা কি? এটা কি কোনোরকম কালাজাদু নাকি অন্য কিছু - সেড্রিক ডিগোরি নিরস্ত্র -

স্কর্পিয়াস

অ্যাল্বাস, আমার মনে হয় এই কাল পরিবর্তক - কিছু একটা গণ্ডগোল হচ্ছে...

কাল-পরিবর্তকটির আওয়াজ বাড়তে থাকে।

লুডো ব্যাগম্যান

ডিগোর্স'এর সবকিছু ওলটপালট হয়ে যাচ্ছে। তার জন্য এই ক্রিয়ার এইটাই শেষ মুহূর্ত হতে পারে। এই প্রতিযোগিতার শেষ মুহূর্ত।

স্কর্পিয়াস অ্যাল্বাসকে *চেপে ধরে।*

কান ঝালাপালা করে দেওয়ার মতো টিকটিক শব্দ এবং এক আলোর ঝিলিক।

সময় বর্তমানে ফিরে আসে, এবং অ্যাল্বাস *যন্ত্রণায় ছটফট করছে।*

স্কর্পিয়াস

অ্যাল্বাস! তোমার কি ব্যাথা লেগেছে? অ্যাল্বাস তুমি কি -

অ্যাল্বাস

কি হলো?

স্কর্পিয়াস

নিশ্চয়ই এটার কোনো সীমাবদ্ধতা রয়েছে - এই কাল-পরিবর্তকটির নিশ্চয়ই কোনো সময়সীমা আছে...

অ্যাল্বাস

তোমার কি মনে হয়, আমরা করতে পেরেছি? মনে হয় আমরা কিছু পাল্টেছি?

হঠাৎ মঞ্চের চারপাশ থেকে হ্যারি, রন *(যার চুল একদিকে পাট করে আঁচড়ানো, এবং যার পরনের কাপরে একটা ভারিক্কি ভাব দেখা যায়),* জিনি *এবং* ড্রেকো *প্রবেশ করে।* স্কর্পিয়াস *তাদের সকলের দিকে তাকায় - এবং কাল-পরিবর্তকটি নিজের পকেটে পুরে ফেলে।* অ্যাল্বাস *আবেগ-বিহীন ভাবে তাদের দিকে তাকায় - সে খুবই যন্ত্রণায় রয়েছে।*

রন

আমি বলেছিলাম। বলেছিলাম আমি ওদের দেখেছি।

স্কর্পিয়াস

মনে হচ্ছে আমরা শিগগিরিই জানতে পেরে যাবো।

অ্যাল্বাস

হ্যালো, বাবা। কিছু গণ্ডগোল হলো নাকি?

হ্যারি *বিস্মিত ভাবে তার ছেলের দিকে তাকায়।*

হ্যারি

হ্যাঁ। তা বলতে পারো।

অ্যাল্বাস *মাটিতে লুটিয়ে পড়ে।* হ্যারি *এবং* জিনি *তাকে ধরার জন্য ছুটে যায়।*

দ্বিতীয় অঙ্ক দৃশ্য আট

হগওয়ার্টস্, হাসপাতাল

অ্যাল্বাস হাসপাতালের একটা বিছানায় ঘুমিয়ে আছে। হ্যারি এসে তার পাশে বসে, সে একটু চিন্তিত। তাদের মাথার উপরে দেওয়ালে এক উদ্বেগপূর্ণ এবং স্নেহশীল ভদ্রলোকের ছবি।একটি ছবি যা তাদের দুজনের উপরেই যত্নশীল নজর রাখছে। হ্যারি নিজের চোখ কচলায়, উঠে দাঁড়ায় এবং আড়মোড়া ভাঙতে ভাঙতে সারা ঘরে হেঁটে বেড়াতে থাকে।

তারপর সে সেই ছবির সাথে চোখে চোখ মেলায়। হ্যারিকে তার দিকে তাকাতে দেখে সেই ছবি একটু চমকে ওঠে। এবং হ্যারিও তাকে দেখে চমকে ওঠে।

হ্যারি

প্রোফেসর ডাম্বেলডোর

ডাম্বেলডোর

শুভ সন্ধ্যা, হ্যারি।

হ্যারি

আমি আপনার কথা বহুবার ভেবেছি। যখনই আমি প্রধান-শিক্ষিকার ঘরে যাই, আপনার ছবির কাঠামোটি ফাঁকা দেখি।

ডাম্বেলডোর

হ্যাঁ, আসলে, আমি থেকে-থেকে আমার অন্যান্য ছবিগুলোতে গিয়ে হাজিরা দিতে ভালোবাসি। (*সে অ্যাল্বাসের দিকে তাকায়*) ও ঠিক হয়ে যাবে তো?

হ্যারি

ও গত চব্বিশ-ঘন্টা ধরে ঘুমিয়ে আছে, মূলত ম্যাডাম পম্ফ্রী'র আদেশে যাতে উনি ওর হাত আবার জোড়া লাগাতে পারে। এটা আজ পর্যন্ত ওনার দেখা সবচেয়ে অদ্ভুত ব্যাপার...যেন হাতটা প্রায় কুড়ি বছর আগে ভেঙেছে এবং তারপর তাকে ঠিক করার জন্য একেবারে 'উল্টোপাল্টা দিকে' নির্দেশিত করা হয়েছে। তবে উনি বলেছেন ও ঠিক হয়ে যাবে।

ডাম্বেলডোর

বেশ কঠিন ব্যাপার, বোধ করি, নিজের সন্তানকে এতো যন্ত্রণা পেতে দেখা।

হ্যারি *প্রথমে* ডাম্বেলডোরের *দিকে, তারপর* অ্যাল্বাসের *দিকে তাকায়।*

হ্যারি

আমি বোধ হয় আপনাকে কখনো জিজ্ঞাসা করিনি যে আপনার নামে আমার ছেলের নাম রাখায় আপনার কি মতামত?

ডাম্বেলডোর

সত্যি বলতে, হ্যারি, আমার মনে হয়েছে একটা নিরীহ ছেলের উপর এটা একটা বিশাল ভার চাপিয়ে দেওয়ার মতো।

হ্যারি

আপনার সাহায্য আমার দরকার। আপনার পরামর্শ দরকার। বেন বলেছে অ্যাল্বাস নাকি বিপদে আছে। আমি কিভাবে আমার ছেলেকে রক্ষা করবো, ডাম্বেলডোর?

ডাম্বেলডোর

এতো লোকের মধ্যে তুমি শেষমেশ আমায় জিজ্ঞেস করছো, একটা ছেলেকে ঘোরতর বিপদ থেকে কি করে রক্ষা করবে? আমরা তরুণদের বিপদ থেকে রক্ষা করতে পারি না। কষ্ট আসবেই এবং তার প্রয়োজনও আছে।

হ্যারি

তাহলে কি আমি শুধু দাঁড়িয়ে দাঁড়িয়ে দেখে যাবো?

ডাম্বেলডোর

না। তুমি ওকে শেখাবে কিভাবে জীবনের প্রতিকূলতার সাথে লড়তে হয়।

হ্যারি

কি করে? ও তো আমার কথা শোনেই না।

ডাম্বেলডোর

হয়তো ও অপেক্ষা করে আছে কতক্ষেণে তুমি ওকে ঠিকমতো বুঝতে পারবে।

হ্যারি ভুরু কুঁচকে কথাটি বোঝার চেষ্টা করে।

(*স্নেহশীল ভাবে*) এটা একটা ছবির অভিশাপ এবং বরদান...আমরা সবরকম কথা শুনতে পাই। স্কুলে, মিনিস্ট্রিতে, আমি লোকজনের কথা শুনতে পাই...

হ্যারি

আর আমাকে আর আমার ছেলেকে নিয়ে তারা কি চর্চা করে?

ডাম্বেলডোর

চর্চা না। চিন্তা। যে তোমরা দুজন খুব অসুবিধায় আছো। যে ওকে সামলানো খুব কঠিন। যে ও তোমার উপর রেগে আছে। আমার তো মনে হয় - হয়তো - ওর প্রতি তোমার ভালোবাসা তোমায় অন্ধ করে দিয়েছে।

হ্যারি

অন্ধ?

ডাম্বেলডোর

ও যেরকম ওকে সেরকম ভাবেই দেখার চেষ্টা করো, হ্যারি। তোমায় খুঁজে বের করতে হবে ওর কষ্টের কারণ কি।

হ্যারি

ও যেরকম সেরকম ভাবে কি আমি ওকে দেখিনি? কি কষ্ট হচ্ছে ওর? (*সে ভাবে*) নাকি কেউ আমার ছেলেকে কষ্ট দিচ্ছে?

অ্যাল্বাস (*ঘুমের ঘোরে*)

বাবা...

হ্যারি

এই কালো মেঘ, এটা একজন ব্যক্তি, তাই না? কোনো বস্তু নয়?

ডাম্বেলডোর

সত্যি বলতে, আমার মতামতে কি যায় আসে? আমি তো কেবল রং আর স্মৃতি, হ্যারি, রং আর স্মৃতি। আর আমার কোনোদিন কোনো ছেলেও ছিল না।

হ্যারি

কিন্তু আপনার পরামর্শ আমার প্রয়োজন।

অ্যাল্বাস

বাবা?

হ্যারি অ্যাল্বাসের *দিকে তাকায়, তারপর* ডাম্বেলডোরের *দিকে। কিন্তু* ডাম্বেলডোর *চলে গেছে।*

হ্যারি

না, কোথায় গেলেন আপনি?

অ্যাল্বাস

আমরা - হাসপাতালে?

হ্যারি *আবার* অ্যাল্বাসের *দিকে মনোযোগ দেয়।*

হ্যারি (*ব্যাকুল*)

হ্যাঁ। আর তুমি - তুমি ঠিক হয়ে যাবে। তোমায় সুস্থ করে তোলার জন্য ম্যাডাম পম্ফ্রী প্রথমে বুঝতে পারছিলেন না কি দেওয়া উচিত তাই বললেন তোমায় হয়তো প্রচুর - চকলেট খেতে হবে। আমি যদি দু-একটা খাই তুমি কিছু মনে করবে না তো? তোমায় একটা জিনিস বলার আছে আর আমার মনে হয় না সেটা তোমার খুব একটা ভালো লাগবে।

অ্যাল্বাস *তার বাবার দিকে তাকায়, বাবা কি বলতে চায়? সে ঠিক করলো তার কথায় সে বিচলিত হবে না।*

অ্যাল্বাস

ঠিকাছে।

হ্যারি *কিছু চকলেট নেয়। সে একটা বড় টুকরো খায়।* অ্যাল্বাস *তার বাবার দিকে তাকায়, একটু বিভ্রান্ত।*

ভালো লাগছে?

হ্যারি

খুব।

সে ছেলেকে চকলেটটা দেয়। অ্যাল্বাস এক টুকরো নেয়। বাবা এবং ছেলে একসাথে খেতে থাকে।

হাতটা, কেমন আছে?

অ্যাল্বাস হাত সোজা করে।

অ্যাল্বাস

খুব ভালো।

হ্যারি (মৃদুস্বরে)

তুমি কোথায় গিয়েছিলে, অ্যাল্বাস? আমি তোমায় বলে বোঝাতে পারবো না আমাদের কি অবস্থা হয়েছিল – চিন্তায় তোমার মায়ের শরীর খারাপ হয়ে গেছে...

অ্যাল্বাস মুখ তুলে তাকায়, সে খুব নিপুণভাবে মিথ্যে কথা বলতে পারে।

অ্যাল্বাস

আমরা ভাবলাম আমরা আর স্কুলে যেতে চাইনা। ভাবলাম আমরা নতুন করে জীবন শুরু করবো – মাগল জগতে – কিন্তু পরে বুঝলাম আমরা ভুল ছিলাম। আমরা হগওয়ার্টসের দিকে ফিরে আসছিলাম যখন তোমরা আমাদের খুঁজে পেলে।

হ্যারি

ডার্মস্ট্র্যাং জোব্বা পরে?

অ্যাল্বাস

জোব্বাগুলো...এই পুরো ব্যাপারটা - স্কর্পিয়াস আর আমি - আমরা অতো ভাবিনি।

হ্যারি

কিন্তু কেন... তুমি পালালে কেন? আমার জন্যে? আমি যা বলেছি সেটার জন্যে?

অ্যাল্বাস

আমি জানিনা। হগওয়ার্টস্ তেমন একটা ভালো জায়গা নয়, যদি তুমি সেখানে মানিয়ে নিতে না পারো।

হ্যারি

আর স্কর্পিয়াস কি - তোমায় উসকিয়েছে - যাওয়ার জন্য?

অ্যাল্বাস

স্কর্পিয়াস? না।

হ্যারি অ্যাল্বাসের দিকে তাকায়, তার চারপাশে যেন প্রায় একটা আভা দেখার চেষ্টা করছে, গভীর চিন্তায় মগ্ন।

হ্যারি

আমি চাই তুমি স্কর্পিয়াস ম্যাল্ফয়ের থেকে দূরে থাকো।

অ্যাল্বাস

কি? স্কর্পিয়াস?

হ্যারি

আমি জানি না তোমরা কি করে বন্ধু হলে, কিন্তু হয়েছো - আর এখন - আমি চাই তুমি -

অ্যাল্বাস

আমার সবচেয়ে ভালো বন্ধু? আমার একমাত্র বন্ধু?

হ্যারি

ওর সঙ্গ বিপজ্জনক।

অ্যাল্বাস

স্কর্পিয়াস? বিপজ্জনক? তুমি কি ওর সাথে কখনো দেখা করেছো? বাবা, তুমি যদি সত্যিই মনে করে থাকো যে ও ভোল্ডেমর্টের সন্তান -

হ্যারি

আমি জানি না ও কে, আমি শুধু এটুকু জানি যে তোমায় ওর থেকে দূরে থাকতে হবে। বেন আমায় বলেছে -

অ্যাল্বাস

বেন কে?

হ্যারি

একজন সেন্টর, যে খুব ভালো ভবিষ্যদ্বাণী করতে পারে। ও বলেছে তোমার চারপাশে একটা কালো মেঘ ঘোরাফেরা করছে আর -

অ্যাল্বাস

একটা কালো মেঘ?

হ্যারি

আর আমার কাছে যথেষ্ট কারণ আছে এটা বিশ্বাস করার যে কালাজাদু আবার নতুন করে জেগে উঠছে আর আমায় তোমাকে সেটার থেকে বাঁচিয়ে রাখতে হবে। তার থেকে বাঁচিয়ে রাখতে হবে। স্কর্পিয়াসের থেকে বাঁচিয়ে রাখতে হবে।

এক মুহূর্তের জন্য ইতস্তত করার পর অ্যাল্বাসের *মুখ কঠোর হয়ে ওঠে।*

অ্যাল্বাস

আর আমি যদি না থাকি? ওর থেকে দূরে?

হ্যারি *তার ছেলের দিকে তাকায়, দ্রুত ভেবে নেয়।*

হ্যারি

একটা মানচিত্র আছে। যারা নিয়ম ভাঙতে চাইতো এক সময়ে তারা এটা ব্যবহার করতো। এবার আমরা ওটা ব্যবহার করবো চোখ রাখার জন্য - সারাক্ষণ নজর রাখার জন্য - তোমার উপর। প্রোফেসর ম্যাকগনেগাল তোমার সমস্ত কার্যকলাপে লক্ষ্য রাখবে। কখনো যদি তোমাদের দুজনকে একসাথে দেখা যায় - সাথে সাথে উনি সেখানে এসে হাজির হবেন - তোমরা হগওয়ার্টস্ থেকে পালানোর চেষ্টা করলে - তিনি হাজির হবেন। আমি চাই তুমি মন দিয়ে পড়াশোনা করো, এবং তোমার কোনো ক্লাসেই স্কর্পিয়াস আর থাকবে না, আর ইতিমধ্যে, তুমি গ্রিফিন্ডোর কমোন রুমে থাকবে!

অ্যাল্বাস

তুমি আমায় গ্রিফিন্ডোরে পাঠাতে পারো না! আমি স্লীদারিন!

হ্যারি

আমার সাথে চালাকি কোরো না অ্যাল্বাস, তুমি জানো তুমি কোন ঘরের সদস্য। আর উনি যদি তোমাকে কখনো স্কর্পিয়াসের সাথে দেখতে পান - তাহলে আমি তোমার উপর একটা মন্ত্র প্রয়োগ করে রাখবো - যার মাধ্যমে তোমার সব চলাফেরা, কথাবার্তার খবর আমার কাছে চলে আসবে। ইতিমধ্যে, আমার কার্যালয়ে ওর জন্মের আসল ইতিহাসের ব্যাপারে সন্ধান শুরু করা হবে।

অ্যাল্বাস (*কাঁদতে শুরু করে*)

কিন্তু বাবা - তুমি এটা করতে পারো না - এটা কিন্তু...

হ্যারি

আমি বহুদিন ধরে মনে করে এসেছি যে আমি ভালো বাবা হয়ে উঠতে পারিনি কারণ তুমি আমায় কখনো ভালোবাসোনি। এখন আমি বুঝেছি আমার দরকার নেই তোমার ভালোবাসার, আমি শুধু চাই তুমি আমার কথায় মান্যতা দাও, কারণ আমি তোমার বাবা আর আমি ভালোমতো জানি কোনটা ঠিক আর কোনটা ভুল। আমি দুঃখিত, অ্যাল্বাস। কিন্তু এটাই একমাত্র রাস্তা।

দ্বিতীয় অঙ্ক দৃশ্য নয়

হগওয়ার্টস্, সিঁড়ি

অ্যাল্বাস হ্যারিকে *অনুসরণ করে মঞ্চের একদিক থেকে অন্যদিকে যায়।*

অ্যাল্বাস

আমি যদি পালিয়ে যাই? আমি পালিয়ে যাবো।

হ্যারি

অ্যাল্বাস, গিয়ে শুয়ে পড়ো।

অ্যাল্বাস

আমি আবার পালিয়ে যাবো।

হ্যারি

না। তুমি যাবে না।

অ্যাল্বাস

আমি যাবো - আর এবার আমি খেয়াল রাখবো যাতে রন আমাদের খুঁজে না পায়।

রন

আমার নাম শুনতে পেলাম মনে হলো?

রন *সিঁড়ির এক দিক থেকে প্রবেশ করে, তার চুলের সিঁথি আরো বেশী করে স্পষ্ট, তার জোব্বা তার গায়ের মাপের থেকে ছোটো, তার পোশাকে একটা অত্যন্ত রাশভারী ভাব।*

অ্যাল্বাস

রন আঙ্কেল! বাঁচা গেছে, তোমার চুটকিগুলো যদি আমাদের কোনোসময় সত্যিই প্রয়োজন হয়ে থাকে তাহলে সেটা এই মুহূর্তে...

রন ভুরু কুঁচকায়, একটু ধন্দে পড়ে যায়।

রন

চুটকি? আমি তো কোনো চুটকি জানি না।

অ্যাল্বাস

অবশ্যই তুমি জানো। তুমি তো একটা চুটকির দোকান চালাও।

রন (*এবার একেবারে ঘাবড়ে গিয়ে*)

চুটকির দোকান? এইযে দেখো। এমনিতেই আমি বেশ খুশি যে আমি তোমাদের খুঁজে বের করেছি...আমি তোমাদের জন্য মিষ্টি নিয়ে আসছিলাম...কারণ, একটা, দ্রুত আরোগ্য কামনা হিসেবে, কিন্তু... আসলে পদ্মা - ও এইসব বেশী ভালো বোঝে - আমার থেকেও বেশী - তাই ও বললো তুমি যাতে স্কুলে ব্যবহার করতে পারো এরকম কোনো জিনিস দিতে পারলে আরো ভালো হয়। তাই আমরা তোমার জন্য - এক গোছা কলম এনেছি। দেখো। দেখো। দেখো। একবার দেখো জিনিসগুলো। সবচেয়ে ভালো ধরনের।

অ্যাল্বাস

পদ্মা কে?

হ্যারি অ্যাল্বাসের *দিকে তাকিয়ে ভুরু কুঁচকায়।*

হ্যারি

তোমার মামি।

অ্যাল্বাস

পদ্মা নামে আমার একজন মামি আছে?

রন

(হ্যারিকে) মাথায় কনফান্ডাস মন্ত্রর আঘাত খেয়েছে নাকি? (অ্যাল্বাসকে) আমার বউ, পদ্মা। মনে পড়ছে। একটু মুখের কাছে গিয়ে কথা বলে, গায়ে একটু পুদিনা পাতার গন্ধ।(*ঝুঁকে পড়ে*) পদ্মা, পাঞ্জুর মা! (*হ্যারিকে*) ওর জন্যেই আমি এখানে এসেছি। পাঞ্জু। ও আবার মুশকিলে পড়েছে।

আমি শুধু একটা হাউলার পাঠাতে চেয়েছিলাম কিন্তু পদ্মা আমাকে জোর করে এখানে পাঠালো। আমি বুঝিনা কেন। ও শুধু আমায় দেখে হাসে।

অ্যাল্বাস

কিন্তু... তোমার তো হারমায়নীর সাথে বিয়ে হয়েছে।

এক মুহূর্তের বিরতি। রন *এই কথার কিচ্ছু বুঝতে পারছে না।*

রন

হারমায়নী? না। একদম না। কি যাতা।

হ্যারি

অ্যাল্বাস এও ভুলে গেছে যে ও গ্রিফিন্ডোরের সদস্য। একেবারে ভুলে গেছে।

রন

হ্যাঁ, মানে, মাপ করো, বাছা, কিন্তু তুমি তো গ্রিফিন্ডোর।

অ্যাল্বাস

কিন্তু আমি গ্রিফিন্ডোরে কি করে এলাম?

রন

তুমি নির্ধারক টুপিকে বুঝিয়েছিলে, তোমার মনে নেই? পাঞ্জু তোমার সাথে বাজি রেখেছিল যে তুমি গিফিন্ডোরে ঢুকতে পারবে না, যদি তার উপর তোমার গোটা জীবন নির্ভর করে থাকে তাও পারবে না, তাই তুমি ওকে রাগানোর জন্য গ্রিফিন্ডোর বেছে নিয়েছিলে। আমি তোমায় দোষ দেবো না, (শুষ্ক ভাবে) আমরা সবাই কখনো না কখনো ওর মুখের হাসি কেড়ে নিতে চাই, তাই না? (ভয় পেয়ে) পদ্মাকে আবার বোলো না আমি এটা বলেছি।

অ্যাল্বাস

পাঞ্জু কে?

রন *এবং* হ্যারি *হাঁ করে* অ্যাল্বাসের *দিকে তাকায়।*

রন

এবাবা, তুমি সব ভুলে গেছো? যাই হোক, আমি বরং চলি, নয়তো আমার কাছে আবার হাউলার চলে আসবে।

সে হোঁচট খায়, আগের মানুষটার লেশমাত্রও এর মধ্যে নেই।

অ্যাল্বাস

কিন্তু এটার তো...কোনো মানে দাঁড়াচ্ছে না।

হ্যারি

অ্যাল্বাস, তুমি যাই নাটক করার চেষ্টা করছো, সেটায় কিন্তু কাজ হচ্ছে না, আমি আমার সিদ্ধান্ত বদলাবো না।

অ্যাল্বাস

বাবা, তোমার কাছে দুটো বিকল্প আছে, হয় তুমি আমায় নিয়ে চলো –

হ্যারি

না, বিকল্প বরং তোমার কাছে আছে অ্যাল্বাস। আমি যেভাবে বলছি সেভাবে চলো অথবা খুব – চরম- অসুবিধার সম্মুখীন হতে হবে, বুঝতে পেরেছো?

স্কর্পিয়াস *সিঁড়ির অন্য প্রান্তে এসে হাজির হয়,* অ্যাল্বাসকে *দেখে সে খুব খুশি হয়।*

স্কর্পিয়াস

অ্যাল্বাস? তুমি ঠিক আছো। বাহ, এ তো দারুন।

হ্যারি স্কর্পিয়াসকে *গ্রাহ্য না করে তার পাশ দিয়ে হেঁটে চলে যায়।*

হ্যারি

ও পুরোপুরি সেরে উঠেছে। আমাদের এবার যাওয়া উচিত।

অ্যাল্বাস স্কর্পিয়াসের *দিকে তাকিয়ে প্রচণ্ড দুঃখ পায়। সে তার বাবার পেছন পেছন যায় –* স্কর্পিয়াসের *ব্যাকুল দৃষ্টি এড়িয়ে সে এগিয়ে যায়।*

স্কর্পিয়াস

তুমি কি আমার উপর রেগে আছো? কি হয়েছে বলো তো?

অ্যাল্বাস *দাঁড়িয়ে* গিয়ে স্কর্পিয়াসের *দিকে ঘুরে তাকায়।*

অ্যাল্বাস

ওটায় কাজ হয়েছে? একটুও কাজ হয়েছে?

স্কর্পিয়াস

না... কিন্তু, অ্যাল্বাস –

হ্যারি

অ্যাল্বাস। তোমার আবোলতাবোল কথাবার্তাগুলো এবার একটু থামাও। এই তোমায় শেষবারের মতো বলছি।

অ্যাল্বাস *যেন তার বাবা এবং বন্ধুর মধ্যে পড়ে অসহায় হয়ে পড়েছে।*

অ্যাল্বাস

আমি পারবো না, বুঝলে?

স্কর্পিয়াস

কি পারবে না?

অ্যাল্বাস

মানে – আমরা একে অন্যকে ছাড়াই হয়তো ভালো থাকবো, বুঝলে?

অ্যাল্বাস *চলে যায় এবং* স্কর্পিয়াস *তার দিকে তাকিয়ে থাকে।* স্কর্পিয়াস *দুঃখে ভেঙে পড়েছে।*

দ্বিতীয় অঙ্ক দৃশ্য দশ

হগওয়ার্টস্, প্রধানশিক্ষিকার দপ্তর

প্রোফেসর ম্যাকগনেগাল *খুবই অসন্তুষ্ট*, হ্যারি *সুদৃঢ়*, জিনি *বুঝতে পারছে না তার কেরকম ব্যবহার করা উচিত।*

প্রোফেসর ম্যাকগনেগাল

আমি বিশেষ সন্দেহ আছে ম্যারাওডার মানচিত্র এই উদ্দেশ্যে বানানো হয়েছিল কিনা।

হ্যারি

আপনি যদি ওদের একসাথে দেখতে পান, তাহলে যতো তাড়াতাড়ি সম্ভব তাদের কাছে যাবেন এবং তাদেরকে একে অপরের থেকে আলাদা করে দেবেন।

প্রোফেসর ম্যাকগনেগাল

হ্যারি, তুমি নিশ্চিত তো যে এটাই সঠিক নির্ণয়? কারণ সেন্টরদের জ্ঞানকে সন্দেহ করার মতো ক্ষমতা আমার নেই কিন্তু বেন একজন অত্যন্ত রাগী সেন্টর...ভবিষ্যদ্বাণীকে নিজের সুবিধার্থে ঘুরিয়ে বলার ক্ষমতা তার আছে।

হ্যারি

আমি বেন'কে বিশ্বাস করি। অ্যাল্বাসকে স্কর্পিয়াসের থেকে দূরে থাকতে হবে। ওর নিজের এবং বাকি সবার ভালোর জন্য।

জিনি

আমার মনে হয় হ্যারি যা বলতে চাইছে তা হলো...

হ্যারি (দৃঢ়তার সাথে)

প্রোফেসর জানে আমি কি বলতে চাইছি।

জিনি হ্যারির দিকে তাকায়, হ্যারিকে এভাবে কথা বলতে দেখে সে অবাক।

প্রোফেসর ম্যাকগনেগাল

দেশের সবচেয়ে মহান জাদুকর এবং জাদুকরীরা অ্যাল্বাসকে পরীক্ষা করে দেখেছে এবং তারা কোনোরকম সম্মোহন বা জাদুমন্ত্র ওর মধ্যে খুঁজে পায়নি।

হ্যারি

এবং ডাম্বেলডোর – ডাম্বেলডোর বলেছেন –

প্রোফেসর ম্যাকগনেগাল

কি?

হ্যারি

মানে তার ছবি। আমরা কথা বলেছি। উনি খুব গুরুত্বপূর্ণ কিছু কথা বলেছেন –

প্রোফেসর ম্যাকগনেগাল

ডাম্বেলডোর মারা গেছেন, হ্যারি। এবং আমি তোমায় আগেও বলেছি, ছবি আসল ব্যক্তিটির অভিব্যক্তি অর্ধেকও ব্যক্ত করতে পারে না।

হ্যারি

উনি বলেছেন ভালোবাসা নাকি আমায় অন্ধ করে দিয়েছে।

প্রোফেসর ম্যাকগনেগাল

একজন প্রধানশিক্ষকের ছবি একটি স্মারক মাত্র। তার কাজ কোনো সিদ্ধান্ত নিতে সহায়তা করা। কিন্তু আমি যখন আমার বর্তমান পদে নিযুক্ত হই তখন আমায় বলা হয়েছিল ছবিগুলিকে যেন পূর্ণমাত্রায় ব্যক্তিটির সঙ্গে গুলিয়ে না ফেলা হয়। আর তোমাকেও আমি সেই উপদেশই দেবো।

হ্যারি

কিন্তু উনি ঠিকই বলেছেন। আমি এখন বুঝতে পারছি।

প্রোফেসর ম্যাকগনেগাল

হ্যারি, তুমি সদ্য খুব কঠিন পরিস্থিতির মধ্যে দিয়ে গেছো, অ্যাল্বাসের হারিয়ে যাওয়া, তাকে খুঁজে বের করা, তোমার কপালের দাগ এবার কি ইঙ্গিত দিচ্ছে সেই বিষয়ে সঙ্কোচ। কিন্তু বিশ্বাস করো, তুমি এটা খুব ভুল করছো -

হ্যারি

অ্যাল্বাস আমায় আগেও পছন্দ করতো না। ও হয়তো এর পরেও আমায় আর ভালোবাসবে না। কিন্তু ও সুরক্ষিত থাকবে। যথাযথ সম্মান দিয়েই বলছি, মিনার্ভা - তোমার নিজের কোনো সন্তান নেই -

জিনি

হ্যারি!

হ্যারি

–তুমি বুঝতে পারবে না।

প্রোফেসর ম্যাকগনেগাল (*অত্যন্ত দুঃখ পেয়েছেন*)

আমি ভাবতাম সারা জীবন শিক্ষকতা করার অর্থ -

হ্যারি

এই মানচিত্রটি আপনাকে বলে দেবে আমার ছেলে কখন কোথায় আছে - আশা রাকরি আপনি এটি ব্যবহার করবেন। আর আমি যদি শুনি যে আপনি তা করছেন না - তাহলে আমি এই স্কুলের বিরুদ্ধে আমার সমস্ত ক্ষমতা নিয়ে হাজির হবো - মিনিস্ট্রির পুরো শক্তি সমেত - বোঝা গেছে তো?

প্রোফেসর ম্যাকগনেগাল (*এই কর্কশতায় অবাক*)

পরিষ্কার।

জিনি হ্যারির *দিকে তাকায়, তার এই চেহারায় সে সম্পূর্ণ* হতবাক। হ্যারি *আর ফিরে তাকায় না।*

দ্বিতীয় অঙ্ক দৃশ্য এগারো

হগওয়ার্টস্, অশুভ শক্তির বিরুদ্ধে আত্মরক্ষা প্রশিক্ষণের ক্লাস

অ্যাল্বাস *ক্লাসে প্রবেশ করে, একটু অপ্রস্তুত।*

হারমায়নী

এইযে। আমাদের ট্রেন পলাতক। অবশেষে আমাদের কাছে ফিরে এসেছে।

অ্যাল্বাস

হারমায়নী?

অ্যাল্বাস *অবাক।* হারমায়নী *শিক্ষকের টেবিলের সামনে দাঁড়িয়ে আছে।*

হারমায়নী

প্রোফেসর গ্রেঞ্জার বোধ হয় আমার নাম, পটার।

অ্যাল্বাস

তুমি এখানে কি করছো?

হারমায়নী

পড়াচ্ছি। আমার পাপের প্রায়শ্চিত্ত। তুমি এখানে কি করছো? পড়তে এসেছো আসা করি।

অ্যাল্বাস

কিন্তু তুমি তো...তুমি...মিনিস্টার ফর ম্যাজিক।

হারমায়নী

আবার ঐ আজগুবি স্বপ্নগুলো দেখছো পটার? আজকে আমরা পেট্রোনাস মন্ত্র শিখবো।

অ্যাল্বাস (*অবাক*)

তুমি আমাদের অশুভ শক্তির বিরুদ্ধে আত্মরক্ষা প্রশিক্ষণের শিক্ষিকা?

সকলে চাপা কণ্ঠে খিলখিল করে হেসে ওঠে।

হারমায়নী

এবার কিন্তু আমার ধৈর্যের সীমা ছাড়িয়ে যাচ্ছে। এই বোকামির জন্য গ্রিফিন্ডোরের থেকে দশ নম্বর কেটে নেওয়া হচ্ছে।

পলি চ্যাপম্যান (*উঠে দাঁড়িয়ে*)

না না। ও ইচ্ছা করে করছে। ও গ্রিফিন্ডোরকে পছন্দ করে না এবং সে কথা সবাই জানে।

হারমায়নী

পলি চ্যাপম্যান তুমি পড়ো পরো নয়তো কিন্তু আরো খারাপ হবে। (পলি চ্যাপম্যান *দীর্ঘশ্বাস ফেলে বসে পড়ে*)। আর তুমি ওর পাশে গিয়ে বসো, অ্যাল্বাস। আর এই নাটক বন্ধ করো।

অ্যাল্বাস

কিন্তু তুমি তো এতো কঠোর নও।

হারমায়নী

এবং গ্রিফিন্ডোরের থেকে আরো কুড়ি নম্বর কেটে নেওয়া হচ্ছে অ্যাল্বাস পটারকে বোঝানোর জন্য যে আমি এতটাই কঠোর।

ইয়ান ফ্রেড্রিক্স

তুমি যদি এক্ষুনি না বসো, অ্যাল্বাস...

অ্যাল্বাস *বসে।*

অ্যাল্বাস

আমি কি শুধু এটা বলতে পারি –

হারমায়নী

না, পারো না। চুপ করে থাকো পটার, নয়তো তোমার যা অল্প খ্যাতি আছে সেও থাকবে না। তাহলে কে বলতে পারবে পেট্রোনাস কাকে বলে? হ্যাঁ? কেউ না? তোমারা সত্যিই খুব নিরাশাজনক একটা দল।

হারমায়নী *মৃদু হাসে। সে সত্যিই খুব কঠোর।*

অ্যাল্বাস

না না। এটা পুরো ভুলভাল হচ্ছে। রোস কোথায়? ওই তোমায় বলে দেবে তুমি কেরকম আবোলতাবোল কথা বলছো।

হারমায়নী

রোস কে? তোমার অদৃশ্য বন্ধু?

অ্যাল্বাস

রোস গ্রেঞ্জার-উইস্লী! তোমার মেয়ে! (*সে বুঝতে পারে*) ও হ্যাঁ... তোমার আর রনের যখন বিয়েই হয়নি তখন রোস –

সবাই খিলখিল করে হাসে।

হারমায়নী

কি দুঃসাহস! পঞ্চাস নম্বর গ্রিফিন্ডোরের থেকে কাটা হচ্ছে। আর এর পর যদি কেউ আমায় বাঁধা দাও, তাহলে নিশ্চিত থেকো একশো নম্বর কাটা যাবে...

সে পুরো ঘরের দিকে তাকায়। সকলে একদম চুপ।

বেশ। পেট্রোনাস হলো একটি জাদুকরী মন্ত্র, তোমাদের সবচেয়ে ভালো অনুভূতিগুলির একটি প্রতিবিম্ব এবং সেটি কোনো এক পশুর রূপ ধারণ করে যার সাথে তোমাদের কোনো নীবির যোগসূত্র রয়েছে। এটি আলোর একটি দান। কেউ যদি একটি পেট্রোনাস তৈরি করতে পারে, তাহলে সে সারা বিশ্বের কাছ থেকে নিজেকে রক্ষা করতে পারবে। যা, আমাদের কারুর কারুর ক্ষেত্রে, খুব শীঘ্রই আবশ্যক হয়ে পড়ে ।

দ্বিতীয় অঙ্ক দৃশ্য বারো

হগওয়ার্টস্, সিঁড়ি

অ্যাল্বাস একটা সিঁড়ি দিয়ে উঠে আসে। আসতে আসতে চারপাশে ঘুরে তাকায়।

সে কিছুই দেখতে পায়না। বেরিয়ে যায়। সিঁড়িগুলি প্রায় নাচ করার মতো দুলতে থাকে।

স্কর্পিয়াস *তার পেছন থেকে ঢোকে। সে ভাবে সে* অ্যাল্বাসকে *দেখতে পেয়েছে, তারপর বুঝতে পারে ভুল দেখেছে।*

সে ধপ করে মাটিতে বসে পড়ে আর সিঁড়িগুলি ওকে নিয়েই অন্য দিকে ঘোরে।

ম্যাডাম হুচ *প্রবেশ করে সিঁড়ি দিয়ে উঠে আসে। উপরের ধাপে পৌঁছে তিনি* স্কর্পিয়াসকে *সরে যাওয়ার ইঙ্গিত দেন।*

সে সরে যায়। মাথা নিচু করে চলে যায় – তার মধ্যে একাকিত্ব ভাব স্পষ্ট বোঝা যায়।

অ্যাল্বাস *ঢুকে আসে এবং একটা সিঁড়ি বেয়ে ওঠে।*

স্কর্পিয়াস *ঢুকে আসে এবং আরেকটা সিঁড়ি বেয়ে ওঠে।*

দুটো সিঁড়ি এক জায়গায় এসে থামে। দুজন দুজনের দিকে তাকায়।

একইসঙ্গে উদাসীন এবং উৎফুল্ল।

তারপর অ্যাল্বাস *চোখ ফিরিয়ে নেয় এবং সেই মুহূর্তটি ভেঙে চুরমার হয়ে যায় – এবং তার সাথে, সম্ভবত, তাদের বন্ধুত্বও।*

এবার সিঁড়িগুলি আবার দূরে সরতে থাকে – দুজন দুজনের দিকে তাকিয়ে – একজন অপরাধবোধে ভুগছে – অন্যজন কষ্টে – উভয়ই অত্যন্ত দুঃখী।

দ্বিতীয় অঙ্ক দৃশ্য তেরো

হ্যারি এবং জিনি পটারের বাড়ি, রান্নাঘর

জিনি এবং হ্যারি দুজন দুজনের দিকে গম্ভীরভাবে তাকিয়ে আছে। একটা তর্ক হতে চলেছে, এবং দুজনেই তা বুঝতে পারছে।

হ্যারি

এটাই ঠিক সিদ্ধান্ত।

জিনি

শুনে মনে হচ্ছে তুমি এই ব্যাপারে একেবারে নিশ্চিত।

হ্যারি

তুমিই আমায় বলেছো যা সত্যি ওকে তাই বলতে যা সত্যি ওকে তাই বলতে, কিন্তু আসলে আমার নিজের কাছে সৎ থাকাটা বেশী জরুরী ছিল, আমার নিজের মন যা বলছে তাকে বিশ্বাস করা...

জিনি

হ্যারি, সর্বকালের সবচেয়ে মহৎ হৃদয় জাদুকরদের মধ্যে তুমি একজন, আর আমি কিছুতেই বিশ্বাস করি না যে তুমি এই কাজ নিজের মনের কথা শুনে করেছো।

তারা দরজা ধাক্কানোর আওয়াজ শুনতে পায়।

দরজাটার জন্য বেঁচে গেলে।

সে বেরিয়ে যায়।

তারপর ড্রেকোর প্রবেশ, অত্যন্ত রেগে কিন্তু দক্ষতার সাথে তার রাগ আড়াল করে রেখেছে।

ড্রেকো

আমি বেশীক্ষণ থাকতে পারবো না। বেশী সময়ও নেবো না।

হ্যারি

কিভাবে তোমার সাহায্য করতে পারি?

ড্রেকো

আমি এখানে তোমার সাথে ঝগড়া করতে আসিনি। কিন্তু আমার ছেলের কান্না থামছে না এবং তার বাবা হিসেবে আমি শুধু জিজ্ঞেস করতে এসেছি দুজন ভালো বন্ধুকে আলাদা করে রাখার কারণটা কি?

হ্যারি

আমি তো তাদের আলাদা করে রাখিনি।

ড্রেকো

তুমি স্কুলের ক্রিয়াকলাপের সময়-নির্ঘণ্ট বদলে দিয়েছো, তুমি শিক্ষকদের এবং অ্যাল্বাসকেও হুমকি দিয়ে রেখেছো। কেন?

হ্যারি ড্রেকোর *দিকে তাকিয়ে তারপর মুখ ঘুরিয়ে নেয়।*

হ্যারি

আমায় আমার ছেলেকে রক্ষা করতে হবে।

ড্রেকো

স্কর্পিয়াসের থেকে?

হ্যারি

বেন আমায় বলেছে সে আমার ছেলের চারপাশে একটা কালো ছায়া অনুভব করেছে। আমার ছেলের খুব কাছেই।

ড্রেকো

কি বলতে চাও, পটার?

হ্যারি *ঘুরে দাঁড়িয়ে সোজাসুজি* ড্রেকোর *চোখে চোখ রাখে।*

হ্যারি

তুমি নিশ্চিত...তুমি সত্যিই নিশ্চিত ড্রেকো যে ও তোমারই ছেলে?

একটি ভয়ানক নীরবতা।

ড্রেকো

এই কথাটা তুমি ফিরিয়ে নাও...এক্ষুনি।

কিন্তু হ্যারি তার কথা ফিরিয়ে নেয় না। সে দেখতে পায় ড্রেকো নিজের জাদু-ছড়ি বের করছে।

হ্যারি

এটা তুমি করতে চাও না।

ড্রেকো

হ্যাঁ চাই।

হ্যারি

আমি তোমায় আঘাত করতে চাই না ড্রেকো।

ড্রেকো

কি দারুণ ব্যাপার, কারণ আমি তোমায় আঘাত করতে চাই।

দুজন মুখোমুখি দাঁড়ায়। তারপর জাদু-ছড়ি থেকে একের পর এক মন্ত্র ছাড়তে থাকে।

ড্রেকো এবং হ্যারি

এক্সপেলিয়ার্মাস!

দুজনেরই জাদু-ছড়ি বিপরীত দিকে সরে আসে, এবং মন্ত্র ভেঙে যায়।

ড্রেকো

ইনকার্সেরাস!

হ্যারি দ্রুত সরে গিয়ে ড্রেকোর জাদু-ছড়ির আঘাত এড়িয়ে যায়।

হ্যারি

টারান্টালেগ্রা!

ড্রেকো সরে যায়।

হ্যারি

তুমি অনুশীলন করছিলে, ড্রেকো।

ড্রেকো

কিন্তু তোমার সেই ধার আর নেই, পটার। ডেন্স্যজিও!

হ্যারি কোনোরকমে সরে দাঁড়ায়।

হ্যারি

রিক্টাসেম্প্রা!

ড্রেকো একটা চেয়ার ব্যাবহার করে সেই আঘাত আটকানোর জন্য।

ড্রেকো

ফ্লিপেন্ডো!

হ্যারি হাওয়ায় উড়ে গিয়ে পড়ে । ড্রেকো সেটা দেখে হাসে।

তাড়াতাড়ি, বুড়ো।

হ্যারি

আমাদের একই বয়স, ড্রেকো।

ড্রেকো

আমি সেটা ভালো লুকোতে পারি।

হ্যারি

ব্র্যাখিয়াবাইন্ডো!

ড্রেকো একটা দড়ির মধ্যে আটকা পড়ে যায়।

ড্রেকো

এটাই কি তোমার সেরা? ইম্যান্সিপেয়ের!

ড্রেকো নিজের বাধন খুলে ফেলে।

লেভিকর্পাস!

হ্যারিকে আবার সরে দাঁড়াতে হয়।

মোবিলিকর্পাস! বাহ, বেশ জমে উঠেছে...

ড্রেকো হ্যারিকে টেবিলের উপর ক্রমাগত উপর-নিচে ধাক্কা খাওয়ায়। তারপর যখন হ্যারি ঘুরতে ঘুরতে গিয়ে পড়ে, তখন ড্রেকো টেবিলের উপর উঠে দাঁড়ায় - সে নিজের জাদু-ছড়ি প্রস্তুত করে, কিন্তু ঠিক সেই সময় হ্যারি তার দিকে একটা মন্ত্র ছুঁড়ে দেয়...

হ্যারি

অবস্কিউরো!

ড্রেকো মন্ত্রের আঘাত খাওয়ার সাথে সাথেই চোখের উপর থেকে পট্টি খুলে ফেলে।

দুজন আবার প্রস্তুত হয়ে দাঁড়ায় - হ্যারি একটা চেয়ার তুলে ছুঁড়ে মারে। ড্রেকো নিচু হয়ে যায় এবং তার জাদু-ছড়ি দিয়ে চেয়ারটার গতি কমিয়ে দেয়।

জিনি

আমি এই ঘর থেকে স্রেফ তিন মিনিট আগে গেছি!

সে তার ছড়ানো ছেটানো রান্নাঘরের দিকে তাকায়। হাওয়ায় ভাসমান চেয়ারগুলোর দিকে তাকায়। তারপর জাদু-ছড়ির ইঙ্গিতে সেগুলোকে আবার মাটিতে ফিরিয়ে আনে।

(*একদম শুষ্ক ভাবে*) আমার অজান্তে এখানে কি কি হলো?

দ্বিতীয় অঙ্ক দৃশ্য চোদ্দ

হগওয়ার্টস্, সিঁড়ি

স্কর্পিয়াস উদাসীন ভাবে একটা সিঁড়ি বেয়ে নেমে যাচ্ছে। অপরদিক থেকে ডেল্ফি উঠে আসে।

ডেল্ফি

দেখো - হিসেব মতো - আমার এখানে থাকা উচিত না।

স্কর্পিয়াস

ডেল্ফি?

ডেল্ফি

মানে, জানি যে আমি আমাদের ক্রিয়াটিকে বিপদগ্রস্ত করে তুলছি... যেটা একেবারেই... যাই হোক, তুমি জানো আমি সহজে ঝুঁকি নেই না। আমি কখনো হগওয়ার্টসে আসিনি। নিরাপত্তা ব্যাবস্থা তেমন ভালো না, তাই না? আর কতো ছবি। এবং বারান্দা। এবং ভুত! ঐ একটা অর্ধেক গলা-কাটা অদ্ভুত দেখতে ভুত আমায় বললো তোমায় কোথায় খুঁজে পাওয়া যেতে পারে, ভাবা যায়?

স্কর্পিয়াস

তুমি এর আগে কখনো হগওয়ার্টসে আসোনি?

ডেল্ফি

আমি - আসুস্থ ছিলাম - ছোটোবেলায় - বেশ কিছু বছর। অন্যরা আসতে পেরেছে - আমি পারিনি।

স্কর্পিয়াস

তুমি খুব – অসুস্থ ছিলে? মাপ করবে, আমি এটা জানতাম না।

ডেল্ফি

আমি সেটা কাউকে তেমন বলি না – লোকে আমায় অভাগা হিসেবে দেখুক সেটা আমি চাই না।

স্কর্পিয়াস এই অনুভূতি বুঝতে পারে। সে কিছু একটা বলতে যাচ্ছে, কিন্তু ডেল্ফি হঠাৎ আড়াল হয়ে যায়, কারণ সেই মুহূর্তে পাশ দিয়ে একজন ছাত্র হেঁটে যাচ্ছিলো। সেই ছাত্র যতক্ষণ না দৃষ্টির বাইরে চলে যায়, স্কর্পিয়াস স্বাভাবিক ব্যাবহার করার চেষ্টা করে।

চলে গেছে?

স্কর্পিয়াস

ডেল্ফি, এখানে থাকা হয়তো তোমার জন্য সত্যিই বিপজ্জনক –

ডেল্ফি

হ্যাঁ – কাউকে তো এই ব্যাপারে কিছু একটা করতে হবে নাকি।

স্কর্পিয়াস

ডেল্ফি, কোনোটায় কোনো কাজ হয়নি, কাল-পরিবর্তন, আমরা পারিনি।

ডেল্ফি

আমি জানি। অ্যাল্বাস আমায় প্যাঁচার মাধ্যমে চিঠি পাঠিয়েছিল। ইতিহাস বইগুলি একটু পাল্টেছে, কিন্তু তেমন কিছু না – সেড্রিক তাও মৃত। বরং প্রথম ক্রিয়ায় হেরে গিয়ে সে পরেরটা জেতার জন্য আরো বেশী উদগ্রীব হয়ে উঠেছিল।

স্কর্পিয়াস

আর রন আর হারমায়নীর ব্যাপারটা তো পুরো উল্টোপাল্টা হয়ে গেছে – আর আমি এখনো অব্দি বুঝতে পারছি না কেন।

ডেল্ফি

সেই কারণেই সেড্রিককে আরো অপেক্ষা করতে হবে। পুরো জিনিসটা ওলটপালট হয়ে গেছে, কিন্তু তুমি কাল-পরিবর্তকটা নিজের সাথে রেখে দিয়ে ভালো করেছো, স্কর্পিয়াস। কিন্তু আমি বলতে চাইছি যে – তোমাদের দুজনের বিষয়টা নিয়ে কাউকে কিছু একটা করতে হবে।

স্কর্পিয়াস

ও।

ডেল্ফি

তোমরা দুজন তো হরিহর আত্মা। ওর প্রতিটা চিঠিতে তোমার অভাব অনুভব করা যায়। ও ভীষণ ভেঙে পড়েছে।

স্কর্পিয়াস

শুনে তো মনে হচ্ছে ও আরেকজন সঙ্গী পেয়ে গেছে। এখনো অব্দি তোমায় কতোবার প্যাঁচার মাধ্যমে চিঠি পাঠিয়েছে?

ডেল্ফি মৃদু হাসে।

মাপ করবে। আমি – ঠিক ওটা বলতে চাইনি – আমি শুধু – বুঝতে পারছি না কি হচ্ছে। আমি ওর সাথে দেখা করার চেষ্টা করেছি, কথা বলার চেষ্টা করেছি, কিন্তু প্রতিবার ও পালিয়ে যায়।

ডেল্ফি

জানো তো, তোমার বয়সে আমার কোনো ভালো বন্ধু ছিল না। আমি খুব চাইতাম একজন কেউ থাকুক। যখন আরো ছোটো ছিলাম, তখন তো আমি একজন কাল্পনিক বন্ধু অব্দি বানিয়েছিলাম কিন্তু –

স্কর্পিয়াস

আমারও এরকম একটা বন্ধু ছিল। ওর নাম ছিল ফ্লারি। গব্‌স্টোনের সঠিক নিয়ম কি সেই নিয়ে আমাদের মধ্যে ঝগড়া হতো।

ডেল্ফি

অ্যাল্বাসের তোমাকে প্রয়োজন, স্কর্পিয়াস। এটা খুব ভালো জিনিস।

স্কর্পিয়াস

কিসের জন্য প্রয়োজন আমায়?

ডেল্ফি

এরকমই হয় তাই না? বন্ধুত্ব। তুমি জানো না ও কি চায়। শুধু এটুকু জানো যে ও কিছু একটা চায়। ওকে খুঁজে বের করো, স্কর্পিয়াস। তোমরা দুজন – তোমাদের একসাথে থাকা দরকার।

দ্বিতীয় অঙ্ক দৃশ্য পনেরো

হ্যারি এবং জিনি পটারের বাড়ি, রান্নাঘর

হ্যারি এবং ড্রেকো একে অপরের থেকে অনেকটা দূরে বসে আছে। জিনি তাদের মাঝখানে দাঁড়িয়ে।

ড্রেকো

তোমার রান্নাঘর ময়লা করার জন্য দুঃখিত, জিনি।

জিনি

না না, এটা আমার রান্নাঘর না। হ্যারিই বেশীরভাগ রান্নাবান্না করে।

অল্পক্ষণের নীরবতা।

ড্রেকো (*খুব কষ্টের সাথে*)

আমিও ওর সাথে কথা বলতে পারছি না। স্কর্পিয়াস। বিশেষত - এস্টোরিয়া মারা যাওয়ার পর থেকে। এমনকি আমি একথাও জিজ্ঞাস করতে পারছি না যে ওকে হারানোটা স্কর্পিয়াসকে কতখানি আঘাত করেছে। যতোই চেষ্টা করি না কেন, আমি ওর কাছে অব্দি পৌঁছতে পারছি না। তুমি অ্যাল্বাসের সাথে কথা বলতে পারছো না। আর আমি স্কর্পিয়াসের সাথে। এটাই হচ্ছে ব্যাপার। আমার ছেলে খারাপ কিনা সেটা না। কারণ যতোই তুমি ঐ বদরাগী সেন্টরের কথা বলো, তুমি নিজেও জানো বন্ধুত্বের ক্ষমতা কতখানি।

হ্যারি

ড্রেকো, তুমি যাই বলো না কেন -

ড্রেকো

আমি ওদের জন্য সবসময় তোমায় হিংসা করতাম জানো - উইস্লী আর গ্রেঞ্জার। আমার ছিল -

জিনি

ক্র্যাব আর গয়েল।

ড্রেকো

দুটো মূর্খ যারা একটা উড়ন্ত-ঝাড়ুর আগা-গোড়ার তফাতটাও বুঝতো না। তোমরা - তোমরা তিনজন - তোমরা খুব খুশি ছিলে জানো? তোমরা একে অপরকে ভালোবাসতে। তোমরা আনন্দ করতে। আমি তোমাদের ঐ বন্ধুত্বটাকে সবচেয়ে বেশী হিংসা করতাম।

জিনি

আমিও ওদের হিংসা করতাম।

হ্যারি একটু অবাক হয়ে জিনির দিকে তাকায়।

হ্যারি

আমায় ওকে রক্ষা করতে হবে -

ড্রেকো

আমার বাবাও ভাবতো সে আমায় রক্ষা করছে। বেশীরভাগ সময়। লোকে বলে অভিভাবকতা সবচেয়ে কঠিন কাজ - তারা ভুল বলে - বড় হয়ে ওঠা সব চেয়ে কঠিন। আমরা আসলে ভুলে যাই সেটা কতটা কঠিন।

এই কথাগুলো হ্যারি যতোই অগ্রাহ্য করার চেষ্টা করে, ওগুলো ততোই ওর মাথায় ঘুরপাক খেতে থাকে।

আমার মনে হয় একটা সময় গিয়ে তোমায় সিদ্ধান্ত নিতে হয় - তুমি কেরকম মানুষ হতে চাও। আর বিশ্বাস করো, সেই মুহূর্তে তোমার একজন অভিভাবক অথবা বন্ধুর দরকার হয়। আর যদি তোমার অভিভাবকদের সঙ্গে তোমার ভালো সম্পর্ক না থাকে এবং তোমার কোনো বন্ধুও না থাকে...তাহলে তুমি সম্পূর্ণ একা। আর একলা থাকা - অত্যন্ত কষ্টকর। আমি একলা ছিলাম। আর সেই অভিজ্ঞতা আমায় প্রচুর খারাপ পর্যায় নিয়ে গেছে। বহুদিন ধরে। টম রিডেলও কিন্তু

নিঃসঙ্গতায় ভুগতো। তুমি হয়তো এটা বোঝো না হ্যারি, কিন্তু আমি বুঝি – আর আমার মনে হয় জিনিও বোঝে।

জিনি

ও ঠিক বলছে।

হ্যারি জিনির *দিকে তাকায়।*

ড্রেকো

টম রিডেল শেষ অব্দিও নিজের নিঃসঙ্গতার কষ্ট কাটিয় উঠতে পারেনি। এবং সেই কারণেই টম রিডেল লর্ড ভোল্ডেমর্ট হয়ে উঠেছিলো। হয়তো বেন যেই অন্ধকার মেঘের কথা বলছিল, সেটা অ্যাল্বাসের নিঃসঙ্গতা। ওর কষ্ট। ওর ঘেন্না। নিজের ছেলেকে হারিও না। পরে তোমায় পস্তাতে হবে। আর ওকেও। কারণ ওর তোমাকে আর স্কর্পিয়াসকে দরকার।

হ্যারি ড্রেকোর *দিকে তাকায়, ভাবতে থাকে।*

কথা বলার জন্য মুখ খোলে। কিন্তু আবার ভাবনায় ডুবে যায়।

জিনি

হ্যারি। তুমি কি ফ্লু পাউডারটা আনবে নাকি আমি নিয়ে আসবো?

দ্বিতীয় অঙ্ক দৃশ্য ষোলো

হগওয়ার্টস্, গ্রন্থাগার

স্কর্পিয়াস *গ্রন্থাগারে এসে পৌঁছয়। সে ডাইনে-বাঁয়ে দেখতে থাকে। তারপর* অ্যাল্বাসকে *দেখতে পায়।* অ্যাল্বাসও *তাকে দেখতে পায়।*

স্কর্পিয়াস

হাই।

অ্যাল্বাস

স্কর্পিয়াস। আমি...

স্কর্পিয়াস

আমি জানি। তুমি এখন গ্রিফিন্ডোরে আছো। তুমি এখন আমার সাথে দেখা করতে চাওনা। কিন্তু তাও আমি এখন এখানে। তোমার সাথে কথা বলছি।

অ্যাল্বাস

কিন্তু আমি কথা বলতে পারবো না, তাই...

স্কর্পিয়াস

তোমায় বলতেই হবে। তোমার মনে হয় যা ঘটেছে তার সবকিছুকে অস্বীকার করতে পারবে? পৃথিবীটা পাগল হয়ে গেছে, দেখতে পাচ্ছো না?

অ্যাল্বাস

আমি জানি, ঠিকাছে? রন কেমন অদ্ভুত হয়ে গেছে। হারমায়নী একজন প্রোফেসর, সব ভুলভাল হচ্ছে কিন্তু –

স্কর্পিয়াস

আর রোসের কোনো অস্তিত্বই নেই –

অ্যাল্বাস

আমি জানি। দেখো, আমি অতো সব বুঝিনা, কিন্তু তোমার এখন এখানে থাকা ঠিক হবে না।

স্কর্পিয়াস

আমাদের কীর্তিকলাপের ফলে রোসের জন্মই হয়নি। তোমার মনে পড়ে ত্রয়ীজাদুকরী প্রতিযোগিতার ইউল বল? প্রত্যেক ত্রয়ীজাদুকরী বীরকে একজন করে সঙ্গী বেছে নিতে হয়েছিল। তোমার বাবা পার্বতী পাটিলকে নিয়েছিল, ভিক্টর ক্রাম নিয়েছিল –

অ্যাল্বাস

হারমায়নীকে। আর সেটা দেখে রন হিংসুটে হয়ে খুব খারাপ ব্যবহার করেছিল।

স্কর্পিয়াস

কিন্তু সে করেনি। ওদের ব্যাপারে রিটা স্কীটারের লেখা একটা বই আমি খুঁজে বের করেছি। আর সেটায় অন্যরকম লেখা আছে। রন হারমায়নীকে নাচের সঙ্গী হিসেবে নিয়ে গিয়েছিল।

অ্যাল্বাস

কি?

পলি চ্যাপম্যান

শশশশ!

স্কর্পিয়াস পলির *দিকে তাকায় এবং গলার আওয়াজ নামিয়ে আনে।*

স্কর্পিয়াস

বন্ধু হিসেবে। আর বন্ধুর মতোই নাচ করেছে, আর সব ঠিকঠাক ছিল, তারপর সে পাদ্মা পাটিলের সাথে নাচ করলো আর সেট আরো ভালো ছিল, তারপর দুজন দুজনের সাথে দেখা করতে থাকে, এবং রন একটু পাল্টে যায়, তারপর তারা বিয়ে করে, এবং হারমায়নী হয়ে ওঠে একজন –

অ্যাল্বাস

—বদ্ধ পাগল

স্কর্পিয়াস

হারমায়নীর ক্রামের সাথে নাচতে যাওয়ার কথা ছিল – ও কেন যায়নি জানো? কারণ ওর মনে হয়েছিল যেই দুজন অদ্ভুত ডার্মস্ট্রাং ছেলেদের সাথে ওর দেখা হয়েছিল প্রতিযোগিতার শুরুতে, তারাই সেড্রিকের জাদু-ছড়ি উধাও হওয়ার জন্য দায়ী। ও ভেবেছিল আমরা, ভিক্টরের আদেশ পালন করছিলাম, যার ফলে সেড্রিক প্রথম ক্রিয়ায় হেরে যায়...

অ্যাল্বাস

বাহ।

স্কর্পিয়াস

এবং ক্রাম না থাকার ফলে, রনের কখনো হিংসে হয়নি এবং সেই হিংসেটা খুব জরুরী ছিল, আর সেই কারণে রন এবং হারমায়নী খুব ভালো বন্ধু হয়েই রয়ে গেছে, কিন্তু কখনো একে অপরের প্রেমে পড়েনি – কখনো বিয়ে করেনি – তাই রোসের জন্মও হয়নি।

অ্যাল্বাস *খুব দ্রুতবেগে হিসেব করে নিলো।*

অ্যাল্বাস

মানে সেই কারণেই বাবা এতো – সেও কি বদলে গেছে?

স্কর্পিয়াস

আমি নিশ্চিত তোমার বাবা একইরকম আছে। ম্যাজিকাল ল্য এনফোর্সমেন্টের প্রধান। জিনির সাথে বিবাহিত। তিনটি সন্তান।

অ্যাল্বাস

তাহলে সে এরকম কেন –

একজন গ্রন্থাগারিক পেছনদিক থেকে ঘরে ঢুকলো।

স্কর্পিয়াস

তুমি আমার কথা শুনতে পেলে, অ্যাল্বাস? এটা তোমার এবং তোমার বাবার থেকেও বড় কিছু। প্রোফেসর ক্রোকারের নীতি – নিজেকে অথবা সময়কে ক্ষতিগ্রস্ত না করে একজন ব্যক্তি সবচেয়ে পেছনে যতদূর

যেতে পারে, তা হলো পাঁচ ঘণ্টা। আর আমরা বহু বছর পেছনে গেছিলাম। ক্ষুদ্র থেকে ক্ষুদ্রতর মুহূর্ত, সবচেয়ে ছোটো পরিবর্তনগুলোও, প্রভাব সৃষ্টি করে। আর আমরা – আমরা খুব খারাপ কিছু প্রভাব সৃষ্টি করেছি। রোস জন্মায়নি আমরা যা করেছি তার জন্য। রোস।

গ্রন্থাগারিক

শশশশ!

অ্যাল্বাস তাড়াতাড়ি ভেবে নেয়।

অ্যাল্বাস

ঠিকাছে, চলো ফিরে যাই – শুধরে দেই। সেড্রিক আর রোসকে ফিরিয়ে আনি।

স্কর্পিয়াস

...এটা ভুল উত্তর।

অ্যাল্বাস

তোমার কাছে কাল-পরিবর্তকটা এখনো নিশ্চয়ই আছে? কেউ খুঁজে পায়নি তো ওটা?

স্কর্পিয়াস *তার পকেট থেকে ওটা বের করে।*

স্কর্পিয়াস

হ্যাঁ, কিন্তু...

অ্যাল্বাস *তার হাত থেকে ওটা ছিনিয়ে নেয়।*

না। কোরো না...অ্যাল্বাস। তুমি কি বুঝতে পারছো না এতে আরো কতো খারাপ কিছু হতে পারে?

স্কর্পিয়াস *কাল-পরিবর্তকটি নিতে যায়। অ্যাল্বাস তাকে পেছনে ঠেলে দেয়, দুজনে অপটু ভাবে লড়াই করতে থাকে।*

অ্যাল্বাস

আমাদের অনেক কিছু ঠিক করতে হবে, স্কর্পিয়াস। সেড্রিককে বাঁচানো এখনো বাকি। রোসকে ফিরিয়ে আনতে হবে। আমরা এবার আরো সাবধান থাকবো। ক্রোকার যাই বলুক, আমার উপর ভরসা রাখো, আমাদের নিজেদের উপর ভরসা রাখো। এবার আমরা সব ঠিক করে দেবো।

স্কর্পিয়াস

না। আমরা করবো না। ওটা আমকে দাও, অ্যাল্বাস! আমায় ফেরত দাও।

অ্যাল্বাস

আমি দেবো না। এটা করা খুব জরুরী।

স্কর্পিয়াস

হ্যাঁ এটা জরুরী - আমাদের জন্য। এই কাজে আমরা দক্ষ নই। আমরা ভুলভাল করে বসবো।

অ্যাল্বাস

কে বলেছে আমরা ভুল করবো?

স্কর্পিয়াস

আমি বলছি। কারণ সেটাই আমরা করি। আমরা সব ঘেঁটে ফেলি। আমরা হেরে যাই। আমরা হেরো, প্রকৃত অর্থে এবং পূর্ণ মাত্রায়। তুমি সেটা এখনো বোঝোনি?

অবশেষে অ্যাল্বাস স্কর্পিয়াসের *উপর চরাও হয়ে তাকে মাটিতে সাঁটিয়ে দেয়।*

অ্যাল্বাস

তোমার সাথে দেখা হওয়ার আগে পর্যন্ত আমি হেরো ছিলাম না।

স্কর্পিয়াস

অ্যাল্বাস, তোমার বাবার কাছে তোমার যাই প্রমান করার থাকুক না কেন - এটা কিন্তু তার পদ্ধতি নয় -

অ্যাল্বাস

আমার বাবার কাছে কিছু প্রমান করার নেই। আমায় সেড্রিককে বাঁচাতে হবে, রোসকে ফিরিয়ে আনার জন্য। আর তুমি যদি আমায় আটকে না রাখো, তাহলে হয়তো আমি সেটা ঠিক করে করতে পারবো।

স্কর্পিয়াস

আমাকে ছাড়া? আহারে, বেচারা অ্যাল্বাস পটার। কাঁধের উপর কতো বোঝা। দুঃখী অ্যাল্বাস পটার। খুবই কষ্টের বিষয়।

অ্যাল্বাস

কি বললে?

স্কর্পিয়াস (*রেগে*)

আমার জীবনটা একবার বেঁচে দেখো! লোকে তোমার দিকে তাকায় কারণ তোমার বাবা বিখ্যাত হ্যারি পটার, জাদুকরী জগতের রক্ষক। লোকে আমার দিকে তাকায় কারণ তারা ভাবে আমার বাবা হয়তো ভোল্ডেমর্ট। ভোল্ডেমর্ট।

অ্যাল্বাস

চেষ্টাও –

স্কর্পিয়াস

একটুও ভেবেছো এটা কেমন লাগে? কখনো চেষ্টাও করে দেখেছো? না। কারণ তুমি নিজের ভালোর বাইরে আর কিছু দেখতেই জানো না। কারণ তুমি তোমার নিজের সাথে তোমার বাবার বোকা বোকা বিবাদ মেটাতেই ব্যস্ত। সে সবসময়ই হ্যারি পটার হয়ে থাকবে, আসা করি তুমি সেটা জানো? আর তুমি সবসময় তার ছেলে হয়ে থাকবে। আর আমি জানি এটা মেনে নেওয়া কঠিন, এবং বাকি ছাত্র-ছাত্রীরা খারাপ ব্যবহার করে কিন্তু তোমায় এগুলো মেনে নিতে শিখতে হবে, কারণ – এর থেকে খারাপও অনেক কিছু আছে, বুঝলে?

এক মুহূর্তের বিরতি।

একটা সময় ছিল যখন আমি বেশ উৎফুল্ল হয়ে উঠেছিলাম, যখন জেনেছিলাম যে সময় পাল্টে গেছে, একটা সময় যখন আমি ভেবেছিলাম আমার মায়ের হয়তো কোনো রোগ হয়নি। হয়তো আমার মা মারা যায়নি। কিন্তু না, পরে দেখা গেলো সে মৃত। আমি এখনো ভোল্ডেমর্টের সন্তান, যার মা নেই এবং এমন একজনকে সহানুভূতি দেখাচ্ছি যার এসবে কিছুই আসে যায় না। সুতরাং আমায় ক্ষমা করে দিয়ো যদি আমি তোমার জীবন নষ্ট করে থাকি কারণ আমি তোমায় বলে রাখছি – আমার জীবন নষ্ট করার সুযোগ তুমি পাবে না – সেটা আগে থেকেই নষ্ট। আর তুমি সেটাকে কোনোভাবেই উন্নত করে তোলোনি। কারণ তুমি একটা জঘন্য – সবচেয়ে জঘন্য – বন্ধু।

অ্যাল্বাস *এই কথাগুলো হজম করে। সে বুঝতে পারে সে তার বন্ধুর সাথে কি করেছে।*

প্রোফেসর ম্যাকগনেগাল (*নেপথ্যে*)

অ্যাল্বাস? অ্যাল্বাস পটার। স্কর্পিয়াস ম্যাল্ফয়। তোমরা দুজন ভেতরে আছো – একসাথে? কারণ আমি বলবো থেকো না।

অ্যাল্বাস স্কর্পিয়াসের *দিকে তাকায়, তারপর তার ব্যাগ থেকে একটা চাদর বের করে।*

অ্যাল্বাস

তাড়াতাড়ি। আমাদের লুকোতে হবে।

স্কর্পিয়াস

কি?

অ্যাল্বাস

স্কর্পিয়াস, আমার দিকে তাকাও।

স্কর্পিয়াস

এটা তো অদৃশ্যতার চাদর না? এটা জেমসের না?

অ্যাল্বাস

উনি আমাদের দেখতে পেলে, আমাদেরকে সারাজীবনের মতো আলাদা করে দেওয়া হবে। আমি বুঝতে পারিনি। আমায় ক্ষমা করে দাও।

প্রোফেসর ম্যাকগনেগাল (*নেপথ্যে, ছেলেদেরকে সুযোগ দিতে উদ্যত*)

আমি কিন্তু এবার ঢুকছি।

প্রোফেসর ম্যাকগনেগাল *সেই ঘরে ঢুকে আসে, তার হাতে ম্যারাওডার মানচিত্র। ছেলেরা সেই চাদরের নিচে অদৃশ্য হয়ে যায়। তিনি হাঁপাতে হাঁপাতে চারিদিকে তাকান।*

এবার, কোথায় গেলো ওরা – আমি এই জিনিসটা রাখতেই চাইনি আর এখন এটা আমাকেই ফাঁকি দিচ্ছে।

তিনি ভাবতে থাকেন। তিনি আবার মানচিত্রের দিকে তাকান। তিনি বুঝতে পারেন ওরা দুজন কোথায় থাকতে পারে। তিনি ঘরের এদিক ওদিক খুঁজতে থাকেন। ছেলেরা অদৃশ্য অবস্থায় নড়াচড়া করার ফলে তাদের আশেপাশের জিনিসপত্র নড়তে থাকে। ওরা কোনদিকে যাচ্ছে সেটা তিনি দেখতে পান, এবং তাদের পথ রোধ করার জন্য এগিয়ে যান। কিন্তু তারা ওনাকে পাশ কাটিয়ে চলে যায়।

অবশেষে একটা তাক থেকে একটা বই পড়ে যায়, এবং তখন তিনি বুঝতে পারেন তারা কি করছে (এবং কি ব্যবহার করছে)।

তোমার বাবার চাদর।

তিনি আবার মানচিত্রের দিকে তাকান, তারপর ছেলেদের দিকে তাকান। একটু ভাবেন। তারপর নিজে নিজেই হাসেন।

বেশ, তোমাদের দেখতে পাইনি যখন, তখন পাইনি।

তিনি বেরিয়ে যান। ছেলেরা চাদর থেকে বেরিয়ে আসে। তারা এক মুহূর্ত চুপ করে বসে।

অ্যাল্বাস

হ্যাঁ, আমি এটা জেমসের থেকে চুরি করে এনেছি। ওর থেকে চুরি করা খুবই সহজ। ওর ট্রাঙ্কের নম্বর হলো ওর প্রথম উড়ন্ত-ঝাড়ু পাওয়ার তারিক। এই চাদরটা দিয়ে দেখেছি যারা জালাতন করে তাদেরকে এড়িয়ে চলতে সুবিধা হয়।

স্কর্পিয়াস *মাথা নাড়ে।*

তোমার মায়ের ব্যাপারে - আমি দুঃখিত। আমি জানি তার ব্যাপারে আমরা বিশেষ কথা বলিনা - কিন্তু তুমি জানো - আমি সেই ব্যাপারে সত্যি খুব দুঃখিত - এটা খুবই খারাপ - ওনার সাথে যা হয়েছে - আর তোমার সাথে।

স্কর্পিয়াস

ধন্যবাদ।

অ্যাল্বাস

আমার বাবা বলেছে - বলেছে যে তুমি নাকি একটা কালো মেঘ যে আমার চারপাশে ঘুরে বেড়াচ্ছো। আমার বাবা এমনটা ভাবতে শুরু করেছে - আর আমি শুধু জানতাম যে আমায় দূরে থাকতে হবে, আর যদি না থাকি, তাহলে বাবা বলেছে সে -

স্কর্পিয়াস

তোমার বাবা ভাবছে এই গুজবগুলো সত্যি - আমি ভোল্ডেমর্টের সন্তান?

অ্যাল্বাস (*মাথা নেড়ে*)

ওনার বিভাগে এই নিয়ে এখন তদন্ত চালানো হচ্ছে।

স্কর্পিয়াস

বেশ। করুক গিয়ে। কখনো কখনো আমার মনে হয় - হয়তো সকলে সত্যি বলছে।

অ্যাল্বাস

না। ওরা সত্যি বলছে না। আর আমি তোমায় বলছি কেন। কারণ আমার মনে হয় না ভোল্ডেমর্টের ক্ষমতা আছে এতো ভালো একজন ছেলের জন্ম দেওয়ার - আর, তুমি সত্যিই খুব ভালো, স্কর্পিয়াস। তোমার হৃদয়ের অন্তর পর্যন্ত, তোমার আঙুলের ডগা অব্দি। আমি সত্যিই বিশ্বাস করি যে ভোল্ডেমর্ট - ভোল্ডেমর্ট এরকম একজন ছেলের জন্ম দিতে পারে না।

এক মুহূর্তের বিরতি। এই কথাগুলো স্কর্পিয়াসের *মন ছুঁয়ে যায়।*

স্কর্পিয়াস

বাহ - শুনে ভালো লাগলো।

অ্যাল্বাস

আর এটা আমার অনেক আগেই বলা উচিত ছিল। আর তুমি - আমায় আটকে রাখোনি - রাখতে পারোনি - তুমি আমায় সাহস যোগাও - আর বাবা যখন আমাদেরকে জোর করে আলাদা করে দিলো - তোমাকে ছাড়া -

স্কর্পিয়াস

তোমাকে ছাড়া আমারও নিজের জীবন কেমন ফিকে ফিকে লাগছিলো।

অ্যাল্বাস

আর আমি জানি আমি চিরকাল হ্যারি পটারের ছেলে হয়ে থাকবো - আর সেটা আমি মনে মনে মেনে নেবো - আর আমি জানি তোমার তুলনায় আমার জীবন সত্যিই বেশ ভালো আর আমি আর বাবা তুলনামূলক অনেক বেশী ভাগ্যবান আর -

স্কর্পিয়াস (*বাঁধা দিয়ে*)

অ্যাল্বাস, এতো সুন্দর ভাবে ক্ষমা চাইছো, কিন্তু তুমি সেই *আমার* থেকে তোমার *নিজের* ব্যাপারেই বেশী কথা বলছো, সুতরাং এই নিয়ে আর বেশীদূর না এগোনোই ভালো।

অ্যাল্বাস *হেসে হাত বাড়িয়ে দেয়।*

অ্যাল্বাস

বন্ধু?

স্কর্পিয়াস

সবসময়।

স্কর্পিয়াসও *হাত বাড়ায়,* অ্যাল্বাস *তার হাত টেনে নেয় এবং দুজনে আলিঙ্গন করে।*

এই নিয়ে তুমি এটা দ্বিতীয়বার করলে।

দুজনে আলিঙ্গনরত অবস্থা ভেঙে দাঁড়ায় এবং হাসে।

অ্যাল্বাস

কিন্তু আমি খুব খুশি যে আমাদের এই ঝগড়াটা হয়েছে কারণ এটা আমায় একটা দারুণ বুদ্ধি দিয়েছে।

স্কর্পিয়াস

কি ব্যাপারে?

অ্যাল্বাস

দ্বিতীয় ক্রিয়াটির ব্যাপারে। এবং অপমান সম্বন্ধে।

স্কর্পিয়াস

তুমি এখনো সময়ের মধ্যে দিয়ে পেছনে যাওয়ার চেষ্টা করছো? আমরা কি এতক্ষণ ধরে এই একই বিষয়ে কথা বলছিলাম?

অ্যাল্বাস

তুমি ঠিক বলেছো - আমরা হেরো। আমরা হারতে ভালো পারি এবং সেই কারণেই আমাদেরকে নিজেদের বুদ্ধি ব্যবহার করতে হবে। আমাদের নিজেদের ক্ষমতা। হেরোদের হারতেই সেখানো হয়। আর একজন হেরো'কে শিক্ষা দেওয়ার একমাত্র একটাই রাস্তা আছে - আর আমরা সেটা সবার থেকে ভালো বুঝি - অপমান। আমাদের ওকে অপমান করতে হবে। সুতরাং দ্বিতীয় ক্রিয়াটিতে আমরা তাই করবো।

স্কর্পিয়াস *ভাবে - বেশ অনেকক্ষণ ধরে - তারপর হাসে।*

স্কর্পিয়াস

এটা বেশ ভালো পদ্ধতি।

অ্যাল্বাস

জানি।

স্কর্পিয়াস

মানে, বেশ ভালো। সেড্রিককে বাঁচানোর জন্য সেড্রিককে অপমান করা। বাহ। আর রোস?

অ্যাল্বাস

সেটা আমি একটা দারুণ চমৎকার হিসেবে রাখছি। ওটা আমি তোমাকে *ছাড়া পারবো* - কিন্তু আমি *চাই* তুমি ওখানে থাকো। কারণ আমি এটা একসাথে করতে চাই। একসাথে সমস্ত কিছু ঠিক করতে চাই। তা... তুমি আসবে তো?

স্কর্পিয়াস

কিন্তু, এক মিনিট, দ্বিতীয় ক্রিয়াটি তো লেকের ভেতর হয় - হয়েছিল - না আর তোমার তো স্কুল থেকে বেরোনোও বারণ?

অ্যাল্বাস *হাসে।*

অ্যাল্বাস

হ্যাঁ। সেটার জন্য আমাদেরকে দোতলায় মেয়েদের বাথরুমটা খুঁজে বের করতে হবে।

দ্বিতীয় অঙ্ক দৃশ্য সতেরো

হগওয়ার্টস্, সিঁড়ি

রন নিজের মনে কিছু একটা ভাবতে ভাবতে সিঁড়ি বেয়ে নেমে আসছে, তারপর সে হঠাৎ হারমায়নীকে দেখতে পায় এবং তার চেহারার ভাব পুরো পাল্টে যায়।

রন

প্রোফেসর গ্রেঞ্জার।

হারমায়নী ঘুরে তাকায়, তার হৃদয়ও কেঁপে ওঠে (যদিও সে তা কখনোই প্রকাশ করবে না)

হারমায়নী

রন। তুমি এখানে কি করছো?

রন

মিশ্রণের ক্লাসে পাঞ্জু একটু অসুবিধায় পড়েছে। নিশ্চয়ই সবাইকে দেখিয়ে বেড়াচ্ছিলো আর ভুল জিনিসের সাথে ভুল জিনিস মিশিয়ে দিয়েছে, আর এখন ওর সব চোখের পাতা মুছে গেছে আর আপাতত একটা বড় গোঁফ দেখা দিয়েছে। মৌখিক গঠন একেবারেই মানাচ্ছে না। আমি আসতে চাইনি কিন্তু পদ্মা বললো মৌখিক গঠন পরিবর্তনের ক্ষেত্রে ছেলেদের তাদের বাবাদেরকে সবথেকে বেশী প্রয়োজন হয়। তুমি কি তোমার চুল নিয়ে কিছু কারুকার্য করেছো?

হারমায়নী

শুধু আঁচড়েছি।

রন

বেশ...আছড়ানোটা তোমায় ভালো মানায়।

হারমায়নী *একটু অদ্ভুত ভাবে* রনের *দিকে তাকায়।*

হারমায়নী

রন, ওরকম ভাবে আমার দিকে তাকিয়ো না।

রন (*দ্বিধাহীন ভাবে*)

জানো, হ্যারির ছেলে অ্যাল্বাস – সেদিন আমায় বললো আমি আর তুমি নাকি – বিবাহিত। হা হা হা হা। খুবই হাস্যকর ব্যাপার, আমি জানি।

হারমায়নী

সত্যিই হাস্যকর।

রন

ওর তো এও মনে হয়েছে আমাদের নাকি একটা মেয়ে আছে। কি অদ্ভুত, তাই না?

দুজন চোখাচোখি করে। হারমায়নী *আগে নজর সরিয়ে নেয়।*

হারমায়নী

অদ্ভুতের চেয়েও বেশী কিছু।

রন

সেই। আমরা তো – বন্ধু কেবল।

হারমায়নী

সত্যি। শুধুই – বন্ধু।

রন

শুধুই – বন্ধু। মজার শব্দ এটা – বন্ধু। না অতটাও হয়তো মজার না। একটা শব্দ তো শুধু। বন্ধুরা। বন্ধু। মজার বন্ধু। তুমি, আমার বেশ মজার বন্ধু, আমার হারমায়নী। না ঠিক তা নয় – *আমার* হারমায়নী না, বুঝতে পারছো তো – **আমার** হারমায়নী না – **আমার** না – ঠিক, কিন্তু...

হারমায়নী

আমি জানি।

নীরবতা। কেউ বিন্দুমাত্র নড়ে না। কোনোরকম ক্রিয়াকলাপের থেকেও এই মুহূর্ত যেন বেশী গুরুত্বপূর্ণ। তারপর রন কেশে ওঠে।

রন

যাই হোক। এগোতে হবে। পাঞ্জুকে গিয়ে দেখতে হবে। গোঁফ বানানোর আরো সূক্ষ্ম উপায় ওকে দেখাতে হবে।

এই বলে সে হেঁটে যায়, তারপর ঘুরে তাকায়, হারমায়নীর দিকে। সেও তার দিকে তাকায়, রন তারপর তাড়াতাড়ি করে এগিয়ে যায়।

এইরকম চুল তোমায় সত্যিই ভালো মানায়।

দ্বিতীয় অঙ্ক দৃশ্য আঠেরো

হগওয়ার্টস্, প্রধানশিক্ষিকার দপ্তর

প্রোফেসর ম্যাকগনেগাল মঞ্চের উপর একলা দাঁড়িয়ে আছে। তিনি মানচিত্রের দিকে তাকান। নিজে নিজেই ভুরু কুঁচকান। মানচিত্রের উপর তার জাদু-ছড়ি ঠেকান। সঠিক সিদ্ধান্ত নেওয়ার জন্য নিজে নিজেই হেসে ওঠেন।

প্রোফেসর ম্যাকগনেগাল

সমস্যা সম্পন্ন।

একটা আওয়াজ হতে থাকে।

গোটা মঞ্চ যেন কাঁপতে থাকে।

অগ্নিকুণ্ড থেকে প্রথমে জিনি এসে দাঁড়ায়, তারপর হ্যারি।

জিনি

প্রোফেসর, আমরা খুবই খারাপ ভাবে এসে পড়লাম জানি।

প্রোফেসর ম্যাকগনেগাল

পটার। তুমি আবার এসেছো। আর দেখে মনে হচ্ছে তুমি অবশেষে আমার গালিচাটা নষ্ট করেই দিয়েছো।

হ্যারি

আমায় আমার ছেলেকে খুঁজে বের করতে হবে। আমাদের করতেই হবে।

প্রোফেসর ম্যাকগনেগাল

হ্যারি, আমি এই বিষয়ে ভেবে দেখলাম যে এই কাজ আমার দ্বারা হবে না। সে তুমি আমায় যা দিয়েই ভয় দেখাও...

হ্যারি

মিনার্ভা, আমি এখানে শান্তির জন্য এসেছি, লড়াই করতে না। তোমার সাথে ওরকম ভাবে কথা বলা আমার উচিত হয়নি।

প্রোফেসর ম্যাকগনেগাল

আমার মনে হয় না আমি বন্ধুত্বের মাঝে হস্তক্ষেপ করতে পারবো এবং আমার বিশ্বাস –

হ্যারি

আমার আপনার এবং অ্যাল্বাসের কাছে ক্ষমা চাওয়া উচিত, আপনি কি আমায় সেই সুযোগ দেবেন?

কালি মাখা অবস্থায় ড্রেকো তাদের পেছনে এসে দাঁড়ায়।

প্রোফেসর ম্যাকগনেগাল

ড্রেকো?

ড্রেকো

ওর ছেলের সাথে ওর দেখা করা প্রয়োজন, আর আমার ছেলের সাথে আমার।

হ্যারি

যা বললাম – শান্তি – লড়াই নয়।

প্রোফেসর ম্যাকগনেগাল তার মুখের চাউনি ভালো করে লক্ষ্য করে, উনি যেই আন্তরিকতা দেখতে চাইছিলেন তা তিনি দেখতে পান। উনি ওনার জব্বার ভেতর থেকে মানচিত্রটি বের করেন। সেটা খোলেন।

প্রোফেসর ম্যাকগনেগাল

বেশ, শান্তি এমন একটা জিনিস যার সঙ্গ আমি দিতে রাজি আছি।

তিনি মানচিত্রটির উপর তার জাদু-ছড়ি দিয়ে টোকা দেন। তারপর একটা দীর্ঘশ্বাস ফেলেন।

আমি বিনীত ভাবে জানাচ্ছি যে আমি কোনো ভালো কাজ করতে যাচ্ছি না।

মানচিত্রটি উজ্জ্বল ভাবে সক্রিয় হয়ে ওঠে।

বেশ, তাহলে ওরা দুজন একসাথেই আছে।

ড্রেকো

দোতলায় মেয়েদের বাথরুমে। ঐখানে কি করছে ওরা?

দ্বিতীয় অঙ্ক দৃশ্য উনিশ

হগওয়ার্টস্, মেয়েদের বাথরুম

স্কর্পিয়াস *এবং* অ্যাল্বাস *একটি বাথরুমে প্রবেশ করে। মাঝখানে রয়েছে ভিক্টোরিয়ান যুগের মতো দেখতে একটা বেসিন।*

স্কর্পিয়াস

আচ্ছা তাহলে ব্যাপারটা বুঝতে দাও - আমরা যেটা করবো সেটা হলো এনগর্জমেন্ট...

অ্যাল্বাস

হ্যাঁ। স্কর্পিয়াস, এবার সাবানটা দাও...

স্কর্পিয়াস *সেই বেসিন থেকে একটা সাবান বের করে।*

এনগর্জিও!

সে তার জাদু-ছড়ি থেকে ঘরের উল্টো দিকে একটা বিদ্যুতের ঝলক ছাড়ে। সাবানটা চারগুণ বড় হয়ে ফুলে ওঠে।

স্কর্পিয়াস

বাহ। ধরে নাও আমি এই দেখে চারগুণ খুশি হলাম।

অ্যাল্বাস

দ্বিতীয় ক্রিয়াটি হয়েছিল একটা লেকে। ওদেরকে কিছু একটা খুঁজে বের করতে হতো যা তাদের থেকে নিয়ে নেওয়া হয়েছিল, আর সেটা ছিল -

স্কর্পিয়াস

তাদের প্রিয়জন।

অ্যাল্বাস

সেড্রিক একটা বাব্লহেড মন্ত্র ব্যবহার করেছিল লেকের মধ্যে সাঁতার কাটার জন্য। আমাদের শুধু ওর পেছন পেছন যেতে হবে, এবং এনগর্জমেন্ট ব্যবহার করে ওকে বিরাট বড় কিছুতে বদলে ফেলতে হবে। আমরা জানি কাল-পরিবর্তকটি আমাদের বেশীক্ষণ সময় দেবে না, সুতরাং আমরা তাড়াতাড়ি করবো। ওর কাছে যাবো আর ওর মাথাটা বড় করে দেব, যাতে ও লেকের বাইরে ভেসে উঠে আসে - ক্রিয়াটির থেকে দূরে - প্রতিযোগিতা থেকে দূরে...

স্কর্পিয়াস

কিন্তু তুমি তো এখনো বললে না যে আমরা ঐ লেকে কিভাবে পৌঁছবো...

তারপর হঠাৎ করে জলের একটি ফোয়ারা বেসিন থেকে উঠে আসে, আর ওঠার সাথে সাথে ছিঁচকাঁদুনে ম্যর্টেলকে *দেখা যায়।*

ছিঁচকাঁদুনে ম্যর্টেল

বাহ। বেশ ভালো লাগলো। এটায় আগে সেরকম আনন্দ পেতাম না। কিন্তু আমার বয়সে পৌঁছলে তুমি যা পাবে তাই নিয়ে নেবে...

স্কর্পিয়াস

অবশ্যই - তুমি তো প্রতিভাশালী - ছিঁচকাঁদুনে ম্যর্টেল...

ছিঁচকাঁদুনে ম্যর্টেল স্কর্পিয়াসের *দিকে নিচু হয়ে বেয়ে আসে।*

ছিঁচকাঁদুনে ম্যর্টেল

কি বলে ডাকলে আমায়? আমি কি কাঁদি? আমি কি এখন কাঁদছি? কাঁদছি? বলো কাঁদছি?

স্কর্পিয়াস

না।

ছিঁচকাঁদুনে ম্যর্টেল

আমার নাম কি?

স্কর্পিয়াস

ম্যর্টেল।

ছিঁচকাঁদুনে ম্যর্টেল

একদম - ম্যর্টেল। ম্যর্টেল এলিজাবেথ ওয়ারেন - কি সুন্দর নাম - আমার নাম। কাঁদার তো কোনো কারণ নেই। (*সে হাসে*) অনেকদিন বাদে। ছেলেরা। আমার বাথরুমে। আমার মেয়েদের বাথরুমে। মানে, এটা তো ঠিক না...কিন্তু আবার, পটারদের প্রতি আমার চিরকাল একটা দুর্বলতা ছিল। আর এক ম্যাল্ফয়ের প্রতিও আমি সামান্য একচোখোমি করেছি। এবার তোমাদের কিভাবে সাহায্য করতে পারি?

অ্যাল্বাস

তুমি সেদিন ছিলে ম্যর্টেল - লেকে। ওরা তোমার ব্যাপারে লিখেছে। এই নলগুলো দিয়ে নিশ্চয়ই একটা বেরোনোর রাস্তা আছে।

ছিঁচকাঁদুনে ম্যর্টেল

আমি সব জায়গায় ছিলাম। কিন্তু ঠিক কিসের কথা বলছো বলো তো তোমরা?

অ্যাল্বাস

দ্বিতীয় ক্রিয়াটির সময়। লেকের ক্রিয়াটি। ত্রয়ীজাদুকরী প্রতিযোগিতায়। পঁচিশ বছর আগে। হ্যারি এবং সেড্রিক।

ছিঁচকাঁদুনে ম্যর্টেল

কি দুর্ভাগ্যজনক ব্যাপার, সুন্দর দেখতে ছেলেটাকে মরতে হল। তার মানে এই নয় যে তোমার বাবা কিছু কম সুন্দর - কিন্তু সেড্রিক ডিগোরি - তোমরা অবাক হয়ে যাবে এই বাথরুমে বসে আমি কতজন মেয়েকে প্রেমের মন্ত্র আওড়াতে শুনেছি...আর সে মারা যাওয়ার পরে তাদের কান্না।

অ্যাল্বাস

আমাদের একটু সাহায্য করো ম্যর্টেল, ঐ লেকটায় যেতে আমাদেরকে একটু সাহায্য করো।

ছিঁচকাঁদুনে ম্যর্টেল

তোমরা ভাবছো আমি সময় অতিক্রম করতে পারি?

অ্যাল্বাস

আমরা চাই তুমি একটা কথা গোপন রাখো।

ছিঁচকাঁদুনে ম্যর্টেল

আমি গোপন কথা খুব ভালোবাসি। আমি কাউকে বলবো না। নিজের দিব্যি দিয়ে বলছি। বা - সেরকম অন্য কিছু। যা ভুতেদের জন্য খাটে। বুঝতেই পারছো।

অ্যাল্বাস স্কর্পিয়াসের *দিকে তাকিয়ে মাথা নাড়ে এবং* স্কর্পিয়াস *কাল পরিবর্তকটি বের করে দেখায়।*

অ্যাল্বাস

আমরা কাল অতিক্রম করতে পারি। তুমি আমাদের এই নলগুলির মধ্যে দিয়ে যেতে সাহায্য করবে। আমরা সেড্রিক ডিগোরিকে বাঁচাতে যাচ্ছি।

ছিঁচকাঁদুনে ম্যর্টেল (*হেসে*)

শুনে তো বেশ মজার ব্যাপার মনে হচ্ছে।

অ্যাল্বাস

আর আমাদের হাতে সময় খুব কম।

ছিঁচকাঁদুনে ম্যর্টেল

এই বেসিনটা। এই বেসিনটা সোজা লেকের মধ্যে যায়। এতে সমস্ত নিয়ম লঙ্ঘন করা হবে, কিন্তু এই স্কুল চিরকাল পুরোনো ধ্যানধারনায় বিশ্বাসী। ঝাঁপিয়ে পড়ো আর তুমি সোজা নলের মধ্যে দিয়ে লেকে গিয়ে পৌঁছবে।

অ্যাল্বাস *বেসিনের ভেতর প্রবেশ করে, তার জোব্বাটি পেছনে ফেলে রেখে যায়।* স্কর্পিয়াস *তার পেছন পেছন যায়।*

অ্যাল্বাস স্কর্পিয়াসের *হাতে একটা ব্যাগে করে কিছু সবুজ পাতা দেয়।*

অ্যাল্বাস

কিছু আমার জন্য আর কিছু তোমার।

স্কর্পিয়াস

গিলিউইড্? আমরা গিলিউইড্ ব্যবহার করবো? জলের নিচে নিঃশ্বাস নেওয়ার জন্য?

অ্যাল্বাস

ঠিক যেমন আমার বাবা করেছিল। নাও, তুমি তৈরি তো?

স্কর্পিয়াস

খেয়াল রেখো, এইবার, ঘড়ি যেন আমাদের টেনে না বের করে আনে...

অ্যাল্বাস

পাঁচ মিনিট, এটুকুই সময় আমরা নিজেদের দেবো, বর্তমানে আবার ফেরত চলে আসার আগে।

স্কর্পিয়াস

এবার যেন সব ঠিকঠাক হয়।

অ্যাল্বাস (*হাসতে হাসতে*)

সব একদম ঠিক হয়ে যাবে। তুমি তৈরি তো?

অ্যাল্বাস *গিলিউইড্ খেয়ে নিচে ঝাঁপিয়ে পড়ে।*

স্কর্পিয়াস

না, অ্যাল্বাস - অ্যাল্বাস -

ও ওপরে তাকায়, ও আর ছিঁচকাঁদুনে ম্যর্টেল *একলা।*

ছিঁচকাঁদুনে ম্যর্টেল

আমি সাহসী ছেলে পছন্দ করি।

স্কর্পিয়াস (*একটু ভয়, একটু সাহস নিয়ে*)

তাহলে আমি একেবারে তৈরি। যা হবে হোক।

সে *গিলিউইড্ খেয়ে নিচে ঝাঁপিয়ে পড়ে।*

ছিঁচকাঁদুনে ম্যর্টেল *মঞ্চে একা।*

হঠাৎ আলো ঝলমল করে ওঠে এবং বেশ জোরে আওয়াজ হয়।

আর সময় থেমে যায়। তারপর তা উল্টে যায়, একটু থামে, তারপর দ্রুতবেগে সব পেছতে থাকে...

ছেলেরা চলে গেছে।

দৌড়তে দৌড়তে হ্যারির *প্রবেশ, তার ভুরু কুঁচকানো, তার পেছনে* ড্রেকো, জিনি *এবং* প্রোফেসর ম্যাকগনেগাল।

হ্যারি

অ্যাল্বাস... অ্যাল্বাস...

জিনি

ও চলে গেছে।

তারা ছেলেদের জোব্বা দেখলো মাটিতে পড়ে আছে।

প্রোফেসর ম্যাকগনেগাল(*মানচিত্রে দেখে*)

ও উধাও হয়ে গেছে। না, ও হগওয়ার্টসের মাটির নিচ দিয়ে যাচ্ছে, না, ও উধাও হয়ে গেছে –

ড্রেকো

ও করছে কি করে এটা?

ছিঁচকাঁদুনে ম্যর্টেল

ও একটা ছোট্ট মতো সুন্দর দেখতে অলংকার ব্যবহার করছে।

হ্যারি

ম্যর্টেল!

ছিঁচকাঁদুনে ম্যর্টেল

এইরে, আমায় ধরে ফেলেছো। আর আমি এতো কষ্ট করছিলাম লুকানোর জন্য। হেলো, হ্যারি। হেলো, ড্রেকো। তোমরা আবার দুষ্টামি করেছো?

হ্যারি

কি অলংকার ব্যবহার করছে ওরা?

ছিঁচকাঁদুনে ম্যর্টেল

এটা গোপন রাখার কথা ছিল, কিন্তু তোমার থেকে তো আমি কখনো কিছু গোপন রাখতে পারি না হ্যারি। বয়স বাড়ার সাথে সাথে তুমি আরো বেশী সুন্দর দেখতে কি করে হচ্ছো হ্যারি?

হ্যারি

আমার ছেলে বিপদে আছে। তোমার সাহায্য লাগবে আমার। ওরা কি করছে ম্যর্টেল?

ছিঁচকাঁদুনে ম্যর্টেল

ও একটা দারুণ ছেলেকে বাঁচাতে গেছে। সেড্রিক ডিগোরি নামক একটা ছেলে।

হ্যারি সাথে সাথে গোটা ব্যাপারটা বুঝতে পারে, এবং ভয় পেয়ে যায়।

প্রোফেসর ম্যাকগনেগাল

কিন্তু সেড্রিক ডিগোরি তো বহু বছর আগে মারা গেছে...

ছিঁচকাঁদুনে ম্যার্টেল

ও বেশ সুনিশ্চিত দেখলাম যে ও এটা করতে পারবে। ওর আত্মবিশ্বাস ঠিক তোমার মতো হ্যারি।

হ্যারি

ও আমায় কথা বলতে শুনেছে - এমোস ডিগোরির সাথে...ও কি তাহলে...মিনিস্ট্রির কাল-পরিবর্তকটা। না, এটা অসম্ভব।

প্রোফেসর ম্যাকগনেগাল

মিনিস্ট্রির কাছে একটা কাল-পরিবর্তক আছে? আমি তো জানতাম সবগুলো নষ্ট হয়ে গেছে?

ছিঁচকাঁদুনে ম্যার্টেল

সবাই কেরম দুষ্টু না?

ড্রেকো

কেউ আমায় একটু বোঝাবে কি হচ্ছে?

হ্যারি

অ্যাল্বাস আর স্কর্পিয়াস বার বার উধাও হয়ে যাচ্ছে আবার ফিরে আসছে এমনটা নয় - ওরা যাত্রা করছে। সময়ের মধ্যে দিয়ে যাত্রা করছে।

দ্বিতীয় অঙ্ক দৃশ্য কুড়ি

ত্রয়ীজাদুকরী প্রতিযোগিতা, লেক, ১৯৯৫

লুডো ব্যাগম্যান

মহাশয় এবং মহাশয়া, ছেলেরা এবং মেয়েরা, আপনাদের সামনে পেশ করছি - সর্বশ্রেষ্ঠ - চমৎকার - এক এবং অদ্বিতীয় **ত্রয়ীজাদুকরী প্রতিযোগিতা**! হগওয়ার্টসের সদস্যরা। উল্লাসধ্বনি শুনতে চাই।

উচ্চস্বরে উল্লাসধ্বনি শোনা যায়।

এবার অ্যাল্বাস *আর* স্কর্পিয়াস *লেকের মধ্যে দিয়ে সাঁতার কেটে যাচ্ছে। জলের স্রোতে অনায়াসে বয়ে যাচ্ছে।*

ডার্মস্ট্র্যাঙের সদস্যরা - তোমাদের উল্লাসধ্বনি শুনতে চাই।

উচ্চস্বরে উল্লাসধ্বনি শোনা যায়।

এবং বোব্যাটন্সের সদস্যরা উল্লাসধ্বনি শুনতে চাই।

তুলনামূলক একটু আস্তে উল্লাসধ্বনি শোনা যায়।

ফরাসীরা প্রতিযোগিতার মেজাজে ঢুকছে।

আর ওরা বেরিয়ে পড়েছে...ভিক্টর একটা হাঙর হয়েছে, অবশ্যই, ফ্ল্যুরকে অসাধারণ লাগছে, সাহসী হ্যারি গিলিউইড্ ব্যবহার করছে, বুদ্ধিমান হ্যারি, খুব বুদ্ধিমান - আর সেড্রিক - বাহ সেড্রিক, কি মনোরম দৃশ্য ভদ্রমহোদয়গন, সেড্রিক একটা বাবল্ মন্ত্র ব্যবহার করছে লেকের মধ্যে দিয়ে এগোনোর জন্য।

সেড্রিক ডিগোরি *জলের মধ্যে দিয়ে তাদের দিকে এগিয়ে যায়, একটা বুদবুদের মধ্যে তার পুরো মাথা আবর্তিত।* অ্যাল্বাস *এবং*

স্কর্পিয়াস তাদের জাদু-ছড়ি বের করে জলের মধ্যে দিয়ে তার দিকে একটা এনগর্জমেন্ট মন্ত্র প্রয়োগ করে।

সে ঘুরে তাদের দিকে দেখে একটু ঘাবড়ে যায়। সেটি তাকে আঘাত করে। এবং তার চারপাশের জল সোনালী হয়ে ওঠে।

তারপর সেড্রিক ফুলতে থাকে - আরো ফুলতে থাকে - আরো ফুলে ওঠে।

সে নিজের চারপাশে তাকায় - আতঙ্কিত। এবং ছেলেরা দুজন দেখতে থাকে সেড্রিক অসহায় ভাবে জলের মধ্যে দিয়ে উঠে যাচ্ছে।

কিন্তু না, এ কি...সেড্রিক ডিগোরি জল থেকে বেরিয়ে আসছে, এবং সম্ভবত প্রতিযোগিতা থেকেও। ভদ্রমহোদয়গন, আমরা আমাদের বিজয়ীকে এখনো পাইনি কিন্তু পরাজিত ব্যাক্তিকে পেয়ে গেছি। সেড্রিক ডিগোরি একটি বেলুনে বদলে যাছে, এবং এই বেলুনটি উড়তে চায়। উড়তে, মহাশয় এবং মহাশয়া, উড়তে। এই ক্রিয়া থেকে উড়ে যেতে, এই প্রতিযোগিতা থেকে উড়ে যেতে এবং - আরিব্বাস, এ তো আরো ভয়ানক হয়ে উঠছে, এবং সেড্রিকের পাশে বাজি ফাটছে যার মধ্যে লেখা আছে - 'রন হারমায়নীকে ভালোবাসে' - এবং জনগণ এই বিষয়ে খুবই আপ্লুত - ভদ্রমহোদয়গন, সেড্রিকের চেহারার দিকে দেখুন। ওটা যেন একটা ছবি, একটা দৃশ্য বটে, একটা দুর্ভাগ্য বটে। এটা খুবই অপমানজনক, এর আর কোনো দ্বিতীয় শব্দ হয় না।

এবং জলের তলায় অ্যাল্বাস প্রাণ খুলে হাসে এবং স্কর্পিয়াসের হাতে তালি দেয়।

এবং অ্যাল্বাস উপর দিকে আঙুল তুলে দেখায়, আর স্কর্পিয়াস মাথা নাড়ে, আর দুজন উপর দিকে সাঁতার দিয়ে উঠতে থাকে। আর সেড্রিক যখন আরো উপরে উঠে যাচ্ছে তখন লোকজন তাকে দেখে হাসতে শুরু করে এবং সব বদলে যায়।

পৃথিবী অন্ধকার হয়ে যায়। বরং বলা ভালো পৃথিবী পুরো কালো হয়ে আসে।

এবং একটি আলোর ঝলকানি। এবং একটি জোরে আওয়াজ। এবং কাল-পরিবর্তকটি টিকটিক শব্দ বন্ধ করে দেয়। এবং আমরা বর্তমানে ফিরে আসি।

স্কর্পিয়াস হঠাৎ উঠে আসে, জলের মধ্যে থেকে। এবং সে বিজয়ী।

স্কর্পিয়াস

উউউউ - হুউউউউউ!

সে চারিদিকে তাকায়, একটু বিস্মিত। অ্যাল্বাস *কোথায়? সে দুহাত হাওয়ায় তুলে দেয়।*

আমরা পেরেছি!

ও আরো কিছুক্ষণ অপেক্ষা করে।

অ্যাল্বাস?

তাও অ্যাল্বাসের *দেখা নেই।* স্কর্পিয়াস *আবার জলের মধ্যে প্রবেশ করতে থাকে, সে একটু ভাবে তারপর আবার জলে ডুব দেয়।*

আবার জল থেকে উঠে আসে। এবার সত্যিই ঘাবড়ে গেছে। সে চারিদিকে খুঁজতে থাকে।

অ্যাল্বাস... অ্যাল্বাস... অ্যাল্বাস।

তারপর সর্পভাসায় একটি ফিসফিস শব্দ শোনা যায়। সেটি দর্শকদের মধ্যে দিয়ে দ্রুতবেগে ছড়াতে থাকে। সে আসছে। সে আসছে। সে আসছে।

ডোলোরেস আম্ব্রিজ

স্কর্পিয়াস ম্যাল্ফয়। লেক থেকে উঠে এসো। লেক থেকে উঠে এসো। এক্ষুনি।

সে তাকে জল থেকে টেনে বের করে।

স্কর্পিয়াস

দিদিমনি। আমায় সাহায্য করুন। দয়া করে সাহায্য করুন, দিদিমনি।

ডোলোরেস আম্ব্রিজ

দিদিমনি? আমি প্রোফেসর আম্ব্রিজ, তোমার স্কুলের প্রধান-শিক্ষিকা, আমি কোনো দিদিমনি নই।

স্কর্পিয়াস

আপনি প্রধান-শিক্ষিকা? কিন্তু আমি...

ডোলোরেস আম্ব্রিজ

আমি প্রধান শিক্ষিকা এবং তোমার পরিবার যতোই স্বনামধন্য হোক না কেন - তার মানে এই নয় যে তুমি যেখানে সেখানে ঘুরে দুষ্টামি করে বেড়াবে।

স্কর্পিয়াস

এই লেকে একটা ছেলে রয়েছে। আপনাকে সাহায্য করতে হবে। আমি আমার বন্ধুকে খুঁজছি, দিদিমনি। প্রোফেসর। প্রধান শিক্ষিকা। হগওয়ার্টসেরই একজন ছাত্র, দিদিমনি। আমি অ্যাল্বাস পটারকে খুঁজছি।

ডোলোরেস আম্ব্রিজ

পটার? অ্যাল্বাস পটার? এই নামে কোনো ছাত্র নেই। বরং বহু বছর ধরে হগওয়ার্টসে কোনো পটার আসেনি – আর ঐ ছেলেটাও খুব একটা ভালো ছিল না। তোমার আত্মা যেন শান্তি পায়, হ্যারি পটার, বলার চেয়ে তোমার আত্মা যেন চিরকাল হতাশায় থাকে বলা হয়তো বেশী যথার্থ হবে। বিশৃঙ্খলার উৎস।

স্কর্পিয়াস

হ্যারি পটার মৃত?

হঠাৎ প্রক্ষাগৃহের চারিপাশ থেকে নিঃশ্বাসের মতো হাওয়া বইতে থাকে। লোকজনের আশেপাশে কালো জব্বার উদয় হয়। কালো জোব্বা যেগুলো কালো আকার ধারণ করে।সেগুলো ডিমেন্টর্সদের রূপ ধারণ করে।

সারা প্রেক্ষাগৃহ জুরে ডিমেন্টর্স উড়ে বেড়াতে থাকে। কতগুলো কালো ভয়ানক আকৃতি, কতগুলো কালো ভয়ানক শক্তি। ওগুলো দেখে যেকোনো কারুর ভয় লাগবে। এবং তারা যেন সেই গোটা ঘরের আত্মা শুষে নিতে থাকে।

হাওয়া বইতে থাকে। এটাই নরক। তারপর ঘরের পেছন দিক থেকে এবং সবার চারিপাশে ফিসফিস শব্দ শোনা যায়। বহুপরিচিত কণ্ঠস্বর। ভোল্ডেমর্টের কণ্ঠস্বর...

হ্যাঅ্যাঅ্যাররির পটটটার...

হ্যারির স্বপ্ন বাস্তবে পরিণত হয়েছে।

ডোলোরেস আম্ব্রিজ

তুমি কি ভেতরে থাকা কালীন ভুলভাল কিছু খেয়ে ফেলেছো? আমাদের অজান্তে মাডব্লাড হয়ে গেছো? হ্যারি পটার কুড়ি বছর আগে মারা গেছে সেই অসফল গোষ্ঠীর অংশ হিসেবে – ও ডাম্বেলডোরের একজন বিশিষ্ট সন্ত্রাসবাদী ছিল যাকে আমরা বীরবিক্রমে হারিয়েছিলাম হগওয়ার্টসের

যুদ্ধে। এবার এসো তো - আমি জানি না তুমি কি খেলা খেলছো কিন্তু তুমি ডিমেন্টর্সদের রাগিয়ে তুলছো আর ভোল্ডেমর্ট দিবস পুরো মাটি করে দিচ্ছো।

সর্পভাসায় ফিসফিস ধ্বনি ক্রমশ বাড়তে থাকে। দানবিক আকার ধারণ করে। এবং সাপের চিহ্ন আঁকা বৃহদাকারের ব্যানার মঞ্চের উপর নামতে থাকে।

স্কর্পিয়াস *এই সবের মাঝখানে ভীত-সন্ত্রস্ত।*

স্কর্পিয়াস

ভোল্ডেমর্ট দিবস?

মঞ্চ অন্ধকার।

প্রথম অংশ সমাপ্ত

দ্বিতীয় অংশ

দ্বিতীয় অংশ

তৃতীয় অঙ্ক

তৃতীয় অঙ্ক দৃশ্য এক

হগওয়ার্টস্, প্রধান শিক্ষিকার দপ্তর

এবার আমরা সম্পূর্ণ নতুন করে গড়া একটি জগতের ভেতরে এসে উপস্থিত হয়েছি।

এই জগতটি অন্ধকারাচ্ছন্ন।

মাটির উপর ছাইয়ের একটি প্রলেপ - যা এক অনিশ্চয়তা এবং আশঙ্কাজনক পরিবেশ সৃষ্টি করছে।

এই পরিবেশটি ফুটে উঠছে মঞ্চায়ন - আবহ সঙ্গীত - এবং সর্বোপরি আমাদের নিজেদের পছন্দ-অপছন্দের আঙ্গিকের মধ্যে দিয়ে।

হ্যারি মারা গেছে। ভোল্ডেমর্ট জীবিত এবং রাজত্ব করছে। কোনোকিছুই যেরকম হওয়া উচিত সেরকম নেই।

স্কর্পিয়াস ডোলোরেস আম্ব্রিজের দপ্তরে প্রবেশ করে। তার পরনে ঘন কালো জোব্বা। তার মুখে বিষণ্ণতার ছাপ। সে জানে যেকোনো দিক থেকে বিপদ ঘনিয়ে আসতে পারে এবং সেই কারণে পুরো সময়টা জুড়ে শান্ত এবং সতর্ক হয়ে থাকে।

ডোলোরেস আম্ব্রিজ

স্কর্পিয়াস। আমার সাথে দেখা করতে আসার জন্য ধন্যবাদ।

স্কর্পিয়াস

ম্যাডাম।

ডোলোরেস আম্ব্রিজ

স্কর্পিয়াস, তুমি হয়তো জানো, আমি বহুদিন ধরে লক্ষ্য করছি যে তোমার মধ্যে নেতৃত্য করার ক্ষমতা রয়েছে। বিশুদ্ধ-রক্ত, একজন প্রকৃত অধিনায়ক, অসাধারণ খেলোয়াড়...

স্কর্পিয়াস

খেলোয়াড়?

ডোলোরেস আম্ব্রিজ

এতো অমায়িক হওয়ার কোনো প্রয়োজন নেই, স্কর্পিয়াস। আমি তোমায় কুইডিচের ময়দানে দেখেছি, এমন বোধ হয় কোনো স্নিচ নেই যা তুমি ধরতে পারো না। তুমি একজন অত্যন্ত মূল্যবান ছাত্র। শিক্ষকদের কাছে তুমি মূল্যবান। বিশেষত আমার কাছে। অগারে'র কাছে পাঠানো তথ্যে আমি তোমার ব্যাপারে প্রচুর প্রশংসা করেছি। একসাথে আমরা দুজন যে অযোগ্য বিদ্যার্থীদের বের করতে পেরেছি, তার ফলে এই স্কুল একটি নিরাপদ - পবিত্র - স্থান হয়ে উঠেছে।

স্কর্পিয়াস

তাই বুঝি?

নেপথ্যে একটি চিৎকারের আওয়াজ শোনা যায়। স্কর্পিয়াস সেদিকে ফিরে তাকায়। কিন্তু তারপর সেই চিন্তা মাথার থেকে বের করে দেয়। সে অতি অবশ্যই নিজেকে নিয়ন্ত্রিত করবে, তাকে করতেই হবে।

ডোলোরেস আম্ব্রিজ

কিন্তু ভোল্ডেমর্ট দিবসের দিন আমি তোমায় ঐ লেকের ধারে পাওয়ার পর থেকে, তুমি কেমন...অদ্ভুত হয়ে গেছো - বিশেষত, হঠাৎ করে হ্যারি পটারকে নিয়ে তোমার এই উন্মাদনা...

স্কর্পিয়াস

আমি না...

ডোলোরেস আম্ব্রিজ

যাকে পারছো, হগওয়ার্টসের যুদ্ধের ব্যাপারে জিজ্ঞেস করে বেড়াচ্ছো। কিভাবে হ্যারি পটার মারা গেছে। কেন মারা গেছে। আর সেড্রিক ডিগোরিকে নিয়ে তোমার এই বিরক্তিকর রকমের উৎসাহ। স্কর্পিয়াস - আমরা ভালো করে পরীক্ষা করে দেখেছি তোমার উপর কোনোরকম জাদুমন্ত্র প্রয়োগ করা হয়েছে কিনা - কিন্তু আমরা সেরকম কিছুই খুঁজে পাইনি - তাই আমি নিজে তোমায় জিজ্ঞেস করছি যদি এমন কিছু থাকে যা আমি করতে পারি - তোমাকে আবার আগের জায়গায় ফিরিয়ে নিয়ে যাওয়ার জন্য...

স্কর্পিয়াস

না না। মনে করুন আমি ফিরে এসেছি। সাময়িক মতিভ্রম হয়েছিল। এই যা।

ডোলোরেস আম্ব্রিজ

তাহলে আমরা একসাথে আবার আমাদের কাজ শুরু করতে পারি?

স্কর্পিয়াস

হ্যাঁ পারি।

ডোলোরেস আম্ব্রিজ *তার হাত বুকের উপর রাখে, তারপর তার দুটি হাতের কবজি একত্রিতে ধরে।*

ডোলোরেস আম্ব্রিজ

ভোল্ডেমর্ট এবং বীরত্বের প্রতি।

স্কর্পিয়াস (*তাকে নকল করার চেষ্টায়*)

হ্যাঁ - তার প্রতি - হ্যাঁ।

তৃতীয় অঙ্ক দৃশ্য দুই

হগওয়ার্টস্, ময়দান

মঞ্চটি গোল গোল ঘুরতে থাকে, এবং তার সাথে স্কর্পিয়াসও ঘুরতে থাকে, সে কিছু একটা খুঁজছে - সেটা যেকোনো কিছু হতে পারে - এমন কিছু যা তার বর্তমান পরিস্থিতি নিয়ে তার সমস্ত প্রশ্নের উত্তর দেবে।

কার্ল এবং ইয়ান *খুবই উত্তেজিত এবং প্রাণবন্ত ভাবে তার দিকে এগিয়ে আসে।*

কার্ল জেঙ্কিন্স

এইযে স্কর্পিয়ান কিং।

তারা স্কর্পিয়াসের হাতে তালি দেয়। তার ব্যাথা লাগে, কিন্তু সে চুপচাপ সহ্য করে নেয়।

ইয়ান ফ্রেড্রিক্স

আমরা করছি তো, কাল রাতে?

কার্ল জেঙ্কিন্স

কারণ আমরা আরো কিছু মাডব্লাড নাড়িভুঁড়ি বের করে দেওয়ার জন্য তৈরি।

তারা দুজন বেরিয়ে যায়।

পলি চ্যাপম্যান

স্কর্পিয়াস।

পলি চ্যাপম্যান *সিঁড়ির উপর দাঁড়িয়ে, স্কর্পিয়াস দ্রুত তার দিকে ঘুরে যায়।*

স্কর্পিয়াস

পলি চ্যাপম্যান?

পলি চ্যাপম্যান

সোজা প্রসঙ্গে আসি? আমি জানি সবাই অপেক্ষা করে আছে জানার জন্য যে তুমি কাকে জিজ্ঞেস করবে, কারণ কাউকে না কাউকে তো তোমায় জিজ্ঞেস করতেই হবে আর আমাকে এখনো অব্দি তিনজন জিজ্ঞেস করেছে আর আমি জানি আমি একা নই যে তাদেরকে না করে দিয়েছে। মানে, তুমি যদি আমাকে জিজ্ঞেস করো।

স্কর্পিয়াস

ঠিকাছে।

পলি চ্যাপম্যান

যেটা দারুণ হবে। যদি তুমি ইচ্ছুক থাকো। কানাঘুষো শোনা যাচ্ছে – যে তোমার নাকি ইচ্ছা আছে। আর আমি শুধু জানাতে চাই যে – এই মুহূর্তে – আমিও যথেষ্ট ইচ্ছুক। আর সেটা কোনো গুজব না। এটা সত্যি।

স্কর্পিয়াস

সেটা তো – খুব ভালো, কিন্তু – আমরা কি বিষয়ে কথা বলছি?

পলি চ্যাপম্যান

ব্লাড বল অবশ্যই – তুমি – স্কর্পিয়ান কিং, কাকে নিয়ে যাচ্ছো ব্লাড বল'এ।

স্কর্পিয়াস

তুমি – পলি চ্যাপম্যান – চাও আমি তোমায় – একটা বল'এ নিয়ে যাই?

তার পেছনে একটা চিৎকারের আওয়াজ।

কার চিৎকার ওটা?

পলি চ্যাপম্যান

মাডব্লাড, আবার কে। কারাগারে। তোমারই তো বুদ্ধি তাই না? কি হয়েছে কি তোমার? ধুর পটার, আবার আমার জুতোয় রক্ত লেগে গেছে...

সে নিচু হয়ে তার জুতো থেকে রক্ত মোছে।

অগারে যেমনটা বলে – ভবিষ্যৎ গড়ে তোলা আমাদের হাতে – তাই আমি এখানে – ভবিষ্যৎ গড়ছি – তোমার সাথে। ভোল্ডেমর্ট এবং বীরত্বের প্রতি।

স্কর্পিয়াস

অবশ্যই, ভোল্ডেমর্টের প্রতি।

পলি এগিয়ে যায়, তার পেছনে দেখা যায় স্কর্পিয়াস দুঃখে কাতর। এটা কোন পৃথিবী - এবং তার মধ্যে কে সে? সে আবার আগের মতো গোল গোল ঘুরতে থাকে...

৮

তৃতীয় অঙ্ক দৃশ্য তিন

মিনিস্ট্রি অফ ম্যাজিক, ম্যাজিকাল ল্য এনফোর্সমেন্টের প্রধান কর্মকর্তার দপ্তর

ড্রেকোকে অদ্ভুত আকর্ষণীয় দেখতে লাগছে, এরকম তাকে আগে কখনো দেখা যায়নি। তার ভাব-ভঙ্গিতে ক্ষমতার রেশ, এবং আধিপত্যে তাকে বেশ মানানসই লাগছে। ঘরের দুপাশে অগারে পতাকা ঝুলছে - যার মধ্যে পাখিটির ছবিতে শাসনতন্ত্রের ভাব ফুটে উঠছে।

ড্রেকো

তুমি দেরি করেছো।

স্কর্পিয়াস

এটা তোমার দপ্তর?

ড্রেকো

তুমি দেরি করেছো এবং সেটা নিয়ে কোনো অনুতাপও তোমার নেই। তুমি হয়তো এইরকম আচরণ পরেও চালিয়ে যাবে বলে ভাবছো।

স্কর্পিয়াস

তুমি ম্যাজিকাল ল্য এনফোর্সমেন্টের প্রধান?

ড্রেকো

তোমার এতো বড় সাহস! তোমার এতো বড় সাহস যে তুমি আমায় অসম্মান করবে এবং আমায় অপেক্ষা করিয়ে রাখবে আর তারপর কোনো ক্ষমাও চাইবে না!

স্কর্পিয়াস

আমি দুঃখিত।

ড্রেকো

স্যার।

স্কর্পিয়াস মুখ তুলে তাকায় এবং বোঝার চেষ্টা করে তার বাবার কি হয়েছে।

স্কর্পিয়াস

আমি দুঃখিত, স্যার।

ড্রেকো

আমি তোমায় এরকম ভুলভাল কাজকর্ম করার জন্য বড় করে তুলিনি, স্কর্পিয়াস। হগওয়ার্টসের মধ্যে আমাকে অসম্মান করার জন্য আমি তোমাকে বড় করে তুলিনি।

স্কর্পিয়াস

আপনাকে অসম্মান, স্যার?

ড্রেকো

হ্যারি পটার, হ্যারি পটারের ব্যাপারে প্রশ্ন, এতো কিছু থাকতে। ম্যাল্ফয়দের নাম এভাবে কলঙ্কিত করার সাহস হয় কি করে তোমার।

একটা খারাপ চিন্তা চট করে স্কর্পিয়াসের মনের মধ্যে দিয়ে বয়ে যায়।

স্কর্পিয়াস

এবাবা। তুমি কি এর জন্য দায়ী? না না। তুমি হতে পারো না।

ড্রেকো

স্কর্পিয়াস...

স্কর্পিয়াস

আজকের *ডেইলী প্রফেট* – তিনজন জাদুকর কিছু সেতু উড়িয়ে দিয়েছে এটা দেখার জন্য যে একটি বিস্ফোরণে কতজন মাগালদের তারা মারতে পারে – এটা কি তোমার তত্ত্বাবধানে হয়েছে?

ড্রেকো

খুব সাবধান।

স্কর্পিয়াস *তার বাবার দিকে এগিয়ে যায়, প্রত্যেক পদক্ষেপের সাথে তাকে দোষারোপ করতে থাকে।*

স্কর্পিয়াস

মাডব্লাডদের মৃত্যু শিবির, অত্যাচার, যারা তার বিরোধিতা করবে তাদের জ্যান্ত জ্বালিয়ে দেওয়া। এর মধ্যে তোমার অংশ কতটা? মা সবসময় বলতো আমি কল্পনাও করতে পারবো না তুমি কতো ভালো একজন মানুষ, কিন্তু তোমার আসল রূপ এইটা, তাই না? একজন খুনি, একজন অত্যাচারী, একজন –

ড্রেকো *উঠে দাঁড়ায় এবং* স্কর্পিয়াসকে *সজোরে টেবিলের দিকে টেনে আনে। তার এই হিংস্রতা খুবই অদ্ভুত এবং মারাত্মক।*

ড্রেকো

অকারণে ওকে এর মধ্যে টেনো না, স্কর্পিয়াস। এরকম ভাবে ওকে ব্যাবহার করো না। এটা ওর প্রাপ্য নয়।

স্কর্পিয়াস *কিছু বলে না। ভীত এবং সন্ত্রস্ত।* ড্রেকো *এটি বুঝতে পারে। সে* স্কর্পিয়াসের *উপর থেকে তার হাত সরিয়ে নেয়। সে তার ছেলেকে আঘাত করতে চায় না।*

এবং না, ঐ নির্বোধগুলো যারা মাগালদের মধ্যে বিস্ফোরণ ঘটাচ্ছে, ওটা আমি করাইনি, যদিও আমাকেই আগারে বলবে মাডব্লাড প্রধানমন্ত্রীকে সোনা দিয়ে ঘুষ খাওয়াতে...তোমার মা কি সত্যি আমার ব্যাপারে ওরকম বলতো?

স্কর্পিয়াস

মা বলতো দাদু তাকে পছন্দ করতো না – তোমাদের সম্পর্কের বিরুদ্ধে ছিল – ভাবতো মা হয়তো অত্যন্ত মাগাল-প্রেমী – অত্যন্ত দুর্বল – কিন্তু তুমি মা'র জন্য তাকে অমান্য করো। বলতো যে এটা তার দেখা সবথেকে সাহসী কাজ।

ড্রেকো

সাহসীকতাকে খুব সহজ করে তুলেছে, তোমার মা।

স্কর্পিয়াস

কিন্তু সেটা তো – তোমার অন্য একটা রূপ ছিল।

সে তার বাবার দিকে তাকায়, যে তার দিকে ভুরু কুঁচকে তাকায়।

আমি খারাপ কাজ করেছি, কিন্তু তুমি আরো খারাপ কিছু করেছো। আমরা এটা কি হয়ে উঠেছি বাবা?

ড্রেকো

আমরা কিছুই হয়ে উঠিনি – আমরা যেমন ছিলাম তেমনই আছি।

স্কর্পিয়াস

ম্যাল্ফয়। একটা পরিবার যার উপর তুমি সবসময় ভরসা রাখতে পারো এই পৃথিবীটাকে আরো অন্ধকারময় একটা জায়গা বানিয়ে তোলার জন্য।

এই কথায় ড্রেকো একটু নড়ে-চড়ে বসে, সে খুব মনোযোগ দিয়ে স্কর্পিয়াসের দিকে তাকায়।

ড্রেকো

স্কুলের কীর্তিকলাপগুলো – কিসের থেকে অনুপ্রাণিত?

স্কর্পিয়াস

আমি যেরকম, সেরকম ভাবে থাকতে চাই না।

ড্রেকো

আর এরকম ভাবনা কোথা থেকে এলো?

স্কর্পিয়াস মরিয়া হয়ে নিজের কাহিনী বলার একটা উপায় খুঁজতে থাকে।

স্কর্পিয়াস

আমি নিজেকে অন্যভাবে দেখেছি।

ড্রেকো

জানো তোমার মা'র কোন জিনিসটা আমার সবচেয়ে বেশী ভালো লাগতো? সে সবসময় অন্ধকারের মধ্যেও আমায় আলো খোঁজার পথ দেখাতো। সে এই পৃথিবীকে – অন্তত আমার পৃথিবীকে – কম – কি শব্দটা যেন বললে – 'অন্ধকারময়' বানিয়ে তুলেছিল।

স্কর্পিয়াস

তাই?

ড্রেকো তার ছেলেকে বোঝার চেষ্টা করে।

ড্রেকো

আমি যতটা ভাবতাম তোমার মধ্যে ওর গুনগুলো তার চেয়ে অনেক বেশী রয়েছে।

এক মুহূর্তের বিরতি। সে স্কর্পিয়াসের দিকে মনোযোগ দিয়ে তাকায়।

তুমি যা করছো - সাবধানে করো। আমি তোমাকেও হারাতে চাই না।

স্কর্পিয়াস

হ্যাঁ। স্যার।

ড্রেকো শেষ একবার তার ছেলের দিকে তাকায় - বোঝার চেষ্টা করে তার মাথায় কি চলছে।

স্কর্পিয়াস তার হাতের কব্জিদুটি একজোট করে, যা এবার তার সড়গড় হয়ে গেছে।

ড্রেকো

ভোল্ডেমর্ট এবং বীরত্বের প্রতি।

স্কর্পিয়াস তার দিকে তাকায় এবং ঘর থেকে বেরিয়ে যেতে থাকে।

স্কর্পিয়াস

ভোল্ডেমর্ট এবং বীরত্বের প্রতি।

তৃতীয় অঙ্ক দৃশ্য চার

হগওয়ার্টস্, গ্রন্থাগার

স্কর্পিয়াস *গ্রন্থাগারে ঢোকে এবং মরিয়া হয়ে বইগুলির মধ্যে খুঁজতে থাকে। সে একটা ইতিহাস বই খুঁজে পায়।*

স্কর্পিয়াস

সেড্রিক ডিগোরি কিকরে একজন মৃত্যু ভক্ষক হয়ে উঠলো? কি বাদ দিলাম আমি? আমায় একটু - অন্ধকারে আলো খুঁজে দাও।

ক্রেগ বাওকার জুনিয়ার

তুমি এখানে কেন এসেছো?

স্কর্পিয়াস *ঘুরে তাকায় অত্যন্ত বিষণ্ণ-দর্শন* ক্রেগের *দিকে।*

স্কর্পিয়াস

কেন? আমি এখানে আসতে পারবো না কেন?

ক্রেগ বাওকার জুনিয়ার

ওটা এখনো পুরো হয়নি। আমি যতো তাড়াতাড়ি সম্ভব চেষ্টা করছি। কিন্তু প্রোফেসর স্নেপ এতো বেশী কাজ দিয়ে যায়, আর দুটো আলাদা ভাষায় প্রবন্ধ লেখা। মানে, আমি অভিযোগ করছি না...মাপ করবে।

স্কর্পিয়াস

আবার শুরু করো। প্রথম থেকে। কি পুরো হয়নি?

ক্রেগ বাওকার জুনিয়ার

তোমার মিশ্রণের অনুশীলনী। আর আমি খুব খুশি যে আমি ওটা করছি - কৃতজ্ঞও - আর আমি জানি অনুশীলনী আর বই-খাতা তোমার

একেবারেই পছন্দ না, আর আমি কখনোই তোমায় হতাশ করবো না, তুমি তো জানো।

স্কর্পিয়াস

আমি – অপছন্দ করি – অনুশীলনী?

ক্রেগ বাওকার জুনিয়ার

তুমি স্কর্পিয়ান কিং। অবশ্যই তুমি অনুশীলনী অপছন্দ করো। *জাদুর ইতিহাস* নিয়ে তুমি কি করছো? আমি ঐ লেখাটাও লিখে দিতে পারবো।

স্তব্ধতা। স্কর্পিয়াস এক মুহূর্তের জন্য ক্রেগের দিকে তাকায় এবং তারপর ইতিহাস বইটি তার দিকে ছুঁড়ে দেয়। ক্রেগ সেটা নিয়ে বেরিয়ে যায়।

কিছুক্ষণ পর স্কর্পিয়াসের মাথায় একটা ভাবনা আসতেই সে ভুরু কুঁচকায়।

স্কর্পিয়াস

ও কি স্নেপ বললো?

তৃতীয় অঙ্ক দৃশ্য পাঁচ

হগওয়ার্টস্, মিশ্রণের ক্লাসরুম

স্কর্পিয়াস *দৌড়ে গিয়ে মিশ্রণের ক্লাসরুমে ঢোকে। দরজা সশব্দে বন্ধ করে।* সেভেরাস স্নেপ *তার দিকে মুখ তুলে তাকায়।*

স্নেপ

দরজায় টোকা দিতে কি কেউ তোমায় শেখায়নি?

স্কর্পিয়াস স্নেপের *দিকে তাকায়, একটু হাঁপাচ্ছে, একটু অপ্রস্তুত, একটু উল্লাসিত।*

স্কর্পিয়াস

সেভেরাস স্নেপ। এ আমার সৌভাগ্য।

স্নেপ

প্রোফেসর স্নেপ বললে ভালো হয়। তুমি এই স্কুলে রাজার মতো হাবভাব নিয়ে চলতে পারো ম্যাল্ফয়, কিন্তু তার মানে এই না যে আমরা সকলে তোমার প্রজা।

স্কর্পিয়াস

কিন্তু আপনিই তো সব কিছুর উত্তর...

স্নেপ *সবসময় যেরকম কর্কশ ছিল, এখনো সেরকমই আছে।*

স্নেপ

আমার জন্য খুবই আনন্দের ব্যাপার সেটা। তোমার যদি কিছু বলার থাকে তাহলে বলে ফেলো...যদি না থাকে, তাহলে বাইরে বেরোনোর সময় দরজাটা বন্ধ করে দিয়ো।

স্কর্পিয়াস

আমার আপনার সাহায্যের প্রয়োজন।

স্নেপ

আমি সাহায্য করার জন্যই বেঁচে আছি।

স্কর্পিয়াস

আমি শুধু জানিনা কি সাহায্য আমার - দরকার। আপনি কি এখনো লুক্কায়িত? আপনি কি এখনো গোপনে ডাম্বেলডোরের হয়ে কাজ করে যাচ্ছেন?

স্নেপ

ডাম্বেলডোর? ডাম্বেলডোর তো মারা গেছেন। আর ওনার জন্য আমার যা কাজ তা সকলে জানে – আমি ওনার স্কুলে পড়াতাম।

স্কর্পিয়াস

না। শুধু তাই না। আপনি ওনার কথায় মৃত্যু ভক্ষকদের উপর নজর রাখতেন। আপনি ওনাকে পরামর্শ দিতেন। সবাই ভাবতো আপনি ওনাকে মেরেছেন – কিন্তু পরে দেখা যায় যে আপনি কেবল ওনাকে সাহায্য করে এসেছেন। আপনি এই পৃথিবীকে রক্ষা করেছেন।

স্নেপ ভয়ে এবং রাগে গজগজ করতে থাকে।

স্নেপ

এগুলো খুব ভয়ানক আরোপ তুমি আমার উপর চাপাচ্ছো। আর ভেবো না যে ম্যাল্ফয় নামের জন্য তুমি শাস্তি থেকে বেঁচে যাবে।

স্কর্পিয়াস

আমি যদি বলি আরেকটা জগত আছে – আরেকটা জগত যেখানে হগওয়ার্টসের যুদ্ধে ভোল্ডেমর্ট হেরে গেছে, যেখানে হ্যারি পটার এবং ডাম্বেলডোরের সৈন্যরা জিতে গেছে, তাহলে আপনি কি বলবেন...

স্নেপ

আমি বলবো হগওয়ার্টসের প্রিয় স্কর্পিয়ান কিং পাগল হয়ে গেছে এই কথাটা সত্যি।

স্কর্পিয়াস

একটা চুরি করা কাল-পরিবর্তক ছিল। আমি একটা কাল-পরিবর্তক চুরি করেছি। অ্যাল্বাসের সঙ্গে। আমরা সেড্রিক ডিগোরিকে মৃত্যু থেকে

ফিরিয়ে আনতে চেয়েছি। আমরা ওকে ত্রয়ীজাদুকরী প্রতিযোগিতা জেতার থেকে আটকানোর চেষ্টা করেছি। কিন্তু এইভাবে আমরা অজান্তে তাকে এক সম্পূর্ণ আলাদা ব্যক্তিতে বদলে দিয়েছি।

স্নেপ

ত্রয়ীজাদুকরী প্রতিযোগিতা হ্যারি পটার জিতেছিল।

স্কর্পিয়াস

ওর একার জেতার কথা ছিল না। ওর সাথে সেড্রিকেরও জেতার কথা ছিল। কিন্তু আমরা কারসাজি করে ওকে অপমান করে প্রতিযোগিতা থেকে বের করিয়ে দিয়েছিলাম। আর সেই অপমানের জন্য ও একজন মৃত্যু ভক্ষক হয়ে উঠেছিল। আমি বুঝতে পারছি না হগওয়ার্টসের যুদ্ধে ও কি করেছিল - কাউকে মেরেছিল কিনা - কিন্তু ও কিছু একটা করেছিল যার ফলে সবকিছু ওলটপালট হয়ে যায়।

স্নেপ

সেড্রিক ডিগোরি কেবল একজন জাদুকরকে মেরেছিল কিন্তু সেও তেমন গুরুত্বপূর্ণ কেউ না - নেভিল লংবটম।

স্কর্পিয়াস

ও, তাই, এইতো পেয়ে গেছি তাহলে! প্রোফেসর লংবটমের ভোল্ডেমর্টের সাপ, নাগিনীকে মারার কথা ছিল। ভোল্ডেমর্টের মৃত্যুর আগে নাগিনীকে মরতে হতো। এইতো! আপনি সমাধান করে দিয়েছেন! আমরা সেড্রিককে ধ্বংস করি, ও নেভিলকে মারে, ভোল্ডেমর্ট যুদ্ধ যিতে যায়। বুঝতে পারছেন? বুঝতে পারছেন ব্যাপারটা?

স্নেপ

আমি বুঝতে পারছি এটা ম্যল্ফয়দের একটা চাল। তোমার বাবাকে এই কথা জানিয়ে তোমায় গুরুতর সমস্যায় ফেলার আগে আমার সামনে থেকে চলে যাও।

স্কর্পিয়াস *একটু ভেবে তারপর মরিয়া হয়ে তার শেষ চাল চালে।*

স্কর্পিয়াস

আপনি ওর মা'কে ভালোবাসতেন। আমার পুরোটা মনে নেই। কিন্তু আমি জানি আপনি ওর মা'কে ভালোবাসতেন। হ্যারির মা। লিলি। আমি

জানি আপনি বহু বছর গোপনীয়তায় কাটিয়েছেন। আমি জানি আপনাকে ছাড়া এই যুদ্ধ যেতা অসম্ভব ছিল। অন্য জগতটি না দেখে থাকলে আমি এইসব কথা জানলাম কি করে?

স্নেপ কিছু বলে না, অবাক।

শুধু ডাম্বেলডোর জানতো, ঠিক বলছি তো? আর ওনাকে হারানোর পর আপনি নিশ্চয়ই খুব একা হয়ে পড়েন। আমি জানি আপনি একজন ভালো মানুষ। হ্যারি পটার তার ছেলেকে বলেছে আপনি একজন খুব ভালো মানুষ।

স্নেপ স্কর্পিয়াসের দিকে তাকায়, বুঝতে পারছে না কি হচ্ছে? এটা কি কোনো চাল? সে সত্যি সত্যিই অবাক হয়ে পড়ে।

স্নেপ

হ্যারি পটার মারা গেছে।

স্কর্পিয়াস

আমার জগতে তা হয়নি।উনি বলেছেন আপনি ওনার দেখা সবচেয়ে মহান ব্যাক্তি।উনি জানতেন, জানেন তো - উনি আপনার গোপনীয়তার ব্যাপারে জানতেন - আপনি ডাম্বেলডোরের জন্য যা করেছেন। আর সেটার জন্য আপনাকে সম্মান করতেন - অত্যন্ত সম্মান করতেন। আর সেই কারণেই সে তার ছেলে - আমার সবচেয়ে ভালো বন্ধুর নাম রাখে - আপনাদের দুজনের নামে। অ্যাল্বাস সেভেরাস পটার।

স্নেপ বাকরুদ্ধ হয়ে পড়ে। এই কথাগুলি তাকে গভীরভাবে নাড়া দেয়।

অনুগ্রহ করে - লিলির জন্য, এই পৃথিবীর জন্য, আমায় সাহায্য করুন।

স্নেপ একটু ভেবে তারপর তার জাদু-ছড়ি বের করতে করতে স্কর্পিয়াসের দিকে এগোয়। স্কর্পিয়াস ভয় পেয়ে পেছন দিকে সরে যায়। স্নেপ দরজার দিকে তার জাদু-ছড়ি তাক করে।

স্নেপ

কোলোপোর্টাস!

একটা অদৃশ্য তালা সেই স্থানে দেখা দেয়। স্নেপ ক্লাসরুমর পেছন দিকে একটা হুড়কো খোলে।

বেশ, এসো তাহলে...

স্কর্পিয়াস

একটা প্রশ্ন ছিল, ঠিক কোথায় - যাচ্ছি - আমরা?

স্নেপ

আমাদের অনেকবার স্থানান্তর করতে হয়েছে। যেখানে যেখানে আমরা বসতি স্থাপন করার চেষ্টা করেছি, তারা নষ্ট করে দিয়েছে। এটা আমাদের একটা ঘরে নিয়ে যাবে যেটা হোম্পিং উইলো'র গোড়ায় অবস্থিত।

স্কর্পিয়াস

আচ্ছা, কিন্তু আমাদের বলতে?

স্নেপ

ও। সে দেখতে পাবে।

৬

তৃতীয় অঙ্ক দৃশ্য ছয়

অভিযান কক্ষ

মাটির নিচে। মাটি, ধুলো এবং নিরাশায় পরিপূর্ণ (কিন্তু প্রয়োজনীয়) এক প্রচেষ্টার পরিবেশ।

স্কর্পিয়াসকে *টেবিলের উপর চেপে ধরে রেখেছে খুবই জমকালো-দর্শন* হারমায়নী। *তার পোশাক যদিও ফ্যাকাসে কিন্তু চোখ উজ্জ্বল, সে এখন একজন পুরদস্তুর বিদ্রোহী এবং এই রূপ তাকে ভালোই মানাচ্ছে।*

হারমায়নী

আর এক পা নড়লে কিন্তু তোমার মগজ ব্যাঙের মতো আর তোমার হাত রাবারের মতো হয়ে যাবে।

স্কর্পিয়াসের পেছন *পেছন স্নেপ সেই ঘরে ঢোকে।*

স্নেপ

ভয় নেই। ওর থেকে ভয়ের কিছু নেই। (*এক মুহূর্তের বিরতি*) তুমি কখনোই কথা শুনতে পারো না। ছাত্রাবস্তাতেও বিরক্তিকর ছিলে আর এখনো এক বিরক্তিকর - যাই হয়ে থাকো।

হারমায়নী

আমি খুব ভালো ছাত্রী ছিলাম।

স্নেপ

তুমি চলনশয়ী থেকে সাধারণের মধ্যে ছিলে। ও আমাদের দলে!

স্কর্পিয়াস

একদম, হারমায়নী।

হারমায়নী স্কর্পিয়াসের *দিকে তাকায়, এখনো তার উপর বিশ্বাস নেই।*

হারমায়নী

বেশীরভাগ লোক আমাকে গ্রেঞ্জার বলেই চেনে। আর আমি তোমার একটা কথাও বিশ্বাস করি না, ম্যাল্ফয়।

স্কর্পিয়াস

এটা পুরো আমার দোষ। আমার দোষ। আর অ্যাল্বাসের।

হারমায়নী

অ্যাল্বাস? অ্যাল্বাস ডাম্বেলডোর? অ্যাল্বাস ডাম্বেলডোরের সাথে এর কি সম্পর্ক?

স্নেপ

ও ডাম্বেলডোরের কথা বলছে না। তুমি একটু বসলে ভালো হয়।

রন *দৌড়ে ঢোকে। তার চুল খোঁচা খোঁচা। তার পোশাক নোংরা। বিদ্রোহীর চেহারায় হারমায়নীর চেয়ে তাকে কম মানায়।*

রন

স্নেপ, একটি রাজকীয় আগমন এবং – (*সে* স্কর্পিয়াসকে *দেখতে পেয়ে সাথে সাথে সাবধান হয়ে ওঠে*) ও এখানে কি করছে?

সে একটু দ্বিধাগ্রস্ত ভাবে নিজের জাদু-ছড়ি বের করে।

আমি কিন্তু সশস্ত্র এবং – খুব ভয়ানক এবং সত্যি সত্যিই তোমায় বলছি –

সে বুঝতে পারে সে জাদু-ছড়িটি উল্টো ধরেছে, এবং সেটিকে সোজা করে ধরে।

খুব সাবধান –

স্নেপ

ওর থেকে ভয়ের কিছু নেই, রন।

রন হারমায়নীর *দিকে তাকায়, এবং সে মাথা নাড়ে।*

রন

ডাম্বেলডোর সহায়।

তৃতীয় অঙ্ক দৃশ্য সাত

অভিযান কক্ষ

হারমায়নী *বসে বসে কাল-পরিবর্তকটি পর্যবেক্ষণ করছে এবং রন পুরো ব্যাপারটা হজম করার চেষ্টা করছে।*

রন

তার মানে তুমি বলতে চাও যে গোটা ইতিহাস দাঁড়িয়ে আছে...নেভিল লংবটমের উপর? এটা বেশ রোমাঞ্চকর।

হারমায়নী

এটা সত্যি, রন।

রন

আচ্ছা। আর তুমি এতটা নিশ্চিত কারণ...

হারমায়নী

ও স্নেপের ব্যাপারে যা জানে – আর আমাদের সবার ব্যাপারে – এটা কোনোভাবেই সম্ভব না যে ও...

রন

হয়তো ও আন্দাজে ঢিল মারতে ভালো পারে?

স্কর্পিয়াস

না আমি পারি না। তুমি সাহায্য করবে?

রন

আমরাই একমাত্র যারা করতে পারবো। ডাম্বেলডোরের সৈন্য তার শীর্ষের সময় থেকে অনেক ছোটো হয়ে এসেছে, বরং -

সে একটু সময় নেয়, এটা বলা তার পক্ষে কষ্টকর।

- আমরা এই কজনই যা রয়েছি, কিন্তু আমরা লড়াই করে চলেছি। লোকজনের দৃষ্টির আড়ালে থেকে।যতটা সম্ভব তাদের নাকে সুড়সুড়ি দিয়ে থাকা। এইযে গ্রেঞ্জার ও একজন অনুসন্ধিত মহিলা। আমি একজন অনুসন্ধিত লোক।

স্নেপ (*নিরস ভাবে*)

কম-অনুসন্ধিত।

হারমায়নী

স্পষ্ট করে দেখলে: এই অন্য জগতে...তুমি হস্তক্ষেপ করার আগে?

স্কর্পিয়াস

ভোল্ডেমর্ট মারা গেছে। হগওয়ার্টসের যুদ্ধে। হ্যারি ম্যাজিকাল ল্য এনফোর্সমেন্টের প্রধান। তুমি মিনিস্টার ফর ম্যাজিক।

হারমায়নী *হঠাৎ থেমে যায়, এটা শুনে সে অবাক, সে হাসিমুখে মুখ তুলে তাকায়।*

হারমায়নী

আমি মিনিস্টার ফর ম্যাজিক?

রন (*সেই আনন্দে যোগদান করার উদ্দেশ্যে*)

অসাধারণ। আমি কি করি?

স্কর্পিয়াস

তুমি উইস্লীদের উইজার্ড হুইজেস চালাও।

রনের *মুখ গোমড়া হয়ে আসে।*

রন

আচ্ছা, তার মানে, ও মিনিস্টার ফর ম্যাজিক আর আমি চালাই - একটা ইয়ার্কি-ফাজলামির দোকান?

স্কর্পিয়াস রনের *কাতর মুখের দিকে তাকায়।*

স্কর্পিয়াস

তুমি তোমার বাচ্চাদের বড় করা নিয়ে বেশী মগ্ন।

রন

বাহ। আসা করি ওদের মা খুবই সুন্দর দেখতে।

স্কর্পিয়াস (*লাজুক ভাবে*)

হ্যাঁ...মানে...তুমি সুন্দর বলতে কি ভাবছো তার উপর নির্ভর করছে... ব্যাপারটা হচ্ছে, তোমাদের দুজনের, বাচ্চা আছে - একসাথে। একটা মেয়ে আর একটা ছেলে।

দুজন তার দিকে তাকায়, তারা অবাক।

তোমরা বিবাহিত। প্রেমের বন্ধনে। এবং আরো যা যা হয়। তোমরা আগেরবারও অবাক হয়ে গেছিলে। যখন তুমি অশুভ শক্তির বিরুদ্ধে আত্মরক্ষা প্রশিক্ষণের শিক্ষিকা ছিলে আর রন পদ্মার সাথে বিবাহিত ছিল। এই ব্যাপারটায় তোমরা *বারেবারে* কেমন আশ্চর্য হয়ে পড়ো।

হারমায়নী *এবং* রন *দুজন দুজনের দিকে তাকায়, তারপর দুজনেই বিপরীত দিকে তাকায়।* রন *তারপর আবার ফিরে তাকায়। সে বার বার খকখক করে নিজের গলা ঠিক করে। প্রতিবার তার দৃঢ়তা একটু একটু করে কমতে থাকে।*

হারমায়নী

আমার দিকে তাকানোর সময় নিজের মুখ বন্ধ রাখো, উইস্লী।

রন *তাই করে। যদিও সে সম্পূর্ণ হতবাক হয়ে থাকে।*

আর - স্নেপ? এই অন্য জগতে স্নেপ কি করে?

স্নেপ

আমি মৃত, সম্ভবত।

সে স্কর্পিয়াসের *দিকে তাকায়, যে সত্যিটাকে আড়াল করার প্রানপন চেষ্টা করে, কিন্তু তা প্রকাশ করার থেকে নিজেকে আটকাতে পারে না।* স্নেপ *মৃদু হাসে।*

তুমি আমায় দেখে একটু বেশী রকম অবাক হয়ে গেছিলে। কিভাবে?

স্কর্পিয়াস

বীরবিক্রমে।

স্নেপ

কে?

স্কর্পিয়াস

ভোল্ডেমর্ট।

স্নেপ

কি বিরক্তিকর।

নীরবতার মধ্যে দিয়ে স্নেপ এই সত্যটা হজম করে।

তাও, আমি মনে করি, স্বয়ং কালাজাদুর সম্রাটের হাতে মৃত্যু হওয়ায় একটা গৌরব রয়েছে।

হারমায়নী

আমি দুঃখিত, সেভেরাস।

স্নেপ তার দিকে তাকায়, তারপর তার কষ্ট হজম করে নেয়। মাথা নেড়ে সে রনের দিকে ইশারা করে।

স্নেপ

যাক, অন্তত এর সাথে আমার বিয়ে হয়নি।

হারমায়নী

কোন কোন মন্ত্র ব্যবহার করেছিলে তোমরা?

স্কর্পিয়াস

প্রথম ক্রিয়ায় এক্সপেলিয়ার্মাস এবং দ্বিতীয়টিতে এনগর্জিও।

রন

সহজ রক্ষক মন্ত্র ওই দুটোকেই ঠিক করে দেবে।

স্নেপ

আর তারপর তোমরা পালিয়ে আসো?

স্কর্পিয়াস

হ্যাঁ, কাল-পরিবর্তকটি আমাদের আগের জায়গায় নিয়ে আসে। এটাই হলো ব্যাপার - এই কাল-পরিবর্তকটি ব্যবহার করলে, আমরা কেবল পাঁচ মিনিট পুরাকালে থাকতে পারবো।

হারমায়নী

আর শুধু কি তুমি সময়ের মধ্যে দিয়েই বিচরন করতে পারবে, স্থান পরিবর্তন করতে পারবে না?

স্কর্পিয়াস

হ্যাঁ, হ্যাঁ, এটা - আসলে - পুরাকালে তোমায় সেই একই জায়গায় নিয়ে যাবে যেখানে তুমি এখন দাঁড়িয়ে আছো।

হারমায়নী

বেশ।

স্নেপ এবং হারমায়নী দুজনেই এর অর্থ বুঝে গেছে।

স্নেপ

তাহলে এটায় শুধু আমি আর এই ছেলেটি যাবো।

হারমায়নী

কিছু মনে করবেন না, স্নেপ, কিন্তু এই কাজে আমি কাউকে ভরসা করতে পারছি না...এটা অত্যন্ত গুরুত্বপূর্ণ একটা ব্যাপার।

স্নেপ

হারমায়নী, জাদুকরী জগতে তুমি সবচেয়ে বেশী অনুসন্ধিত বিদ্রোহী। এটা করতে গেলে তোমাকে বাইরে বেরোতে হবে। শেষ কবে তুমি বাইরে বেরিয়েছিলে?

হারমায়নী

অনেকদিন আগে, কিন্তু –

স্নেপ

তোমায় যদি বাইরে পায়, তাহলে ডিমেন্টররা তোমায় ছুঁয়ে দেবে – ওরা তোমার আত্মা শুষে নেবে...

হারমায়নী

সেভেরাস, লুকিয়ে-চুরিয়ে আমি আর থাকতে পারছি না, প্রতিবার আঘাত করতে গিয়ে ব্যর্থ হচ্ছি, এই আমাদের সুযোগ এসেছে পৃথিবীটাকে পাল্টানোর।

সে রনের দিকে তাকিয়ে মাথা নাড়ে, রন একটি মানচিত্র টেনে বের করে।

প্রতিযোগিতার প্রথম ক্রিয়াটি হয়েছিল নিষিদ্ধ জঙ্গলের ধারে। আমরা এখানে সময় পাল্টাবো, প্রতিযোগিতার ওখানে যাবো – ঐ মন্ত্রগুলো আটকাবো এবং তারপর নিরাপদে ফিরে আসবো। নির্ভুল ভাবে – এটি করা যেতে পারে এবং তাহলে আমাদেরকে আর এই সময়ের লোকজনের মাঝে যেতে হবে না। তারপর আবার আমরা সময় পাল্টে লেকে যাবো, এবং দ্বিতীয় ক্রিয়াটিও পাল্টে দেবো।

স্নেপ

তুমি কিন্তু বিরাট বড় ঝুঁকি নিচ্ছো –

হারমায়নী

এটা ঠিক করে করতে পারলে, হ্যারি বেঁচে যাবে, ভোল্ডেমর্ট মরে যাবে এবং অগারে চলে যাবে। এটার জন্য কোনো ঝুঁকিই যথেষ্ট নয়। যদিও আপনি যা খোয়াবেন সেই ব্যাপারে আমি দুঃখিত।

স্নেপ

কিছু কিছু জিনিস খোয়ানোর জন্যই জন্মায়।

দুজন দুজনের দিকে তাকায়, স্নেপ মাথা নাড়ে, হারমায়নী উল্টে মাথা নাড়ে, স্নেপের মুখ একটু গোমড়া হয়ে আসে।

আমি এক্ষুনি ডাম্বেলডোরের উদ্ধৃতি ব্যবহার করলাম, তাই না?

হারমায়নী (*হাসিমুখে*)

না, আমি নিশ্চিত এটা বিশুদ্ধ সেভেরাস স্নেপ।

সে স্কর্পিয়াসের দিকে ফেরে, কাল-পরিবর্তকটির দিকে ইঙ্গিত করে।

ম্যাল্ফয়।

স্কর্পিয়াস কাল-পরিবর্তকটি তার কাছে নিয়ে আসে। সে সেটা দেখে হাসে, বহুদিন পর আবার একটি কাল-পরিবর্তক ব্যবহার করতে পারায় উচ্ছ্বসিত, যে কারণে সেটা ব্যবহার করবে সেটা নিয়ে উচ্ছ্বসিত।

আশা করি এটায় কাজ হবে।

সে কাল-পরিবর্তকটি নেয়, সেটি কাঁপতে থাকে, তারপর অত্যন্ত জোরে নড়াচড়া করতে থাকে।

তারপর এক বিশালাকার আলোর সৃষ্টি হয়। খুব জোরে আওয়াজ হতে থাকে। সময় থেমে যায়। তারপর সব পেছনে যেতে থাকে, একটু থামে, তারপর পেছন দিকে চলতে থাকে, শুরুতে একটু আস্তে তারপর ক্রমশ গতি বাড়তে থাকে...

একটা জোরে আওয়াজ এবং একটা আলোর ঝলকানি, এবং এই দলটি উধাও হয়ে যায়।

তৃতীয় অঙ্ক দৃশ্য আট

নিষিদ্ধ জঙ্গলের প্রান্তে, ১৯৯৪

প্রথম অংশের দৃশ্যটি পুনরায় দেখা যায়, কিন্তু মঞ্চের পেছনের প্রেক্ষাপটে, সম্মুখে নয়। অ্যাল্বাস এবং স্কর্পিয়াসকে ডার্মস্ট্র্যাং জোব্বায় দেখা যায়। এবং সবের মধ্যে দিয়ে আমরা শুনতে পাই সেই 'অসাধারণ' (পুনরায় তার কথা) ল্যুডো ব্যাগম্যানের *কণ্ঠ।*

স্কর্পিয়াস, হারমায়নী, রন *এবং* স্নেপ *উৎকণ্ঠার সাথে তাকিয়ে আছে।*

ল্যুডো ব্যাগম্যান

এবং সেড্রিক ডিগোরি মঞ্চে উপস্থিত। তাকে দেখে মনে হচ্ছে সে প্রস্তুত। একটু ভীত কিন্তু প্রস্তুত। পাশ কাটিয়ে সে একবার এদিকে, একবার ওদিকে যাচ্ছে। আড়াল খোঁজার উদ্দেশ্যে সে ঝাঁপ দিলো, এবং মেয়েরা এদিকে অভিভূত হয়ে পড়েছে। তারা একত্রে চেঁচাচ্ছে: আমাদের ডিগোরির কোনো ক্ষতি কোরো না, ড্রাগন মহাশয়। এবং সেড্রিক বাঁ দিকে ঝুঁকে, ডান দিকে লাফালো – এবং সে তার জাদু-ছড়ি নিয়ে তৈরি –

স্নেপ

অনেকক্ষণ সময় লাগছে। কাল-পরিবর্তকটি ঘুরছে।

ল্যুডো ব্যাগম্যান

এই বীর, সুদর্শন যুবকের মাথায় কি চলছে এখন?

অ্যাল্বাস সেড্রিকের জাদু-ছড়ি সরাতে যাবে, এমন সময় হারমায়নী তার মন্ত্র আটকে দেয়। অ্যাল্বাস নিজের জাদু-ছড়ির দিকে তাকায়, সে আশাহত, বুঝতে পারছে না কেন তার মন্ত্রে কাজ হয়নি।

তারপর কাল-পরিবর্তকটি ঘুরতে থাকে এবং তারা সেটির দিকে তাকিয়ে আতঙ্কিত হয়ে পড়ে এবং সেটি তাদের শুষে নেয়।

একটা কুকুর - ও একটা পাথরকে একটা কুকুরে বদলে দিয়েছে - কুকুরে ক্রিয়াশীল সেড্রিক ডিগোরি- তুমি অসাধারণ।

তৃতীয় অঙ্ক দৃশ্য নয়

নিষিদ্ধ জঙ্গলের প্রান্তে

তারা বর্তমানে ফিরে এসেছে, নিষিদ্ধ জঙ্গলের এক প্রান্তে, এবং রন অত্যন্ত ব্যাথা অনুভব করছে। স্নেপ চারিদিকে তাকায়, সম্ভব্য আশঙ্কা সে তৎক্ষণাৎ আঁচ করতে পারে।

রন

আউ। আউ। আউউউউউউ।

হারমায়নী

রন... রন...তোমার এ কি হাল?

স্নেপ

হায় হায়, আমি জানতাম।

স্কর্পিয়াস

কাল-পরিবর্তকটি অ্যাল্বাসেরও ক্ষতি করেছিল। প্রথম বার ফেরত যাওয়ার পরে।

রন

ভালো - সময়ে - বললে - আউ - কথাটা।

স্নেপ

আমরা মাটির উপরে আছি। আমাদের যাওয়া উচিত। এক্ষুনি।

হারমায়নী

রন, তুমি হাঁটতে পারবে, এসো...

রন উঠে দাঁড়ায়, যন্ত্রণায় চেঁচিয়ে ওঠে। স্নেপ তার জাদু-ছড়ি তুলে ধরে।

স্কর্পিয়াস

কাজ হয়েছে?

হারমায়নী

আমরা মন্ত্রটা আটকাতে পেরেছি। সেড্রিকের জাদু-ছড়ি তার নিজের কাছেই ছিল। হ্যাঁ। কাজ হয়েছে।

স্নেপ

কিন্তু আমরা ভুল জায়গায় এসে পড়েছি – আমরা বাইরে আছি। তোমরা বাইরে আছো।

রন

কাল-পরিবর্তকটা আবার ব্যবহার করতে হবে আমাদের – এখান থেকে বেরোও –

স্নেপ

আমাদের একটা আশ্রয়ের জায়গা খুঁজতেই হবে। আমরা ভীষণভাবে প্রকাশ্যে আছি।

হঠাৎ প্রেক্ষাগৃহের চারিদিক থেকে তারা এক অতি ঠান্ডা বাতাস অনুভব করে।

কিছু কালো জোব্বা তাদের আশেপাশে এসে উপস্থিত হয়। কালো জোব্বা যেগুলো ক্রমশ কালো আকার ধারণ করতে থাকে। সেগুলি ডিমেন্টর হয়ে ওঠে।

হারমায়নী

অনেক দেরি হয়ে গেছে।

স্নেপ

এটা ঘোরতর বিপর্যয়।

হারমায়নী (*তাকে কি করতে হবে বুঝতে পারে*)

ওরা আমায় খুঁজছে, তোমাদের কাউকে না।

রন। আমি তোমায় ভালোবাসি এবং আজীবন বেসেছি। কিন্তু তোমাদের তিনজনকে এবার পালাতে হবে। যাও। এক্ষুনি।

রন

কি?

স্কর্পিয়াস

কি?

রন

ভালোবাসার বিষয়টা নিয়ে আগে কথা বলতে পারি?

হারমায়নী

এটা এখনো ভোল্ডেমর্টের জগত। আর এটা আমি আর নিতে পারছি না। পরের ক্রিয়াটা বদলে দিলে সব পাল্টে যাবে।

স্কর্পিয়াস

কিন্তু ওরা তো তোমায় ছুঁয়ে দেবে। তোমার দেহ থেকে আত্মা শুষে নেবে।

হারমায়নী

আর তারপর তুমি অতীত পাল্টে দেবে। তারপর তারা আর পারবে না। যাও। এক্ষুনি।

ডিমেন্টররা তাদের উপস্থিতি অনুভব করে। চারিদিক থেকে চেঁচিয়ে নেমে আসতে থাকে।

স্নেপ

চলো! আমাদের যেতে হবে।

সে স্কর্পিয়াসের *হাত ধরে টানে।* স্কর্পিয়াস *অনিচ্ছাসত্ত্বেও তার সঙ্গে চলে যায়।*

হারমায়নী রনের *দিকে তাকায়, যে এখনো নিজের জায়েগা থেকে নড়েনি।*

হারমায়নী

তোমারও যাওয়া উচিত।

রন

হ্যাঁ, কিন্তু ওরা আমাকে একটু হলেও খুঁজছে আর আমি সত্যিই খুব যন্ত্রণায় আছি। আর কি জানো, আমি এখানে থাকলেই ভালো। এক্সপেক্টো-

সে মন্ত্র প্রয়োগ করতে যায় কিন্তু হারমায়নী তার হাত ধরে নামিয়ে দেয়।

হারমায়নী

ওদের এখানে আসতে দিয়ে বরং ছেলেটাকে ঠিক মতো সুযোগ করে দেই।

রন *তার দিকে তাকায় এবং দুঃখের সাথে মাথা নাড়ে।*

হারমায়নী

একটা মেয়ে আর একটা ছেলে।

রন হারমায়নীর *দিকে তাকিয়ে মৃদু হাসে, ওদের ভালোবাসা সত্য এবং পূর্ণ।*

রন

হ্যাঁ ওটা শুনে আমারও বেশ ভালো লেগেছে।

ও ঘুরে তাকায় - ওর ভাগ্যে কি আছে তা ও জানে।

আমার ভয় করছে।

হারমায়নী

আমায় চুমু খাও।

রন একটু ভাবে তারপর তাই করে। তারপর ডিমেন্টররা নেমে আসে এবং দুজন বিচ্ছিন্ন হয়ে যায়। দুজনকে প্রথমে মাটিতে সাঁটিয়ে দেয় তারপর হাওয়ায় তুলে ধরে। আমরা দেখতে পাই দুজনের শরীর থেকে একটা সোনালী-সাদা আভা শুষে নেওয়া হচ্ছে। তাদের আত্মা তাদের থেকে টেনে নেওয়া হচ্ছে। এবং এটি খুবই ভয়াবহ।

স্কর্পিয়াস *এবং স্নেপ মঞ্চের পেছন দিক থেকে এসে দাঁড়ায়, তারা বুঝতে পারে কি হারিয়ে গেছে।*

স্নেপ

জলের কাছে চলো। হেঁটে চলো। দৌড়িও না।

স্নেপ স্কর্পিয়াসের *দিকে তাকায়।*

শান্ত হও, স্কর্পিয়াস। ওরা অন্ধ হলেও তোমার ভয় অনুভব করতে পারবে।

স্কর্পিয়াস

ওরা ওদের দুজনের আত্মা শুষে নিয়েছে।

একটা ডিমেন্টর তাদের মাথার উপর দিয়ে এসে স্কর্পিয়াসের সামনে দাঁড়ায়।

স্নেপ

অন্য কিছু ভাবো, স্কর্পিয়াস। তোমার ভাবনাকে অন্যকিছু দিয়ে ভরিয়ে রাখো।

কিন্তু স্কর্পিয়াস *তা করতে পারে না।*

স্কর্পিয়াস

আমার ঠাণ্ডা লাগছে। আমি কিছু দেখতে পাচ্ছিনা। একটা কুয়াশা যেন আমার ভেতরে – আমার চারপাশে।

স্নেপ

তুমি একজন রাজা, আর আমি একজন প্রোফেসর। ওরা অকারণে আঘাত করবে না। তুমি যাদের ভালোবাসো তাদের ব্যাপারে ভাবো, ভাবো তুমি কেন এইসব করছো।

স্কর্পিয়াস (*নিজের ভাবনায় সম্পূর্ণ হারিয়ে গিয়ে*)

আমি আমার মায়ের কণ্ঠস্বর শুনতে পাচ্ছি। সে আমায় ডাকছে – আমার – সাহায্য চাইছে কিন্তু জানে আমি – পারবো না – সাহায্য করতে।

স্নেপ

আমার কথা শোনো, স্কর্পিয়াস। অ্যাল্বাসের কথা ভাবো। অ্যাল্বাসের জন্য তুমি তোমার রাজ্যপাট ছেড়ে দিচ্ছো, তাই তো?

স্কর্পিয়াস *অসহায়। সমস্ত ডিমেন্টররা যেন তাকে গ্রাস করছে। এবং* স্নেপ *জানে ওকে বাঁচানোর জন্য তাকে নিজের মনের দরজা খুলতে হবে।*

স্নেপ

একজন ব্যক্তি। শুধু একজন ব্যক্তির প্রয়োজন। লিলির হয়ে আমি হ্যারিকে বাঁচাতে পারিনি। তাই এখন আমি আমার আনুগত্য সেই কাজে নিহিত করছি যার উপর লিলির বিশ্বাস ছিল। আর এটা সম্ভব – যে এই পথ দিয়ে হাঁটতে হাঁটতে আমার নিজের মধ্যে সেই বিশ্বাস জন্ম নিয়েছে।

স্কর্পিয়াস *ডিমেন্টরদের থেকে অনেকটা সরে দাঁড়ায়।*

স্কর্পিয়াস

পৃথিবী বদলায় এবং আমরাও তার সাথে সাথে বদলাই। এই পৃথিবীতে আমি সুখে আছি। কিন্তু এই পৃথিবী ভালো নয়। আর আমি এটা চাইনা।

হঠাৎ ডোলোরেস আম্ব্রিজ *তাদের পেছনে এসে উপস্থিত হয়।*

ডোলোরেস আম্ব্রিজ

প্রোফেসর স্নেপ!

স্নেপ

প্রোফেসর আম্ব্রিজ।

ডোলোরেস আম্ব্রিজ

আপনি খবরটা শুনেছেন নিশ্চয়ই? আমরা বিশ্বাসঘাতক মাডব্লাড হারমায়নী গ্রেঞ্জারকে ধরেছি। ও কিছুক্ষন আগেই ঐখানটায় ছিল।

স্নেপ

বাহ – দারুণ ব্যাপার।

ডোলোরেস স্নেপের *দিকে জ্বলন্ত দৃষ্টিতে তাকিয়ে আছে। স্নেপও তার দিকে তাকিয়ে থাকে।*

ডোলোরেস আম্ব্রিজ

আপনার সাথে। গ্রেঞ্জার আপনার সাথে ছিল।

স্নেপ

আমার সাথে? আপনি ভুল করছেন।

ডোলোরেস আম্ব্রিজ

আপনার এবং স্কর্পিয়াস ম্যাল্ফয়ের সাথে। ও এমন একজন ছাত্র যাকে নিয়ে দিন দিন আমার আশঙ্কা বেড়েই চলেছে।

স্কর্পিয়াস

আচ্ছা...

স্নেপ

ডোলোরেস, আমাদের ক্লাসের দেরি হয়ে যাচ্ছে, সুতরাং আপনি যদি আমাদের যেতে দেন...

ডোলোরেস আম্ব্রিজ

ক্লাসের জন্য দেরিই যদি হয় তাহলে আপনারা স্কুলের দিকে যাচ্ছেন না কেন? লেকের দিকে কেন যাচ্ছেন?

এক মুহূর্তের জন্য সব একেবারে নিস্তব্ধ। এবং তারপর স্নেপ একটা অত্যন্ত অস্বাভাবিক জিনিস করে - সে হাসে।

স্নেপ

কবে থেকে সন্দেহ করছেন?

ডোলোরেস আম্ব্রিজ জমি থেকে একটু উঁচুতে ভেসে ওঠে। সে দুহাত মেলে দেয়, যা কালাজাদুতে পরিপূর্ণ। তারপর সে তার জাদু-ছড়ি বের করে।

ডোলোরেস আম্ব্রিজ

বহু বছর। এবং এই বিষয়ে আমার উচিত ছিল আরো আগে কোনো পদক্ষেপ নেওয়া।

স্নেপ তাড়াতাড়ি করে তার জাদু-ছড়ি ব্যবহার করে।

স্নেপ

ডিপাল্সো!

ডোলোরেস হাওয়ায় পেছনে উড়ে গিয়ে পড়ে।

ও সবসময় এতো বেশী হাবভাব দেখায় যে ওগুলো ওর নিজের জন্যই ক্ষতিকারক। আর পেছন ফিরে তাকানো যাবে না।

তাদের আশেপাশের আকাশ আরো কালো হয়ে ওঠে।

এক্সপেক্টো পেট্রোনাম!

স্নেপ একটি পেট্রোনাস সৃষ্টি করে, এবং সেটি অত্যন্ত সুন্দর একটি সাদা হরিণীর আকার ধারণ করে।

স্কর্পিয়াস

হরিণী? এটা তো লিলির পেট্রোনাস।

স্নেপ

অদ্ভুত, তাই না? অন্তর থেকে যা বেরিয়ে আসে।

ডিমেন্টররা তাদের চারিদিকে এসে জড়ো হতে থাকে। স্নেপ এর অর্থ জানে।

তোমায় পালাতে হবে। আমি যতক্ষণ পারবো ওদের আটকে রাখবো।

স্কর্পিয়াস

আন্ধকারে আমায় আলোর দিশা দেখানোর জন্য আপনাকে অসংখ্য ধন্যবাদ।

স্নেপ তার দিকে তাকায়, একজন সম্পূর্ণ বীরের মতন, এবং মৃদু হাসে।

স্নেপ

অ্যাল্বাসকে বোলো – অ্যাল্বাস সেভেরাসকে বোলো – আমি খুব গর্বিত সে আমার নাম বহন করছে। এবার যাও। যাও!

হরিণীটি স্নেপের দিকে তাকায় – স্নেপ তার দিকে তাকিয়ে মাথা নাড়ে – এবং তারপর সেটি স্কর্পিয়াসের দিকে তাকায়, তারপর দৌড়ানো আরম্ভ করে। স্কর্পিয়াস একটু ভাবে এবং তারপর হরিণীর পেছন পেছন দৌড়াতে থাকে এবং তার আশেপাশের পৃথিবী যেন আরো ভয়ানক হয়ে উঠতে থাকে। একদিক থেকে একটি হাড়হিম করা চিৎকার শোনা যায়। স্কর্পিয়াস লেকের দিকে তাকায় এবং তাতে ঝাঁপ দেয়।

স্নেপ নিজেকে তৈরি করে।

ডিমেন্টররা নেমে আসে এবং স্নেপকে সজোরে মাটিতে সাঁটিয়ে দেয়, এবং তারপর হাওয়ায় তুলে ধরে, এবং সেই সময় তার শরীর থেকে আত্মা শুষে নেয়। চিৎকারের আওয়াজ বাড়তে থাকে।

হরিণী তার মনোরম চোখ মেলে স্কর্পিয়াসের দিকে তাকায়, তারপর উধাও হয়ে যায়।

একটি আওয়াজ এবং আলোর ঝলকানি। তারপর স্তব্ধতা। এবং ধীরে ধীরে সেই স্তব্ধতা আরো প্রগাঢ় হয়ে উঠতে থাকে।

সবকিছু এতটাই নিথর, এতটাই শান্ত, যেন এক অকৃত্রিম স্থিরতা।

এবং তারপর স্কর্পিয়াস জলের উপর ভেসে ওঠে। ঘন ঘন নিশ্বাস নিতে থাকে । সে তার চারপাশে ঘুরে তাকায়। ঘন ঘন, আতঙ্কিত নিঃশ্বাস পড়তে থাকে। সে আকাশের দিকে তাকায়। আকাশ আগের থেকে অনেক বেশী – নীল।

এক মুহূর্ত পূর্ণ শান্ততা।

তারপর স্কর্পিয়াসের পেছন পেছন অ্যাল্বাস জল থেকে উঠে আসে। এক আশ্চর্য নীরবতা। স্কর্পিয়াস শুধু অ্যাল্বাসের দিকে তাকিয়ে আছে, সে বিশ্বাস করতে পারছে না। দুজনেই ঘন ঘন নিশ্বাস ফেলছে।

অ্যাল্বাস

বাপরে!

স্কর্পিয়াসের মুখে এক অভেদ্য হাসি দেখা দেয়।

স্কর্পিয়াস

অ্যাল্বাস!

অ্যাল্বাস

অল্পের জন্য বেঁচে গেছি! ঐ মারম্যানটিকে দেখলে? ঐ লোকটা যার – তারপর ঐ জিনিসটা যার – বাপরে!

স্কর্পিয়াস

তুমি!

অ্যাল্বাস

অদ্ভুত ছিল যদিও – আমার মনে হলো আমি সেড্রিককে ফুলতে দেখলাম – তারপর আবার ও হঠাৎ করে ছোটো হতে লাগলো – আর আমি তোমার দিকে তাকালাম আর তোমার হাতে তোমার জাদু-ছড়ি বের করা ছিল...

স্কর্পিয়াস

তুমি ভাবতে পারবে না তোমায় আবার দেখতে পেয়ে আমার কি ভালো লাগছে।

অ্যাল্বাস

তুমি তো আমায় দু-মিনিট আগেই দেখলে।

বেশ অসুবিধা হওয়া সত্ত্বেও জলের মধ্যেই স্কর্পিয়াস অ্যাল্বাসকে জড়িয়ে ধরে।

স্কর্পিয়াস

এর মধ্যে অনেক কিছু ঘটে গেছে।

অ্যাল্বাস

সাবধানে। তুমি আমায় ডুবিয়ে মারবে। কি পরে আছো তুমি?

স্কর্পিয়াস

কি পরে আছি আমি? (*সে তার জোব্বা খুলে দেখে*) তুমি কি পরে আছো? এইতো! তুমি স্লীদারিনে আছো।

অ্যাল্বাস

কাজ হয়েছে এটায়? আমরা কি কিছু করতে পেরেছি?

স্কর্পিয়াস

না। আর খুব ভালো হয়েছে তাতে।

অ্যাল্বাস *অবাক হয়ে তার দিকে তাকায়।*

অ্যাল্বাস

কি? আমরা ব্যর্থ হয়েছি?

স্কর্পিয়াস

হ্যাঁ। **হ্যাঁ। আর এটা দারুণ ব্যাপার।**

সে জলের মধ্যে ছলাৎ ছলাৎ করতে থাকে। অ্যাল্বাস *পাড়ে উঠে আসে।*

অ্যাল্বাস

স্কর্পিয়াস। তুমি কি আবার প্রচুর মিষ্টি খাচ্ছো?

স্কর্পিয়াস

এইতো - সেই শুকনো হাস্যরস, সেই অ্যাল্বাস। আমার খুব ভালো লাগছে!

অ্যাল্বাস

এবার আমার একটু চিন্তা হচ্ছে...

হ্যারি *প্রবেশ করে এবং দৌড়ে জলের পাশে গিয়ে দাঁড়ায়। তার পেছন পেছন* ড্রেকো, জিনি, *এবং* প্রোফেসর ম্যাকগনেগাল।

হ্যারি

অ্যাল্বাস। অ্যাল্বাস। তুমি ঠিক আছো?

স্কর্পিয়াস (*আনন্দে উৎফুল্ল*)

হ্যারি! এইতো হ্যারি পটার! আর জিনি। আর প্রোফেসর ম্যাকগনেগাল। আর বাবা। আমার বাবা। হেলো। বাবা।

ড্রেকো

হেলো, স্কর্পিয়াস।

অ্যাল্বাস

তোমরা সবাই এখানে।

জিনি

ম্যর্টেল আমাদের সব বলে দিয়েছে।

অ্যাল্বাস

কি হচ্ছে টা কি?

প্রোফেসর ম্যাকগনেগাল

তোমরা এক্ষুনি সময়ের মধ্যে থেকে ফিরে এসেছো। তোমরাই বলো কি হচ্ছে?

স্কর্পিয়াস সাথে সাথে বুঝে যায় তারা কি বিষয়ে কথা বলছে।

স্কর্পিয়াস

এবাবা। একি। কোথায় গেলো?

অ্যাল্বাস

কোথা থেকে এক্ষুনি ফিরেছি?

স্কর্পিয়াস

আমি হারিয়ে ফেলেছি! আমি কাল-পরিবর্তকটা হারিয়ে ফেলেছি।

অ্যাল্বাস (*স্কর্পিয়াসের দিকে তাকিয়ে, অত্যন্ত বিরক্ত*)

তুমি কি হারিয়ে ফেলেছো?

হ্যারি

আর নাটক করতে হবে না, অ্যাল্বাস।

প্রোফেসর ম্যাকগনেগাল

আমার মনে হয় তোমাদের কিছু জিনিস ব্যাখ্যা করার আছে।

তৃতীয় অঙ্ক দৃশ্য দশ

হগওয়ার্টস্, প্রধানশিক্ষিকার দপ্তর

অনুতপ্ত চেহারায় স্কর্পিয়াস *এবং* অ্যাল্বাস *দাঁড়িয়ে আছে এবং তাদের পেছনে দাঁড়িয়ে* ড্রেকো, জিনি *এবং* হ্যারি। প্রোফেসর ম্যাকগনেগাল *রাগে গজগজ করছে।*

প্রোফেসর ম্যাকগনেগাল

তাহলে পরিষ্কার করে বলতে গেলে ব্যাপারটা এরকম দাঁড়ায় - তোমরা হগওয়ার্টস্ এক্সপ্রেস থেকে অন্যায় ভাবে লাফিয়ে নেমেছো, তোমরা মিনিস্ট্রি অফ ম্যাজিকে লুকিয়ে ঢুকে সেখান থেকে চুরি করেছো, নিজেদের ইচ্ছে মতো সময় পাল্টেছো, এবং এর দ্বারা তোমরা দুজন ব্যক্তিকে উধাও করে দিয়েছো -

অ্যাল্বাস

আমি মানছি এটা শুনতে খুব খারাপ লাগছে।

প্রোফেসর ম্যাকগনেগাল

আর হুগো এবং রোস গ্রেঞ্জার উইস্লীকে উধাও করে দেওয়ার ফলে আবার কাল-ভ্রমণ করেছো - আর এবার - দুজনের জায়গায় অনেক বেশী সংখ্যক লোকজনকে হারিয়েছো এবং নিজের বাবাকে মেরে ফেলেছো - আর এর মাধ্যমে পৃথিবীর সবচেয়ে খারাপ এবং বিপজ্জনক জাদুকরকে আবার ফিরিয়ে এনেছো এবং কালাজাদুর এক নতুন যুগ ডেকে এনেছো। (*শুষ্ক ভাবে*) ঠিক বলেছো মিস্টার পটার, এটা শুনতে একেবারেই ভালো লাগছেনা তাই না? তোমরা বুঝতে পারছো তোমরা কতো বড় নির্বোধের মতো কাজ করেছো?

স্কর্পিয়াস

হ্যাঁ, প্রোফেসর।

অ্যাল্বাস *একটু ইতস্তত করে।* হ্যারির *দিকে তাকায়।*

অ্যাল্বাস

হ্যাঁ।

হ্যারি

প্রোফেসর, আমি যদি -

প্রোফেসর ম্যাকগনেগাল (*কাটা কাটা ভাবে*)

না। তোমরা বাবা-মা হিসেবে কি করতে চাও সেটা তোমাদের ব্যাপার, কিন্তু এটা আমার স্কুল, আর এরা আমার ছাত্র, আর ওদের কি শাস্তি দেওয়া হবে সেটাও আমিই ঠিক করবো।

ড্রেকো

ন্যায্য কথা।

হ্যারি জিনির *দিকে তাকায়,* জিনি *মাথা নাড়ে।*

প্রোফেসর ম্যাকগনেগাল

আমার তোমাদেরকে বের করে দেওয়া উচিত কিন্তু (হ্যারির *দিকে তাকিয়ে*) সবকিছু বিবেচনা করে দেখলে - আমার মনে হয় তোমরা আমার তত্ত্বাবধানে থাকলেই ভালো। তোমাদের আটক করে রাখা হচ্ছে - মানে, তোমরা ধরে নিতে পারো এই বছরের বাকি সময় জুরে তোমাদের আটক করে রাখা হবে। তোমাদের জন্য বড়দিনের উৎসব বন্ধ। তোমরা আর কখনো হগ্স্মীড যাওয়ার কথা ভুলে যেতে পারো। আর এটা কেবল শুরু...

হঠাৎ হারমায়নীর *প্রবেশ। সব কাজ থেমে যায়।*

হারমায়নী

কি বাদ দিলাম আমি?

প্রোফেসর ম্যাকগনেগাল (*ভয়ঙ্কর রেগে*)

কোনো ঘরে ঢোকার আগে দরজায় দুবার টোকা দেওয়াকে ভদ্রতা বলে, হারমায়নী গ্রেঞ্জার, তুমি হয়তো সেটা বাদ দিয়েছো।

হারমায়নী (*বুঝতে পারে সে ভুল করেছে*)
ও।

প্রোফেসর ম্যাকগনেগাল
তোমাকেও আমি যদি আটক করে রাখার শাস্তি দিতে পারতাম, মিনিস্টার, তাহলে আমি সেটা করতাম। শেষমেশ একটা কাল-পরিবর্তক নিজের কাছে রেখে দেওয়া!

হারমায়নী
আমার প্রতিরক্ষা হিসেবে -

প্রোফেসর ম্যাকগনেগাল
আর একটা বইয়ের তাকে। তুমি সেটাকে একটা বইয়ের তাকে রেখেছিলে! এটা প্রায় হাস্যকর একটা ব্যাপার।

হারমায়নী
মিনার্ভা। (*দীর্ঘশ্বাস ফেলে,* হারমায়নী *নিজর ভুল বুঝতে পারে*) প্রোফেসর ম্যাকগনেগাল -

প্রোফেসর ম্যাকগনেগাল
তোমার সন্তানদের কোনো অস্তিত্ব ছিল না।

হারমায়নীর *কাছে কোনো উত্তর নেই।*

এটা আমার স্কুলে, আমার নজরদারিতে হয়েছে। ডাম্বেলডোর এতো কিছু করার পর, আমি নিজেকে কি জবাব দিতাম...

হারমায়নী
আমি জানি।

প্রোফেসর ম্যাকগনেগাল *এক মুহূর্তের জন্য নিজেকে শান্ত করে। তারপর তিনি দৃঢ় ভাবে ছেলেদুটির দিকে ঘুরে তাকায়।*

প্রোফেসর ম্যাকগনেগাল (অ্যাল্বাস *এবং* স্কর্পিয়াসকে)
সেড্রিককে বাঁচানোর তোমাদের প্রয়াস সম্মানযোগ্য, যদিও তা বিপথে চালিত। আর শুনে সত্যিই মনে হচ্ছে তুমি অত্যন্ত সাহসিকতার পরিচয় দিয়েছো, স্কর্পিয়াস, এবং তুমিও, অ্যাল্বাস, কিন্তু যেই বিষয়ে তোমার বাবাও কখনো বিশেষ গুরুত্ব দেয়নি তা হলো বীরত্বের দ্বারা বোকামো

উপেক্ষা করা সম্ভব নয়। সবসময় ভাববে। ভাববে কোনটা সম্ভব আর কোনটা অসম্ভব নয়। যেই পৃথিবীতে ভোল্ডেমর্ট রাজত্ব করে সেটা –

স্কর্পিয়াস

এক ভয়াবহ পৃথিবী।

প্রোফেসর ম্যাকগনেগাল

তোমরা এতো ছোটো। (*তিনি* হ্যারি, ড্রেকো, জিনি *এবং* হারমায়নীর *দিকে তাকায়*) তোমরা সবাই এতো ছোটো। তোমাদের কোনো ধারনাই নেই জাদুকরী যুদ্ধ কি ভয়ানক রূপ নিতো। তোমরা – অত্যন্ত বেপরোয়া আচরণ করেছো – এমন এক পৃথিবীতে, যেখানে কিছু লোক – তোমাদের এবং আমার খুব কাছের কিছু লোক – ভবিষ্যৎ সুন্দর করে তোলার জন্য প্রচুর বলিদান দিয়েছে।

অ্যাল্বাস

হ্যাঁ, প্রোফেসর।

স্কর্পিয়াস

হ্যাঁ, প্রোফেসর।

প্রোফেসর ম্যাকগনেগাল

যাও। বেরিয়ে যাও। তোমরা সবাই। আর আমাকে ঐ কাল-পরিবর্তকটি খুঁজে এনে দাও।

তৃতীয় অঙ্ক দৃশ্য এগারো

হগওয়ার্টস্, স্লীদারিন ছাত্রাবাস

অ্যাল্বাস *নিজের ঘরে বসে আছে। হ্যারি ঘরে ঢুকে তার ছেলের দিকে তাকায়, সে প্রচণ্ড রেগে আছে, কিন্তু সেই রাগ ব্যক্ত না করার ব্যাপারে যথেষ্ট সতর্ক।*

হ্যারি

আমায় ওপরে আসতে দেওয়ার জন্য ধন্যবাদ।

অ্যাল্বাস ঘুরে তাকায়, সে তার বাবার কথায় মাথা নাড়ে। সেও খুব সতর্ক।

কাল-পরিবর্তকটার সন্ধানে এখনো তেমন কিছু পাওয়া যায়নি। ওরা জলের নিচে ভালো করে খুঁজে দেখার ব্যাপারে মের উপজাতিদের রাজি করার চেষ্টা করছে।

সে বসলো, অস্বচ্ছন্দ ভাবে।

এই ঘরটা বেশ ভালো।

অ্যাল্বাস

সবুজ রং‌টা বেশ শীতল, তাই না? মানে গ্রিফিন্ডোরের ঘরগুলোও বেশ ভালো, কিন্তু লাল রং‌টার একটা সমস্যা হচ্ছে - বলা হয় ওটা নাকি লোকজনকে একটু রাগিয়ে তোলে - মানে আমি কিন্তু কুৎসা রটাচ্ছি না...

হ্যারি

আমায় একটু বলবে তুমি কেন এরকম করার চেষ্টা করেছিলে?

অ্যাল্বাস

আমি ভেবেছিলাম আমি পারবো - বদলাতে - আমি ভেবেছিলাম সেড্রিকের ব্যাপারটা - অন্যায্য।

হ্যারি

অবশ্যই ওটা অন্যায্য অ্যাল্বাস, তোমার কি মনে হয় আমি সেটা জানিনা? আমি ছিলাম সেখানে। আমি ওকে মরতে দেখেছি। কিন্তু তার জন্য এরকম একটা কাজ করা...সবকিছু এরকম বিপদের মুখে ঠেলে দেওয়া...

অ্যাল্বাস

আমি জানি।

হ্যারি (*নিজের রাগ আর ধরে রাখতে না পেরে*)

আমি যা করেছি তুমিও যদি সেরকমই করার চেষ্টা করে থাকো, তাহলে সেটা ভুল পদ্ধতিতে করেছো। আমি দুঃসাহসিক কাজ করতে চাইনি, আমার পরিস্থিতি আমায় ঠেলে নিয়ে গেছে সেদিকে। তুমি যা করেছো তা একেবারে দায়িত্বজ্ঞানহীন - একেবারে নির্বোধ এবং বিপজ্জনক - যা সবকিছু ধ্বংস করে দিতে পারতো -

অ্যাল্বাস

আমি জানি। ঠিকাছে, আমি জানি।

স্তব্ধতা। অ্যাল্বাস চোখ মোছে, হ্যারি সেটা লক্ষ্য করে এবং দীর্ঘশ্বাস ফেলে। সে নিজেকে সংযত করে।

হ্যারি

আমিও ভুল ছিলাম - স্কর্পিয়াসকে ভোল্ডেমর্টের সন্তান ভাবার ব্যাপারে। ও কালো ছায়া ছিল না।

অ্যাল্বাস

না।

হ্যারি

আর আমি মানচিত্রটাও তালা বন্দ করে রেখে দিয়েছি। ওটা তুমি আর দেখতে পাবে না। তুমি পালিয়ে যাওয়ার পর তোমার ঘর যেমন ছিল, তোমার মা ঠিক তেমনই রেখেছে - জানো? আমাকে ভেতরে যেতে দেয়

না - কাউকে যেতে দেয় না - তুমি সত্যিই ওকে খুব ভয় পাইয়ে দিয়েছিলে...আর আমাকেও।

অ্যাল্বাস

তোমাকে ভয় পাইয়ে দিয়েছিলাম?

হ্যারি

হ্যাঁ।

অ্যাল্বাস

আমি ভাবতাম হ্যারি পটার কোনোকিছুতে ভয় পায় না?

হ্যারি

আমায় দেখে কি তোমার তাই মনে হয়?

অ্যাল্বাস *তার বাবার দিকে তাকায়, বোঝার চেষ্টা করে।*

অ্যাল্বাস

আমার মনে হয় না স্কর্পিয়াস এটা বলেছে, কিন্তু প্রথম ক্রিয়াটা ঠিক করতে না পেরে যখন আমরা ফিরে আসি, আমি হঠাৎ গ্রিফিন্ডোরে চলে গেছিলাম, তখনও আমাদের মধ্যে ভালো সম্পর্ক ছিল না - সুতরাং আমি যে স্লীদারিনে আছি - এটা আমাদের সমস্যার কারণ নয়। এটাই একমাত্র কারণ নয়।

হ্যারি

না। আমি জানি। এটাই একমাত্র কারণ নয়।

হ্যারি অ্যাল্বাসের *দিকে তাকায়।*

তুমি ঠিক আছো তো, অ্যাল্বাস?

অ্যাল্বাস

না।

হ্যারি

না। আমিও নেই।

তৃতীয় অঙ্ক দৃশ্য বারো

স্বপ্ন, গড্রিক্স হলও, কবরস্থান

তরুন হ্যারি *দাঁড়িয়ে একটি কবরোপরি স্মৃতিস্তম্ভের দিকে তাকিয়ে আছে যার উপর প্রচুর ফুল ছড়ানো। তার নিজের হাতেও ছোটো এক গোছা ফুল।*

পিটুনিয়া আন্টি

নাও, তোমার ঐ বিচ্ছিরি ফুলগুলো রেখে এবার চলো। এই ফালতু গ্রামটা আমার একদম ভালো লাগছেনা, আমি বুঝে পাচ্ছিনা আমার মাথাতেই বা কি করে এলো - গড্রিক্স হলও না বলে বলা ভালো গডলেস হলও, নোংরার বাসা পুরো এই জায়গাটা - চলো, তাড়াতাড়ি করো।

তরুন হ্যারি *কবরের সামনে যায়। অল্পক্ষণ দাঁড়ায়।*

চলো, হ্যারি... আমার কাছে এসবের সময় নেই। ডাডির আজ রাতে খেলা আছে আর তুমি জানো দেরি করা ও পছন্দ করে না।

তরুন হ্যারি

পিটুনিয়া আন্টি। এই বংশে আমরাই একমাত্র বেঁচে আছি, তাই না?

পিটুনিয়া আন্টি

হ্যাঁ। তুমি আর আমি। হ্যাঁ।

তরুন হ্যারি

আর - বাকি ওদের সেরকম কেউ চিনতো না? তুমি বলেছিলে না ওদের বিশেষ কোনো বন্ধু ছিল না?

পিটুনিয়া আন্টি

লিলি চেষ্টা করেছিল - ইশ্বর সহায় - ও চেষ্টা করেছিল - ওটা ওর দোষ ছিল না, কিন্তু লোকে ওকে এড়িয়ে চলতো - ওর স্বভাবের জন্য। ওর একটা তীক্ষ্নতা ছিল, ওর - স্বভাব, ওটাই ওর - ধরন ছিল। আর তোমার বাবা - জঘন্য লোক একটা - এক্কেবারে জঘন্য। কোনো বন্ধু ছিল না। ওদের কারুর।

তরুন হ্যারি

তাহলে আমার প্রশ্ন হলো - এতো ফুল এলো কোথা থেকে? গোটা কবরের উপর তাহলে এতো ফুল ছড়ানো রয়েছে কেন?

পিটুনিয়া আন্টি ঘুরে তাকায়, সে ফুলগুলি যেন প্রথমবার দেখতে পায় এবং দেখে বেশ আবেগপূর্ণ হয়ে ওঠে। এগিয়ে গিয়ে সে তার বোনের কবরের পাশে বসে, অনেক কষ্ট করে কান্না আটকে রাখার চেষ্টা করে, যদিও চোখ থেকে জল ঝরে পড়ে।

পিটুনিয়া আন্টি

হ্যাঁ। ঠিক। রয়েছ দেখছি - বেশ কিছু। নিশ্চয়ই অন্য কবরগুলোর থেকে উড়ে এসেছে। অথবা কেউ কোনো খেলা খেলছে। হ্যাঁ, তাই হবে, কোনো বদমাইশ বাচ্চা যার হাতে প্রচুর সময় আছে, গিয়ে সমস্ত কবরের উপর থেকে ফুল তুলে নিয়ে এসে এখানে ফেলে গেছে -

তরুন হ্যারি

কিন্তু সব ফুলগুলিতে ওদের নাম লেখা আছে... লিলি এবং জেমস, তোমরা যা করেছো, তা আমরা কোনোদিন ভুলবো না...লিলি এবং জেমস, তোমাদের বলিদান -

ভোল্ডেমর্ট

আমি অপরাধের গন্ধ পাচ্ছি, বাতাসে এক পাপের গন্ধ ভাসছে।

পিটুনিয়া আন্টি (তরুন হ্যারিকে)

সরে যাও। সরে যাও ওখান থেকে।

এই বলে সে তরুন হ্যারিকে টেনে নেয়। পটারদের স্মৃতিস্তম্ভের উপর ভোল্ডেমর্টের হাত উঠে আসে, তারপর ধীরে ধীরে তার বাকি শরীর সেখান থেকে উঠে আসতে থাকে। তার মুখ আমরা

দেখতে পাইনা কিন্তু তার চেহারা একটি রুক্ষ, ভয়াবহ আকার ধারণ করে।

আমি জানতাম। এই জায়গাটা বিপজ্জনক। গড্রিক্স হলও থেকে যতো তাড়াতাড়ি বেরোনো যায় ততোই ভালো।

তরুন হ্যারিকে *মঞ্চের পাশ থেকে টানা হয়, কিন্তু সে* ভোল্ডেমর্টের *দিকে ঘুরে দাঁড়ায়।*

ভোল্ডেমর্ট

তুমি কি এখনো আমার চোখ দিয়ে দেখো, হ্যারি পটার?

তরুন হ্যারি *বিরক্ত হয়ে বেরিয়ে যাওয়ার সাথে সাথেই* ভোল্ডেমর্টের *জোব্বা থেকে* অ্যাল্বাস *ছিটকে বেরিয়ে আসে। সে কাতর ভাবে তার বাবার দিকে একটা হাত বাড়িয়ে দেয়।*

অ্যাল্বাস

বাবা... বাবা...

সর্পভাষায় কিছু কথা শোনা যায়।

সে আসছে। সে আসছে। সে আসছে।

তারপর একটা চিৎকার।

তারপর প্রেক্ষাগৃহের পেছন দিক থেকে এবং সবার আশেপাশে ফিসফিস শব্দ শোনা যায়। নির্ভুল কণ্ঠে দুটি শব্দ। ভোল্ডেমর্টের *কণ্ঠ...*

হ্যাঅ্যাঅ্যাররির পটটটটার...

তৃতীয় অঙ্ক দৃশ্য তেরো

হ্যারি এবং জিনি পটারের বাড়ি, রান্নাঘর

হ্যারি এক ভয়ানক মানসিক অবস্থায় উঠে বসে। তার স্বপ্ন তাকে কি বোঝাতে চাইছে সেই ভেবে সে আতঙ্কিত।

জিনি

হ্যারি? হ্যারি? কি হয়েছে? তুমি চিৎকার করছিলে...

হ্যারি

এখনো থামেনি। স্বপ্নগুলো।

জিনি

ওগুলো তো এক্ষুনি থামার কথাও না। খুব কঠিন সময় গেছে আর -

হ্যারি

কিন্তু আমি তো পিটুনিয়ার সাথে কোনোদিন গড্রিক্স হলও যাইনি। এটা তো -

জিনি

হ্যারি, আমি কিন্তু সত্যিই এবার ভয় পাচ্ছি।

হ্যারি

ও এখনো এখানেই আছে, জিনি।

জিনি

কে এখানে আছে?

হ্যারি

ভোল্ডেমর্ট। আমি ভোল্ডেমর্ট আর অ্যাল্বাসকে দেখলাম।

জিনি

অ্যাল্বাস...?

হ্যারি

ও বলছিল – ভোল্ডেমর্ট বলছিল – 'আমি অপরাধের গন্ধ পাচ্ছি, বাতাসে এক পাপের গন্ধ ভাসছে।' ও আমার সাথে কথা বলছিল।

হ্যারি জিনির দিকে তাকায়। সে নিজের কপালের দাগটার উপর হাত বোলায়। জিনি উদাস হয় পড়ে।

জিনি

হ্যারি, অ্যাল্বাস কি এখনো বিপদে আছে?

হ্যারির মুখ ফ্যাকাসে হয়ে আসে।

হ্যারি

আমার মনে হয় আমরা সকলেই বিপদে আছি।

তৃতীয় অঙ্ক দৃশ্য চোদ্দ

হগওয়ার্টস্, স্লীদারিন ছাত্রাবাস

দুটি ছেলেরই ঘুমিয়ে পড়ার কথা, কিন্তু স্কর্পিয়াস *ঘুমোতে পারছে না। সে বিছানা থেকে উঠে* অ্যাল্বাসের *খাটের ধারে গিয়ে ঝুঁকে দাঁড়ায়।*

স্কর্পিয়াস

অ্যাল্বাস...এই...অ্যাল্বাস।

কিন্তু অ্যাল্বাস *জাগে না, তাই* স্কর্পিয়াস *জোরে চেঁচিয়ে ওঠে।*

অ্যাল্বাস!

অ্যাল্বাস *ধড়পড়িয়ে ওঠে।* স্কর্পিয়াস *জোরে হেসে ফেলে।*

অ্যাল্বাস

শান্ত। এটাকে শান্ত ভাবে ডাকা বলে, ভয় দেখানো বলে না।

স্কর্পিয়াস

জানো, খুব অদ্ভুত লাগে কিন্তু যবে থেকে আমি সব চাইতে ভয়ানক জায়গাটা থেকে ঘুরে এসেছি, আমার আর অন্য কিছুতে সেরকম খুব একটা ভয় লাগেনা। আমি – নির্ভীক স্কর্পিয়াস। আমি – অনুদবিঘ্ন ম্যাল্ফয়।

অ্যাল্বাস

বাহ।

স্কর্পিয়াস

মানে, সাধারণত, গৃহবন্দী হয়ে থাকা, আটকে থাকা। এগুলো আমায় খুবই কষ্ট দেয় কিন্তু এখন – এর থেকে খারাপ আর ওরা কি বা করতে পারবে? ভোল্ডিকে ডেকে এনে আমায় অত্যাচার করবে? না।

অ্যাল্বাস

তুমি ফুর্তিতে থাকলে বেশ ভয়াবহ হয়ে ওঠো, সেটা তুমি জানো?

স্কর্পিয়াস

আজকে যখন মিশ্রণের ক্লাসে রোস আমার কাছে এসে আমায় ব্রেড হেড বলে ডাকলো, আমি প্রায় ওকে জড়িয়ে ধরতে যাচ্ছিলাম। না, এই ব্যাপারে প্রায় শব্দটা খাটে না, আমি আসলে ওকে জড়িয়ে ধরার চেষ্টা করি, তারপর ও আমার পায়ে জোরে একটা লাথি মারে।

অ্যাল্বাস

এরকম নির্ভীক হয়ে থাকাটা তোমার স্বাস্থের পক্ষে ঠিক কিনা সেই বিষয়ে আমার বিশেষ সন্দেহ আছে।

স্কর্পিয়াস অ্যাল্বাসের *দিকে তাকায়; তার মুখ আরো চিন্তাশীল হয়ে ওঠে।*

স্কর্পিয়াস

তুমি ভাবতে পারবে না, অ্যাল্বাস, আমি ফিরে এসে কতটা খুশি। ঐ জায়গাটা আমার একদম পছন্দ না।

অ্যাল্বাস

পলি চ্যাপম্যান তোমায় পছন্দ করতো, কেবল এই ব্যাপারটা বাদ দিয়ে।

স্কর্পিয়াস

সেড্রিক একজন সম্পূর্ণ আলাদা মানুষ ছিল - খারাপ, বিপজ্জনক। আমার বাবা - ওরা যা বলতো তাই করতো। আর আমি? আমি এক অন্য স্কর্পিয়াসকে আবিষ্কার করি জানো? অধিকারবোধে মগ্ন, রাগী, কুটিল - লোকজন আমাকে ভয় পেতো। মনে হচ্ছে যেন আমাদের সবার পরীক্ষা নেওয়া হয়েছে আর আমরা সবাই - অসফল।

অ্যাল্বাস

কিন্তু তুমি তো কিছু জিনিস বদলেছো। তুমি সুযোগ পেয়েছিলে এবং সময়কে আবার ঘুরিয়েছো। নিজেকে ফিরিয়ে এনেছো।

স্কর্পিয়াস

শুধুমাত্র এই কারণে যে আমি জানতাম আমার কি করা উচিত।

অ্যাল্বাস *এই উক্তি হজম করে।*

অ্যাল্বাস

তোমার কি মনে হয় আমারও পরীক্ষা নেওয়া হয়েছে? হয়েছে, তাই না?

স্কর্পিয়াস

না। এখনো হয়নি।

অ্যাল্বাস

তুমি ভুল করছো। একবার সময়ের মধ্যে দিয়ে পেছনে যাওয়াটা বোকামি ছিল না - যে কেউ ওরকম ভুল করতে পারে - গোঁয়ারতুমি করে দ্বিতীয়বার ফেরত যাওয়াটাই বোকামো হয়ে গেছে।

স্কর্পিয়াস

আমরা দুজনেই ফেরত গেছিলাম, অ্যাল্বাস।

অ্যাল্বাস

আর আমি এটা করার জন্য এতো উঠেপড়ে লেগেছিলামই বা কেন? সেড্রিক? সত্যি কি তাই? না। আমার কিছু একটা প্রমান করার দরকার ছিল। বাবা ঠিকই বলেছে - সে নিজে রোমাঞ্চে অংশীদার হতে যায়নি - আমি, এটা, পুরোটাই আমার দোষ - আর তুমি না থাকলে খুব খারাপ কিছু একটা হয়ে যেতো।

স্কর্পিয়াস

কিন্তু হয়নি। আর সেটার জন্য তোমারও ততটাই কৃতজ্ঞতা প্রাপ্য যতটা আমার। ডিমেন্টরগুলো যখন - আমার ভাবনাকে ঘিরে ফেলে - সেভেরাস স্নেপ আমায় তোমার কথা ভাবতে বলে। তুমি হয়তো সশরীরে ওখানে উপস্থিত ছিলে না অ্যাল্বাস, কিন্তু তুমিও লড়াই করছিলে - আমার পাশে থেকে লড়ছিলে।

অ্যাল্বাস *মাথা নাড়ে। এই কথা তার মন ছুঁয়ে যায়।*

আর সেড্রিককে বাঁচানো - এতে তো কোনো খারাপ কিছু ছিল না - অন্তত আমার মতে তো না - যদিও, তুমি ভালো করেই জানো - যে সেই চেষ্টা আমরা আর করতে পারবো না।

অ্যাল্বাস

অবশ্যই। জানি। আমি সেকথা জানি।

স্কর্পিয়াস

বেশ। তাহলে তুমি আমাকে এটা নষ্ট করতে সাহায্য করবে।

স্কর্পিয়াস *তার বালিশের তলা থেকে কাল-পরিবর্তকটি টেনে বের করে* অ্যাল্বাসকে *দেখায় যে সেটা দেখে অবাক।*

অ্যাল্বাস

আমি নিশ্চিত তুমি সবাইকে বলেছো যে ওটা লেকের জলের তলায় আছে।

স্কর্পিয়াস

তার মানে অনুদবিঘ্ন ম্যাল্ফয় বেশ ভালো মিথ্যে কথা বলতে পারে।

অ্যাল্বাস

স্কর্পিয়াস, এটা কাউকে একটা বলা দরকার...

স্কর্পিয়াস

কাকে? আগেরবার এটা মিনিস্ট্রি রেখে দিয়েছিল, তুমি কি সত্যিই ওদের উপর ভরসা করে বলতে পারো যে ওরা এটা আর রেখে দেবে না? শুধু তোমার আর আমার সেই অভিজ্ঞতা আছে যে এটা কি সাংঘাতিক হতে পারে, তার মানে আমাদের দুজনকেই এটা নষ্ট করতে হবে। আমরা যা করেছি তা যেন আর কেউ করতে না পারে, অ্যাল্বাস। কেউ না। না (*রাজকীয় ভাবে*) সময় এসে গেছে কাল-পরিবর্তনকে অতীত বানিয়ে দেওয়ার।

অ্যাল্বাস

এই কথটা নিয়ে তুমি বেশ গর্বিত, তাই না?

স্কর্পিয়াস (*হেসে ফেলে*)

সারাদিন ধরে এটার উপর কাজ করেছি।

তৃতীয় অঙ্ক দৃশ্য পনেরো

হগওয়ার্টস্, স্লীদারিন ছাত্রাবাস

হ্যারি *এবং* জিনি *দ্রুতবেগে ছাত্রাবাসের মধ্যে দিয়ে যাচ্ছে।* ক্রেগ বাওকার জুনিয়ার *তাদের অনুসরণ করে চলেছে।*

ক্রেগ বাওকার জুনিয়ার

আমি কি আবার মনে করিয়ে দেবো? এটা নিয়মবিরুদ্ধ এবং এখন মাঝরাত।

হ্যারি

আমায় আমার ছেলেকে খুঁজে বের করতে হবে।

ক্রেগ বাওকার জুনিয়ার

আমি জানি আপনি কে, মিস্টার পটার, কিন্তু আপনাকেও বুঝতে হবে যে কোনো অভিভাবক অথবা শিক্ষকের কোনো এক ঘরে ঢুকে পড়া স্কুলের নিয়মের বিরুদ্ধে, তাও আবার বিনা অনুমতিতে...

প্রোফেসর ম্যাকগনেগাল *পেছন থেকে প্রবেশ করে।*

প্রোফেসর ম্যাকগনেগাল

ক্রেগ, এতো উত্তেজিত হয়েও না।

হ্যারি

আপনি তাহলে আমাদের পত্র পেয়েছেন? বেশ।

ক্রেগ বাওকার জুনিয়ার (*অবাক*)

প্রধানশিক্ষিকা। আমি – আমি শুধু –

হ্যারি *একটি বিছানার পাশ থেকে পর্দা সরায়।*

প্রোফেসর ম্যাকগনেগাল

ও চলে গেছে?

হ্যারি

হ্যাঁ।

প্রোফেসর ম্যাকগনেগাল

আর ছোটো ম্যাল্ফয়?

জিনি *আরেকটা খাটের পর্দা সরায়।*

জিনি

এবাবা ।

প্রোফেসর ম্যাকগনেগাল

তাহলে চলো চতুর্দিকে তল্লাশি শুরু করি। ক্রেগ, আমাদের কাজ আছে...

জিনি *এবং* হ্যারি *বিছানার দিকে তাকিয়ে দাঁড়িয়ে থাকে।*

জিনি

আমরা আগেও তো এখানে এসেছি, তাই না?

হ্যারি

এবার আরো খারাপ কিছু হবে বলে মনে হচ্ছে।

জিনি *ভয়ে কাতর হয়ে তার বরের দিকে তাকায়।*

জিনি

তুমি ওর সাথে কথা বলতে এসেছিলে না?

হ্যারি

হ্যাঁ

জিনি

তুমি এই ছাত্রাবাসে এসে ওর সাথে কথা বলেছিলে?

হ্যারি

তুমি তো জানো আমি বলেছি।

জিনি

তুমি আমাদের ছেলেকে কি বলেছো, হ্যারি?

হ্যারি *তার গলায় অভিযোগের স্বর শুনতে পায়।*

হ্যারি

যা সত্যি আমি তাই বলার চেষ্টা করেছি, যেমনটা তুমি বলেছিলে - আমি কিছু বলিনি।

জিনি

তুমি নিজেকে সংযত রেখেছিলে? ঠিক কতটা রাগারাগির পর্যায় গিয়েছিল ব্যাপারটা?

হ্যারি

...আমার মনে হয় না আমি...তোমার মনে হয় আমি ওকে আবার ভয় দেখিয়ে পালাতে বাধ্য করেছি?

জিনি

হ্যারি আমি তোমায় একটা ভুলের জন্য ক্ষমা করতে পারি, বড়জোর দুটো, কিন্তু যতো বেশী ভুল তুমি করছো, ততোই কঠিন হয়ে উঠছে তোমাকে ক্ষমা করা।

১৮

তৃতীয় অঙ্ক দৃশ্য ষোলো

হগওয়ার্টস্, প্যাঁচাঘর

স্কর্পিয়াস এবং অ্যাল্বাস রুপোলী আলোয় আলোকিত এক ছাদের উপর ওঠে। তাদের চারপাশে আস্তে আস্তে প্যাঁচার ডাক শোনা যাচ্ছে।

স্কর্পিয়াস

তো, আমার মনে হয় একটা সহজ কনফ্রিঙ্গো মন্ত্র বললেই হবে।

অ্যাল্বাস

একেবারেই না। এই ধরনের জিনিসের জন্য এক্সপাল্সো দরকার।

স্কর্পিয়াস

এক্সপাল্সো? এক্সপাল্সো ব্যবহার করলে আগামী বহুদিন ধরে আমাদেরকে এই প্যাঁচাঘর থেকে কেবল কাল-পরিবর্তকটির টুকরো কুড়োতে হবে।

অ্যাল্বাস

বম্বার্ডা?

স্কর্পিয়াস

আর হগওয়ার্টসের সবার ঘুম ভাঙিয়ে দিই আর কি? বরং স্টুপিফাই ব্যবহার করি। আগে ওগুলো স্টুপিফাই দিয়েই নষ্ট করা হয়েছিল...

অ্যাল্বাস

সেই কারণেই তো বলছি, এটা আগেও করা হয়েছে – আমরা নতুন কিছু করি, একটা মজাদার কিছু।

স্কর্পিয়াস

মজাদার? দেখো, বহু জাদুকর সঠিক মন্ত্র ব্যবহার করাকে সেরকম গুরুত্ব দেয় না কিন্তু এটা খুবই জরুরী। আমি মনে করি এটা আধুনিক জাদুবিদ্যার এক অত্যন্ত অবহেলিত অংশ।

ডেল্ফি

'আধুনিক জাদুবিদ্যার এক অত্যন্ত অবহেলিত অংশ' - তোমরা দুজন সবচেয়ে শ্রেষ্ঠ, সেটা কি তোমরা জানো?

স্কর্পিয়াস মুখ *তুলে তাকায়,* ডেল্ফিকে *তাদের পেছনে দেখে সে অবাক।*

স্কর্পিয়াস

আরে। তুমি...মানে...তুমি এখানে কি করছো?

অ্যাল্বাস

ওকে প্যাঁচার মাধ্যমে একটা চিঠি পাঠানো জরুরী ছিল - খবর দেওয়ার জন্য যে আমরা কি করছি - তাই না?

স্কর্পিয়াস *একটু বিরক্ত হয়ে তার বন্ধুর দিকে তাকায়।*

ওর জন্যেও তো এটা গুরুত্বপূর্ণ।

স্কর্পিয়াস *ভাবে, তারপর মাথা নেড়ে স্বীকার করে নেয়।*

ডেল্ফি

আমার জন্য কি গুরুত্বপূর্ণ? বিষয়টা কি?

অ্যাল্বাস *কাল-পরিবর্তকটি বের করে।*

অ্যাল্বাস

কাল-পরিবর্তকটা আমাদের নষ্ট করতে হবে। দ্বিতীয় ক্রিয়াটির পর স্কর্পিয়াস যা দেখেছে...আমি খুবই দুঃখিত। আমরা আর ওরকম ঝুঁকি নিয়ে ফিরে যেতে পারবো না। তোমার ভাইকে আমরা বাঁচাতে পারবো না।

ডেল্ফি *বস্তুটির দিকে তাকায় তারপর তাদের দুজনের দিকে।*

ডেল্ফি

তোমার প্যাঁচার চিঠিটা এতো কম জানালো...

অ্যাল্বাস

সবচেয়ে নিকৃষ্ট ধরনের একটা পৃথিবী কল্পনা করো, তারপর তাকে দ্বিগুণ করে ভাবো। লোকজনের উপর অত্যাচার - চতুর্দিকে ডিমেন্টর - এক চরম ক্ষমতাসম্পন্ন ভোল্ডেমর্ট - আমার বাবা মৃত, আমার জন্ম হয়না, গোটা পৃথিবী কালাজাদু দিয়ে ঢাকা। আমরা - আমরা এটা হতে দিতে পারি না।

ডেল্ফি *একটু দ্বিধাগ্রস্ত হয়ে পড়ে তারপর বলে ওঠে।*

ডেল্ফি

ভোল্ডেমর্টের শাসন? সে বেঁচে ছিল?

স্কর্পিয়াস

সে সবকিছু শাসন করছিল। ওটা ভয়ানক ছিল।

ডেল্ফি

আমরা যা করেছি তার জন্য?

স্কর্পিয়াস

সেড্রিককে অপমান করার ফলে সে এক রাগী ব্যক্তিতে পরিণত হয় এবং তারপর সে একটি মৃত্যু ভক্ষক হয়ে ওঠে - আর - আর - সবকিছু উল্টোপাল্টা হয়ে যায়। একদম উল্টোপাল্টা।

ডেল্ফি স্কর্পিয়াসের *মুখের দিকে মনোযোগ দিয়ে তাকায়।* ডেল্ফির *মুখ ম্লান হয়ে আসে।*

ডেল্ফি

একজন মৃত্যু-ভক্ষক?

স্কর্পিয়াস

এবং একজন হত্যাকারী। সে প্রোফেসর লংবটমকে হত্যা করে।

ডেল্ফি

তাহলে তো - অতি অবশ্যই - আমাদের ওটা নষ্ট করে দেওয়া উচিত।

অ্যাল্বাস

বুঝতে পারছো তো?

ডেল্ফি

আমি আরো এক ধাপ এগিয়ে যাবো – আমি বলবো সেড্রিক ঠিক বুঝতে পারতো। আমরা এটা একসাথে নষ্ট করবো, আর তারপর আমরা আমার কাকুর কাছে যাবো। তাকে গোটা বিষয়টা বোঝাবো।

অ্যাল্বাস

ধন্যবাদ।

ডেল্ফি বিরসবদনে তাদের দিকে তাকিয়ে মৃদু হাসে, তারপর কাল-পরিবর্তকটি নিয়ে নেয়। সে ওটার দিকে তাকায় এবং তার মুখের ভাবে সামান্য পরিবর্তন দেখা দেয়।

বাহ, চিহ্নটা বেশ মজার তো।

ডেল্ফি

কি?

ডেল্ফির জোব্বা আলগা হয়ে এসেছে। তার ঘাড়ে একটা অগারের উল্কি দেখা যাচ্ছে।

অ্যাল্বাস

তোমার পিঠে। আমি আগে ওটা লক্ষ্য করিনি। ঐ ডানাগুলো। এটাকেই কি মাগলরা উল্কি বলে?

ডেল্ফি

ও। আচ্ছা। হ্যাঁ, ওটা একটা অগারে।

স্কর্পিয়াস

একটা অগারে?

ডেল্ফি

হ্যাঁ, কেন, জাদুকরী প্রাণীদের রক্ষণাবেক্ষণের ক্লাসে তুমি ওদের দেখোনি? ওরা এক ধরনের কুৎসিত দেখতে কালো পাখি যারা বৃষ্টি নামার সময় কেঁদে ওঠে। জাদুকরেরা বিশ্বাস করতেন আগারের ডাক নাকি মৃত্যুর পূর্বাভাস নিয়ে আসে। আমি বড় হয়ে ওঠার সময় আমার অভিভাবক তার খাঁচায় একটা রাখতেন।

স্কর্পিয়াস

তোমার...অভিভাবক?

ডেল্ফি স্কর্পিয়াসের দিকে তাকায়। এবার যেহেতু তার হাতে কাল-পরিবর্তকটা চলে এসেছে, তাই এবার সে খেলায় মজা পাচ্ছে।

ডেল্ফি

তিনি বলতেন যে পাখিটি কাঁদছে কারণ সে দেখতে পাচ্ছে যে আমার মৃত্যু নাকি খুব কষ্টকর হতে চলেছে। তিনি আমায় বিশেষ পছন্দ করতেন না। ইউফীমিয়া রাউলে...সে কেবল সোনা পাওয়ার লোভে আমায় পালন করতে রাজি হয়েছিলেন।

অ্যাল্বাস

তাহলে তোমার পিঠে তার সেই পাখির উল্কি বানিয়েছো কেন?

ডেল্ফি

এটা আমায় মনে করিয়ে দেয় যে আমাকে নিজেই নিজের ভবিষ্যৎ গড়তে হবে।

অ্যাল্বাস

বাহ। আমিও তাহলে একটা অগারের উল্কি বানাবো।

স্কর্পিয়াস

রাউলেরা তো বেশ ভয়ানক রকমের মৃত্যু ভক্ষক ছিল।

স্কর্পিয়াসের মাথায় একসাথে অনেকগুলো কথা নাড়া দিয়ে ওঠে।

অ্যাল্বাস

চলো, ওটা নষ্ট করে দেই...কনফ্রিঙ্গো? স্টুপিফাই? বম্বার্ডা? কোনটা ব্যবহার করবে?

স্কর্পিয়াস

ওটা আমাদের দিয়ে দাও। কাল-পরিবর্তকটা আমাদের ফিরিয়ে দাও।

ডেল্ফি

কি?

অ্যাল্বাস

স্কর্পিয়াস? কি করছো কি তুমি?

স্কর্পিয়াস

তোমার কোনোরকম শরীর খারাপের কথা আমি বিশ্বাস করি না। তুমি হগওয়ার্টসে আসোনি কেন? তুমি এখন এখানে কি করতে এসেছো?

ডেল্ফি

আমি আমার ভাইকে ফিরিয়ে আনার চেষ্টা করছি।

স্কর্পিয়াস

ওরা তোমাকেই অগারে বলেছিল। ঐ অন্য জগতটায় – ওরা তোমাকেই অগারে বলে ডাকছিল।

ডেল্ফির মুখে ধীরে ধীরে একটা ছোট্ট হাসি দেখা দেয়।

ডেল্ফি

অগারে? শুনে ভালো লাগলো।

অ্যাল্বাস

ডেল্ফি?

ডেল্ফি অত্যন্ত চটপটে। তার জাদু-ছড়ি তুলে ধরে সে স্কর্পিয়াসকে নিরস্ত্র করে। এবং সে অত্যন্ত শক্তিশালী – স্কর্পিয়াস চেষ্টা করে তাকে আটকানোর, কিন্তু ডেল্ফি দ্রুতবেগে তাঁর উপর চড়াও হয়।

ডেল্ফি

ফুল্গারি!

একটি ভয়ানক রকমের প্রজ্বলিত দড়ি দিয়ে স্কর্পিয়াসের হাত বেঁধে যায়।

স্কর্পিয়াস

অ্যাল্বাস। পালাও।

অ্যাল্বাস অবাক হয়ে চারপাশে তাকায়। তারপর দৌড়াতে থাকে।

ডেল্ফি

ফুল্গারি!

অ্যাল্বাস মাটিতে পড়ে যায়। তার হাতও একইরকম নির্মম ভাবে বাঁধনে আটকা পড়ে যায়।

এবং এটাই প্রথম মন্ত্র যা আমাকে তোমাদের উপর ব্যবহার করতে হলো। আমি ভেবেছিলাম আমাকে হয়তো আরো অনেক মন্ত্র ব্যবহার করতে হবে। কিন্তু তোমাদেরকে নিয়ন্ত্রণ করা এমোসের থেকেও সোজা – বাচ্চাদের, বিশেষত ছেলেদের, খুব সহজেই ভোলানো যায়, তাই না? এবার, এই ঝামেলা একেবারে মিটিয়ে ফেলি...

অ্যাল্বাস

কিন্তু কেন? এসব কি? আসলে তুমি কে?

ডেল্ফি

অ্যাল্বাস। আমি হলাম নতুন অতীত।

সে অ্যাল্বাসের কাছ থেকে তার জাদু-ছড়ি কেড়ে নিয়ে সেটি ভেঙে ফেলে।

আমি নতুন ভবিষ্যৎ।

সে স্কর্পিয়াসের কাছ থেকে তার জাদু-ছড়ি কেড়ে নিয়ে সেটি ভেঙে ফেলে।

আমিই সেই উত্তর যা সারা পৃথিবী খুঁজে বেড়াচ্ছে।

তৃতীয় অঙ্ক দৃশ্য সতেরো

মিনিস্ট্রি অফ ম্যাজিক, হারমায়নীর দপ্তর

রন হারমায়নীর *ডেস্কের উপর বসে আছে, এবং* হারমায়নী *কিছু কাগজপত্র নিয়ে পড়াশোনা করছে।*

রন

আমি এখনো ব্যাপারটা ভুলতে পারছি না। অন্য এক জগতে আমাদের নাকি বিয়েই হয়নি।

হারমায়নী

রন তোমার মতলব যাই হোক না কেন – গ্রিনগটসের নিরাপত্তা নিয়ে আলোচনা করতে গব্লিনরা আসার আগে আমার হাতে শুধু দশ মিনিট সময় আছে –

রন

মানে, আমরা এতকাল ধরে একসাথে আছি – এতদিন হলো আমাদের বিয়ে হয়েছে – মানে আমি বলতে চাই, *এতো* দিন –

হারমায়নী

এইভাবে যদি তুমি বলতে চাও যে তুমি কিছু সময়ের বৈবাহিক বিরতি চাও, তাহলে স্পষ্ট বলে দিচ্ছি, আমি এই পালক দিয়ে তোমায় খোঁচা মেরে এফোঁড়ওফোঁড় করে দেবো।

রন

চুপ করো। এক মুহূর্তের জন্য একটু চুপ করবে? আমি এক ধরনের বৈবাহিক পুনরাবৃত্তি করতে চাই যেগুলোর ব্যাপারে আমি পড়েছি। বৈবাহিক পুনরাবৃত্তি। কি বলো?

হারমায়নী (*গলে গিয়ে*)

তুমি আমাকে আবার বিয়ে করতে চাও?

রন

হ্যাঁ, প্রথমবার যখন আমরা করেছিলাম তখন আমাদের বয়স অল্প ছিল আর আমি প্রচণ্ড মাতাল হয়ে গিয়েছিলাম - সত্যি কথা বলতে, ঐ ঘটনার অনেকটাই আমার মনে নেই আর...আসল কথা এই যে - আমি তোমাকে প্রচণ্ড ভালোবাসি হারমায়নী গ্রেঞ্জার - আর সময় যাই বলুক - আমি এই কথাটা অন্য বহুজনের সামনে দাঁড়িয়ে বলার একটা সুযোগ পেতে চাই। আবার। সুস্থ অবস্থায়।

হারমায়নী *তাঁর দিকে তাকায়, হাসে, রনকে তাঁর দিকে টেনে নেয়, তাকে চুমু খায়।*

হারমায়নী

তুমি বড্ড মিষ্টি।

রন

আর তুমি টফির মতো।

হারমায়নী *হেসে ওঠে। তারা আবার চুমু খেতে যাবে এমন সময়* হ্যারি, জিনি *এবং* ড্রেকো *ঘরে ঢুকে আসে। ওরা দুজন ছিটকে একে অপরের থেকে সরে দাঁড়ায়।*

হারমায়নী

হ্যারি, জিনি আর - আমি, আঁ - ড্রেকো - তোমাদের দেখে কি ভালো লাগছে -

হ্যারি

স্বপ্নগুলো। ওগুলো আবার আসতে শুরু করেছে, মানে, থামছে না।

জিনি

আর অ্যাল্বাসকে পাওয়া যাচ্ছে না। আবার।

ড্রেকো

স্কর্পিয়াসকেও । আমরা ম্যাকগনেগালকে দিয়ে গোটা স্কুলে তল্লাশি করিয়েছি। ওরা কোথাও নেই।

হারমায়নী

আমি এক্ষুনি অরারদের খবর দিচ্ছি, আমি -

রন

না, তুমি দেবেনা, সব ঠিক আছে। অ্যাল্বাসকে আমি কাল রাতেই দেখেছি। সব একদম ঠিক আছে।

ড্রেকো

কোথায় দেখেছো?

সবাই রনের দিকে ঘুরে তাকায়, সে একটু হকচকিয়ে যায় তারপর বলে।

রন

আমি নেভিলের সাথে দুটো ফায়ারহুইস্কী খাচ্ছিলাম হগ্স্মীডে - যা তোমরাও করো - দেশের কথা দশের কথা বলতে বলতে - যা আমরা সকলেই করে থাকি - আর আমরা ফিরছিলাম - একটু দেরি করে, বেস দেরি করে, আর বোঝার চেষ্টা করছিলাম কোন ফ্লু ব্যবহার করতে পারি কারণ এক গ্লাস খাওয়ার পর শক্তপোক্তগুলো ব্যবহার করতে ভালো লাগেনা - অথবা যেগুলো একটু ঘোরানো বা -

জিনি

রন, আমরা সবাই তোমায় গলা টিপে মেরে ফেলার আগে আসল কথাটা বলবে?

রন

ও পালায়নি - ও একটু একলা সময় কাটাচ্ছে - ওর একজন বান্ধবী হয়েছে যে ওর থেকে বয়সে বড় -

হ্যারি

বয়সে বড় বান্ধবী?

রন

আর খুব সুন্দর দেখতে - অসাধারণ রুপোলী চুল। দুজনকে ছাদের উপর একসাথে দেখলাম, প্যাঁচাঘরের কাছে, স্ক্রুপিয়াসের সাথে, যার ওখানে থাকার কোনো প্রয়োজন ছিল না। আমার প্রেমের মিশ্রণের সদ্ব্যবহার হচ্ছে দেখে ভালো লাগলো।

হ্যারির মাথায় একটা চিন্তা এলো। তারপর আরো অনেকগুলো চিন্তা এলো। সেগুলোর একটাও ভালো না।

হ্যারি

ওর চুল কি – রুপোলী আর নীল রঙের?

রন

একদম – রুপোলী, নীল – হ্যাঁ।

হ্যারি

ও ডেল্ফি ডিগোরির কথা বলছে। এমোস ডিগোরির – ভাইজি।

জিনি

মানে আবার সেড্রিক সংক্রান্ত ব্যাপার?

হারমায়নী *দরজার বাইরে উদ্দেশ্য করে চেঁচিয়ে বলে।*

হারমায়নী

ইথেল, গব্লিনদের আসতে বারণ করে দাও।

তৃতীয় অঙ্ক দৃশ্য আঠেরো

বয়স্ক জাদুকর এবং জাদুকরীদের জন্য সেইন্ট অসওয়াল্ডস বৃদ্ধাশ্রম, এমোসের ঘর

হ্যারির *প্রবেশ, জাদু-ছড়ি হাতে, সঙ্গে* ড্রেকো।

হ্যারি

কোথায় ওরা?

এমোস

হ্যারি পটার, আপনার জন্য আমি কি করতে পারি? এবং ড্রেকো ম্যালফয়। আমার কি সৌভাগ্য।

হ্যারি

আমি জানি তুমি কিভাবে আমার ছেলেকে ব্যবহার করেছো।

এমোস

আমি আপনার ছেলেকে ব্যবহার করেছি? না। আপনি - আপনি আমার সুন্দর ছেলেটিকে ব্যবহার করেছেন।

ড্রেকো

আমাদের বলো - এক্ষুনি - অ্যাল্বাস আর স্কর্পিয়াস কোথায় আছে নয়তো খুব খারাপ পরিণতি হবে।

এমোস

কিন্তু আমি কি করে জানবো ওরা কোথায়?

ড্রেকো

শোনো বুড়ো, এরকম বার্ধক্যের চাল আমাদের সাথে চলবে না। আমরা জানি তুমি ওকে প্যাঁচার মাধ্যমে চিঠি পাঠাতে।

এমোস

আমি এরকম কোনো কাজ করিনি।

হ্যারি

এমোস, তোমার কিন্তু এখনো অতো বয়স হয়নি যে তোমায় অ্যাজকাবানে পাঠানো যাবে না। নিখোঁজ হওয়ার আগে ওদেরকে শেষবার হগওয়ার্টসের ছাদে তোমার ভাইজির সাথে দেখা গেছে।

এমোস

আমি জানিনা তোমরা কি...(*সে থামে, এক মুহূর্তের বিরতি, বিহ্বল*) আমার ভাইজি?

হ্যারি

তুমি যে কতো নিচে নামতে পারো তার কোনো সীমা নেই তাই না - হ্যাঁ, তোমার ভাইজি, তুমি কি এই কথাটা অস্বীকার করছো যে সে তোমার আদেশ অনুযায়ী ওখানে গিয়েছিল...

এমোস

হ্যাঁ, করছি - আমার কোনো ভাইজি নেই।

একথা শুনে হ্যারি থমকে যায়।

ড্রেকো

হ্যাঁ, আছে, একজন পরিষেবিকা যে এখানে কাজ করে। তোমার ভাইজি...ডেল্ফিনি ডিগোরি।

এমোস

আমি জানি আমার কোনো ভাইজি বা বোনজি নেই কারণ আমার কখনো কোনো ভাই বা বোনই ছিল না। আমার স্ত্রীরও ছিল না।

হ্যারি এবং ড্রেকো দুজন দুজনের দিকে তাকায় - দুজনেই এর অর্থ বুঝতে পারে।

ড্রেকো

আমাদের খুঁজে বের করতে হবে মেয়েটি কে - *এক্ষুনি।*

তৃতীয় অঙ্ক দৃশ্য উনিশ

হগওয়ার্টস্, কুইডিচের ময়দান

শুরুতেই ডেল্ফিকে দেখা যায়, তার নতুন পরিচয়ের প্রত্যেক মুহূর্ত সে উপভোগ করছে। আগে যেখানে অস্বস্তি এবং নিরাপত্তাহীনতা ছিল, এখন সেই জায়গায় রয়েছে ক্ষমতা।

অ্যাল্বাস

কুইডিচের ময়দানে আমরা কি করছি?

স্কর্পিয়াস *দ্রুত হিসেব করে নেয়।*

স্কর্পিয়াস

ত্রয়ীজাদুকরি প্রতিযোগিতা। তৃতীয় ক্রিয়া। গোলকধাঁধা। গোলকধাঁধা এখানেই ছিল। আমরা সেড্রিকের জন্য ফেরত যাচ্ছি।

ডেল্ফি

হ্যাঁ, অনাবশ্যক ছেলেটাকে একেবারে আবশ্যক করে তোলার সময় এসে গেছে। আমরা সেড্রিকের জন্য ফেরত যাবো এবং এভাবে আমরা সেই জগতকে আবার জাগিয়ে তুলবো যার তুমি সাক্ষী ছিলে স্কর্পিয়াস...

স্কর্পিয়াস

নরক। তুমি নরক জাগিয়ে তুলতে চাও?

ডেল্ফি

আমি বিশুদ্ধ এবং শক্তিশালী জাদুতে ফিরে যেতে চাই। আমি অন্ধকারকে পুনর্জীবিত করতে চাই।

স্কর্পিয়াস

তুমি চাও ভোল্ডেমর্ট ফিরে আসুক?

ডেল্ফি

জাদুকরী দুনিয়ার আসল অধিপতি। সে ফিরে আসবে।

এক মুহূর্তের বিরতি।

প্রথম দুটি ক্রিয়াকে তোমরা জাদু দিয়ে ঘোলাটে করে দিয়েছো – ভবিষ্যৎ থেকে অন্তত দুবার ফেরত যাওয়া হয়েছে ওখানে আর আমি নিজের পরিচয় উদ্ঘাটিত অথবা পথভ্রষ্ট হওয়ার ঝুঁকি নেবো না। তৃতীয় ক্রিয়াটি এখনো ছিমছাম রয়েছে, সুতরাং ওখান থেকেই শুরু করা যাক, নাকি?

অ্যাল্বাস

আমরা ওকে আটকাবো না – সে তুমি আমাদের যতোই জোর করো না কেন – আমরা জানি আমার বাবার সাথে ওরও এই প্রতিযোগিতা জেতা দরকার।

ডেল্ফি

তোমরা শুধু ওকে আটকাও, সেটা আমার উদ্দেশ্য না। আমি চাই তোমরা ওকে অপদস্ত করো। ওকে ওই গোলকধাঁধা থেকে বিবস্ত্র হয়ে বেগুনী রঙের পালক দিয়ে তৈরি এক উড়ন্ত-ঝাড়ুতে উড়ে বেরিয়ে আসতে হবে। অসম্মানের মাধ্যমেই তোমরা আগেরবার ঐ জায়গায় পৌঁছেছিলে, এবারও তাই হবে। ভবিষ্যদ্বাণী পূর্ণ হবে।

স্কর্পিয়াস

কোনো ভবিষ্যদ্বাণীর ব্যাপারে তো জানা ছিল না – কি ভবিষ্যদ্বাণী?

ডেল্ফি

পৃথিবীটা আসলে যেমন হওয়ার কথা তুমি তেমনটাই তাকে দেখেছো স্কর্পিয়াস, আর আজকে আমরা তার ফিরে আসা নিশ্চিত করবো।

অ্যাল্বাস

না। আমরা তোমার কথা মানবো না। তুমি যেই হও না কেন। তুমি আমাদের দিয়ে যাই করাতে চাও না কেন।

ডেল্ফি

অবশ্যই করবে।

অ্যাল্বাস

তোমাকে তাহলে ইম্পেরিও ব্যবহার করতে হবে। তোমায় আমাদেরকে নিয়ন্ত্রণ করতে হবে।

ডেল্ফি

না। ভবিষ্যদ্বাণী পূর্ণ করার জন্য, তোমাকে স্বেচ্ছায় এই কাজ করতে হবে, তোমার পুতুল দিয়ে কাজ হবে না...তোমাকেই গিয়ে সেড্রিককে অপমান করতে হবে, সুতরাং ইম্পেরিও দিয়ে কাজ হবে না - আমায় তোমাকে অন্য পদ্ধতি দিয়ে জোর করতে হবে।

ডেল্ফি *তার জাদু-ছড়ি বের করে।* অ্যাল্বাসের *দিকে তাক করে, যে নিজের মাথা উঁচু করে দাঁড়ায়।*

অ্যাল্বাস

তুমি যা পারো করে নাও।

ডেল্ফি *তার দিকে তাকায়। এবং তারপর* স্কর্পিয়াসের *দিকে তার জাদু-ছড়ি তাক করে।*

ডেল্ফি

তাই করবো।

অ্যাল্বাস

না!

ডেল্ফি

ঠিক, যা ভেবেছিলাম - এতে তোমার বেশী ভয়।

স্কর্পিয়াস

অ্যাল্বাস, ও আমার সাথে যাই করুক না কেন - আমরা ওকে -

ডেল্ফি

ক্রুশিও!

স্কর্পিয়াস *যন্ত্রণায় চিৎকার করে ওঠে।*

অ্যাল্বাস

আমি তোমাকে...

ডেল্ফি (*জোরে হেসে*)

কি? তোমার কি মনে হয়ে তুমি কি করতে পারবে? একটা জাদুকরী কলঙ্ক। কুলাঙ্গার। একটা অনাবশ্যক ছেলে। তোমার একমাত্র বন্ধুকে আঘাত করার থেকে আমায় থামাতে চাও? তাহলে তোমায় যা বলা হয়েছে তাই করো।

ডেল্ফি অ্যাল্বাসের *দিকে তাকায়।* অ্যাল্বাসের *দৃষ্টি তখনো প্রতিরোধক।*

করবে না? ক্রুশিও!

অ্যাল্বাস

থামো! প্লীস।

ক্রেগ *দৌড়ে প্রবেশ করে, অত্যন্ত উদ্যমের সাথে।*

ক্রেগ বাওকার জুনিয়ার

স্কর্পিয়াস? অ্যাল্বাস? সবাই তোমাদের খুঁজছে –

অ্যাল্বাস

ক্রেগ! পালাও। সাহায্য নিয়ে এসো!

ক্রেগ বাওকার জুনিয়ার

কি হচ্ছে কি?

ডেল্ফি

অভাডা কেডাভ্রা!

ডেল্ফি মঞ্চের এক পাশ থেকে অন্য পাশে সবুজ আলোর একটা ছটা ছুঁড়ে দেয়। সেই আঘাতে ক্রেগ পেছন দিকে ছিটকে গিয়ে পড়ে – এবং সাথে সাথে মারা যায়। এক মুহূর্তের নীরবতা। এমন এক নীরবতা যা মনে হয় দীর্ঘস্থায়ী হতে পারে।

তোমরা এখনও বুঝতে পারছো না? আমরা বাচ্চাদের মতো খেলা খেলছি না। তোমাদেরকে আমার প্রয়োজন, তোমাদের বন্ধুদের না।

অ্যাল্বাস *এবং* স্কর্পিয়াস ক্রেগের *মৃতদেহের দিকে তাকিয়ে আছে – তারা আতঙ্কিত।*

তোমার দুর্বলতা খুঁজে বের করতে আমার অনেক সময় লেগেছে, অ্যাল্বাস পটার। আমি ভেবেছিলাম তোমার অহংকার, ভেবেছিলাম

তোমার বাবার কাছে নিজেকে প্রমান করার তাগিদ, কিন্তু তারপর আমি বুঝলাম তোমার দুর্বলতাও তোমার বাবার মতোই - বন্ধুত্ব। তোমায় যা বলা হবে তুমি ঠিক তাই করবে, নয়তো স্কর্পিয়াসকে মরতে হবে, ঠিক ঐ *অনাবশ্যক* ছেলেটার মতো।

সে তাদের দুজনের দিকে তাকায়।

ভোল্ডেমর্ট ফিরে আসবে এবং অগারে তার পাশে বসবে। ঠিক যেমনটা ভবিষ্যদ্বাণীতে বলা আছে। 'যখন অনাবশ্যকদের আবশ্যক করা হবে, সময় যখন পাল্টাবে, যখন অদৃশ্য শিশুরা তাদের বাবাদের হত্যা করবে: কালাজাদুর সম্রাট তখনই ফিরবে'।

সে হাসে। স্কর্পিয়াসকে *জোরে নিজের দিকে টেনে নেয়।*

সেড্রিক হলো সেই অনাবশ্যক ছেলে, এবং অ্যাল্বাস -

সে অ্যাল্বাসকে *জোরে নিজের দিকে টেনে নেয়।*

–সেই অদৃশ্য ছেলে যে কালের বিবর্তন পাল্টে নিজের বাবাকে হত্যা করবে এবং কালাজাদুর সম্রাটকে ফিরিয়ে আনবে।

কাল-পরিবর্তকটি ঘুরতে শুরু করে। সে তাদের হাত টেনে সেটার উপর রাখে।

এবার!

এবং একটা বিরাট আলোর ঝলকানি। একটি ঝনঝন শব্দ। আর সময় থেমে যায়। তারপর উল্টো দিকে ঘোরে, একটু থামে, তারপর পেছোতে থাকে, প্রথমে আস্তে আস্তে...

তারপর দ্রুতবেগে।

এবং তারপর একটা শুষে নেওয়ার শব্দ। এবং একটা ধাক্কা খাওয়ার আওয়াজ।

২০

তৃতীয় অঙ্ক দৃশ্য কুড়ি

ত্রয়ীজাদুকরী প্রতিযোগিতা, গোলকধাঁধা, ১৯৯৫

গোলকধাঁধাটি পেঁচালো ঝোপঝাড় দিয়ে তৈরি যেগুলি সারাক্ষণ নড়াচড়া করতে থাকে। ডেল্ফি দৃঢ়প্রত্যয়ের সাথে তার মধ্যে দিয়ে হেঁটে যাচ্ছে। তার পেছন পেছন অ্যাল্বাস এবং স্কর্পিয়াসকে টেনে নিয়ে যাচ্ছে। তাদের হাত বাঁধা, তাদের পা অনিচ্ছাসত্ত্বেও চলছে।

লুডো ব্যাগম্যান

মহাশয় এবং মহাশয়া, ছেলেরা এবং মেয়েরা, আপনাদের সামনে পেশ করছি - সর্বশ্রেষ্ঠ - চমৎকার - এক - এবং অদ্বিতীয় **ত্রয়ীজাদুকরী প্রতিযোগিতা**।

জনগণের উল্লাসধ্বনি। ডেল্ফি বাঁদিকে ফেরে।

হগওয়ার্টসের সদস্যরা। তোমাদের উল্লাসধ্বনি শুনতে চাই।

উচ্চস্বরে উল্লাসধ্বনি।

ডার্মস্ট্র্যাঙের সদস্যরা। শুনি তোমাদের উল্লাস।

জনগনের উল্লাসধ্বনি শোনা যায়।

এবং বোব্যাটন্সের সদস্যরা। তোমাদের উল্লাসধ্বনি শুনতে চাই।

একটি অখণ্ড উল্লাসধ্বনি শোনা ।

ডেল্ফি এবং ছেলেদের দুজনকে তাড়াতাড়ি সরে যেতে হয়, কারণ তাদের পাশের একটি ঝোপ প্রায় তাদেরকে গ্রাস করতে আসে ।

ফরাসীরা অবশেষে তাদের আসল ক্ষমতার প্রদর্শন করছে। মহাশয় এবং মহাশয়া, আপনাদের সামনে পেশ করছি - ত্রয়ীজাদুকরীর শেষ

প্রতিযোগিতা। রহস্যময় একটি গোলকধাঁধা, নিয়ন্ত্রণের অযোগ্য কালাজাদুতে পরিপূর্ণ, কারণ এই গোলকধাঁধাটি প্রাণবন্ত। এটি জ্যান্ত।

ভিক্টর ক্রাম মঞ্চের পাশ দিয়ে এগিয়ে গিয়ে গোলকধাঁধায় প্রবেশ করে।

এবং এই দুঃস্বপ্নে কেউ কেন অংশগ্রহণ করবে? কারণ এই গোলকধাঁধার মধ্যে রয়েছে একটি কাপ - এবং এটি কোনো সাধারণ কাপ নয় - হ্যাঁ, এই ঝোপঝাড়ের মধ্যেই রয়েছে ত্রয়ীজাদুকরী ট্রফি।

ডেল্ফি

ও কোথায়? কোথায় সেড্রিক?

একটি ঝোপ অ্যাল্বাস *এবং* স্কর্পিয়াসকে *প্রায় বিভক্ত করে দেয়।*

স্কর্পিয়াস

এই ঝোপগুলোও আমাদের মেরে ফেলতে চায়। এ তো কঠিন থেকে কঠিনতর হয়ে উঠছে।

ডেল্ফি

তাড়াতাড়ি এগোও, নয়তো খুব খারাপ হবে।

লুডো ব্যাগম্যান

অসংখ্য প্রতিকূলতা, কিন্তু তার পুরস্কার যথাযোগ্য। কে সেই ব্যক্তি যে এর মধ্যে দিয়ে লড়াই করে নিজের পথ তৈরি করে নেবে? এই শেষ প্রান্তে এসে কাকে হতাশ হতে হবে? কেরকম বীর আমাদের মধ্যে আছে? সে তো একমাত্র সময়ই বলে দেবে, মহাশয় এবং মহাশয়া, সেকথা সময়ই বলতে পারবে।

তারা গোলকধাঁধার মধ্যে দিয়ে এগোতে থাকে, স্কর্পিয়াস *এবং* অ্যাল্বাসকে ডেল্ফি *জোর করে টেনে নিয়ে যেতে থাকে। সে যখন এগিয়ে যায়, তখন ছেলেরা নিজেদের মধ্যে একটু কথা বলার সুযোগ পায়।*

স্কর্পিয়াস

অ্যাল্বাস, আমাদের কিছু একটা করতে হবে প্রাণী।

অ্যাল্বাস

আমি জানি, কিন্তু কি? ও আমাদের জাদু-ছড়ি ভেঙে ফেলেছে, আমাদের বেঁধে রেখেছে আর তোমাকে প্রাণে মারার ভয় দেখাচ্ছে।

স্কর্পিয়াস

ভোল্ডেমর্টকে ফেরার থেকে আটকানোর জন্য যদি আমায় মরতে হয়, আমি তাতেও রাজি।

অ্যাল্বাস

সত্যি?

স্কর্পিয়াস

তোমায় বেশী দুঃখ পেতে হবে না, ও আমাকে মারবার কিছুক্ষণ পরে তোমাকেও মেরে ফেলবে।

অ্যাল্বাস (*মরিয়া হয়ে*)

কাল-পরিবর্তকটার খুঁত, ঐ পাঁচ মিনিটের নিয়ম। সেই সময়টুকু কাটিয়ে দেওয়ার জন্য যা করা যায় করবো।

স্কর্পিয়াস

তাতে লাভ হবে না।

আরেকটি ঝোপ দিশা পাল্টায়, ডেল্ফি অ্যাল্বাস *আর* স্কর্পিয়াসকে *তার পেছনে টেনে নেয়। তারা এই হতাশাজনক গোলকধাঁধা দিয়ে এগোতে থাকে।*

লুডো ব্যাগম্যান

এই মুহূর্তে কে কোথায় দাঁড়িয়ে আছে আপনাদের একবার মনে করিয়ে দেই! প্রথম স্থানের জন্য যৌথ ভাবে এগিয়ে রয়েছে - সেড্রিক ডিগোরি এবং হ্যারি পটার। দ্বিতীয় স্থানে আছেন - ভিক্টর ক্রাম! এবং তৃতীয় স্থানে রয়েছে - ফ্ল্যুর ডেলাকূর।

অ্যাল্বাস *এবং* স্কর্পিয়াসকে *হঠাৎ একটা ঝোপের পেছন থেকে বেরোতে দেখা যায়, তারা দৌড়চ্ছে।*

অ্যাল্বাস

ও কোথায় গেলো?

স্কর্পিয়াস

কি যায় আসে? কোন দিকে যাবো এবার?

ডেল্ফি *তাদের পেছনে হাওয়ায় উঠে আসে। সে কোনো উড়ন্ত-ঝাড়ু ছাড়াই উড়ছে।*

ডেল্ফি

বেচারা।

সে ছেলেদুজনকে মাটিতে ফেলে দেয়।

ভাবছিলে আমায় ফাঁকি দিয়ে পালাতে পারবে।

অ্যাল্বাস (*অবাক*)

তুমি তো - কোনো ঝাড়ুতেও বসোনি।

ডেল্ফি

ঝাড়ু - যতসব নিয়ন্ত্রনহীন বেকার জিনিসপত্র। তিন মিনিট পেরিয়ে গেছে। আমাদের হাতে আর দু-মিনিট রয়েছে। আর তোমাদের এবার যা বলবো তোমরা তাই করবে।

স্কর্পিয়াস

না। আমরা করবো না।

ডেল্ফি

তুমি কি ভাবছো, আমার সাথে লড়াই করতে পারবে?

স্কর্পিয়াস

না। কিন্তু তোমার কথা অমান্য করতে পারবো। প্রয়োজনে তার জন্য নিজেদের প্রাণ দিয়ে দিতে পারবো।

ডেল্ফি

ভবিষ্যদ্বাণী পূর্ণ করতেই হবে। আমরা তা করেই ছাড়বো।

স্কর্পিয়াস

ভবিষ্যদ্বাণী পাল্টে দেওয়া যায়।

ডেল্ফি

তুমি বাচ্চাদের মতো কথা বলছো, বাণীতে যা বলা হয় তাই ভবিষ্যৎ।

স্কর্পিয়াস

কিন্তু যদি সেই ভবিষ্যদ্বাণী অনিবার্য হয়ে থাকে তাহলে আমরা ওটাকে নিয়ন্ত্রণ করার চেষ্টা করছি কেন? তুমি যা বলছো তার বিপরীত কাজ করছো তুমি আমাদেরকে এই গোলকধাঁধার মধ্যে টেনে এনেছো কারণ

তুমি মনে করো এই ভবিষ্যদ্বাণী সত্যি করা দরকার - সেই যুক্তি দিয়ে দেখলে, ভবিষ্যদ্বাণী পাল্টানোও যায় - আটকানোও যায়।

ডেল্ফি

তুমি বড্ড বেশী কথা বলো। ক্রুশিও!

স্কর্পিয়াস *যন্ত্রণায় ছটফট করতে থাকে।*

অ্যাল্বাস

স্কর্পিয়াস!

স্কর্পিয়াস

তুমি পরীক্ষা চাইছিলে, অ্যাল্বাস - এই হলো পরীক্ষা, আর আমরা এটায় উত্তীর্ণ হবোই।

অ্যাল্বাস স্কর্পিয়াসের *দিকে তাকায়, অবশেষে বুঝতে পারে তাকে কি করতে হবে। মাথা নাড়ে।*

ডেল্ফি

তাহলে তোমায় মরতে হবে।

অ্যাল্বাস (*সমস্ত শক্তি দিয়ে*)

হ্যাঁ। আমরা মরবো। এবং আনন্দের সাথে মরবো এই জেনে যে তোমার কাজ সফল হয়নি।

ডেল্ফি *রেগে গিয়ে আরো উপরে ওঠে।*

ডেল্ফি

এইসবের সময় নেই আমাদের কাছে। ক্রু-

রহস্যময় গলা

এক্সপেলিয়ার্মাস!

জোরে আওয়াজ হয়। ডেল্ফির *জাদু-ছড়ি তার হাত থেকে ছিটকে বেরিয়ে আসে।* স্কর্পিয়াস *অবাক হয়ে দেখে।*

ব্র্যাখিয়াবাইন্ডো!

এবং ডেল্ফি *বাঁধনে আটকা পড়ে যায়।* স্কর্পিয়াস *এবং* অ্যাল্বাস *অবাক হয়ে একসাথে ঘুরে তাকিয়ে দেখে কোথা থেকে সেই মন্ত্র এসেছে: একটি তরুণ, সুদর্শন ছেলে, বয়স বড় জোর সতেরো,* সেড্রিক*।*

সেড্রিক

এগবে না।

স্কর্পিয়াস

কিন্তু তুমি...

সেড্রিক

সেড্রিক ডিগোরি। আমি চিৎকারের আওয়াজ শুনলাম। তাই আমাকে আসতেই হলো। নাম বলো তোমাদের, আমি তোমাদের সাথে লড়বো।

অ্যাল্বাস অবাক হয়ে ঘুরে দাঁড়ায়।

অ্যাল্বাস

সেড্রিক?

স্কর্পিয়াস

তুমি আমাদের বাঁচালে।

সেড্রিক

তোমরাও কি কোনো ক্রিয়া? কোনো বাঁধা? বলো। আমায় কি তোমাদেরকে হারাতে হবে?

নীরবতা।

স্কর্পিয়াস

না। তোমায় শুধু আমাদেরকে মুক্ত করতে হবে। সেটাই তোমার কাজ।

সেড্রিক ভেবে বোঝার চেষ্টা করে এটা কোনোরকম ফাঁদ কিনা, এবং তারপর নিজের জাদু-ছড়ি ব্যবহার করে।

সেড্রিক

ইম্যান্সিপেয়ের! ইম্যান্সিপেয়ের!

দুজনের বাঁধন খুলে যায়।

এবার আমি যেতে পারি? এই গোলকধাঁধার ক্রিয়া সম্পন্ন করতে পারি?

ওরা দুজন সেড্রিকের দিকে তাকায় – তারা জানে এই ক্রিয়া সম্পন্ন করলে তার কপালে কি রয়েছে।

অ্যাল্বাস

তোমাকে এই গোলকধাঁধার ক্রিয়া সম্পন্ন করতেই হবে।

সেড্রিক

তাহলে আমি তাই করবো।

সেড্রিক আত্মবিশ্বাসসহ এগিয়ে যায়। অ্যাল্বাস তার দিকে তাকিয়ে থাকে – কিছু একটা বলতে চায়, কিন্তু ঠিক কি বলবে সে নিজেও জানে না।

অ্যাল্বাস

সেড্রিক –

সেড্রিক তার দিকে ঘুরে তাকায়।

তোমার বাবা তোমায় খুব ভালোবাসে।

সেড্রিক একটু অবাক হয়ে ভুরু কুঁচকায়।

সেড্রিক

কি?

তাদের পেছনে ডেল্ফি আবার নড়াচড়া করছে। সে মাটিতে ঘষটে ঘষটে এগোতে থাকে।

অ্যাল্বাস

ভাবলাম তোমার এটা জানা দরকার।

সেড্রিক (*ঠিক কি বলা উচিত বুঝতে না পেরে*)

আচ্ছা। হ্যাঁ। ধন্যবাদ।

সেড্রিক এক মুহূর্ত অ্যাল্বাসের দিকে তাকিয় থাকে, তারপর নিজের পথে এগিয়ে যায়। ঠিক সেই সময় ডেল্ফি তার জোব্বা থেকে কাল-পরিবর্তকটি বের করে এবং স্কর্পিয়াস সেটা দেখতে পায়।

স্কর্পিয়াস

অ্যাল্বাস!

অ্যাল্বাস

না। দাঁড়াও...

স্কর্পিয়াস

কাল-পরিবর্তকটা ঘুরছে...ঐ দেখো ও কি করছে...ও আমাদের ফেলে যেতে পারে না।

অ্যাল্বাস এবং স্কর্পিয়াস দুজনেই কাল-পরিবর্তকটি ধরার চেষ্টা করে।

তারপর এক বিরাট আলোর ছটা দেখা যায়। ভীষণ জোরে আওয়াজ। এবং সময় থেমে যায়। তারপর পেছনে ঘোরে, একটু থামে, তারপর পেছতে আরম্ভ করে, প্রথমে ধীরে ধীরে...

তারপর দ্রুতবেগে।

অ্যাল্বাস...

অ্যাল্বাস

এ আমরা কি করে ফেলেছি?

স্কর্পিয়াস

আমাদের ঐ কাল-পরিবর্তকটার সঙ্গে যাওয়া উচিত ছিল, ওকে থামানোর চেষ্টা করা উচিত ছিল।

ডেল্ফি

আমায় থামাবে? কিভাবে থামাবে? অনেক হয়েছে।

সে কাল-পরিবর্তকটা ভেঙে দেয়। সেটা টুকরো টুকরো হয়ে ছড়িয়ে পড়ে।

সেড্রিকের সাহায্যে এই পৃথিবীকে অন্ধকার করে তোলার সুযোগ হয়তো তোমরা নষ্ট করে দিয়েছো কিন্তু তুমি বোধ হয় ঠিক বলেছো স্কর্পিয়াস - হয়তো ভবিষ্যদ্বাণী আটকানো যায়, হয়তো সেগুলো পাল্টানো যায়। কিন্তু এটা সত্যি যে আমি তোমাদের মতো বিরক্তিকর, অপদার্থদের দিয়ে কোনো কাজ করানোর চেষ্টা আর করতে চাই না। তোমাদের পেছনে আর সময় নষ্ট করবো না। এবার নতুন কিছু চেষ্টা করবার সময় এসে গেছে।

ডেল্ফি আবার হাওয়ায় উত্তরিত হয়। দ্রুতবেগে বেরিয়ে যেতে যেতে সে আনন্দে হাসতে থাকে।

দুজন ছেলে ওর পেছন পেছন দৌড়য় কিন্তু পেরে ওঠে না। ও উড়তে থাকে, ওরা দৌড়তে থাকে।

অ্যাল্বাস

না...না...তুমি এটা করতে পারো না...

স্কর্পিয়াস *পেছনে ঘুরে কাল-পরিবর্তকটির টুকরোগুলি যোগার করার চেষ্টা করে।*

কাল-পরিবর্তক? নষ্ট হয়ে গেছে?

স্কর্পিয়াস

পুরোপুরি। আমরা এখানে আটকে গেছি। সময়ের মধ্যে। যেই সময় আমরা এখন আছি সেখানে। ও যে কি করার কথা ভাবছে।

অ্যাল্বাস *ঘুরে তাকায়, বোঝার চেষ্টা করে এক্ষুনি তার সামনে ঠিক কি হলো।*

অ্যাল্বাস

হগওয়ার্টস্ একইরকম দেখতে লাগছে।

স্কর্পিয়াস

হ্যাঁ। আর আমাদের যেন এখানে কেউ দেখতে না পায়। কেউ দেখে ফেলার আগে চলো এখান থেকে বেরিয়ে যাই।

অ্যাল্বাস

ওকে আমাদের আটকাতেই হবে, স্কর্পিয়াস।

স্কর্পিয়াস

জানি – কিন্তু কিভাবে?

তৃতীয় অঙ্ক দৃশ্য একুশ

বয়স্ক জাদুকর এবং জাদুকরীদের জন্য সেইন্ট অসওয়াল্ডস বৃদ্ধাশ্রম, ডেল্ফির ঘর

হ্যারি, হারমায়নী, রন, ড্রেকো *এবং* জিনি *একটা সহজ সরল কাঠের তক্তা দেওয়া ঘরের চারপাশে ঘুরে দেখছে।*

হ্যারি

নিশ্চয়ই ওর উপর কনফান্ডাস মন্ত্র ব্যবহার করেছে। ওদের সবার উপর ব্যবহার করেছে। ও একজন পরিষেবিকা হওয়ার ভান করেছে, ওর ভাইজি হওয়ার ভান করেছে।

হারমায়নী

আমি এক্ষুনি মিনিস্ট্রিতে খোঁজ নিয়েছি - ওর অস্তিত্বের কোনো প্রমান পাওয়া যায়নি। ও পুরো একটা ছায়ার মতো।

ড্রেকো

স্পেশালিস রিভেলিও!

সবাই ঘুরে ড্রেকোর *দিকে তাকায়। সে শুষ্ক মুখে তাদের দিকে ফিরে তাকায়।*

চেষ্টা করতে তো ক্ষতি নেই, তোমরা কিসের অপেক্ষা করছো? আমাদের হাতে কোনো প্রমান নেই, সুতরাং আশা রাখতে হবে এই ঘর থেকে যেন কিছু অন্তত জানা যায়।

জিনি

কোথায় লুকিয়ে রাখতে পারে ও জিনিসপত্র? ঘরটা তো বেশ ফাঁকা।

রন

এই তক্তা, এই তক্তাগুলোর মধ্যে নিশ্চয়ই কিছু লুকনো রয়েছে।

ড্রেকো

অথবা খাটের ভেতর।

ড্রেকো খাটটা পর্যবেক্ষণ করতে শুরু করে, জিনি একটা বাতি নেড়েচেড়ে দেখে, এবং বাকিরা কাঠের তক্তা পরীক্ষা করে দেখে।

রন (*দেওয়ালে ঘুষি মেরে হঠাৎ চেঁচিয়ে ওঠে*)

কি লোকাচ্ছো তুমি? কি আছে তোমার কাছে?

হারমায়নী

আমাদের সবার হয়তো একটু থেমে ভেবে দেখা উচিত যে –

জিনি একটা তেলের বাতি থেকে সেটির ঢাকনা খোলে। নিঃশ্বাস ফেলার একটি আওয়াজ। তারপর হিসহিস আওয়াজে কিছু কথা শোনা যায়। সবাই সেইদিকে ফিরে তাকায়।

এটা কি?

হ্যারি

ওটা – আমার বোঝার কথা না – ওটা সর্পভাষা।

হারমায়নী

আর ওটা কি বলছে?

হ্যারি

আমি কি করে...? ভোল্ডেমর্ট মারা যাওয়ার পর থেকে তো আর সর্পভাষা বুঝতে পারি না।

হারমায়নী

তোমার কপালের দাগটাতেও এতদিন ব্যাথা হয়নি।

হ্যারি হারমায়নীর *দিকে তাকায়।*

হ্যারি

এটা বলছে 'স্বাগত অগারে'। আমার মনে হয় আমার একে খুলতে বলা উচিত...

ড্রেকো

তাহলে বলো।

হ্যারি চোখ বন্ধ করে। সে সর্পভাষায় কথা বলে।

তাদের আশেপাশে গোটা ঘর বদলে যায়, আরো অন্ধকার, আরো হতাশায় চারিদিক ভরে ওঠে। দোমড়ানো মোচড়ানো সাপের ছবি ফুটে ওঠে সারা দেওয়ালে।

আর তার উপর উজ্জ্বল আলোকিত রঙে লেখা, একটি ভবিষ্যদ্বাণী।

এটা কি?

রন

'যখন অনাবশ্যকদের আবশ্যক করা হবে, সময় যখন পাল্টাবে, যখন অদৃশ্য শিশুরা তাদের বাবাদের হত্যা করবে : কালাজাদুর সম্রাট তখনই ফিরবে।'

জিনি

এটা ভবিষ্যদ্বাণী। একটা নতুন ভবিষ্যদ্বাণী।

হারমায়নী

সেড্রিক - সেড্রিককে অনাবশ্যক বলা হয়েছিল।

রন

সময় যখন পাল্টাবে - ওর কাছেই তো কাল-পরিবর্তকটা আছে তাই না?

তাদের সবার মুখ শুকিয়ে আসে।

হারমায়নী

নিশ্চয়ই ওর কাছেই আছে।

রন

কিন্তু স্কর্পিয়াস বা অ্যাল্বাসকে ওর কিসে প্রয়োজন?

হ্যারি

কারণ আমি এমন একজন বাবা - যে নিজের ছেলেকে ঠিক মতো দেখেনি। তাকে বোঝেনি।

ড্রেকো

ও কে? যে এইসব নিয়ে এতো মত্ত?

জিনি

আমি বোধ হয় এই প্রশ্নের উত্তর পেয়ে গেছি।

তারা সকলে ঘুরে তাকায়। জিনি উপরদিকে ইশারা করে...ভয়ে তাদের সকলের মুখ শুকিয়ে আসে।

সেই ঘরের চারিদিকে কিছু কথা ভেসে ওঠে – ভয়ানক কিছু কথা, সাংঘাতিক কথা।

'আমি আবার অন্ধকারের জন্ম দেবো। আমি আমার বাবাকে ফিরিয়ে আনবো।'

রন

না। ও পারে না...

হারমায়নী

এটা কি করে – সম্ভব?

ড্রেকো

ভোল্ডেমর্টের একটি কন্যা সন্তান আছে?

তারা সকলে ভয়ে আতঙ্কিত। জিনি হ্যারির হাত চেপে ধরে।

হ্যারি

না, না, না। এটা যেন না হয়। এটা ছাড়া অন্য যা খুশি হোক গিয়ে।

অন্ধকার। পর্দা পরে যায়।

বিরতি

দ্বিতীয় অংশ

চতুর্থ অঙ্ক

চতুর্থ অঙ্ক দৃশ্য এক

মিনিস্ট্রি অফ ম্যাজিক, প্রধান সভাগৃহ

পৃথিবীর চারিদিক থেকে আসা জাদুকর এবং জাদুকরী প্রধান সভাগৃহ ভরিয়ে তুলেছে। অভূতপূর্ব জনসমাগম। এবং তাদের সকলের আশঙ্কার বিষয় তাদের মুখের উপর পরিষ্কার দেখা যাচ্ছে। খুব তাড়াহুড়োর মধ্যে বানানো একটি মঞ্চের উপর হারমায়নী *হেঁটে আসে। সকলকে শান্ত করার উদ্দেশ্যে হাত তোলে। সকলে শান্ত হয়, তারা কিছু উত্তর পাওয়ার জন্য উদ্বিগ্ন, যা, তাদের বিশ্বাস,* হারমায়নী *দিতে পারবে। এতো সহজেই সকলকে শান্ত হতে দেখে সে একটু অবাকই হয়ে যায়। নিজের চারপাশটা একবার ঘুরে দেখে।*

হারমায়নী

ধন্যবাদ। আমি খুবই আপ্লুত যে আপনারা এতজন আমার – দ্বিতীয় – অত্যাশ্চর্য সাধারণ সম্মেলনে সারা দিয়েছেন।আমার কয়েকটা জিনিস বলার আছে – আমার মতে প্রশ্নগুলি – কারণ প্রচুর প্রশ্ন আসতে চলেছে – আমার কথাগুলো বলা হয়ে গেলে তারপর তোলা উচিত হবে।

আপনারা অনেকেই জানেন, হগওয়ার্টসে একটি মৃতদেহ পাওয়া গেছে। ছেলেটির নাম ক্রেগ বাওকার। খুব ভালো ছেলে ছিল। কে এই কাজের জন্য দায়ী সেবিষয়ে কোনো সঠিক খবর আমরা এখনো পাইনি কিন্তু গতকাল আমরা সেইন্ট অসওয়াল্ডস'এ তল্লাশি চালিয়েছি। সেখানে একটি ঘর থেকে দুটি তথ্য উঠে এসেছে : প্রথমত, একটি ভবিষ্যদ্বাণী যা প্রতিশ্রুতি দিয়েছিল...অন্ধকার যুগ আবার ফিরে আসবে – দ্বিতীয়ত, ঘরের চালে লেখা, একটি ঘোষণা – যে কালাজাদুর সম্রাটের একটি – ভোল্ডেমর্টের একটি সন্তান ছিল।

এই শেষ খবরটা সারা ঘরে গুনগুন করে শোনা যেতে লাগে।

আমরা এখনো এই ব্যাপারে সম্পূর্ণ তথ্য পাইনি। আমরা কেবল তদন্ত চালাচ্ছি - মৃত্যু ভক্ষকদের সঙ্গে যাদের কোনোরকম যোগাযোগ ছিল, তাদেরকে প্রশ্ন করছি...এবং এখনো অব্দি সেই সন্তান বা ভবিষ্যদ্বাণী সম্পর্কে সেরকম বিশেষ কোনো তথ্য পাওয়া যায়নি, কিন্তু দেখে মনে হচ্ছে খবরটার মধ্যে যথেষ্ট সত্য রয়েছে। এই সন্তানকে জাদুকরী জগতের থেকে লুকিয়ে রাখা হয়েছিল, এবং এখন মেয়েটি - হ্যাঁ এখন সেই মেয়েটি -

প্রোফেসর ম্যাকগনেগাল

মেয়েটি? একটি কন্যা সন্তান? ওর একটি কন্যা সন্তান ছিল?

হারমায়নী

হ্যাঁ। একটি কন্যা সন্তান।

প্রোফেসর ম্যাকগনেগাল

তা এখন কি সে হেফাজতে রয়েছে?

হ্যারি

প্রোফেসর, ও অনুরোধ করেছিল যেন মাঝখানে কোনোরকম প্রশ্ন না করা হয়।

হারমায়নী

ঠিক আছে, হ্যারি। না, প্রোফেসর, এই কারণেই ব্যাপারটা আরো গুরুতর হয়ে উঠেছে। চিন্তার বিষয় হচ্ছে তাকে গ্রেপ্তার করার কোনো উপায় আমাদের জানা নেই। বা তাকে কোনো কিছু করার থেকে আটকানোর উপায়ও জানা নেই। সে আমাদের নাগালের বাইরে।

প্রোফেসর ম্যাকগনেগাল

আমরা কি ওকে - খুঁজতে পারি না?

এক মুহূর্তের বিরতি, এটা স্বীকার করতে সাহস চাই।

হারমায়নী

আমাদের কাছে যথেষ্ট প্রমান আছে বোঝার জন্য যে সে নিজেকে আড়াল করে নিয়েছে - সময়ের মধ্যে।

প্রোফেসর ম্যাকগনেগাল (*অত্যন্ত রেগে গিয়ে*)

এতো কিছুর পরেও, তুমি কাল-পরিবর্তকটা এখনো সঙ্গে রেখেছো?

হারমায়নী

প্রোফেসর, আমি আপনাকে আশ্বাস দিচ্ছি -

প্রোফেসর ম্যাকগনেগাল

তোমার লজ্জা করা উচিত, হারমায়নী গ্রেঞ্জার!

রাগের মুখে দাঁড়িয়ে হারমায়নী *আঁতকে ওঠে।*

হ্যারি

না, এটা ওর প্রাপ্য নয়। আপনার রাগ করার অধিকার আছে। আপনাদের সকলের অধিকার আছে। কিন্তু এটা শুধু হারমায়নীর দোষ নয়। আমরা কেউ জানিনা ঐ জাদুকরী কিভাবে ঐ কাল-পরিবর্তক হাতে পেলো। আমার ছেলে ওকে ওটা দিয়েছে কিনা।

জিনি

আমাদের ছেলে দিয়েছে কিনা। নাকি তার কাছ থেকে চুরি করে নেওয়া হয়েছে।

জিনি *মঞ্চে উঠে* হ্যারির *পাশে গিয়ে দাঁড়ায়।*

প্রোফেসর ম্যাকগনেগাল

তোমাদের মধ্যে পারস্পরিক সংহতি প্রশংসাযোগ্য, কিন্তু সেটা তোমাদের অসাবধানতাকে কখনোই তুচ্ছ করে দেয় না।

ড্রেকো

তাহলে এই অসাবধানতার ফল আমারও ভোগ করা উচিত।

ড্রেকো *মঞ্চের উপর উঠে* জিনির *পাশে গিয়ে দাঁড়ায়। প্রায় বিদ্রোহের মুহূর্ত হয়ে উঠেছে। সকলে রাগে ফুঁসছে।*

হারমায়নী এবং হ্যারি কোনো ভুল করেনি বরং আমাদের সবাইকে রক্ষা করার চেষ্টা করেছে। ওরা যদি দোষী হয়, তাহলে আমিও দোষী।

হারমায়নী *অবাক হয়ে তার সমর্থনকারীদের দিকে তাকায় - কৃতজ্ঞ।* রন *দৃঢ়তার সাথে মঞ্চের উপর তাদের পাশে গিয়ে যোগ দেয়।*

রন

শুধু এটুকুই বলবো - আমি এই বিষয়ে বেশী কিছু জানতাম না তাই সেই দায়িত্বও নিতে পারবো না - এবং আমি নিশ্চিত আমার সন্তানরাও এর সাথে কোনোভাবে যুক্ত নয় - কিন্তু এরা যদি এখানে উঠে দাঁড়ায়, তাহলে আমিও এদের পাশে দাঁড়াবো।

জিনি

কেউ জানে না তারা কোথায় আছে - তারা আদৌ একসাথে আছে না আলাদা। আমার বিশ্বাস আমাদের ছেলেরা যথাসম্ভব চেষ্টা করবে ওকে আটকানোর কিন্তু...

হারমায়নী

আমরা এখনো হাল ছেড়ে দেইনি। আমরা দৈত্যদের কাছে গেছি। ট্রোলদের কাছে। যাকেই পেয়েছি। অরার'রা বেরিয়ে পড়েছে, খুঁজছে, যারা গোপন খবর রাখে তাদের সাথে কথা বলছে, যারা গোপন তথ্য ব্যক্ত করেনা তাদের চোখে চোখে রাখছে।

হ্যারি

কিন্তু একটা সত্য আমরা এড়িয়ে যেতে পারবো না : আমাদের অতীতে কোথাও একটা দাঁড়িয়ে একজন জাদুকরী সেই সবকিছু নতুন করে সৃষ্ট করতে চাইছে যা আমরা আজ অব্দি জেনে এসেছি - আর আমরা অপেক্ষা করা ছাড়া আর কিছুই করতে পারবো না - তার সফলতা অথবা অক্ষমতার মুহূর্তের জন্য অপেক্ষা।

প্রোফেসর ম্যাকগনেগাল

আর যদি ও সফল হয়?

হারমায়নী

তাহলে - এক নিমেষে - এই ঘরের বেশীরভাগ সদস্য উধাও হয়ে যাবে, আমাদের আর কোনো অস্তিত্ব থাকবে না এবং ভোল্ডেমর্ট আবার রাজত্ব করবে।

৮

চতুর্থ অঙ্ক দৃশ্য দুই

স্কটল্যাণ্ডের পার্বত্যাঁচল, অ্যাভীমোর ট্রেন স্টেশান, ১৯৮১

অ্যাল্বাস *এবং* স্কর্পিয়াস *স্টেশান মাস্টারের দিকে তাকিয়ে আছে, সন্দিগ্ধ ভাবে।*

অ্যাল্বাস

আমাদের মধ্যে একজনের অন্তত ওনার সাথে কথা বলা উচিত, তাই না?

স্কর্পিয়াস

হ্যালো, মিস্টার স্টেশান মাস্টার। মিস্টার মাগল। প্রশ্ন : আপনি কি এখান দিয়ে কোনো জাদুকরীকে উড়ে যেতে দেখেছেন? আর হ্যাঁ, এটা কোন বছর? আমরা হগওয়ার্টস্ থেকে পালিয়ে এসেছি কারণ ভয় পাচ্ছিলাম আমরা হয়তো কিছু জিনিস ওলটপালট করে দেবো, কিন্তু এই জায়গাটা একদম ঠিকাছে তাই না?

অ্যাল্বাস

জানো তো, কি ভেবে আমার সবথেকে বেশী বিরক্ত লাগছে? বাবা হয়তো ভাববে আমরা এগুলো ইচ্ছাকৃত করেছি।

স্কর্পিয়াস

অ্যাল্বাস। সত্যি? মানে, *সত্যি* সত্যি? আমরা - আটকে পড়েছি - হারিয়ে গেছি - সময়ের মধ্যে - হয়তো সারা জীবনের জন্য - আর তোমার বাবা কি ভাববে সেটা নিয়ে তুমি চিন্তিত? তোমাদের দুজনকে আমি কখনো বুঝে উঠতে পারবো না।

অ্যাল্বাস

বোঝার অনেক কিছু আছে। বাবা বেশ প্যাঁচালো।

স্কর্পিয়াস

যেন তুমি নও? তোমার কোন ধরনের মহিলাদের পছন্দ সে নিয়ে কোনো প্রশ্ন করছি না, কিন্তু তোমার তো বেশ ভালোই লাগছিলো...মানে...

দুজনেই জানে কার ব্যাপারে কথা হচ্ছে।

অ্যাল্বাস

হ্যাঁ লাগছিলো, তাই না? মানে ও ক্রেগের সাথে যা করলো...

স্কর্পিয়াস

ছাড়ো ওসব নিয়ে আর না ভাবাই ভালো। বরং এটা নিয়ে ভাবো যে আমাদের কাছে কোনো জাদু-ছড়ি নেই, কোনো উড়ন্ত-ঝাড়ু নেই, এমন কিছু নেই যার সাহায্যে আমরা আমাদের সময়ে ফিরে যেতে পারবো, আমাদের কাছে আছে শুধু আমাদের নিজেদের বুদ্ধি আর - না, ব্যাস ওটুকুই, আমাদের বুদ্ধি - আর ওকে আমাদের আটকাতেই হবে।

স্টেশান মাস্টার (*বেশ কড়া স্কট ভাষায়*)

ওল্ড রীকি'র ট্রেন দেরিতে চলছে, জানো?

স্কর্পিয়াস

কি?

স্টেশান মাস্টার

তোমরা যদি ওল্ড রীকি'র ট্রেনের জন্য অপেক্ষা করো, তাই তোমাদের জানিয়ে রাখছি যে ট্রেনটা দেরিতে চলছে। লাইনে কাজ হচ্ছে। এই নাও নতুন সময়-তালিকা।

সে তাদের দিকে তাকায়, তারাও একটু অবাক হয়ে তার দিকে তাকায়। সে একটু ভুরু কুঁচকে তাদের হাতে নতুন সময়-তালিকা তুলে দেয়। তালিকার ডানদিকে ইশারা করে দেখতে বলে।

দেরি।

অ্যাল্বাস *সেটা হাতে নিয়ে দেখতে থাকে। একটা বিরাট তথ্য হটাৎ পাওয়ার সাথে সাথে তার মুখের ভাব পাল্টে যায়।* স্কর্পিয়াস *শুধু* স্টেশান মাস্টারের *দিকে তাকিয়ে থাকে।*

অ্যাল্বাস

আমি জানি ও কোথায়।

স্কর্পিয়াস

তুমি ওর কথা বুঝতে পেরেছো?

অ্যাল্বাস

তারিকটা দেখো। এইযে সময়-তালিকায়।

স্কর্পিয়াস *ঝুঁকে লেখাটা পড়ে।*

স্কর্পিয়াস

তিরিশে অক্টোবর ১৯৮১। হ্যালোস ইভ'এর আগের দিন, উনচল্লিশ বছর আগে। কিন্তু – ও কেন? ওহ।

বিষয়টা বুঝতে পেরে স্কর্পিয়াসের *মুখ গম্ভীর হয়ে আসে।*

অ্যাল্বাস

আমার ঠাকুমা-ঠাকুরদার মৃত্যু। আমার বাবা ছোটো থাকা কালীন তার উপর আক্রমণ...ঠিক যেই মুহূর্তে ভোল্ডেমর্টের অভিশাপ তার নিজের উপরেই প্রতিক্ষিপ্ত হয়ে। ও নিজের ভবিষ্যদ্বাণীকে আর সত্যি করার চেষ্টা করছে না – বরং তার আগের বড় ভবিষ্যদ্বাণীটিকে পাল্টানোর চেষ্টা করছে।

স্কর্পিয়াস

বড় ভবিষ্যদ্বাণী?

অ্যাল্বাস

'কালাজাদুর সম্রাটকে পরাজিত করার ক্ষমতা যার, সে আসছে...'

স্কর্পিয়াসও *যোগ দেয়।*

স্কর্পিয়াস *এবং* অ্যাল্বাস

'...তাদের সন্তান হয়ে জন্মাবে যারা তিনবার তাকে অবজ্ঞা করেছে, সপ্তম মাসের শেষে জন্ম নেবে...'

প্রতিটা কথার সাথে সাথে স্কর্পিয়াসের *মুখ আরো গম্ভীর হয়ে আসে।*

স্কর্পিয়াস

এটা আমার দোষ। আমিই ওকে বলেছিলাম যে ভবিষ্যদ্বাণী পাল্টানো যায় - আমিই ওকে বলেছিলাম যে ভবিষ্যদ্বাণীর যুক্তিকে প্রশ্ন করা যেতে পারে -

অ্যাল্বাস

আর চব্বিশ ঘন্টা পর ভোল্ডেমর্ট শিশু হ্যারি পটারকে মারতে গিয়ে নিজেকেই অভিশাপ দেবে। ডেল্ফি সেই অভিশাপ আটকানোর চেষ্টা করছে। সে নিজেই হ্যারিকে মারবে। আমাদের গড্রিক্স হলও যেতে হবে। এক্ষুনি।

চতুর্থ অঙ্ক দৃশ্য তিন

গড্রিক্স হলও, ১৯৮১

অ্যাল্বাস এবং স্কর্পিয়াস গড্রিক্স হলও'র মধ্যে দিয়ে হাঁটছে এবং সেটি রমরমা, সুন্দর একটা ছোট্ট গ্রাম।

স্কর্পিয়াস
এখনো, আক্রমণের কোনো চিহ্ন আমি দেখতে পাচ্ছিনা...

অ্যাল্বাস
এটা গড্রিক্স হলও?

স্কর্পিয়াস
তোমার বাবা তোমায় কখনো নিয়ে আসেনি?

অ্যাল্বাস
না, কয়েকবার আনার চেষ্টা করেছিল কিন্তু আমি আসতে চাইনি।

স্কর্পিয়াস
আমাদের কাছে ঘুরে দেখার মতো সময় নেই - এক হত্যাকারী জাদুকরীর হাত থেকে আমাদের এই পৃথিবীকে বাঁচাতে হবে - কিন্তু তা...ঐ গির্জা, সেইন্ট জেরোম'স্

সে ইশারা করতেই একটা গির্জা দেখা যায়।

অ্যাল্বাস
কি অসাধারণ।

স্কর্পিয়াস

এবং সেইন্ট জেরোম'স্ কবরখানাটিও সম্ভবত বেশ অদ্ভুতুড়ে সম্ভবত বেশ অদ্ভুতুড়ে (*সে আরেকদিকে ইশারা করে*), এবং ওইখানে হ্যারি এবং তার বাবা-মায়ের মূর্তি থাকবে -

অ্যাল্বাস

আমার বাবার একটা মূর্তি আছে?

স্কর্পিয়াস

ও। না এখন নেই। কিন্তু হবে। আসা করি। এবং এই - এই সেই বাড়ি যেখানে ব্যাথিল্ডা ব্যাগশট থাকতো, মানে থাকে...

অ্যাল্বাস

সেই ব্যাথিল্ডা ব্যাগশট্? মানে *জাদুর ইতিহাস* বইটির লেখিকা ব্যাথিল্ডা ব্যাগশট?

স্কর্পিয়াস

হ্যাঁ সেই। আরে বাপরে, ঐতো। বাহ। আমার সমস্ত জ্ঞান যেন থরথর করে কাঁপছে।

অ্যাল্বাস

স্কর্পিয়াস!

স্কর্পিয়াস

আর এইটা -

অ্যাল্বাস

জেমস, লিলি এবং হ্যারি পটারের বাড়ি...

এক তরুণ, সুদর্শন দম্পতি বাড়ি থেকে বেরোচ্ছে, সঙ্গে একটি বাচ্চাদের ঠেলে নিয়ে চলার গাড়িতে ছোট্ট এক শিশু। অ্যাল্বাস তাদের দিকে এগিয়ে যায়, স্কর্পিয়াস *তাকে পেছন থেকে টেনে ধরে।*

স্কর্পিয়াস

ওরা যেন তোমায় দেখতে না পায়, অ্যাল্বাস, নাহলে সময়ের ক্ষতি হতে পারে, আর সেটা আমরা হতে দেবো না - এবার অন্তত না।

অ্যাল্বাস

কিন্তু এর মানে, ও আসেনি...আমরা পেরেছি... ও পারেনি...

স্কর্পিয়াস

তা এবার আমরা কি করবো? ওর সাথে লড়াই করার জন্য প্রস্তুত হবো? কারণ ও বেশ...ভয়ানক।

অ্যাল্বাস

হ্যাঁ, এই ব্যাপারে তো আমরা কিছু ভাবিইনি, তাই না? কি করবো এবার? কিভাবে আমার বাবাকে রক্ষা করবো?

চতুর্থ অঙ্ক দৃশ্য চার

মিনিস্ট্রি অফ ম্যাজিক, হ্যারির দপ্তর

হ্যারি খুব তাড়াতাড়ি কিছু কাগজপত্র দেখছে।

ডাম্বেলডোর

শুভ সন্ধ্যা, হ্যারি।

এক মুহূর্তের বিরতি। হ্যারি মুখ তুলে ডাম্বেলডোরের *ছবির দিকে তাকায়, তার মুখ উদাসীন।*

হ্যারি

প্রোফেসর ডাম্বেলডোর। আমার দপ্তরে, আমার কি সৌভাগ্য। তার মানে আজ রাতেই কিছু ঘটবে?

ডাম্বেলডোর

কি করছো?

হ্যারি

কাগজপত্র দেখছিলাম, দেখছিলাম এমন কিছু ছেড়ে গেছি কিনা যা আমার দেখা উচিত ছিল। আমাদের সীমিত ক্ষমতায় যতটা লড়া যায়, তার জন্য প্রস্তুতি নিচ্ছি। যদিও জানি যে যুদ্ধ আমাদের থেকে অনেক দূরে হচ্ছে। এর চেয়ে বেশী আর কিই বা করতে পারি।

স্তব্ধতা। ডাম্বেলডোর *কিছু বলে না।*

আপনি কোথায় ছিলেন, ডাম্বেলডোর?

ডাম্বেলডোর

আমি এখন এখানেই আছি।

হ্যারি

এখানে লড়াই হেরে যাওয়ার পর। নাকি আপনি বলতে চান ভোল্ডেমর্ট ফিরে আসবে না।

ডাম্বেলডোর

এটা – সম্ভব।

হ্যারি

যান। চলে যান। আমি চাই না আপনি এখানে থাকুন, আপনাকে আমার কোনো প্রয়োজন নেই। প্রয়োজনের সময় আপনি কখনো পাশে থাকেননি। তিনবার আমি আপনাকে ছাড়া ওর সাথে লড়াই করেছি। প্রয়োজনে আবার লড়বো – একাই।

ডাম্বেলডোর

হ্যারি, তোমার কি মনে হয় আমি তোমার হয়ে ওর সাথে লড়াই করতে চাইনি? পারলে আমি নিজেই তোমায় ঐ লড়াই থেকে রক্ষা করতাম –

এই কথা শুনে হ্যারি রাগে ফেটে পড়ে।

হ্যারি

ভালোবাসা আমাদের অন্ধ করে দেয়? আপনি কি আদৌ এই কথার অর্থ জানেন? আপনি কি জানেন এই উপদেশ কতটা ক্ষতিকারক প্রমানিত হয়েছে? আমার ছেলে – আমার ছেলে আমাদের জন্য লড়ে যাচ্ছে ঠিক যেরকম আমি আপনার জন্য লড়েছিলাম। এবং আমি ওর কাছে বাবা হিসেবে ঠিক ততটাই খারাপ হয়ে উঠেছি যতটা আপনি আমার জন্য ছিলেন। এমন জায়গায় ওকে ছেড়ে আসা যেখানে কোনোরকম স্নেহ পাওয়া ওর পক্ষে অসম্ভব – এমন এক বিরক্তি ওর মধ্যে তৈরি করা যা বুঝতে ওর বহু বছর লেগে যাবে –

ডাম্বেলডোর

তুমি যদি প্রিভেট ড্রাইভের কথা বলো তাহলে –

হ্যারি

বহু বছর – বহু বছর ওখানে আমি একলা কাটিয়েছি, আমি কে সেটা না জেনে, বা আমি কেন ঐ জায়গায় আছি, এটাও জানতাম না আদৌ কেউ আমার ব্যাপারে চিন্তিত কিনা!

ডাম্বেলডোর

আমি - তোমার সাথে এরকম বন্ধন তৈরি করতে চাইনি -

হ্যারি

সেই ব্যাপারেও নিজেকেই বাঁচিয়ে!

ডাম্বেলডোর

না। আমি তোমায় রক্ষা করছিলাম। আমি তোমায় আঘাত করতে চাইনি...

ডাম্বেলডোর ছবির বাইরে বেরোনোর চেষ্টা করে, কিন্তু পারে না। তার কান্না পায়, কিন্তু তিনি তা লুকোনোর চেষ্টা করেন।

কিন্তু শেষমেশ আমায় তোমার সাথে দেখা করতেই হলো... এগারো বছর বয়স, আর তুমি কতো সাহসী ছিলে। কতো ভালো। তোমার জন্য যেই পথ বিছানো হয়েছিল, সেই পথ দিয়ে নির্দ্বিধায় হেঁটে গেছো। অবশ্যই আমি তোমায় ভালোবাসতাম...এবং আমি জানতাম এই জিনিস আবার হবে...যার উপর আমার ভালোবাসা থাকে, তারই আমি ক্ষতি করে বসি...স্নেহ ভালোবাসার জন্য আমি সঠিক লোক নই... যখনই আমি কাউকে ভালোবেসেছি, তখনই তার ক্ষতি করে এসেছি...

এক মুহূর্তের বিরতি।

হ্যারি

এই কথাগুলো আমায় তখন বললে হয়তো কম কষ্ট দিতেন।

ডাম্বেলডোর (*খোলাখুলি কাঁদতে কাঁদতে*)

আমি অন্ধ হয়ে গেছিলাম। ভালোবাসা তাই করে দেয়। আমি বুঝতে পারিনি তোমার খোলাখুলি শোনার প্রয়োজন ছিল যে এই অন্তর্মুখী, চতুর, বিপজ্জনক বুড়ো লোকটা... তোমায় ভালোবাসে...

স্তব্ধতা। দুজনই অত্যন্ত আবেগপ্রবণ হয়ে পড়ে।

হ্যারি

আমি নির্দ্বিধায় সব মেনে নিয়েছি একথা মোটেও সত্যি নয়।

ডাম্বেলডোর

হ্যারি, এই ছন্নছাড়া, আবেগপ্রবণ পৃথিবীতে কখনোই কোনো কিছুর উত্তর সম্পূর্ণ সঠিক হয় না। পূর্ণতা মানুষের নাগালের বাইরে, জাদুর

নাগালের বাইরে। প্রতিটি আনন্দের মুহূর্তে একফোঁটা বিষ রয়েই যায় : এই বোধ যে দুঃখ আবার ফিরে আসবে। যাদের তুমি ভালোবাসো তাদের সাথে সৎভাবে থাকো, তাদেরকে তোমার কষ্টটা দেখাও। দুঃখকষ্ট পাওয়াও নিশ্বাস নেওয়ার মতোই মনুষ্যসুলভ।

হ্যারি

এই কথাটা আপনি আগেও একবার আমায় বলেছিলেন।

ডাম্বেলডোর

আজ রাতে তোমাকে আমার এটুকুই বলার...

তিনি চলে যেতে থাকেন।

হ্যারি

যাবেন না!

ডাম্বেলডোর

যাদের আমরা সত্যিই ভালোবাসি তারা কখনো আমাদের ছেড়ে যায় না হ্যারি। এমন কিছু জিনিস আছে যাকে মৃত্যু ছুঁতে পারে না। আঁকা... এবং স্মৃতি...এবং ভালোবাসা।

হ্যারি

আমিও আপনাকে ভালোবাসি ডাম্বেলডোর।

ডাম্বেলডোর

আমি জানি।

তিনি চলে যান। হ্যারি একা। এবার ড্রেকোর প্রবেশ।

ড্রেকো

তুমি কি জানো ঐ অন্য জগত - যেখানে স্কর্পিয়াস চলে গিয়েছিল - সেখানে আমি নাকি ম্যাজিকাল ল্য এনফোর্সমেন্টের প্রধান? এই ঘর হয়তো খুব শিগগিরি আমার হতে চলেছে। তুমি ঠিক আছো?

হ্যারি *দুঃখে কাতর।*

হ্যারি

ভেতরে এসো - তোমায় ঘুরে দেখাই।

ড্রেকো একটু ইতস্তত ভাবে ঘরের ভেতর ঢোকে। বিষাদগ্রস্ত ভাবে সে চারিদিক ঘুরে দেখে।

ড্রেকো
আসল কথা হচ্ছে - আমি নিজে কখনো মিনিস্টির সদস্য হতে চাইনি। ছোটোবেলায়ও না। আমার বাবা - উনি এটা সবসময় চাইতেন - আমি না।

হ্যারি
তুমি কি চাইতে?

ড্রেকো
কুইডিচ। কিন্তু সেটাতেও আমি যে খুব ভালো ছিলাম এমনটাও নয়। মূলত আমি খুশি থাকতে চাইতাম।

হ্যারি *মাথা নাড়ে। ড্রেকো তার দিকে আরো কিছুক্ষণ তাকিয়ে থাকে, কি বলবে বুঝতে পারে না।*

মাপ করবে, আমি এরকম ভাবের কথা ভালো বলতে পারি না, তো কাজের কথায় আসা যাক?

হ্যারি
অবশ্যই। কি - কাজের - কথা?

এক মুহূর্তের বিরতি।

ড্রেকো
তোমার কি মনে হয় একমাত্র থিওডোর নটের কাছেই কাল-পরিবর্তক ছিল?

হ্যারি
কি?

ড্রেকো
মিনিস্ট্রি যেই কাল-পরিবর্তকটা উদ্ধার করেছে সেটা শুধু একটা নমুনা ছিল। সস্তার ধাতু দিয়ে তৈরি। কাজ অবশ্যই করে। কিন্তু শুধু পাঁচ মিনিটের জন্য ফেরত যেতে পারে - এটা ওর এটা বিশেষ ত্রুটি - এটা কখনো কেউ সত্যিকারের কালাজাদুর সংগ্রাহকদের বেচবে না।

হ্যারি *বুঝতে পারে* ড্রেকো *কি বলতে চাইছে।*

হ্যারি

ও তোমার জন্য কাজ করতো?

ড্রেকো

না। আমার বাবার জন্য। বাবা সেই সব জিনিস সংগ্রহ করতে ভালোবাসতো যা কারুর কাছে নেই। মিনিস্ট্রির কাল-পরিবর্তকগুলি - ক্রোকারের সাহায্যে - শুধুমাত্র সাজিয়ে রাখার জিনিস ছিল। কিন্তু বাবা এক ঘন্টারও বেশী পেছনে যেতে চেয়েছিল, বহু বছর পেছনে যাওয়ার মতো ক্ষমতা চেয়েছিল। বাবা কখনো ওটা ব্যবহার করতে চায়নি, আমার মনে হয় বাবাও গোপনে একটা পৃথিবী চাইতো যেখানে ভোল্ডেমর্ট নেই। কিন্তু হ্যাঁ, কাল-পরিবর্তকটি তার জন্য বানানো হয়েছিল।

হ্যারি

আর তুমি কি ওটা রেখে দিয়েছো?

ড্রেকো *কাল-পরিবর্তকটি বের করে।*

ড্রেকো

কোনো পাঁচ-মিনিটের ঝামেলা নেই, এবং এটা সোনার মতো চকচক করে, ঠিক যেমনটা ম্যাল্ফয়রা পছন্দ করে। তুমি হাসছো যে।

হ্যারি

হারমায়নী গ্রেঞ্জার। এই কারণেই সে প্রথমটা রেখেছিল, ভয়ে যে এরকম আরেকটাও থাকতে পারে। এটা আঁকড়ে ধরে রেখেছো, কেউ জানতে পারলে তোমায় অ্যাজকাবানে পাঠিয়ে দিতো।

ড্রেকো

উল্টোটা ভাবো - ভাবো লোকে যদি জানতে পারতো যে আমি কাল-ভ্রমণ করতে পারি। ভাবো তাহলে ঐ গুজবে কতটা ইন্ধন জোগানো যেতো - কতটা বিশ্বাস।

হ্যারি ড্রেকোর *দিকে তাকায়, তার ইঙ্গিত বুঝতে পারে।*

হ্যারি

স্কর্পিয়াস।

ড্রেকো

সন্তানের জন্ম দেওয়ার ক্ষমতা আমাদের দুজনেরই ছিল, কিন্তু এস্টোরিয়া খুব দুর্বল ছিল। রক্তের সমস্যা, বেশ গুরুতর রকমের। ওর

এক পূর্বপুরুষকে অভিশাপ দেওয়া হয়েছিল...সেটা ওর মধ্যে দেখা দেয়। জানোই তো এই জিনিসগুলো কেরকম বেশ কিছু প্রজন্ম পরে ঘুরে ফিরে আসতে পারে...

হ্যারি

আমায় ক্ষমা করে দিয়ো, ড্রেকো।

ড্রেকো

আমি ওর শারীরিক অবস্থা নিয়ে কোনো ঝুঁকি নিতে চাইনি, আমি বলেছিলাম যে ম্যাল্ফয় বংশ আমায় দিয়ে শেষ হয়ে গেলেও কিছু যায় আসে না - সে আমার বাবা যাই বলে থাকুক না কেন। কিন্তু এস্টোরিয়া - ও কখনোই ম্যাল্ফয় বংশ বজায় রাখার জন্য সন্তান চায়নি, পবিত্র রক্ত অথবা গৌরবের জন্যেও না, ও চেয়েছিল আমাদের নিজেদের জন্য। আমাদের সন্তান স্কর্পিয়াসের জন্ম হলো...সেই দিনটা ছিল আমাদের জীবনের সবচেয়ে আনন্দের দিন, যদিও তার পরে এস্টোরিয়া বেশ দুর্বল হয়ে পড়ে। আমরা নিজেদের গুঁটিয়ে ফেলেছিলাম, আমরা তিনজনেই। আমি ওর শক্তি বাঁচিয়ে রাখতে চেয়েছিলাম...এবং এইভাবেই গুজবটি শুরু হয়।

হ্যারি

আমি ভাবতেও পারছি না সেটা কেরকম হতে পারে।

ড্রেকো

এস্টোরিয়া জানতো সে কখনো বার্ধক্যে পৌঁছবে না। ও চাইতো ওর অবর্তমানে আমার যেন একজন সঙ্গী থাকে, কারণ...ড্রেকো ম্যাল্ফয় হয়ে থাকা অত্যন্ত একাকিত্বে ভরা। আমায় সবসময়ই সন্দেহ করা হবে। অতীতকে তো আর অস্বীকার করতে পারবো না। যদিও আমি কখনো বুঝিনি যে আমার ছেলেকে এই পরচর্চায় মত্ত, সবসময় অন্যকে বিচার করা এই পৃথিবী থেকে লুকিয়ে রেখে তাকে আরো বড় এক সন্দেহের মায়াজালে জড়িয়ে ফেলছি যা আমি নিজেও কখনো ভোগ করিনি।

হ্যারি

ভালোবাসা মানুষকে অন্ধ করে দেয়। আমরা দুজনেই আমাদের ছেলেদেরকে তাদের জন্য যা প্রয়োজন সেটা নয়, বরং আমাদের জন্য

যা প্রয়োজন সেটা দেওয়ার চেষ্টা করেছি। আমরা নিজেদের অতীতকে নতুন করে লেখার তাগিদে এতটাই ব্যস্ত হয়ে পড়ি যে আমরা ওদের বর্তমানকে নষ্ট করে ফেলেছি।

ড্রেকো

যেই কারণে এখন এটার প্রয়োজন। আমি এটা সঙ্গে রেখেছি, কোনোরকমে এটা ব্যবহার করার ইচ্ছা দমন করে রেখেছি, যদিও এস্টোরিয়ার সাথে আরেকবার একটু সময় কাটানোর জন্য আমি নিজের আত্মা অব্দি বেচে দিতে রাজি আছি...

হ্যারি

ড্রেকো...আমরা পারবো না। আমরা এটা ব্যবহার করতে পারবো না।

ড্রেকো হ্যারির দিকে তাকায়, এবং প্রথমবার – এই বিমর্ষ অবস্থার মধ্যে – তারা বন্ধুর মতো একে অপরের দিকে তাকায়।

ড্রেকো

আমাদের ওদেরকে খুঁজে বের করতেই হবে – যদি শতবর্ষ পেছনেও যেতে হয় তাও, আমাদের ছেলেদেরকে খুঁজে বের করতেই হবে...

হ্যারি

আমরা জানিনা ওরা কোথায় বা কোন সময়ে রয়েছে। কোন সময়ে খুঁজবে সেটা না জেনে সময়ের মধ্যে দিয়ে খোঁজা, বোকামো ছাড়া আর কিছুই না। না, এই কাজ স্নেহ ভালোবাসা দিয়েও হবে না আর কাল-পরিবর্তক দিয়েও হবে না। এটা আমাদের ছেলেদেরকেই করতে হবে – ওরাই একমাত্র আমাদের বাঁচাতে পারবে।

চতুর্থ অঙ্ক দৃশ্য পাঁচ

গড্রিক্স হলও, জেমস এবং লিলি পটারের বাড়ির বাইরে, ১৯৮১

অ্যাল্বাস এবং স্কর্পিয়াস হতাশ হয়ে চারপাশে তাকায়, নিজেদের এই বিরাট সমস্যা থেকে বার করার উপায় ভাবার চেষ্টা করে।

অ্যাল্বাস

গিয়ে বলবো আমার ঠাকুরদা আর ঠাকুমাকে?

স্কর্পিয়াস

যে তারা কোনোদিন তাদের ছেলেকে বড় হতে দেখতে পারবে না?

অ্যাল্বাস

ঠাকুরমার মন খুব শক্ত – আমি জানি – তুমি দেখেছো তো ওনাকে।

স্কর্পিয়াস

ওনাকে খুব সুন্দর দেখতে, অ্যাল্বাস। আর আমি তোমার জায়গায় থাকলে আমারও ওনার সাথে কথা বলার ইচ্ছা হতো। কিন্তু ওনাকে ভোল্ডেমর্টের কাছে হ্যারির জীবনভিক্ষা চাইতেই হবে, ওনাকে মানতে হবে যে হ্যারি মারা যেতে পারে, তা নাহলে তুমি সেই পৃথিবীর সবচেয়ে বড় বিঘ্ন ডেকে আনবে, যা হয়তো বাস্তবে কোনোদিন রূপ পাবে না...

অ্যাল্বাস

ডাম্বেলডোর। ডাম্বেলডোর বেঁচে আছেন। আমরা ডাম্বেলডোরকে এর মধ্যে নিয়ে আসবো। আমরা ডাম্বেলডোরের সাথে তাই করবো যা তুমি স্নেপের সাথে করেছিলে –

স্কর্পিয়াস

তোমার বাবা যে বেঁচে গেছেন সেটা বলার ঝুঁকি ওঠানো কি ঠিক হবে? এবং এটা জানানো যে তার সন্তানও আছে?

অ্যাল্বাস

উনি ডাম্বেলডোর! উনি সব সইতে পারেন!

স্কর্পিয়াস

অ্যাল্বাস, ডাম্বেলডোর কি জানতেন, কিভাবে জানতেন অথবা তিনি যা করেছেন, তা কেন করেছেন, এই নিয়ে প্রায় একশোটার মতো বই লেখা হয়েছে। কিন্তু একটা ব্যাপার নিশ্চিত - উনি যা করেছেন - তা করা ওনার প্রয়োজন ছিল - আর সেটা নিয়ে আমি কোনোরকম কায়দাবাজি করবো না। *(এক মুহূর্তের বিরতি। সে অনুনয়ী ভাবে তার বন্ধুর দিকে তাকায়।)* আমি সাহায্য চাইতে পেরেছি কারণ আমি একটি আলাদা বাস্তবের মধ্যে ছিলাম। কিন্তু আমরা তো এই মুহূর্তে সেরকম অবস্থায় নেই । আমরা অতীতে দাঁড়িয়ে আছি। আমরা কোনো ঘটনা বদলালে সমস্যা বাড়বে বই কমবে না - আমাদের দুঃসাহসিক অভিজ্ঞতা যদি আমাদের কিছু শিখিয়ে থাকে তা হলো এইটাই। কারুর সাথে কথা বলা - সময়কে দুষিত করা - বড্ড বিপজ্জনক।

অ্যাল্বাস

তাহলে আমাদেরকে - ভবিষ্যতের সাথে কথা বলতে হবে। আমাদেরকে বাবার কাছে একটা খবর পাঠাতে হবে।

স্কর্পিয়াস

কিন্তু আমাদের কাছে এমন কোনো প্যাঁচা নেই যে সময়ের মধ্যে দিয়ে উড়তে পারে। আর তোমার বাবার কাছেও কোনো কাল-পরিবর্তক নেই।

অ্যাল্বাস

আমরা বাবার কাছে যদি একটা খবর পাঠাতে পারি, তাহলে সে এখানে আসার কোনো না কোনো উপায় বের করেই নেবে। প্রয়োজনে নিজে একটা কাল-পরিবর্তক বানিয়ে ফেলবে।

স্কর্পিয়াস

আমরা একটা স্মৃতি পাঠাতে পারি - পেন্সীভ'এর মতো - তার সামনে গিয়ে দাঁড়িয়ে একটা বার্তা পাঠানো, শুধু আসা রাখতে হবে সেও যেন

ঐ একই মুহূর্তে সেই স্মৃতি খোঁজে। মানে ব্যাপারটা অসম্ভব, কিন্তু... বাচ্চাটির সামনে গিয়ে দাঁড়িয়ে – বার বার যদি চেঁচাই **বাঁচাও**। **বাঁচাও**। **বাঁচাও**। মানে সেটা হয়তো বাচ্চাটিকে সামান্য মানসিক আঘাত দিতে পারে।

অ্যাল্বাস

একেবারে সামান্য।

স্কর্পিয়াস

যা হচ্ছে, সেই তুলনায় সামান্য মানসিক আঘাত কিছুই না...আর হয়তো যখন পরে ভাববে – অনেক পরে – আমাদের মুখগুলো মনে পড়বে – চেঁচাচ্ছে –

অ্যাল্বাস

বাঁচাও।

স্কর্পিয়াস অ্যাল্বাসের দিকে তাকায়।

স্কর্পিয়াস

হ্যাঁ, ঠিকই বলেছো। খুব খারাপ বুদ্ধি।

অ্যাল্বাস

এটা তোমার সবচেয়ে খারাপ বুদ্ধিগুলোর মধ্যে একটা।

স্কর্পিয়াস

পেয়ে গেছি! আমরা নিজেরাই বরং বলি – চল্লিশ বছর অপেক্ষা করি – আমরা নিজেরাই –

অ্যাল্বাস

কোনো প্রশ্নই ওঠে না – ডেল্ফি যদি একবার নিজের মতো সময় পাল্টে নেয় তাহলে ও সৈন্য পাঠিয়ে আমাদের খুঁজে বের করবে – আমাদের মেরে ফেলবে –

স্কর্পিয়াস

তাহলে কি একটা গর্তে লুকিয়ে থাকবো?

অ্যাল্বাস

যদিও তোমার সাথে একসঙ্গে একটা গর্তে আগামী চল্লিশ বছর কাটাতে ভালোই লাগবে...কিন্তু ওরা আমাদের খুঁজে বের করে ফেলবে। আর আমরা মরে গেলে সময় ভুল জায়গায় আটকে থাকবে। না। আমাদের

এমন কিছু প্রয়োজন যা আমরা নিয়ন্ত্রণ করতে পারবো, এমন কিছু যা বাবা ঠিক সময়ে পাবে। আমাদের দরকার একটা...

স্কর্পিয়াস

কিছুই তো নেই। তাও, অনন্তকালীন অন্ধকারে ফিরে যাওয়ার মুহূর্তে আমায় যদি কোনো সঙ্গীর সাথে থাকতে হয়, তাহলে আমি তোমাকেই বেছে নেবো।

অ্যাল্বাস

কিছু মনে করোনা, কিন্তু আমি এমন কাউকে বেছে নেবো যে খুবই শক্তিশালী এবং খুব ভালো একজন জাদুকর।

ঘরের ভেতর থেকে লিলি বেরিয়ে আসে, সঙ্গে একটি বাচ্চাদের ঠেলে নিয়ে চলার গাড়িতে শিশু হ্যারি, লিলি খুব সাবধানে তার উপর একটা কাঁথা চাপা দেয়।

বাবার কাঁথা। উনি বাবাকে বাবার কাঁথায় মুড়ে দিলেন।

স্কর্পিয়াস

হ্যাঁ, আজকে মোটামুটি ঠাণ্ডা আছে।

অ্যাল্বাস

বাবা সবসময় বলতো – ওটা তার মায়ের কাছ থেকে পাওয়া একমাত্র জিনিস। দেখো কি স্নেহের সাথে উনি ওটা গায়ে দিলেন – বাবা শুনলে খুব খুশি হবে – যদি বলতে পারতাম।

স্কর্পিয়াস

আর আমি যদি আমার বাবাকে বলতে পারতাম – মানে, ঠিক জানি না কি বলতাম। আমি হয়তো বাবাকে বলতাম যে বাবা যা মনে করে, আমি তার থেকেও অনেক বেশী সাহসী।

অ্যাল্বাসের *মাথায় একটা বুদ্ধি আসে।*

অ্যাল্বাস

স্কর্পিয়াস – আমার বাবার কাছে এখনো ঐ কাঁথাটা রয়েছে।

স্কর্পিয়াস

ওটায় কাজ হবে না। এখন যদি আমরা ওটায় কিছু লিখি, খুব ছোট করে লিখলেও, উনি সেটা আগেই পড়ে ফেলবেন। সময়ের ধারা নষ্ট হয়ে যাবে।

অ্যাল্বাস

প্রেমের মিশ্রণের ব্যাপারে তুমি কি জানো? কোন দ্রব্যটি সব প্রেমের মিশ্রণে থাকে?

স্কর্পিয়াস

অনেক কিছুই থাকে, তবে তার মধ্যে মুক্তর গুড়ো অন্যতম।

অ্যাল্বাস

মুক্তর গুড়ো কিন্তু তুলনামূলক দুর্লভ, তাই না?

স্কর্পিয়াস

এর মূল কারণ হলো এটি খুব দামী একটি দ্রব্য। কিন্তু ব্যাপারটা কি বলো তো, অ্যাল্বাস?

অ্যাল্বাস

আমি স্কুল যাওয়ার আগের দিন আমার আর বাবার মধ্যে একটু ঝগড়া হয়েছিল।

স্কর্পিয়াস

এটা আমি জানি। সেই কারণেই বিশেষত আমরা এখানে আটকে পড়েছি।

অ্যাল্বাস

আমি ঐ কাঁথাটা ঘরের একদিক ছুঁড়ে ফেলে দিয়েছিলাম। তখন সেটা একটা প্রেমের মিশ্রণের সাথে ধাক্কা খায় যেটা আমাকে রন আঙ্কেল খেলার ছলে দিয়েছিল। তখন সেই মিশ্রণ ঐ কাঁথাটার উপর উপচে পড়ে আর কাঁথাটা পুরো ভিজে যায়, আর আমি জানি যে আমার বেরোনোর পর থেকে মা বাবাকে ঐ ঘরে আর ঢুকতে দেয়নি।

স্কর্পিয়াস

তো?

অ্যাল্বাস

তো হ্যালোস ইভ আসছে তাদের এবং আমাদের সময় - আর বাবা আমায় বলেছিল সে সবসময় ওটা খুঁজে বের করে, হ্যালোস ইভ'এ ওটা সবসময় সঙ্গে রাখে - এটা তার মায়ের থেকে পাওয়া শেষ জিনিস যা তার কাছে রয়েছে - সুতরাং উনি এটা খুঁজবেন এবং যখন খুঁজে পাবেন...

স্কর্পিয়াস

না। এখনো বুঝতে পারছি না।

অ্যাল্বাস

মুক্তর গুড়োর সাথে কোন জিনিস মিশলে তার প্রতিক্রিয়া হয়?

স্কর্পিয়াস

বলা হয় ডেমিগাইসের আরক আর মুক্তর গুড়ো একসাথে মিশলে... জ্বলে ওঠে।

অ্যাল্বাস

আর (*সে কিভাবে উচ্চারণ করবে জানে না*) ডেমিগাইসের আরক কি খালি চোখে দেখা যায়?

স্কর্পিয়াস

না।

অ্যাল্বাস

তো আমরা যদি কোনোভাবে ঐ কাঁথাটা নিয়ে তার উপর ডেমিগাইসের আরক দিয়ে কিছু লিখি তাহলে...

স্কর্পিয়াস (*বুঝতে পেরে*)

প্রেমের মিশ্রণের সংস্পর্শে আসা অব্দি কোনো কিছুর প্রভাব ওর উপর পড়বে না। তোমার ঘরে। বর্তমানে। ডাম্বেলডোরের দিব্বি, এটা আমার খুব ভালো লেগেছে।

অ্যাল্বাস

আমাদের শুধু দেখতে হবে কোথায় আমরা কিছু...ডেমিগাইস খুঁজে পাবো।

স্কর্পিয়াস

জানো তো, শোনা যায় ব্যাথিল্ডা ব্যাগশট নাকি কোনোদিন বুঝে উঠতে পারেননি জাদুকর এবং জাদুকরীরা কেন দরজায় তালা দিয়ে রাখে।

দরজা খুলে যায়।

ঠিকই শোনা যায়। চলো কিছু জাদু-ছড়ি চুরি করে মিশ্রণের কাজ শুরু করি।

চতুর্থ অঙ্ক দৃশ্য ছয়

হ্যারি এবং জিনি পটারের বাড়ি, অ্যাল্বাসের ঘর

হ্যারি অ্যাল্বাসের *খাটের উপর বসে আছে।* জিনির *প্রবেশ, সে* হ্যারির *দিকে তাকায়।*

জিনি

তোমায় এখানে দেখবো ভাবিনি।

হ্যারি

চিন্তা নেই, আমি কিচ্ছু ধরিনি। তোমার মন্দির পবিত্রই আছে। (*একটু থতমত খেয়ে*) মাপ করবে। ভেবে বলা উচিত ছিল।

জিনি *কিছু বলে না।* হ্যারি *তার দিকে মুখ তুলে তাকায়।*

জানো তো, হ্যালোস ইভ আমার কয়েকবার খুব খারাপ কেটেছে - কিন্তু এটা নিঃসন্দেহে - সেই তালিকায় দ্বিতীয় স্থানে রয়েছে।

জিনি

আমি ভুল ছিলাম - তোমায় দোষারোপ করায় - আমি সবসময় তোমায় দোষ দেই যে তুমি সবকিছু নিজের মতো করে অনুমান করে নাও, এদিকে আমিই বরং - অ্যাল্বাস নিখোঁজ আর আমি ভাবলাম সেটা তোমার দোষ। আমায় ক্ষমা করে দিও।

হ্যারি

তুমি মনে করো না যে এটা আমার দোষ?

জিনি

হ্যারি, ওকে এক শক্তিশালী কালজাদুকরী অপহরণ করেছে, এটা তোমার দোষ কি করে হতে পারে?

হ্যারি

আমি ওকে তাড়িয়ে দিয়েছি। আমি ওকে তাড়িয়ে ডেল্ফির কাছে পাঠিয়ে দিয়েছি।

জিনি

আমরা কি এটাকে এমন এক যুদ্ধ হিসেবে দেখতে পারি না, যা আমরা হেরে গেছি?

এই বলে জিনি মাথা নাড়ে। হ্যারি কেঁদে ফেলে।

হ্যারি

আমায় ক্ষমা করে দিয়ো জিনি –

জিনি

তুমি কি আমার কথা শুনছো না? আমিও দুঃখিত।

হ্যারি

আমার বেঁচে যাওয়া উচিত হয়নি – মৃত্যু আমার ভাগ্যে ছিল – ডাম্বেলডোরও তাই ভাবতেন – কিন্তু তাও আমি বেঁচে গিয়েছিলাম। আমি ভোল্ডেমর্টকে হারিয়ে ছিলাম।এরা সবাই – সব্বাই – এই ক্রেগ বলে ছেলেটি, আমার বাবা-মা, ফ্রেড, পরাজিত পঞ্চাশ – আর আমিই বেঁচে গেলাম? এটা কি করে সম্ভব? এতো ক্ষয়ক্ষতি – এগুলো তো সব আমারই ভুল।

জিনি

ওদেরকে ভোল্ডেমর্ট খুন করেছে।

হ্যারি

কিন্তু আমি যদি ওকে আরো আগে পরাজিত করতাম। এতো রক্তপাতের দায়ভার আমার উপর। আর এখন আমাদের ছেলেকেও নিয়ে যাওয়া হয়েছে –

জিনি

ও এখনো মরেনি। শুনলে আমি কি বললাম হ্যারি? ও এখনো মরেনি।

সে হ্যারিকে জড়িয়ে ধরে। কেবল দুঃখে ভরা একটা লম্বা বিরতি।

হ্যারি

যেই ছেলেটা বেঁচে গিয়েছিল। যেই ছেলেটা বেঁচে গিয়েছিল তার জন্য আরো কতজনকে মরতে হবে?

হ্যারি এক মুহূর্তের জন্য অনিশ্চিত ভাবে দুলতে থাকে। তারপর সেই কাঁথাটির দিকে তার নজর পড়ে। সেটির দিকে সে হেঁটে যায়।

এই কাঁথাটাই আমার একমাত্র সম্বল, জানো...ঐ হ্যালোস ইভ থেকে পাওয়া। তাদের মনে রাখার জন্য এটাই একমাত্র জিনিস যা আমার কাছে রয়েছে। আর যতক্ষণ –

সে কাঁথাটি তুলে ধরে। তার মধ্যে কিছু জায়গায় ফুটো হয়ে গেছে দেখতে পায়। একটু বিচলিত হয়ে সেগুলোর দিকে তাকায়।

এর মধ্যে ফুটো হয়ে গেছে। রনের ঐ বোকা বোকা প্রেমের মিশ্রণ এটাকে পুরিয়ে ফুটো করে দিয়েছে। এই দেখো। এটা পুরো নষ্ট হয়ে গেছে। একদম নষ্ট হয়ে গেছে।

সে কাঁথাটা ছুড়ে ফেলে দেয়। জিনি *গিয়ে সেটা ওঠায়, পরীক্ষা করে দেখে।*

জিনি

হ্যারি...

হ্যারি

কি?

জিনি

হ্যারি, এর মধ্যে – কিছু একটা – লেখা –

এবং অকস্মাৎ অ্যাল্বাস *এবং* স্কর্পিয়াস *মঞ্চের উপর* হ্যারি *এবং* জিনির *কাছাকাছি এসে দাঁড়ায়, যদিও তারা সম্পূর্ণ আলাদা সময়ে রয়েছে।*

অ্যাল্বাস

'বাবা...'

স্কর্পিয়াস

আমরা 'বাবা' লিখে শুরু করছি?

অ্যাল্বাস

হ্যাঁ, যাতে বুঝতে পারে এটা আমি লিখছি।

স্কর্পিয়াস

ওনার নাম হ্যারি। তাহলে 'হ্যারি' দিয়েই শুরু করা উচিত।

অ্যাল্বাস (দৃঢ় ভাবে)

আমরা 'বাবা' দিয়েই শুরু করছি।

হ্যারি

'বাবা', কি লেখা আছে 'বাবা'? খুব একটা পরিষ্কার না যদিও...

স্কর্পিয়াস

'বাবা, হেল্প'।

জিনি

'হেলো'? এটা কি 'হেলো'? আর তারপর...'গুড'...

হ্যারি

'বাবা হেলো গুড হেলো'? না। এটা তো...কি অদ্ভুত ব্যাপার।

অ্যাল্বাস

'বাবা। হেল্প। গড্রিক্স হলও।'

জিনি

আমায় দাও তো। আমার চোখ তোমার থেকে ভালো। হ্যাঁ। 'বাবা হেলো গুড' – দ্বিতীয়বার ওটা 'হেলো' না – ওটা 'হ্যালও' বা 'হলও'? আর তারপর কিছু নম্বর – এগুলো একটু পরিষ্কার – '৩...১...১...০...৮...১'। এটা কি একটা ঐ মাগল টেলিফোন নম্বর? নাকি কোনো গ্রিড সংক্রান্ত কিছু নাকি একটা...

হ্যারি মুখ তুলে তাকায়, তার মাথায় অনেক কিছু একসাথে চলছে।

হ্যারি

না। এটা একটা তারিক। ৩১শে অক্টোবর ১৯৮১। এই দিন আমার বাবা-মা'কে হত্যা করা হয়েছিল।

জিনি একবার হ্যারির দিকে তাকায়, তারপর আবার সেই কাঁথাটার দিকে তাকায়।

জিনি

ওটা 'হেলো' লেখা নেই। লেখা আছে 'হেল্প'।

হ্যারি

'বাবা। হেল্প। গড্রিক্স হলও। ৩১/১০/৮১' এটা একটা বার্তা। বুদ্ধিমান ছেলে, আমাদের খবর পাঠিয়েছে।

হ্যারি জিনিকে *চুমু খায়।*

জিনি

এটা অ্যাল্বাস লিখেছে?

হ্যারি

আর ও আমাদের জানিয়েছে ওরা কোথায় এবং কোন সময়ে রয়েছে, এবার আমরা জানি ডেল্ফি কোথায় আছে, কোথায় ওর সাথে লড়তে হবে।

এই বলে সে আবার তাকে চুমু খায়।

জিনি

কিন্তু আমরা তো এখনো ওদেরকে ফিরিয়ে আনতে পারিনি।

হ্যারি

আমি হারমায়নীকে প্যাঁচার মাধ্যমে একটা চিঠি পাঠাচ্ছি। তুমি ড্রেকোকে একটা পাঠাও। বলো কাল-পরিবর্তকটা নিয়ে আমাদের সাথে গড্রিক্স হলও'তে দেখা করতে।

জিনি

'আমাদের' সাথে, ঠিকাছে? আমাকে ছাড়া গড্রিক্স হলও যাওয়ার কথা ভেবোও না, হ্যারি।

হ্যারি *কৃতজ্ঞতা এবং ভালোবাসার সাথে তার স্ত্রী'কে চুমু খায়।*

হ্যারি

অবশ্যই তুমি আসবে। একটা সুযোগ পেয়েছি জিনি, আর ডাম্বেলডোরের দিব্বি - এটাই আমাদের দরকার ছিল - একটা সুযোগ।

চতুর্থ অঙ্ক দৃশ্য সাত

গড্রিক্স হলও

রন, হারমায়নী, ড্রেকো, হ্যারি *এবং* জিনি *বর্তমানের গড্রিক্স হলও'র একটি রাস্তা দিয়ে হাঁটছে। দোকানবাজার সহ একটি ব্যস্ত শহর (গত কয়েক বছরে প্রসারিত হয়ে উঠেছে)।*

হারমায়নী

গড্রিক্স হলও। প্রায় কুড়ি বছর বাদে এলাম বোধ হয়...

জিনি

এটা কি শুধু আমার মনের ভুল নাকি এখানে মগল সংখ্যা বেড়ে গেছে?

হারমায়নী

সপ্তাহান্তিক ছুটি কাটানোর জায়গা হিসেবে এটা বেশ বিখ্যাত হয়ে উঠেছে।

ড্রেকো

কেন তা তো দেখতেই পাচ্ছি - ঐ একচালা বাড়িগুলো দেখো। আর ওটা কি কৃষকদের বাজার?

হারমায়নী হ্যারির *দিকে এগিয়ে যায় - যে চারিদিকে তাকিয়ে দেখছে এবং অভিভূত হয়ে পড়ছে।*

হারমায়নী

তোমার মনে আছে আমরা শেষ যবে এখানে এসেছিলাম? কেমন পুরোনো দিনের কথা মনে পড়ে যাচ্ছে।

রন

পুরোনো স্মৃতি যার মধ্যে অনভিপ্রেত কিছু লেজুড় জুরে আছে।

কেউ খোঁচা মেরে কথা বললে সেটা ড্রেকো *ঠিক বুঝে যায়।*

ড্রেকো

আমি কি বলতে পারি...

রন

ম্যাল্ফয়, হ্যারির সাথে হয়তো তোমার খুব ভালো সম্পর্ক হয়ে গেছে, আর তুমি হয়তো একটা খুবই ভালো ছেলের জন্ম দিয়ে থাকতে পারো, কিন্তু আমার স্ত্রী'কে এবং স্ত্রী'র ব্যাপারে তুমি খুব খারাপ কিছু কথা বলেছো...

হারমায়নী

আর তোমার স্ত্রী চায় না তুমি তার হয়ে লড়াই করো।

হারমায়নী *কটমট করে* রনের *দিকে তাকায়, এবং* রন *ব্যাপারটা বুঝতে পারে।*

রন

ঠিকাছে। কিন্তু তুমি যদি ওর বা আমার ব্যাপারে আর একটাও কথা বলো...

ড্রেকো

তুমি কি করবে, উইস্লী?

হারমায়নী

ও তোমায় জড়িয়ে ধরবে। কারণ আমরা আপাতত একই দলে আছি, তাই না রন?

রন (*কটমট চাউনিতে একটু ইতস্তত হয়ে*)

ঠিক আছে। আমি, আমার মনে হয় তোমার চুল খুব সুন্দর। ড্রেকো।

হারমায়নী

ধন্যবাদ, স্বামী। এটা একটা ভালো জায়গা বলে মনে হচ্ছে। চলো তাহলে...

ড্রেকো *কাল-পরিবর্তকটা বের করে - সেটা ভীষণভাবে ঘুরতে থাকে এবং বাকিরা সেটাকে ঘিরে দাঁড়ায়।*

এক বিরাট আলোর ছটা। জোরে আওয়াজ। এবং সময় থেমে যায়। উল্টো দিকে ঘুরতে থাকে, অল্পক্ষণ থামে, তারপর পেছনে যেতে থাকে, প্রথমে আস্তে...

তারপর দ্রুতবেগে।

তারা নিজেদের চারপাশে ঘুরে তাকায়।

রন

তো? কাজ হয়েছে?

চতুর্থ অঙ্ক দৃশ্য আট

গড্রিক্স হলও, একটি ছাউনি, ১৯৮১

অ্যাল্বাস অবাক হয়ে জিনি এবং হ্যারির দিকে তাকায়, তারপর বাকিদেরকেও (রন, ড্রেকো, হারমায়নী) দেখতে পায়।

অ্যাল্বাস

মা?

হ্যারি

অ্যাল্বাস সেভেরাস পটার। তোমায় দেখে আমাদের যে কি ভালো লাগছে।

অ্যাল্বাস দৌড়ে গিয়ে জিনিকে জড়িয়ে ধরে। জিনিও খুশি হয়ে ছেলেকে জড়িয়ে ধরে।

অ্যাল্বাস

তোমরা আমাদের পাঠানো খবর পেয়েছো...?

জিনি

হ্যাঁ আমরা তোমার খবর পেয়েছি।

স্কর্পিয়াস তার বাবার দিকে এগিয়ে যায়।

ড্রেকো

আমরাও একে অপরকে জড়িয়ে ধরতে পারি যদি তোমার আপত্তি না থাকে...

স্কর্পিয়াস তার বাবার দিকে তাকায়, এক মুহূর্তের জন্য সংশয়িত। তারপর খুবই অদ্ভুত ভাবে দুজনে অর্ধ-আলিঙ্গন করে। ড্রেকো ঈষৎ হাসে।

রন

এবার, এই ডেল্ফি কোথায়?

স্কর্পিয়াস

তোমরা ডেল্ফির ব্যাপারে জানো?

অ্যাল্বাস

ও এখানেই আছে - ও বোধ হয় তোমায় মারার চেষ্টা করবে। ভোল্ডেমর্টের অভিশাপ তার নিজের উপর ফেরত আসার আগেই। ও তোমাকে মারবে আর এইভাবে ভবিষ্যদ্বাণী পণ্ড করবে আর...

হারমায়নী

হ্যাঁ, আমরা ভাবছিলাম এরকম কিছু একটা হয়তো হতে পারে। ও এখন ঠিক কোথায় তোমরা নিশ্চিত কিছু বলতে পারবে?

স্কর্পিয়াস

ও উধাও হয়ে গেছে। তোমরা কি করে - কিভাবে এলে কাল-পরিবর্তক ছাড়া...

হ্যারি (*মাঝপথে কথা থামিয়ে*)

ওটা একটা লম্বা এবং খুব প্যাঁচালো গল্প স্কর্পিয়াস। এখন অতো সময় নেই।

ড্রেকো কৃতজ্ঞতার সাথে হ্যারির দিকে তাকিয়ে মৃদু হাসে।

হারমায়নী

হ্যারি ঠিকই বলছে। সময় খুব কম। আমাদের জায়গামতো ছড়িয়ে ছিটিয়ে দাঁড়াতে হবে। গড্রিক্স হলও খুব একটা বড় জায়গা নয়, কিন্তু ও যেকোনো দিক থেকে আসতে পারে। সুতরাং আমাদেরকে এমন কোনো জায়গা বেছে নিতে হবে যেখান থেকে গোটা শহরটা দেখা যেতে পারে - যেখান থেকে পরিষ্কার ভাবে অনেকগুলো জায়গার উপর নজর রাখা যেতে পারে - কারণ, সেটাই বিশেষত আমাদেরকে আত্মগোপন করে রাখতে সাহায্য করবে, কারণ নিজেদেরকে প্রকাশ্যে আনার ঝুঁকি আমরা নিতে পারবো না।

সকলে ভুরু কুঁচকে ভাবতে থাকে।

আমার মনে হয় সেইন্ট জেরোম'স্ গির্জা থেকে ঐ সবকটাই করা সম্ভব হবে, কি বলো?

৮

চতুর্থ অঙ্ক দৃশ্য নয়

গড্রিক্স হলও, গির্জা, উপাসনাগৃহ, ১৯৮১

অ্যাল্বাস *একটা বেঞ্চির উপর শুয়ে ঘুমাচ্ছে।* জিনি *খুব সাবধানে ওর দিকে তাকিয়ে আছে।* হ্যারি *উল্টোদিকের জানলা দিয়ে বাইরে তাকিয়ে আছে।*

হ্যারি

না। কেউ নেই। এখনো এলো না কেন?

জিনি

আমরা একসাথে আছি, তোমার মা-বাবা বেঁচে আছেন, আমরা সময়ে পেছতে পারি হ্যারি, তার গতি দ্রুত করতে পারি না। ও যখন তৈরি হবে তখন ঠিক আসবে আর আমরা ওর জন্য তৈরি থাকবো।

জিনি অ্যাল্বাসের *ঘুমন্ত চেহারার দিকে তাকায়।*

অন্তত আমরা কয়েকজন ঠিক তৈরি থাকবো।

হ্যারি

বেচারা ভাবছিলো ওর ওপর গোটা বিশ্বকে রক্ষা করার দায়িত্ব।

জিনি

এই বেচারা ছেলেটাই পৃথিবীকে রক্ষা করেছে। ঐ কাঁথার ব্যাপারটা দুর্দান্ত। মানে, ও হয়তো পৃথিবীকে প্রায় ধ্বংসের মুখে নিয়ে এসেছিল, কিন্তু সেটা নিয়ে আর চিন্তা না করাই ভালো।

হ্যারি

তোমার কি মনে হয়, ও ঠিক আছে তো?

জিনি

ঠিক হচ্ছে, একটু সময় লাগবে – আর তোমারও একটু সময় লাগবে।

হ্যারি *হাসে। জিনি আবার* অ্যাল্বাসের *দিকে তাকায়। হ্যারিও তাকায়।*

জানো, আমি যখন গোপনীয়তার কক্ষ খুলেছিলাম – ভোল্ডেমর্ট যখন ঐ ভয়ানক ডায়রি দিয়ে আমায় বশ করেছিল আর আমি প্রায় সবকিছু নষ্ট করে দিচ্ছিলাম –

হ্যারি

হ্যাঁ মনে আছে।

জিনি

হসপিটাল থেকে বেরোনোর পর – সবাই আমায় অবজ্ঞা করে চলছিল, আমায় একঘরে করে দিয়েছিল – শুধুমাত্র, সেই ছেলেটা যার তখন সবাই ভক্ত – যে গ্রিফিন্ডোর বৈঠকখানায় এসে আমাকে এক্সপ্লোডিং স্ন্যাপ খেলায় আহ্বান জানিয়েছিল, তাকে ছাড়া। লোকে ভাবে তারা তোমার ব্যাপারে যা জানা সম্ভব সব জেনে গেছে, কিন্তু তোমার সবথেকে ভালো জিনিসগুলো – সবসময় – খুব শান্ত ভাবে শৌর্যশালী। আমার কথা হচ্ছে – এই সব কিছু শেষ হয়ে গেলে, পারলে মনে রেখো – যে কখনো কখনো লোকেদের – বিশেষত বাচ্চাদের – শুধু এক্সপ্লোডিং স্ন্যাপ খেলার একজন সঙ্গীর দরকার হয়।

হ্যারি

তোমার মনে হয় ওটাই আমাদের করা বাকি আছে – এক্সপ্লোডিং স্ন্যাপ?

জিনি

না। কিন্তু সেদিন আমি তোমার থেকে যেই স্নেহ পেয়েছিলাম – আমার মনে হয় না অ্যাল্বাস কখনো সেই স্নেহ অনুভব করতে পেরেছে।

হ্যারি

ওর জন্যে আমি সবকিছু করতে রাজি আছি।

জিনি

হ্যারি, তুমি অনেকের জন্যেই অনেক কিছু করতে রাজি আছো। তুমি এই পৃথিবীর জন্যে নিজেকে খুশিমনে বলিদান দিতে রাজি ছিলে।ওর বিশেষ স্নেহ ভালোবাসার প্রয়োজন। সেটা ওকে আরো মনোবল দেবে, আর তোমাকেও।

হ্যারি

জানো তো, অ্যাল্বাস যে চলে গেছে এই বোধ আসার পর আমি সত্যি বুঝতে পেরেছি আমার মা আমার জন্যে কি করেছিল। এতটাই শক্তিশালী একটা বিপরীত-মন্ত্র যে সেটা মৃত্যুর মন্ত্রকেও রুখে দিয়েছিল।

জিনি

আর সেটাই একমাত্র মন্ত্র যা ভোল্ডেমর্ট কখনো বুঝতে পারেনি - ভালোবাসা।

এই একটা শব্দ একসাথে ঘরের ভেতরটাকে যেন খুব ভারিক্কী এবং খুব সুন্দর করে তোলে।

হ্যারি

আমি ওকে আলাদা করে বড্ড ভালোবাসি, জিনি।

জিনি

আমি জানি, কিন্তু সেটা ওকে অনুভব করতে হবে।

হ্যারি *একটু দুঃখের সাথে* জিনির *দিকে তাকিয়ে মৃদু হাসে। সে বুঝেছে তাকে কি কি বদলাতে হবে।*

হ্যারি

আমি তোমায় পেয়ে খুবই ভাগ্যবান তাই না?

জিনি

খুবই। আর ঠিক কতটা ভাগ্যবান সেটা অন্য এক সময় বসে আলোচনা করলে আমি খুব খুশি হবো। আপাতত - ডেল্ফিকে কি করে আটকানো যায় সেই বিষয়ে মন দিলে ভালো হয়।

হ্যারি

আমাদের হাতে সময় ফুরিয়ে আসছে।

জিনির *মাথায় একটা বুদ্ধি আসে।*

জিনি

যদি না - হ্যারি, কেউ কি ভেবেছো - ও এই সময়টাই কেন বেছে নিলো? আজকের রাতটা?

হ্যারি

কারণ আজকের দিনেই সব পাল্টে গিয়েছিল...

জিনি

এই মুহূর্তে তোমার বয়স এক বছরের থেকে একটু বেশী, তাই তো?

হ্যারি

এক বছর তিন মাস।

জিনি

তাহলে এই এক বছর তিন মাসের মধ্যেই ও চাইলে তোমায় মেরে ফেলতে পারতো। এখানে ও এসেছে প্রায় চব্বিশ ঘন্টা হয়ে গেছে। এতক্ষণ কেন অপেক্ষা করছে ও?

হ্যারি

আমি এখনো ঠিক বুঝতে পারছি না -

জিনি

ও হয়তো তোমায় মারার জন্য অপেক্ষা করছে না - ও তার জন্য অপেক্ষা করছে...তাকে থামানোর জন্য?

হ্যারি

কি?

জিনি

ডেল্ফি আজকের রাতটা বেছে নিয়েছে কারণ সে আজ এখানে আসছে - কারণ ওর বাবা আজ আসছে। ও তার সাথে দেখা করতে চায়। যেই বাবাকে ও ভালোবাসে তার সাথে থাকতে চায়। ভোল্ডেমর্টের সমস্যা শুরু হয় তোমাকে আঘাত করতে আসার পর। সেটা যদি সে না করতো...

হ্যারি

তাহলে সে আরো বেশী শক্তিশালী হয়ে উঠতো - অন্ধকার আরো ঘন হয়ে উঠতো।

জিনি

ভবিষ্যদ্বাণী আটকানোর সবচাইতে ভালো উপায় হ্যারি পটারকে মেরে ফেলা নয়, ভোল্ডেমর্টকে কিছু করার থেকে আটকানো।

চতুর্থ অঙ্ক দৃশ্য দশ

গড্রিক্স হলও, গির্জা, ১৯৮১

পুরো দল একত্রিত হয়েছে এবং একটু বিভ্রান্ত।

রন

আমায় এটা একটু ঠিক করে বুঝতে দাও - আমরা ভোল্ডেমর্টকে বাঁচানোর জন্য লড়বো?

অ্যাল্বাস

ভোল্ডেমর্ট আমার ঠাকুরদা-ঠাকুমাকে মারছে। আমার বাবাকে মারার চেষ্টা করছে?

হারমায়নী

ঠিক বলেছো, জিনি। ডেল্ফি হ্যারিকে মারার চেষ্টা করছে না - ও ভোল্ডেমর্টকে আটকাচ্ছে হ্যারিকে মারার প্রচেষ্টা করার থেকে। বাহ।

ড্রেকো

তার মানে - আমরা কেবল অপেক্ষা করবো? যতক্ষণ না ভোল্ডেমর্ট এসে পৌঁছচ্ছে?

অ্যাল্বাস

ডেল্ফি কি জানে সে কখন আসবে? ও কি চব্বিশ ঘন্টা আগে এখানে এই জন্যে আসেনি কারণ ও নিজেও জানে না সে কখন কোন দিক থেকে আসবে? ইতিহাস বই - কিছু ভুল বললে শুধরে দিয়ো, স্কর্পিয়াস - কিছুই বলেনি সে কখন এবং কিভাবে গড্রিক্স হলও'তে এসেছিল?

স্কর্পিয়াস *এবং* হারমায়নী

ভুল বলোনি।

রন

বাপরে! দুজনেই!

ড্রেকো

তাহলে এই ব্যাপারটাকে আমরা কিভাবে কাজে লাগাতে পারি?

অ্যাল্বাস

তোমরা জানো আমি কোন জিনিসটা সবচেয়ে ভালো পারি?

হ্যারি

তুমি অনেককিছুই ভালো পারো, অ্যাল্বাস।

অ্যাল্বাস

পলিজুস তৈরি করতে। আর আমার মনে হয় ব্যাথিল্ডা ব্যাগশটের কাছে, তার মাটির নিচের কক্ষে, পলিজুস বানানোর সবকটা দ্রব্য থাকবে। আমরা পলিজুসের মাধ্যমে ভোল্ডেমর্টের রূপ ধারণ করে ওকে আমাদের কাছে নিয়ে আসতে পারি।

রন

পলিজুস বানানোর জন্য সেই ব্যক্তির শরীরের কোনো এক অংশের দরকার পড়ে। আর ভোল্ডেমর্টের কোনো অংশ আমাদের কাছে নেই।

হারমায়নী

কিন্তু এই বুদ্ধিটা আমার বেশ ভালো লেগেছে, বেড়াল ভোলানোর জন্য একটা খেলনা ইঁদুর।

হ্যারি

রুপান্তরনের মাধ্যমে আমরা কতটা কাছাকাছি যেতে পারবো?

হারমায়নী

আমরা জানি তাকে কেরকম দেখতে। এখানে কিছু অসাধারন জাদুকর এবং জাদুকরী উপস্থিত আছে।

জিনি

তুমি ভোল্ডেমর্টে রূপান্তরিত হতে চাও?

অ্যাল্বাস

ওটাই একমাত্র রাস্তা।

হারমায়নী

একদম, তাই না?

রন *বীরদর্পে এগিয়ে আসে।*

রন

তাহলে আমি – আমিই বরং ওর রূপ ধারণ করি। মানে, ভোল্ডেমর্টের মতো হলে – খুব একটা ভালো লাগবে না – কিন্তু নিজের ঢাক না পিটিয়েই বলছি – এখানে আমিই বোধ হয় সবচেয়ে বেশী মাথা ঠাণ্ডা রাখতে পারি ...তাই হয়তো ওর মতো রূপান্তরিত হলে – কালাজাদুর সম্রাটে বদলালে আমার অনেক কম ক্ষতি হবে – যতটা না তোমাদের – তীব্র প্রক্রিতির – ব্যক্তিদের হবে।

হ্যারি *সরে দাঁড়ায়, চিন্তামগ্ন।*

হারমায়নী

তীব্র প্রক্রিতির কাকে বলছো তুমি?

ড্রেকো

আমিও এটা করতে চাই। আমার মতে ভোল্ডেমর্ট হওয়ায় খুবই নৈপুণ্যের প্রয়োজন...কিছু মনে কোরো না, রন...এবং কালাজাদু সম্পর্কে কিছু জ্ঞানও প্রয়োজন, এবং –

হারমায়নী

এবং আমিও করতে চাই। মিনিস্টার ফর ম্যাজিক হিসেবে আমি মনে করি এটা আমার দায়িত্ব এবং অধিকার।

স্কর্পিয়াস

বরং আমরা লটারি করি –

ড্রেকো

তুমি এটা করবে না, স্কর্পিয়াস।

অ্যাল্বাস

আসলে –

জিনি

না, কোনো প্রশ্নই ওঠে না। তোমরা সবাই পাগল হয়ে গেছো। আমি জানি ঐ কণ্ঠস্বর মাথার মধ্যে চললে কেমন লাগে। আমি নিজের মধ্যে আর ঐ জিনিস চাইনা -

হ্যারি

সে যাই হোক - এটা আমাকেই করতে হবে।

সবাই হ্যারির দিকে ঘুরে তাকায়।

ড্রেকো

কি?

হ্যারি

এই কাজ সফল হতে হলে ওকে বিশ্বাস করতে হবে যে এই ব্যক্তিই ভোল্ডেমর্ট, নিঃসন্দেহে। ও সর্পভাষা ব্যবহার করবে - আর আমি *জানতাম* কোনো একটা কারণ নিশ্চয়ই আছে যার জন্য এখনো আমার মধ্যে ঐ ক্ষমতা রয়ে গেছে। কিন্তু তার চেয়েও বেশী গুরুত্বপূর্ণ, আমি - জানি কেরকম অনুভব হয় - তার মতো হলে। আমি জানি ভোল্ডেমর্ট হতে কেমন লাগে। এটা আমাকেই করতে হবে।

রন

ধুর। খুব সুন্দর বললে, কিন্তু সুন্দর ভাবে ফালতু কথা বললে। তুমি কোনোভাবেই -

হারমায়নী

বলতে খারাপ লাগছে কিন্তু তুমি ঠিকই বলেছো, বন্ধু।

রন

হারমায়নী, তুমি ভুল বলছো, ভোল্ডেমর্ট হওয়ার মধ্যে এমন কিছু নেই - হ্যারির একেবারেই -

জিনি

আর আমার ভাইয়ের সাথে একমত হতে আমার খুবই খারাপ লাগছে, কিন্তু...

রন

ও আটকে যেতে পারে - ভোল্ডেমর্ট হয়ে - আজীবন।

হারমায়নী

তোমার দুশ্চিন্তা যুক্তিসংগত কিন্তু...

হ্যারি

এক মিনিট, হারমায়নী। জিন।

জিনি *আর হ্যারি দুজনে একবার চোখে চোখ রাখে।*

তুমি না চাইলে আমি এটা করবো না। কিন্তু আমার মনে হচ্ছে এটাই একমাত্র রাস্তা। ভুল বললাম?

জিনি *এক মুহূর্ত ভেবে তারপর মাথা নাড়ে।* হ্যারির *মুখ কঠিন হয়ে ওঠে।*

জিনি

ঠিকই বলেছো।

হ্যারি

তাহলে চলো এটা করা যাক।

ড্রেকো

তুমি কোন রাস্তা দিয়ে যাবে সেটা একবার আলোচনা করে নিলে হতো না – কারণ –

হ্যারি

ও পথ চেয়ে বসে আছে। ও নিজেই আমার কাছে আসবে।

ড্রেকো

আর তারপর? তোমার সাথে যখন দেখা হবে? তোমায় মনে করিয়ে দেই ও কিন্তু অত্যন্ত শক্তিশালী একজন জাদুকরী।

রন

খুব সহজ। হ্যারি ওকে এখানে নিয়ে আসবে। তারপর আমরা একসাথে মারবো ওকে।

ড্রেকো

'মারবো ওকে'?

হারমায়নী *ঘরের চারিদিকে তাকিয়ে দেখে।*

হারমায়নী

আমরা এই দরজাগুলোর আড়ালে লুকিয়ে থাকবো। তুমি যদি ওকে এখানে নিয়ে আসতে পারো হ্যারি (*সে একটা নির্দিষ্ট জায়গার দিকে ইশারা করে যেখানে গির্জার গোলাপ আঁকা জানলার মধ্যে দিয়ে আলো এসে মাটিতে পড়ছে*), তখন আমরা বেরিয়ে এসে ওকে ঘিরে নেবো যাতে ওর পালানোর কোনো রাস্তা না থাকে।

রন (*ড্রেকোর দিকে তাকিয়ে*)

তারপর আমরা *মারবো* ওকে।

হারমায়নী

হ্যারি, শেষবার জিজ্ঞেস করছি, তুমি ঠিক পারবে তো এটা করতে?

হ্যারি

হ্যাঁ, পারবো।

ড্রেকো

না, এই ব্যাপারটায় অনেকগুলো 'যদি' উঠে আসছে - অনেক কিছু যা ভুল হতে পারে - রুপান্তরনটা যদি কাজ না করে, তাহলে ও বুঝে যাবে - আর এখন যদি ও পালিয়ে যায়, তাহলে পরে গিয়ে ও যে কতো কি ধ্বংস করে দিতে পারে তা কল্পনাতীত - আমাদের সময়ের প্রয়োজন ঠিকঠাক মতো -

অ্যাল্বাস

ড্রেকো, আমার বাবার উপর ভরসা রাখো। বাবা আমাদের নিরাশ করবে না।

হ্যারি অ্যাল্বাসের *দিকে তাকায় - সে অবাক।*

হারমায়নী

জাদু-ছড়ি।

সকলে নিজেদের জাদু-ছড়ি বের করে। হ্যারি নিজেরটা শক্ত করে ধরে। একটা আলো তৈরি হতে থাকে - সেটি ক্রমশ বড় হতে থাকে।

রুপান্তরনের ক্রিয়া অত্যন্ত ধীরে এবং ভয়াবহ ভাবে হতে থাকে।

এবং হ্যারির ভেতর থেকে ভোল্ডেমর্টের চেহারা ভেসে ওঠে। সেটি ভয়ানক। সে ঘুরে দাঁড়ায়। সে তার বন্ধুদের এবং পরিবারের দিকে তাকায়। তারাও তার দিকে তাকায় - তাদের চক্ষু বিস্ফারিত।

রন

আরিব্বাস।

হ্যারি/ভোল্ডেমর্ট

কাজ হয়েছে, তাহলে?

জিনি (*গম্ভীরভাবে*)

হ্যাঁ। হয়েছে।

চতুর্থ অঙ্ক দৃশ্য এগারো

গড্রিক্স হলও, গির্জা, ১৯৮১

রন, হারমায়নী, ড্রেকো, স্কর্পিয়াস এবং অ্যাল্বাস *জানলার সামনে দাঁড়িয়ে, বাইরে তাকিয়ে।* জিনি *তাকাতে পারছে না। সে একটু পেছনে বসে আছে।*

অ্যাল্বাস *লক্ষ্য করে তার মা আলাদা বসে আছে। তার দিকে সে হেঁটে যায়।*

অ্যাল্বাস

সব ঠিক হয়ে যাবে, তুমি তো জানো সেটা, মা?

জিনি

আমি জানি। অন্তত আশা রাখি। আমি শুধু - ওকে ঐ চেহারায় দেখতে চাই না। আমি যাকে ভালোবাসি সে আমার ঘৃণিত ব্যক্তির রূপ ধরেছে।

অ্যাল্বাস *তার মায়ের পাশে বসে।*

অ্যাল্বাস

আমার ওকে ভালো লাগতো, মা। তুমি জানো? আমার সত্যিই ওকে খুব ভালো লাগতো। ডেল্ফি। আর দেখা গেলো ও - ভোল্ডেমর্টের মেয়ে?

জিনি

এটাই ওরা ভালো পারে অ্যাল্বাস -নিরীহদেরকে নিজেদের জালে ফাঁসাতে।

অ্যাল্বাস

এ সব আমার দোষে হয়েছে।

জিনি অ্যাল্বাসকে *জড়িয়ে ধরে।*

জিনি

কি অদ্ভুত। তোমার বাবা ভাবছে সব তার দোষ। তোমরা দুজন খুব অদ্ভুত এক জুটি।

দরজার পাশ থেকে স্কর্পিয়াস ফিশফিশ করে তাদের বিরত করে।

স্কর্পিয়াস

ঐযে। ঐযে। ডেল্ফি ওনাকে দেখতে পেয়েছে।

হারমায়নী

জায়গা নিয়ে নাও। সবাই। আর মনে রেখো, হ্যারি যতক্ষণ না ওকে আলোয় নিয়ে গিয়ে দাঁড় করাচ্ছে, ততক্ষণ কেউ বেরোবে না। একবারই সুযোগ পাবো, সেটা ঘেঁটে দিতে চাইনা।

সকলে দ্রুত নিজের জায়েগা নিতে এগোয়।

ড্রেকো

হারমায়নী গ্রেঞ্জার। আমার উপর ছড়ি ঘোরাচ্ছে নাকি হারমায়নী গ্রেঞ্জার। (হারমায়নী *তার দিকে ঘুরে তাকায়, সে মৃদু হাসে।*) আর আমার এটা একটু ভালোই লাগছে।

স্কর্পিয়াস

বাবা...

তারা ছড়িয়ে ছিটিয়ে যায়। দুটো প্রধান দরজার আড়ালে তারা লুকিয়ে পড়ে।

হ্যারি/ভোল্ডেমর্ট *পুনরায় প্রবেশ করে গির্জার ভেতর। কিছুদূর হেঁটে যায় তারপর ঘুরে দাঁড়ায়।*

হ্যারি/ভোল্ডেমর্ট

যেই জাদুকর বা জাদুকরী আমার পেছন পেছন আসছো, আমি বলে রাখছি, তুমি কিন্তু পস্তাবে।

তার পেছন থেকে ডেল্ফি উদয় হয়। সে একদম তার কাছে গিয়ে দাঁড়ায়। এটা ওর বাবা এবং এই মুহূর্তের জন্য সে সারা জীবন অপেক্ষা করেছে।

ডেল্ফি

লর্ড ভোল্ডেমর্ট। এটা আমি। আমিই আপনার পেছন পেছন আসছি।

হ্যারি/ভোল্ডেমর্ট

আমি তোমায় চিনি না। চলে যাও।

ডেল্ফি *দীর্ঘশ্বাস ফেলে।*

ডেল্ফি

আমি আপনার মেয়ে।

হ্যারি/ভোল্ডেমর্ট

তুমি আমার মেয়ে হলে আমি তোমার ব্যাপারে জানতে পারতাম।

ডেল্ফি *অত্যন্ত বিনয়ী ভাবে তার দিকে তাকায়।*

ডেল্ফি

আমি ভবিষ্যৎ থেকে এসেছি। আপনার এবং বেলাট্রিক্স লেস্ট্রাঞ্জের সন্তান আমি। হগওয়ার্টসের যুদ্ধের আগে ম্যাল্ফয় ম্যানোরে আমার জন্ম হয়। সেই যুদ্ধ যা আপনি হারতে চলেছেন। আমি আপনাকে বাঁচাতে এসেছি।

হ্যারি/ভোল্ডেমর্ট *ঘুরে তাকায়। ডেল্ফি তার চোখে চোখ রাখে।*

রুডল্ফাস লেস্ট্রাঞ্জ, বেলাট্রিক্সের কর্তব্যপরায়ণ স্বামী, অ্যাজকাবান থেকে ফিরে এসে আমায় আমার আসল পরিচয় জানায় এবং সেই ভবিষ্যদ্বাণীর ব্যাপারে জানায় যা সম্পন্ন করার দায়িত্ব আমার উপর রয়েছে। আমি আপনার মেয়ে।

হ্যারি/ভোল্ডেমর্ট

বেলাট্রিক্সকে আমি চিনি আর তার মুখের সাথে তোমার অল্প মিলও রয়েছে বটে – যদিও ওর ভালোটা তুমি পাওনি। কিন্তু প্রমান ছাড়া –

ডেল্ফি *নিজের থেকেই সর্পভাষায় কথা বলতে থাকে।*

হ্যারি/ভোল্ডেমর্ট *জোরে হেসে ওঠে।*

এই তোমার প্রমান?

ডেল্ফি *অনায়াসেই হাওয়ায় উঠতে থাকে। হ্যারি/ভোল্ডেমর্ট পিছিয়ে দাঁড়ায় – কিঞ্চিত অবাক।*

ডেল্ফি

কালাজাদুর সম্রাট, আমিই আপনার অগারে, এবং আমার যা কিছু আছে সেই সমস্ত কিছু দিয়ে আমি আপনার সেবা করতে চাই।

হ্যারি/ভোল্ডেমর্ট (*নিজের বিচলিত ভাব লুকিয়ে রাখার চেষ্টা করে*)

তুমি উড়তে শিখেছো - আমার - থেকে?

ডেল্ফি

আপনি যেই পথ তৈরি করে গেছেন আমি সেই পথ অনুসরণ করার চেষ্টা করেছি।

হ্যারি/ভোল্ডেমর্ট

আমি এর আগে এমন কোনো জাদুকর বা জাদুকরী দেখিনি যে আমার সমান হওয়ার চেষ্টা করেছে।

ডেল্ফি

আমায় ভুল বুঝবেন না - আমি আপনার যোগ্য হওয়ার দাবি করছি না, সম্রাট। কিন্তু আমি আমার সারা জীবন ধরে এমন একজন সন্তান হয়ে ওঠার চেষ্টা করেছি যাকে নিয়ে আপনি গর্ব করতে পারবেন।

হ্যারি/ভোল্ডেমর্ট (*বিরত করে*)

তুমি কি তা আমি দেখতেই পাচ্ছি, আর তুমি কি করতে পারো তাও আমি বুঝতে পারছি, কন্যা।

ডেল্ফি *আবেগপ্রবন ভাবে তার দিকে তাকায়।*

ডেল্ফি

বাবা?

হ্যারি/ভোল্ডেমর্ট

আমরা একসাথে যে শক্তি তৈরি করতে পারবো।

ডেল্ফি

বাবা...

হ্যারি/ভোল্ডেমর্ট

এসো, এই আলোয় এসো, যাতে আমি দেখতে পাই আমার রক্ত থেকে কি তৈরি হয়েছে।

ডেল্ফি

আপনি যেই বিশেষ কার্যের জন্য এসেছেন, সেটি ভ্রান্ত। হ্যারি পটারকে আঘাত করতে যাওয়াটা ভুল হবে আপনার। ও আপনাকে ধ্বংস করে দেবে।

হ্যারি/ভোল্ডেমর্টের হাত আস্তে আস্তে হ্যারির নিজের হাতের রূপ নিতে থাকে। সে অবাক হয়ে সেটার দিকে তাকায় এবং চট করে তার জোব্বার ভেতর হাত গুঁটিয়ে নেয়।

হ্যারি/ভোল্ডেমর্ট

ও তো একটা শিশু।

ডেল্ফি

ও ওর মায়ের ভালোবাসায় আবৃত, আপনার মন্ত্র আপনার উপরেই প্রতিক্ষেপিত হতে চলেছে, যা আপনাকে ধ্বংস করে দেবে এবং ওকে অতন্ত শক্তিশালী। আপনি ফিরে আসবেন, আগামী সতেরো বছর ধরে ওর সাথে একটা যুদ্ধে মত্ত থাকবেন – কিন্তু সেই যুদ্ধও শেষমেশ আপনি হেরে যাবেন।

হ্যারি/ভোল্ডেমর্টের মাথায় চুল গজাতে শুরু করে, সে বুঝতে পারে, এবং ঢাকার চেষ্টা করে। মাথার উপর তার জোব্বা টেনে নেয়।

হ্যারি/ভোল্ডেমর্ট

তাহলে আমি ওকে আঘাত করবো না। তুমি ঠিকই বলছো।

ডেল্ফি

বাবা?

হ্যারি/ভোল্ডেমর্ট বেঁটে হয়ে যায় – এখন সে চেহারায় হ্যারি বেশী এবং ভোল্ডেমর্ট কম। সে ডেল্ফির দিকে পিঠ করে দাঁড়ায়।

বাবা?

হ্যারি (*ভীষণ ভাবে চেষ্টা করছে এখনো তার গলা যাতে ভোল্ডেমর্টের মতো শুনতে লাগে*)

তোমার পরিকল্পনা বেশ ভালো। এই যুদ্ধ আর হবে না। তুমি আমার জন্য সঠিক কাজ করেছো, এবার এই আলোয় এসে দাঁড়াও যাতে আমি তোমায় দেখতে পাই।

ডেল্ফি দেখতে পায় একটা দরজা হাল্কা খুলে আবার বন্ধ হয়ে গেলো। সে ভুরু কুঁচকায়, দ্রুত কিছু একটা ভাবতে থাকে, এবং তার সন্দেহ ক্রমশ বেড়ে ওঠে।

ডেল্ফি

বাবা...

ডেল্ফি আবার তার মুখের এক ঝলক দেখার চেষ্টা করে, এই সময় তাদের চলাফেরা প্রায় একটা নাচের আকার ধারণ করে।

তুমি লর্ড ভোল্ডেমর্ট নও।

ডেল্ফি সহসা হাত থেকে বজ্রবেগে একটা মন্ত্র নিক্ষেপ করে। হ্যারিও পাল্টা আক্রমণ করে।

ইন্সেন্ডিও!

হ্যারি

ইন্সেন্ডিও!

ঘরের মাঝে সেই দুই বজ্ররেখা ধাক্কা খেয়ে এক অসাধারণ বিস্ফোরণের সৃষ্টি হয়।

এবং বাকিরা যখন দরজা খুলে বেরিয়ে আসতে যাবে, ঠিক সেই মুহূর্তে ডেল্ফি তার অন্য হাত দিয়ে দুটি দরজার উপর বজ্রপাত নিক্ষেপ করে।

ডেল্ফি

পটার। কোলোপোর্টাস!

হ্যারি দরজাগুলির দিকে তাকায়, সে আতঙ্কিত।

জিনি (*নেপথ্যে*)

ও তোমার দিক থেকে দরজা আটকে দিয়েছে।

ডেল্ফি

কি? ভেবেছিলে তোমার বন্ধুরা তোমায় সাহায্য করতে আসবে?

হারমায়নী (*নেপথ্যে*)

হ্যারি... হ্যারি...

হ্যারি

বেশ। আমি একাই তোমার সাথে লড়বো।

সে ডেল্ফিকে আক্রমণ করার জন্য আবার সরে দাঁড়ায়। কিন্তু ডেল্ফি অনেক বেশী শক্তিশালী। হ্যারির জাদু-ছড়ি ডেল্ফির দিকে উঠে আসে। হ্যারি নিরস্ত্র। সে অসহায়।

তুমি কি করে...? তুমি কি?

ডেল্ফি

আমি অনেক কাল ধরে তোমার উপর নজর রেখেছি, হ্যারি পটার। আমার বাবা তোমায় যতো না চিনতো, আমি তোমায় তার থেকেও অনেক ভালো চিনি।

হ্যারি

তোমার কি মনে হয়, তুমি আমার দুর্বলতা জেনে গেছো?

ডেল্ফি

আমি তাঁর যোগ্য হয়ে ওঠার চেষ্টা করেছি! হ্যাঁ, যদিও সে সর্বকালের সেরা জাদুকর, কিন্তু তাও তিনি আমার জন্য গর্ববোধ করবেন। এক্সপাল্সো!

হ্যারির পায়ের নিচের জমি ফেটে যায়, এবং সে গড়িয়ে অন্যদিকে চলে যায়। সে তাড়াতাড়ি গির্জার একটি বেঞ্চির তলায় লুকিয়ে পড়ে, এবং বোঝার চেষ্টা করে কিভাবে ডেল্ফির সাথে মোকাবিলা করা যেতে পারে।

তুমি কি আমার থেকে পালাচ্ছো? হ্যারি পটার। জাদুকরী দুনিয়ার বীর। ইঁদুরের মতো পালিয়ে যাচ্ছো। উইঙ্গার্ডিয়াম লেভিয়োসা!

গির্জার সেই বেঞ্চি হাওয়ায় উঠে যায়।

এবার কথা হচ্ছে আমি কি তোমায় মেরে সময় নষ্ট করবো, কারণ আমি আমার বাবাকে থামানোর সাথে সাথেই তোমার বিনাশ অবধারিত। কি করা যায়? ধুর, এমনিও কিছু করার নেই, আমি তোমায় মেরেই ফেলি।

বেঞ্চিটাকে খুব জোরে তাঁর উপর ফেলে। ওটা সজোরে মাটির উপর পড়ার আগেই হ্যারি কোনোরকমে সেখান থেকে সরে যায়, বেঞ্চি ভেঙ্গে যায়।

হঠাৎ মাটির নিচের একটা ঝাঁঝরি থেকে অ্যাল্বাস উঠে আসে, বাকি দুজনের কেউ তাকে এখনো দেখতে পায়নি।

অ্যাভাডা –

অ্যাল্বাস

বাবা...

হ্যারি

অ্যাল্বাস! না!

অ্যাল্বাস হ্যারির দিকে একটা জাদু-ছড়ি ছুঁড়ে দেয়ে। হ্যারি সেটা ধরে, একইসাথে তার ছেলে যে ঝুঁকি নিয়েছে সেই বিষয়ে সন্ত্রস্ত।

ডেল্ফি

দুজনেই? কাকে মারি, কাকে মারি। ছেলেটাকেই আগে মারি। অ্যাভাডা কেডাভ্রা!

সে অ্যাল্বাসের দিকে প্রাণঘাতী মন্ত্র নিক্ষেপ করে - কিন্তু হ্যারি তাকে সেই পথ থেকে সরিয়ে দেয়। বৈদ্যুতিক মন্ত্র মাটিতে গিয়ে ধাক্কা খায়। হ্যারি উল্টে ডেল্ফির দিকে মন্ত্র নিক্ষেপ করে।

তুমি মনে করো তুমি আমার থেকে বেশী শক্তিশালী?

হ্যারি

না। একেবারেই না।

তারা দুজনে নির্মম ভাবে উভয়ের দিকে মন্ত্র নিক্ষেপ করতে থাকে এবং অ্যাল্বাস সেখান থেকে চট করে সরে গিয়ে মন্ত্র দ্বারা দুটো দরজা খুলে দেয়।

অ্যাল্বাস

অ্যালোহোমোরা!

হ্যারি

কিন্তু আমরা একসাথে তোমার থেকে বেশী শক্তিশালী।

অ্যাল্বাস

অ্যালোহোমোরা!

হ্যারি

আমি কখনো একা লড়াই করিনি, বুঝলে। আর করবোও না।

হারমায়নী, রন, জিনি এবং ড্রেকো দরজার ওপাশ থেকে বেরিয়ে এসে ডেল্ফির দিকে মন্ত্র নিক্ষেপ করতে থাকে, সে রাগে চিৎকার করে ওঠে। এটা একটা বিশাল ব্যাপার চলছে। কিন্তু সে একা তাদের সকলের সাথে লড়াই করতে পারবে না।

দুমদাম করে অনেক আওয়াজ হতে থাকে - এবং তারপর, পরাজিত এবং কাতর হয়ে ডেল্ফি মাটিতে লুটিয়ে পড়ে।

ডেল্ফি

না... না...

হারমায়নী

ব্র্যাখিয়াবাইন্ডো!

ডেল্ফি আবদ্ধ হয়ে পড়ে।

হ্যারি ডেল্ফির দিকে এগিয়ে যায়। তার উপর থেকে সে চোখ সরায় না। বাকি সবাই অল্প দূরত্বে দাঁড়িয়ে থাকে।

হ্যারি

অ্যাল্বাস, তুমি ঠিক আছো?

অ্যাল্বাস

হ্যাঁ বাবা, ঠিক আছি।

হ্যারি এখনো ডেল্ফির উপর থেকে তার নজর সরায় না। সে এখনো ডেল্ফিকে নিয়ে একটু ভীত।

হ্যারি

জিনি, ওর কিছু হয়নি তো? আমার জানা দরকার ও নিরাপদ আছে কিনা...

জিনি

ও জেদ করলো। ওই একমাত্র ছোটো ব্যক্তি যে ঐ ঝাঁঝরির মধ্যে দিয়ে হামাগুড়ি দিয়ে যেতে পারতো। আমি ওকে আটকানোর চেষ্টা করেছিলাম।

হ্যারি

আমায় শুধু বলো ও ঠিক আছে কিনা।

অ্যাল্বাস

আমি ঠিক আছি, বাবা। সত্যি বলছি।

হ্যারি ডেল্ফির দিকে এগোতে থাকে।

হ্যারি

আমায় অনেকে আঘাত করার চেষ্টা করেছে - কিন্তু আমার ছেলেকে! তোমার এতো বড় সাহস তুমি আমার ছেলেকে আঘাত করতে গেছিলে!

ডেল্ফি

আমি শুধু আমার বাবাকে একবার দেখতে চেয়েছিলাম।

এই কথাগুলো শুনে হ্যারি একটু বিচলিত হয়ে পড়ে।

হ্যারি

তুমি নিজের জীবন নতুন করে সাজাতে পারবে না। তুমি সবসময় অনাথ হয়েই থাকবে। ঐ ব্যাপারটা কখনো পাল্টাতে পারবে না।

ডেল্ফি

আমায় শুধু ওনাকে - একবার দেখতে দাও।

হ্যারি

আমি পারবো না আর আমি দেবোও না।

ডেল্ফি (*সত্যি সত্যিই কাতর হয়ে*)

তাহলে আমায় মেরে ফেলো।

হ্যারি *এক মুহূর্ত ভাবে।*

হ্যারি

ওটাও আমি করতে পারবো না...

অ্যাল্বাস

কি? বাবা? ও খুবই ভয়ঙ্কর।

হ্যারি

না, অ্যাল্বাস...

অ্যাল্বাস

কিন্তু ও তো খুনি - আমি নিজে দেখেছি ওকে খুন করতে -

হ্যারি *নিজের ছেলের দিকে ঘুরে তাকায়, তারপর* জিনির *দিকে।*

হ্যারি

হ্যাঁ। অ্যাল্বাস, ও খুনি, এবং আমরা নই।

হারমায়নী

ওদের থেকে আমরা ভালো।

রন

হ্যাঁ, ব্যাপারটা বিরক্তিকর হলেও, এটাই আমরা শিখেছি।

ডেল্ফি

আমার চেতনা তাহলে নিয়ে নাও। আমার স্মৃতিশক্তি কেড়ে নাও। আমার নিজের পরিচয় আমার মন থেকে মুছে দাও।

রন

না। তোমাকে আমরা আমাদের সময়ে নিয়ে যাবো।

হারমায়নী

আর তুমি অ্যাজকাবানে যাবে। তোমার মায়ের মতো।

ড্রেকো

যেখানে গিয়ে তুমি পচবে।

হ্যারি একটা আওয়াজ শুনতে পায়। একটা হিসহিস আওয়াজ। তারপর একটা মরণাপন্ন আওয়াজ – অশ্রুতপূর্ব এক আওয়াজ। হ্যাঅ্যাঅ্যাররি পটটটার...

স্কর্পিয়াস

ওটা কি?

হ্যারি

না। না। এখন না।

অ্যাল্বাস

কি?

রন

ভোল্ডেমর্ট।

ডেল্ফি

বাবা?

হারমায়নী

এখন? এখানে?

ডেল্ফি

বাবা!

ড্রেকো

সাইলেন্সিও! (*ডেল্ফির মুখ বন্ধ হয়ে যায়*) উইঙ্গার্ডিয়াম লেভিয়োসা! (*তাকে উপরদিকে পাঠিয়ে দেওয়া হয়*)

হ্যারি

ও আসছে। ও এখনই আসছে।

ভোল্ডেমর্ট মঞ্চের পেছন দিক থেকে প্রবেশ করে, তারপর ঘুরে পাশ দিয়ে এসে সিঁড়ি দিয়ে নেমে প্রেক্ষাগৃহের মধ্যে দিয়ে হাঁটতে থাকে। এবং পুরো আবহাওয়া ঘৃণা এবং ভয়ে ভরে ওঠে, যা তার উপস্থিতিতে ক্রমশ ছড়াতে থাকে। সে তার সাথে মৃত্যু নিয়ে এসেছে। এবং সকলে সেকথা জানে।

চতুর্থ অঙ্ক দৃশ্য বারো

গড্রিক্স হলও, ১৯৮১

হ্যারি অসহায় ভাবে ভোল্ডেমর্টের দিকে তাকিয়ে থাকে।

হ্যারি

ভোল্ডেমর্ট আমার বাবা-মা'কে হত্যা করতে যাচ্ছে, আর তাকে আটকানোর কোনো উপায় আমার কাছে নেই।

ড্রেকো

না, তা ঠিক নয়।

স্কর্পিয়াস

বাবা, এটা সময় না...

অ্যাল্বাস

একটা উপায় আছে - ওকে আটকানোর জন্য। কিন্তু তুমি সেটা করবে না।

ড্রেকো

এটা সহ্য করার জন্য বুকের পাটা চাই।

জিনি হ্যারির হাত ধরে।

জিনি

তোমায় দেখতে হবে না, হ্যারি। আমরা বাড়ি যেতে পারি।

হ্যারি

আমি এটা হতে দিচ্ছি...অবশ্যই আমায় দেখতে হবে।

হারমায়নী

তাহলে আমরা সবাই এর সাক্ষী থাকবো।

রন

আমরা সবাই দেখবো।

অচেনা কিছু আওয়াজ শোনা যায়।

জেমস (*নেপথ্যে*)

লিলি, হ্যারিকে নিয়ে পালাও! সে এসেছে! যাও! পালাও! আমি ওকে আটকে রাখছি...

একটা বিস্ফোরণ, তারপর একটা হাসি।

তুমি দূরে থাকো, বুঝলে - দূরে থাকো।

ভোল্ডেমর্ট (*নেপথ্যে*)

অ্যাভাডা কেডাভ্রা!

সারা প্রেক্ষাগৃহ বেয়ে একটা সবুজ আলোর কণা বিদ্যুতবেগে ছুঁটে যায় এবং হ্যারি শিউরে ওঠে।

অ্যাল্বাস *তার হাত ধরে।* হ্যারিও অ্যাল্বাসের *হাত শক্ত করে ধরে। তার সেটা প্রয়োজন।*

অ্যাল্বাস

ওনার পক্ষে যতটা করা সম্ভব ছিল, উনি করেছেন।

হ্যারির *পাশে* জিনি *উঠে দাঁড়ায়, এবং* হ্যারির *অন্য হাতটা ধরে।* হ্যারি *তাদের দিকে ঝুঁকে পড়েছে, তারা* হ্যারিকে *ধরে রেখেছে।*

হ্যারি

ওটা আমার মা, জানলায় দাঁড়িয়ে। আমি আমার মা'কে দেখতে পাচ্ছি, তাকে খুবই সুন্দর দেখতে।

দুবার ধাক্কানোর আওয়াজ তারপর দরজা ভেঙে যায়।

লিলি (*নেপথ্যে*)

হ্যারিকে না, হ্যারিকে না, দয়া করে হ্যারিকে মেরো না...

ভোল্ডেমর্ট (*নেপথ্যে*)

সরে দাঁড়াও, বোকা মেয়ে...সরে দাঁড়াও এক্ষুনি...

লিলি (*নেপথ্যে*)

না হ্যারিকে না, প্লীস না, আমাকে, ওর বদলে বরং আমাকে মেরে ফেলো...

ভোল্ডেমর্ট (*নেপথ্যে*)

শেষবার বলছি -

লিলি (*নেপথ্যে*)

হ্যারিকে না! প্লীস...দয়া করো...দয়া করো... আমার ছেলেকে না! প্লীস - যা বলবে করবো।

ভোল্ডেমর্ট (*নেপথ্যে*)

অ্যাভাডা কেডাভ্রা!

এবং হ্যারির শরীরের মধ্যে দিয়ে যেন বিদ্যুৎ বয়ে যায়। সে মাটিতে ছিটকে পড়ে, দুঃখে কাতর।

এবং একটা শুষ্ক চিৎকার আমাদের চারপাশে ওঠানামা করতে থাকে।

এবং আমরা কেবল দেখতে থাকি।

এবং যা ছিল তা ধীরে ধীরে উধাও হয়ে যেতে থাকে।

এবং নাট্যমঞ্চ ক্রমশ ঘুরতে এবং বদলাতে থাকে।

এবং হ্যারি আর তার পরিবার পরিজন সেই ঘূর্ণির সাথে সাথে বাইরে বেরিয়ে যায়।

চতুর্থ অঙ্ক দৃশ্য তেরো

গড্রিক্স হলও, জেমস এবং লিলি পটারের বাড়ির ভেতর, ১৯৮১

এবং আমরা একটি ভাঙাচোরা বাড়ির ভগ্নাংশ দেখতে পাই। একটি বাড়ি যা একটি মারাত্মক আক্রমণের শিকার হয়েছে।

হ্যাগ্রিড সেখানে এসে উপস্থিত হয় এবং সে সেই ধ্বংসস্তূপের মধ্যে দিয়ে হেঁটে যায়।

হ্যাগ্রিড

জেমস?

সে নিজের চারপাশে তাকিয়ে দেখে।

লিলি??

আসতে আসতে এগোতে থাকে, যেন খুব তাড়াতাড়ি বেশী কিছু দেখতে চায়না। সে অত্যন্ত ভীত।

তারপর তাদের দেখতে পায়, এবং থেমে যায়, এবং কিচ্ছু বলে না।

আমরা দেখতে পাই তার বেদনা তার মুখে ভেসে উঠেছে।

আহ। আহ। এমন তো হওয়ার কথা ছিল না - এমন তো হওয়ার কথা ছিল না - আমাকে তো...ওরা বলেছিল, কিন্তু - আমি তো ভালো কিছু আশা করেছিলাম...

সে তাদের দিকে তাকায়, যেন সত্যটা মানতে চায় না, এবং তারপর মাথা নত করে। বিড়বিড় করে কিছু কথা বলে এবং তারপর তার বড় পকেট থেকে কিছু চেপ্টে যাওয়া ফুল বের করে মাটিতে ছড়িয়ে দেয়।

আমায় ক্ষমা কোরো, ওরা আমায় বলেছে, উনি আমায় বলেছেন, ডাম্বেলডোর আমায় বলেছেন, আমি তোমাদের সাথে বেশীক্ষণ থাকতে পারবো না। মগলরা আসছে বুঝলে, তাদের ঐ নীল আলো নিয়ে এবং তারা আমার মতো এরকম একজন বড় মোটাসোটা লোককে এখানে দেখলে খুব একটা খুশি হবে না, তাই না?

তার চোখ থেকে জল পড়ে।

খুব কঠিন যদিও, তোমাদেরকে এভাবে ফেলে যাওয়া। আমি চাই তোমরা জানো – তোমাদেরকে কেউ কখনো ভুলবে না – আমি ভুলবো না – অন্য কেউ ভুলবে না।

এবং তারপর সে একটা আওয়াজ শুনতে পায় – একটা বাচ্চার নাক টানার আওয়াজ। হ্যাগ্রিড সেদিকে ঘুরে তাকায়, আরো দৃঢ়তার সাথে হেঁটে যায়।

নিচে তাকিয়ে দেখে সে একটা বাচ্চার দোলনার উপর দাঁড়িয়ে আছে যার থেকে আলো বিচ্ছুরিত হচ্ছে।

আরে। হ্যালো। তুমি নিশ্চয়ই হ্যারি। হ্যালো, হ্যারি পটার। আমি রুবিয়াস হ্যাগ্রিড। আর আমি তোমার বন্ধু হতে চলেছি, সে তোমার ভালো লাগুক আর না লাগুক। কারণ তোমার উপর দিয়ে একটা বড় ঝড় বয়ে গেছে, যদিও তুমি সেটার ব্যাপারে এখন জানো না। আর তোমার বন্ধুর প্রয়োজন হবে। এবার তুমি আমার সঙ্গে আসলে সব থেকে ভালো হবে, তাই না?

চকচকে নীল আলোয় ঘর ভরে গিয়ে একটা অলৌকিক আভা সৃষ্টি করে, সে খুব সাবধানে হ্যারিকে কোলে তুলে নেয়।

তারপর – আর পেছনে না তাকিয়ে – সে বাড়ির মধ্যে থেকে বেরিয়ে যায়।

এবং মঞ্চ আস্তে আস্তে হাল্কা অন্ধকার হয়ে যায়।

চতুর্থ অঙ্ক দৃশ্য চোদ্দ

হগওয়ার্টস্, ক্লাসরুম

স্কর্পিয়াস এবং অ্যাল্বাস দৌড়ে একটি ঘরের ভেতর প্রবেশ করে, আনন্দে উচ্ছ্বসিত। ঘরে ঢুকে তারা খুব জোরে দরজা বন্ধ করে দেয়।

স্কর্পিয়াস

আমি এখনো ভাবতে পারছি না যে আমি এটা করলাম।

অ্যাল্বাস

আমিও ভাবতে পারছি না যে তুমি ওটা করলে।

স্কর্পিয়াস

রোস গ্রেঞ্জার-উইস্লী। আমি রোস গ্রেঞ্জার-উইস্লীকে ডেট'এ যাওয়ার জন্য জিজ্ঞেস করলাম।

অ্যাল্বাস

এবং সে না বলে দিলো।

স্কর্পিয়াস

কিন্তু আমি জিজ্ঞেস করলাম। বীজ পুতে দিয়েছি। সেই বীজ যা ধীরে ধীরে আমাদের দুজনকে বিবাহের দিকে নিয়ে যাবে।

অ্যাল্বাস

তুমি জানো, তুমি নিজের কল্পনা নিয়ে থাকতে কতটা পছন্দ করো।

স্কর্পিয়াস

আর আমি তোমার সাথে একমত - শুধু পলি চ্যাপম্যান আমায় তার সাথে স্কুল বল'এ যাওয়ার প্রস্তাব দিয়েছিল...

অ্যাল্বাস

ঐ বিকল্প পৃথিবীতে যেখানে তুমি খুব - সত্যিই খুব, বেশী জনপ্রিয় ছিলে - অন্য একটি মেয়ে তোমার সাথে ডেট'এ যাওয়ার প্রস্তাব রেখেছিল - এবং তার মানে -

স্কর্পিয়াস

হ্যাঁ, যুক্তি দিয়ে দেখলে আমাকে পলির পেছনে যাওয়া উচিত - অথবা তাকে আমার পেছনে আসতে দেওয়া উচিত - সে ভীষণ সুন্দর সে কথা তো মানতেই হবে - কিন্তু একটা রোস তো একটা রোসই।

অ্যাল্বাস

জানো, যুক্তি দিয়ে দেখলে দেখা যাবে তুমি একটা পাগল? রোস তোমায় পছন্দ করে না।

স্কর্পিয়াস

ভুল বলছো, সে আমায় পছন্দ করতো না, কিন্তু আমি যখন ওকে জিজ্ঞেস করলাম তখন ওর চোখের চাউনি লক্ষ্য করেছো? ওটা অপছন্দ নয়, ওটা সহানুভূতি।

অ্যাল্বাস

আর সহানুভূতি ভালো?

স্কর্পিয়াস

সহানুভূতি একটা শুরু বন্ধু, একটা ভিত যার উপর একটা প্রাসাদ বানাতে হয় - প্রেমের প্রাসাদ।

অ্যাল্বাস

আমি সত্যি ভাবতাম আমাদের দুজনের মধ্যে আমারই হয়তো প্রথম কোনো প্রেমিকা হবে।

স্কর্পিয়াস

ও, তোমার হবে, নিঃসন্দেহে, হয়তো ঐ নতুন ধোঁয়াশা চোখ-ওয়ালা মিশ্রণের প্রোফেসর - তার বয়স বোধ হয় তোমার পছন্দ মতোই হবে, তাই না?

অ্যাল্বাস

বয়সে বড় মহিলাদের প্রতি আমার সেরকম কোনো অনুভূতি আসেনা!

স্কর্পিয়াস

আর তোমার হাতে তো সময় আছে - অনেক সময় - তাকে পটানোর। কারণ রোসকে মানাতে বহু বছর লাগবে।

অ্যাল্বাস

তোমার আত্মবিশ্বাস প্রশংসাযোগ্য।

রোস তাদের পাশ দিয়ে সিঁড়িতে গিয়ে দাঁড়ায়, সে তাদের দুজনের দিকে তাকায়।

রোস

হাই।

দুজনের কেউই বুঝে উঠতে পারে না ঠিক কিভাবে উত্তর দেবে - সে স্কর্পিয়াসের দিকে তাকায়।

এটা অদ্ভুত তখনই হবে যখন তুমি একে অদ্ভুত হতে দেবে।

স্কর্পিয়াস

শুনলাম এবং পুরোটাই বুঝলাম।

রোস

ঠিকাছে। 'স্কর্পিয়ান কিং'।

মুখে মৃদু হাসি নিয়ে সে হেঁটে চলে যায়। স্কর্পিয়াস *এবং* অ্যাল্বাস *দুজন দুজনের দিকে তাকায়।* অ্যাল্বাস *হেসে* স্কর্পিয়াসের *হাতে হাল্কা ঘুসি মারে।*

অ্যাল্বাস

ঠিকই বলেছো বোধ হয় - সহানুভূতি দিয়েই শুরু।

স্কর্পিয়াস

তুমি কি কুইডিচ দেখতে যাচ্ছো? স্লীদরিন হাপ্লপাফের বিরুদ্ধে খেলছে - বেশ হাড্ডাহাড্ডি খেলা -

অ্যাল্বাস

আমি ভাবতাম আমরা কুইডিচ পছন্দ করি না?

স্কর্পিয়াস

মানুষ বদলাতে পারে। তাছাড়া, আমি অনুশীলনও করছি। আমি হয়তো এবছর দলে জায়গাও পেয়ে যাবো। চলো।

অ্যাল্বাস

আমি পারবো না। আমার বাবা আসবে বলেছে –

স্কর্পিয়াস

উনি মিনিস্ট্রির কাজ থেকে ছুটি নিয়েছেন?

অ্যাল্বাস

বাবা আমার সাথে হাঁটতে যেতে চায় – আমায় কিছু একটা দেখাতে চায় – আমায় বলতে চায় – কিছু একটা।

স্কর্পিয়াস

হাঁটতে?

অ্যাল্বাস

জানি, এটা হয়তো সম্পর্ক দৃঢ় করার মতো অথবা ওরকমই গা-গুলানি কিছু একটা হবে। তবুও, বুঝলে, আমি হয়তো যাবো।

স্কর্পিয়াস *এগিয়ে গিয়ে* অ্যাল্বাসকে *জড়িয়ে ধরে।*

এটা কি? আমি তো জানতাম আমরা ঠিক করেছি আমরা কখনো আলিঙ্গন করবো না।

স্কর্পিয়াস

আমি খুব একটা নিশ্চিত ছিলাম না। করবো কিনা। আমাদের এই নতুন অবতারে এরকমই আমার মনে হয়েছে।

অ্যাল্বাস

রোসকে বরং জিজ্ঞেস করে নিলে ভালো হয় এটা করা ঠিক হবে কিনা।

স্কর্পিয়াস

হাহ! হ্যাঁ। ঠিক।

দুজন আলিঙ্গনরত অবস্থা থেকে সরে দাঁড়ায়।

অ্যাল্বাস

রাতে খাওয়ার সময় দেখা হবে।

চতুর্থ অঙ্ক দৃশ্য পনেরো

একটি সুদৃশ্য ছোটো পাহাড়

একটি সুন্দর গ্রীষ্মের সকালে হ্যারি এবং অ্যাল্বাস হেঁটে হেঁটে একটা ছোটো পাহাড়ে উঠছে।

দুজনের কেউ কোনো কথা বলছে না, উঠতে উঠতে মুখের উপর সূর্যকিরণ উপভোগ করছে।

হ্যারি

তো তুমি তৈরি?

অ্যাল্বাস

কিসের জন্য?

হ্যারি

চতুর্থ বর্ষের পরীক্ষা - তারপর পঞ্চম বর্ষ - গুরুতপূর্ণ বছর - আমার পঞ্চম বর্ষে আমি -

সে অ্যাল্বাসের দিকে তাকায়। মৃদু হাসে। তাড়াতাড়ি কথা বলে।

আমি অনেক কিছু করেছিলাম। কিছু ভালো। কিছু খারাপ। বেশীরভাগ বেশ গোলমেলে।

অ্যাল্বাস

জেনে ভালো লাগলো।

হ্যারি মৃদু হাসে।

আমি ওদেরকে দেখতে পেয়েছিলাম - জানো - অল্প সময়ের জন্য - তোমার মা আর বাবাকে। ওরা - তোমরা একসাথে বেশ মজা করতে।

তোমার বাবা তোমার সাথে একরকম ধোঁয়ার বলয় বানানোর খেলা খেলতে ভালোবাসতেন আর তুমি...মানে, তুমি হাসি থামাতেই পারতে না।

হ্যারি

সত্যি?

অ্যাল্বাস

আমার মনে হয় তুমি তাদেরকে দেখলে খুব খুশি হতে। আর আমার মনে হয়ে আমারও ওনাদেরকে খুব ভালো লাগতো।

হ্যারি মাথা নাড়ে। একটা হাল্কা অস্বস্তিকর নীরবতা। দুজনেই দুজনের মনের ভেতর পৌঁছনোর চেষ্টা করছে, কিন্তু পারছে না।

হ্যারি

জানো, আমি ভেবেছিলাম আমি হয়তো তার থেকে ছাড়া পেয়ে গেছি - ভোল্ডেমর্ট - আমি ভেবেছিলাম আমি তার থেকে ছাড়া পেয়ে গেছি - কিন্তু তারপর আমার কপালের দাগটায় আবার ব্যাথা হওয়া শুরু করলো আর আমি তার স্বপ্ন দেখতে লাগলাম এবং আমি আবার সর্পভাসাও বলতে পারছিলাম আর আমার মনে হতে লাগলো আমি যেন একটুও পাল্টাইনি - যে সে আমাকে কখনো পুরোপুরি ছাড়বেনা -

অ্যাল্বাস

সত্যি কি তাই?

হ্যারি

আমার যেই অংশ ভোল্ডেমর্টের ছিল, তা অনেককাল আগেই নষ্ট হয়ে গেছে, কিন্তু শারীরিক ভাবে তার থেকে মুক্তি পাওয়া যথেষ্ট ছিল না - আমাকে মাথা থেকে তাকে বের করে ফেলা দরকার ছিল। আর একজন চল্লিশ বছর বয়সের লোকের জন্য - এটা একটা বিরাট বড় শিক্ষা।

সে অ্যাল্বাসের দিকে তাকায়।

তোমায় আমি যেই কথাটা বলেছিলাম - ওটা ক্ষমার অযোগ্য, এবং আমি তোমায় ওটা ভুলে যেতেও বলতে পারি না কিন্তু আশা করতে পারি যে আমরা ঐ কথাটা পেছনে ফেলে এগিয়ে যেতে পারবো।

আমি তোমার জন্য বাবা হিসেবে আরো ভালো হয়ে ওঠার চেষ্টা করবো, অ্যাল্বাস। আমি চেষ্টা করবো - তোমায় সব সত্যি কথা বলবার আর...

অ্যালবাস

বাবা, অতো কিছুর প্রয়োজন নেই...

হ্যারি

তুমি বলেছিলে তুমি ভাবো আমি কোনোকিছুতে ভয় পাই না, আর - আসলে, আমি সবকিছুতেই ভয় পাই। মানে, আমি অন্ধকারে খুব ভয় পাই, সেটা কি তুমি জানতে?

অ্যালবাস

হ্যারি পটার অন্ধকারে ভয় পায়?

হ্যারি

আমি বদ্ধ জায়গা একদম পছন্দ করি না আর - আমি এখনো অব্দি কাউকে এটা বলিনি কিন্তু আমি খুব একটা - (*এটা বলার আগে সে একটু ইতস্তত করে*) পায়রা পছন্দ করি না।

অ্যালবাস

তুমি পায়রা পছন্দ করো না?

হ্যারি (*মুখচোখ কুঁচকে*)

বিচ্ছিরি, নোংরা, জিনিস কতগুলো। দেখলেই গা গুলিয়ে ওঠে।

অ্যালবাস

কিন্তু পায়রা তো খুবই নিরীহ!

হ্যারি

জানি। কিন্তু যেই জিনিসটায় আমি সবচেয়ে বেশী ভয় পাই, অ্যালবাস সেভেরাস পটার, তা হলো তোমার বাবা হিসেবে আমার কর্তব্য পালন করতে। কারণ এই ক্ষেত্রে আমি কোনোরকম সূত্র *ছাড়া* কাজ করছি। বেশীরভাগ লোকের জীবনে অন্তত তাদের বাবা থাকে যাদের উপর ভিত্তি করে তারা বাবা হিসেবে নিজেদেরকে গঠন করতে পারে - হয় তার মতো হওয়ার চেষ্টা করে, অথবা তার মতো না হওয়ার চেষ্টা করে। আমার সেরকম কেউ নেই - অথবা খুবই সামান্য। তাই আমি শিখছি, বুঝলে? আর আমি আমার সর্বস্য দিয়ে চেষ্টা করবো - তোমার জন্য ভালো বাবা হয়ে ওঠার।

অ্যাল্বাস

আর আমি চেষ্টা করবো ভালো সন্তান হয়ে ওঠার। আমি জানি আমি জেমসের মতো নই, বাবা, আমি কখনো তোমার মতোও হতে পারবো না -

হ্যারি

জেমস একেবারেই আমার মতো নয়।

অ্যাল্বাস

ও নয়?

হ্যারি

ও সবকিছু খুব সহজে পেয়ে যায়। আমায় ছেলেবেলা থেকেই লড়াই করতে হয়েছে।

অ্যাল্বাস

আমাকেও। তার মানে তুমি বলছো - আমি কি - তোমার মতো?

হ্যারি অ্যাল্বাসের দিকে তাকিয়ে হাসে।

হ্যারি

আসলে তুমি অনেকটা তোমার মায়ের মতো - সাহসী, রাগী, মজার - যেটা আমার খুব ভালো লাগে - যেটা আমার মনে হয় তোমায় আমার ছেলে হিসেবে বেশ মানানসই করে তোলে।

অ্যাল্বাস

আমি এই পৃথিবীকে প্রায় ধ্বংস করে দিয়েছিলাম।

হ্যারি

ডেল্ফি কোথাও যেতো না, অ্যাল্বাস - তুমি ওকে বাইরে বের করে এনেছো এবং তুমি উপায় বের করে দিয়েছো যার সাহায্যে আমরা ওর সাথে লড়তে পেরেছি। এখন হয়তো তুমি বুঝতে পারবে না, কিন্তু তুমি আমাদের বাঁচিয়েছো।

অ্যাল্বাস

কিন্তু আমার এর থেকে ভালো কিছু করা উচিত ছিল না?

হ্যারি

তুমি কি ভাবো, আমি নিজেকে এই একই প্রশ্নগুলো করি না?

অ্যাল্বাস (*আরো হতাশ হয়ে পড়ে, সে জানে তার বাবা এটা করবে না*)

আর তারপর – যখন আমরা ওকে ধরলাম – আমি ওকে মেরে ফেলতে চেয়েছিলাম।

হ্যারি

তোমার চোখের সামনে ও ক্রেগকে মেরেছে, তুমি রেগে গেছিলে অ্যাল্বাস, আর সেটা খুব স্বাভাবিক। আর তুমি ওটা করতে না।

হ্যারি

সেটা তুমি কি করে বলছো? ওটা হয়তো আমার স্লীদরিন চরিত্রের একটি অংশ। হয়তো ওটা দেখেই নির্ধারক টুপি আমায় এই ঘরে ফেলেছে।

হ্যারি

তোমার মাথায় কি চলে আমি বুঝিনা, অ্যাল্বাস – আসলে, কি জানো তো, তুমি এখনো কিশোর আছো, তোমার মাথায় কি চলে আমার বোঝার কথাও না, কিন্তু আমি তোমার মন বুঝি। অনেককাল বুঝিনি – কিন্তু এই – 'পালিয়ে যাওয়ার' দৌলতে – আমি এখন জানি তোমার মনে কি আছে।স্লীদরিন, গ্রিফিন্ডোর, যাই তকমা তোমায় দেওয়া হোক না কেন – আমি জানি – জানি – যে ঐ মনটা আসলে খুব ভালো – হ্যাঁ, সে তোমার ভালো লাগুক আর না'ই লাগুক, তুমি একজন বিরাট জাদুকর হতে চলেছো।

অ্যাল্বাস

আমি জাদুকর হবো না, আমি একটা পায়রার দৌড়ের ব্যবসা খুলবো। সেই ব্যাপারে আমি বেশ উৎসাহী।

হ্যারি *হেসে ফেলে।*

হ্যারি

তোমার ঐ নামগুলো – ওগুলো তোমার উপর যেন কোনোরকম বোঝার সৃষ্টি না করে। অ্যাল্বাস ডাম্বেলডোরকেও অনেক পরীক্ষা দিতে হয়েছিল – আর সেভেরাস স্নেপ, তার ব্যাপারে তো তুমি সবই জানো –

অ্যাল্বাস

তারা খুব ভালো মানুষ ছিলেন।

হ্যারি

তারা মহান ব্যক্তিত্ব ছিলেন, যাদের মধ্যে কিছু কিছু বিরাট দোষ ছিল, আর কি জানো তো – ঐ দোষগুলোই তাদেরকে আরো মহান করে তুলেছিল।

অ্যালবাস *নিজের চারপাশে তাকিয়ে দেখে।*

অ্যালবাস

বাবা? আমরা এখানে কেন এসেছি?

হ্যারি

আমি এই জায়গাটায় প্রায়ই আসি।

অ্যালবাস

কিন্তু এটা তো একটা কবরখানা...

হ্যারি

আর এই হলো সেড্রিকের কবর...

অ্যালবাস

বাবা?

হ্যারি

যেই ছেলেটা খুন হয়েছে – ক্রেগ বাওকার – তুমি ওকে কতটা চিনতে?

অ্যালবাস

খুব একটা নয়।

হ্যারি

আমিও সেড্রিককে খুব একটা ভালো মতন চিনতাম না।ও ইংল্যান্ডের হয়ে কুইডিচ খেলতে পারতো। অথবা খুব ভালো একজন অরার হতে পারতো। ও অনেক কিছুই হতে পারতো। আর এমোস ঠিকই বলেছে – ওকে কেড়ে নেওয়া হয়েছিল।তাই আমি এখানে আসি। শুধু ক্ষমা চাওয়ার জন্য। যখনই সময় পাই।

অ্যালবাস

এটা একটা – ভালো কাজ।

অ্যালবাস *তার বাবার সঙ্গে সেড্রিকের কবরের সামনে গিয়ে দাঁড়ায়।* হ্যারি *তার ছেলের দিকে তাকিয়ে মৃদু হাসে এবং তারপর আকাশের দিকে তাকায়।*

হ্যারি

আমার মনে হচ্ছে আজকের দিনটা বেশ ভালো কাটবে।

সে তার ছেলের কাঁধে হাত রাখে। এবং দুজনেই - সামান্য - আপ্লুত হয়ে পড়ে একসাথে।

অ্যালবাস (*হেসে*)

আমারও সেরকমই মনে হচ্ছে।

সমাপ্ত

হ্যারি পটার এবং অভিশপ্ত সন্তান প্রথম এবং দ্বিতীয় অংশ নাটকটির প্রথম প্রযোজক সোনিয়া ফ্রীডম্যান প্রোডাকশন্স, কলিন ক্যালেন্ডার এবং হ্যারি পটার থিয়েট্রিকাল প্রোডাকশান্স। ২০১৬ সালের ৩০শে জুলাই এই নাটক প্রথম উপস্থাপিত হয়, লন্ডনের প্যালেস থিয়েটারে।

লন্ডন উপস্থাপনার মূল চরিত্রলিপি ইংরেজি বর্ণমালা অনুযায়ী

ক্রেগ বাওকার জুনিয়ার	জেরেমি অ্যাং জোন্স
ছিঁচকাঁদুনে ম্যর্টল, লিলি পটার সিনিয়ার	অ্যানাবেল বল্ডউইন
ভার্নন আঙ্কেল, সেভেরাস স্নেপ, লর্ড ভোল্ডেমর্ট	পল বেন্টল
স্কর্পিয়াস ম্যাল্ফয়	অ্যান্থনি বয়েল
অ্যাল্বাস পটার	স্যাম ক্লেমেট
হারমায়নী গ্রেঞ্জার	নোমা ডুমেজওয়েনি
পলি চ্যাপম্যান	ক্ল্যডিয়া গ্রান্ট
হ্যাগ্রিড, নির্ধারক টুপি	ক্রিস যার্ম্যান
ইয়ান ফ্রেড্রিক্স	জেমস ল্যে ল্যাশু
পিটুনিয়া আন্টি, ম্যাডাম হুচ, ডোলোরেস আম্ব্রিজ	হেলেনা লিম্বেরী
এমোস ডিগোরি, অ্যাল্বাস ডাম্বেলডোর	ব্যারি ম্যাক্কার্থী
ট্রলী-বাহী জাদুকরী, প্রোফেসর ম্যাকগনেগাল	স্যান্ডি ম্যাকডেড
স্টেশান মাস্টার	অ্যাডাম ম্যাকনামারা
জিনি পটার	পপি মিলার

সেড্রিক ডিগোরি, জেমস পটার জুনিয়ার, জেমস পটার সিনিয়ার	টম মিলিগান
ডাডলী ডার্স্লী, কার্ল জেঙ্কিন্স, ভিক্টর ক্রাম	জ্যাক নর্থ
হ্যারি পটার	জেমী পার্কার
ড্রেকো ম্যাল্ফয়	অ্যালেক্স প্রাইস
বেন	ন্যুনো সিল্ভা
রোস গ্রেঞ্জার-উইস্লী, তরুন হারমায়নী	শেরেল স্কীট
ডেল্ফি ডিগোরি	এস্থ্যর স্মিথ
রন উইস্লী	পল থর্নলী
তরুন হ্যারি পটার	রুডি গুডম্যান, অ্যাল্ফ্রেড জোন্স, বিলি কিওঘ, ইওয়ান রাদারফোর্ড, ন্যাথেনিয়েল স্মিথ, ডিলান স্ট্যান্ডেন
লিলি পটার জুনিয়ার	জোই ব্রাও, খ্রিস্টিনা ফ্রে, খ্রিস্টিয়ানা হাচিংস্

অন্যান্য ভূমিকায় যারা অভিনয় করেছেন

নিকোলা অ্যালেক্সিস, জেরেমি অ্যাং জোন্স, রোসমেরী অ্যানাবেলা, অ্যানাবেল বল্ডউইন, জ্যাক বেনেট, পল বেন্টল, ক্লডিয়া গ্রান্ট, জেমস হাওয়ার্ড, লোরি জেমস, ক্রিস যার্ম্যান, মার্টিন জন্সটন, জেমস ল্যে ল্যাশু, হেলেনা লিম্বেরী, ব্যারি ম্যাক্কার্থী, অ্যান্ড্রু ম্যাকডোনাল্ড, অ্যাডাম ম্যাকনামারা, টম মিলিগান, জ্যাক নর্থ, স্টুয়ার্ট র‍্যামসে, ন্যূনো সিল্ভা, শেরেল স্কীট

সুইংস্

হেলেন আল্যুকো, ম্যাথিউ ব্যানক্রফ্ট, মোরাগ ক্রস, চিপো কুরেয়া, টম ম্যাক্লী, জশুয়া ওয়্যাট

ন্যূনো সিল্ভা	রেসিডেন্ট মুভমেন্ট ডিরেক্টর
জ্যাক নর্থ	অ্যাসিস্ট্যান্ট মুভমেন্ট ডিরেক্টর
মোরাগ ক্রস	ভয়েস ক্যাপ্টেন

সৃজন এবং প্রযোজনা দল, ২০১৭

মূল কাহিনী	জে.কে. রাউলিং, জন টিফানি, জ্যাক থর্ণ
নাট্যরূপ	জ্যাক থর্ণ
পরিচালক	জন টিফানি
মুভমেন্ট ডিরেক্টর	স্টীভেন হগেট
সেট ডিসাইনার	খ্রিস্টীন জোন্স
কস্টিউম ডিসাইনার	ক্যাট্রিনা লিন্ডসে
কম্পোসার এবং অ্যারেঞ্জার	ইমোজেন হীপ
লাইটিং ডিসাইনার	নীল অস্টিন
সাউন্ড ডিসাইনার	গ্যারেথ ফ্রাই
ইলুশনস্ এবং ম্যাজিক	জেমী হ্যারিসন
মিউসিক সুপারভাইসার এবং অ্যারেঞ্জার	মার্টিন ল্যো
কাস্টিং ডিরেক্টর	জুলিয়া হোরান সি.ডি.জি.
প্রোডাকশন ম্যানেজার	গ্যারি বীস্টোন
প্রোডাকশন স্টেজ ম্যানেজার	স্যাম হান্টার
অ্যাসোসিয়েট ডিরেক্টর	ডেস কেনেডি
অ্যাসোসিয়েট মুভমেন্ট ডিরেক্টর	নীল বেটেল্স
অ্যাসোসিয়েট সেট ডিসাইনার	ব্রেট জে. বানাকিস
অ্যাসোসিয়েট সাউন্ড ডিসাইনার	পীট মল্কিন
ইলুশনস্ এবং ম্যাজিক অ্যাসোসিয়েট	খ্রিস ফিশার

কাস্টিং অ্যাসোসিয়েট	লটে হাইন্স
অ্যাসিস্ট্যান্ট লাইটিং ডিসাইনার	অ্যাডাম কিং
কস্টিউম ডিসাইন সুপারভাইসার	স্যাবাইন লেমায়েত্রে
হেয়ার, উইগ এবং মেক-আপ	ক্যারল হ্যানকক
প্রপস্ সুপারভাইসার্স	লিসা বাক্লী, মেরী হ্যালিডে
মিউসিক এডিটর	ফিজ অ্যাডামস
মিউসিক প্রোডাকশন	ইমোজেন হীপ
স্পেশাল এফেক্টস্	জেরেমি শের্নিক
ভিডিও ডিসাইন	ফিন রস, অ্যাশ উডওয়ার্ড
ডায়ালেক্ট কোচ	ড্যানিয়েল লীডন
ভয়েস কোচ	রিচার্ড রাইডার
রেসিডেন্ট ডিরেক্টর	পিপ মিনিথর্প
কোম্পানি স্টেজ ম্যানেজার	রিচার্ড ক্লেটন
স্টেজ ম্যানেজার	জর্ডান নোবেল-ডেভীস
ডেপুটি স্টেজ ম্যানেজার	জেনেফার টেইট
অ্যাসিস্ট্যান্ট স্টেজ ম্যানেজার্স	অলিভার ব্যাগওয়েল পিওর্ফয়, টম গিল্ডিং, স্যালী ইঞ্চ, বেন শেড়াট
হেড অফ ওয়ার্ড্রোব	এমি গিলোট
ডেপুটি হেড অফ ওয়ার্ড্রোব	লরা ওয়াটকিন্স
ওয়ার্ড্রোব অ্যাসিস্ট্যান্টস্	কেট অ্যান্ডার্সন, লিয়ান হায়ার্ড
ড্রেসার্স	জর্জ এমিয়েল, মেলিসা কুক, রোসী ইথারিজ, জন ওভেন্ডেন, এমিলী সুইফ্ট
ডেটাইম ওয়ার্ড্রোব অ্যাসিস্ট্যান্ট	মেলিসা হ্যাডলী
হেড অফ হেয়ার, উইগস্ অ্যান্ড মেক-আপ	নিনা ভ্যান হুটেন
ডেপুটি হেড অফ হেয়ার, উইগস্ অ্যান্ড মেক-আপ	অ্যালিস টাউন্স

হেয়ার, উইগস্ অ্যান্ড মেক-আপ অ্যাসিস্ট্যান্টস্	জেকব ফেসী, কেসী মার্ফী, জোয়ানা সিম
হেড অফ সাউন্ড	খ্রিস রীড
ডেপুটি হেড অফ সাউন্ড	রোয়েনা এডওয়ার্ডস
সাউন্ড নম্বর ৩	লরা হেড
এস.এফ.এক্স. অপারেটার	ক্যালাম ডোনাল্ডসন
হেড অফ অটোমেশান	যশ পীটার্স
ডেপুটি হেড অফ অটোমেশন	জেমী লরেন্স
অটোমেশন নম্বর ৩	জেমী রবসন
শো চীফ এল.এক্স.	ডেভিড ট্রীনর
ডেপুটি শো চীফ এল.এক্স.	প্যাডি ম্যাগী
পারফর্মার ফ্লাইং টেকনিশিয়ান	পল গার্নী
শ্যাপেরন্স	ডেভিড রাসেল, এলেনর ডাউলিং
জেনেরাল ম্যানেজমেন্ট	সোনিয়া ফ্রীডম্যান প্রোডাকশন্স
এক্সিকিউটিভ ডিরেক্টর	ডায়ান বেঞ্জামিন
এক্সিকিউটিভ প্রোডিউসার	প্যাম স্কিনার
এসোসিয়েট প্রোডিউসার	ফিয়োনা স্টিওয়ার্ট, বেন ক্যানিং
অ্যাসিস্ট্যান্ট জেনেরাল ম্যানেজার	ম্যাক্স বিটেলস্টন
প্রোডাকশন অ্যাসিস্ট্যান্ট	ইমোজেন ক্লেয়র-উড
মার্কেটিং ম্যানেজার	মেগ মেসী
হেড অফ সেল্স অ্যান্ড রেভিনিউ	মার্ক পেইন
এসোসিয়েট প্রোডিউসার (ডেভেলপমেন্ট)	লূসী লোভাট
লিটেরারী এসোসিয়েট	জ্যাক ব্র্যাডলী
হাউস সীটস্ অ্যাসিস্ট্যান্ট	টোবিয়াস জোন্স

মূল কাহিনী রচয়িতাদের জীবনী

জে.কে. রাউলিং

মূল গল্প

জে.কে. রাউলিং প্রবল খ্যাতিসম্পন্ন এবং বহু পুরষ্কার-জয়ী 'হ্যারি পটার' উপন্যাসগুলির লেখিকা। সারা বিশ্বে অনুরাগীদের প্রিয় এই সিরিজ ৫০০ মিলিয়নেরও বেশী সংখ্যায় বিক্রি হয়েছে, ৮০টির উপর ভাষায় অনুবাদ করা হয়েছে, এবং এর থেকে ৮টি বিখ্যাত চলচ্চিত্রও তৈরি করা হয়েছে। এছাড়াও তিনি ত্রাণ-কার্যের জন্য সহযোগী গ্রন্থের তিনটি খণ্ড লিখেছেন : *যুগের ধারায় কুইডিচ* এবং *কাল্পনিক জীব এবং তাদের কোথায় পাওয়া যেতে পারে* (কমিক রিলিফ এবং ল্যুমস'কে সহযোগিতার উদ্দেশ্যে লেখা), এবং *বীডেল দ্য বার্ড-এর গল্পকথা* (ল্যুমস'কে সহযোগিতার উদ্দেশ্যে লেখা), এবং এর সাথে লিখেছেন *কাল্পনিক জীব এবং তাদের কোথায় পাওয়া যেতে পারে* থেকে অনুপ্রাণিত একটি চিত্রনাট্য, যার মাধ্যমে শুরু হয়েছে পাঁচটি-চলচ্চিত্রের এক সমাহার যার সবকটা তিনিই লিখবেন বলে জানা যায়। তিনি একটি নাটকেও সহযোগিতা করেছেন, *হ্যারি পটার এবং অভিশপ্ত সন্তান; প্রথম এবং দ্বিতীয় অংশ*, যেটি ২০১৬ সালের গ্রীষ্মে লন্ডনের ওয়েস্ট এন্ড'এ মুক্তি পায়। ২০১২ সালে জে.কে. রাউলিং'এর ডিজিটাল সংস্থা 'পটারমোর' চালু হয়, যেখানে অনুরাগীরা খবর, প্রবন্ধ এবং অন্যান্য গুরুত্বপূর্ণ বিষয়, এবং তার সাথে জে.কে. রাউলিং'এর নতুন লেখা উপভোগ করতে পারবে। এছাড়াও তিনি লিখেছেন *দ্য ক্যাসুয়াল ভেকেন্সি*, প্রাপ্তবয়স্ক পাঠকদের জন্য লেখা একটি উপন্যাস, এবং 'স্ট্রাইক' ক্রাইম সিরিজ যেটি রবার্ট গলব্রেইথ নামক একটি ছদ্মনামে লেখা। তিনি বহু পুরষ্কারে সম্মানিত হয়েছেন, যার মধ্যে রয়েছে একটি ও.বি.ই. এবং কম্প্যানিয়ন অফ অনর, ফ্রান্সের লিজিয়ন ডি'অনের, এবং হান্স খ্রিশ্চান অ্যান্ডার্সন অ্যাওয়ার্ড।

জন টিফানি

মূল গল্প এবং পরিচালক

জন টিফানি *ওয়ান্স* নামক নাটকটি পরিচালনা করেছেন, যার জন্য তিনি ব্রডওয়ে, ওয়েস্ট এন্ড এবং সারা বিশ্বে প্রচুর পুরস্কার পেয়েছেন। সাম্প্রতিককালে তার অন্যান্য খ্যাতিসম্পন্ন কাজের মধ্যে রয়েছে ন্যাশনাল থিয়েটারে উপস্থাপিত *পিনোকিও*, এ.আর.টি., ব্রডওয়ে, ই.আই.এফ. এবং ওয়েস্ট এন্ড'এ উপস্থাপিত *দ্য গ্লাস মিনেজারি*, এবং বি.এ.এম'এ উপস্থাপিত *দ্য অ্যাম্ব্যাসেডর*। রয়াল কোর্টের সহকারী পরিচালক হিসেবে তার উল্লেখযোগ্য কাজ হলো *দ্য টুইটস্*, *হোপ*, এবং *দ্য পাস*। তিনি ন্যাশনাল থিয়েটার অফ স্কটল্যান্ডে উপস্থাপিত *লেট দ্য রাইট ওয়ান ইন* নাটকটি পরিচালনা করেছেন, যেটি পরে রয়াল কোর্ট, ওয়েস্ট এন্ড এবং সেইন্ট অ্যান'স্ ওয়েরহাউসে, এবং তার সাথে বিশ্বের নানান প্রান্তে মঞ্চস্থ করা হয়েছে।ন্যাশনাল থিয়েটার অফ স্কটল্যান্ডে প্রযোজিত তার অন্যান্য কাজের মধ্যে রয়েছে *ম্যাকবেথ* (লিঙ্কন সেন্টার এবং ব্রডওয়েতেও এই নাটকটি মঞ্চস্থ করা হয়েছে), *এনকোয়ায়রার*, *দ্য মিসিং*, *পিটার প্যান*, *দ্য হাউস অফ বারনার্ড অ্যাল্বা*, *ট্রান্সফর্ম কেইথ্‌নেস: হান্টার*, *বি নিয়ার মি*, *নোবডি উইল এভার ফরগিভ আস*, *দ্য ব্যাখে* (লিঙ্কন সেন্টারেও উপস্থাপিত), *এলিজাবেথ গর্ডন কুইন*, *হোম: গ্লাসগো* এবং *ব্ল্যাক ওয়াচ*, যেটি সারা বিশ্ব ঘুরেছে এবং যার জন্য তাকে অলিভিয়ের অ্যান্ড ক্রিটিক্স সার্কেল অ্যাওয়ার্ড দেওয়া হয়। তিনি সহকারী পরিচালক হিসেবে ১৯৯৬ থেকে ২০০১ সাল অব্দি ট্র্যাভার্স থিয়েটারে, ২০০১ থেকে ২০০৫ সাল অব্দি পেইন্স প্লাও'তে, ২০০৫ থেকে ২০১২ সাল অব্দি ন্যাশনাল থিয়েটার অফ স্কটল্যান্ডে কাজ করেছেন, এবং হার্ভার্ড ইউনিভার্সিটিতে ২০১০-২০১১ শিক্ষাবর্ষে র‍্যাডক্লিফ ফেলো ছিলেন। *হ্যারি পটার এবং অভিশপ্ত সন্তান* নাটকটিতে তার অনবদ্ধ কাজের জন্য সেরা পরিচালক বিভাগে তিনি অলিভিয়ের অ্যাওয়ার্ড পেয়েছেন, যা এই প্রথম কোনো একটি নাটকের দ্বারা প্রাপ্ত ন'টি অলিভিয়ের পুরস্কারের মধ্যে একটি।

জ্যাক থর্ণ

মূল গল্প এবং নাট্যকার

জ্যাক থর্ণ নাটক, চলচ্চিত্র, দূরদর্শন এবং বেতারের জন্য লেখেন। তার নামকরা কিছু নাটকের মধ্যে রয়েছে *হোপ* এবং *লেট দ্য রাইট ওয়ান ইন*, দুটোই জন টিফানি দ্বারা পরিচালিত, 'ওল্ড ভিক'এ উপস্থাপিত *এ খ্রিস্টমাস ক্যারল* এবং *উওয়জ্যেক*, *জাঙ্কইয়ার্ড*, যা একটি হেডলং নাট্যদল, রোস থিয়েটার কিংস্টন, ব্রিস্টল ওল্ড ভিক এবং থিয়েটার ক্লুইড'এর যৌথ প্রযোজনা, গ্রেয়ী থিয়েটার কোম্পানি এবং ন্যাশনাল থিয়েটারের জন্য লেখা *দ্য সর্ডিড লাইফ অফ সুগার ওয়াটার*, নবোকভ/ইউ.ক. ভ্রমণের উদ্দেশ্যে লেখা *বানি*, ট্রন, আড়কোলা এবং ট্র্যাফাল্গার স্টুডিওস'এর জন্য লেখা *স্টেসী*, এবং বুশ নাট্যগৃহে উপস্থাপনার জন্য *২রা মে ১৯৯৭* এবং *ওয়েন ইউ কিওর মি*। ডন্মার ওয়েরহাউসে উপস্থাপনার জন্য *দ্য ফিসিসিস্ট* এবং হাইটাইডের জন্য *স্টুয়ার্ট: এ লাইফ ব্যাকওয়ার্ড*। চলচ্চিত্র জগতে স্বীকৃত তার কিছু সৃষ্টির মধ্যে রয়েছে *ওয়ান্ডার*, *ওয়ার বুক*, *এ লং ওয়ে ডাউন* এবং *দ্য স্কাউটিং বুক ফর বয়েজ*। দূরদর্শনে তার স্বনামধন্য কিছু লেখার মধ্যে রয়েছে *কিরি*, *ইলেক্ট্রিক ড্রীমস্*'এর একটি উপাখ্যান, *দ্য লাস্ট প্যান্থার্স*, *ডোন্ট টেক মাই বেবি*, *দিস ইস ইংল্যান্ড*, *দ্য ফেডস্*, *গ্লু*, *কাস্ট-অফস্* এবং *ন্যাশনাল ট্রেজার*। ২০১৭ সালে তিনি একটি ব্যাফটা এবং একটি আর.টি.এস. টেলিভিশন পুরষ্কার পেয়েছেন 'বেস্ট মিনি-সিরিজ' বিভাগে (*ন্যাশনাল ট্রেজার*)-এর জন্য। ২০১৬ সালে তিনি ব্যাফটা পুরষ্কার পেয়েছেন 'বেস্ট মিনি-সিরিজ' (*দিস ইস ইংল্যান্ড '৯০*)-এর জন্য এবং 'বেস্ট সিঙ্গেল ড্রামা' (*ডোন্ট টেক মাই বেবি*)-এর জন্য, ২০১২ সালে 'বেস্ট ড্রামা সিরিজ' (*দ্য ফেডস্*) এবং 'বেস্ট মিনি সিরিজ' (*দিস ইস ইংল্যান্ড '৮৮*)-এর জন্যও তিনি পুরস্কৃত হয়েছেন।

কৃতজ্ঞতা স্বীকার

অভিশপ্ত সন্তানের কর্মশালার সকল অভিনেতাদের, মেল কেনিয়ন, রেচেল টেলর, অ্যালেক্সান্ড্রিয়া হর্টন, ইমোজেন ক্লেয়র-উড, ফ্লোরেন্স রীস, জেনেফার টেইট, ডেভিড নক, রেচেল মেসন, কলিন, নীল, সোনিয়া, এস.এফ.পি. এবং দ্য ব্লেয়র পার্টনারশিপ'এর সকলকে, জে.কে.আর. পি.আর.'এর রেবেকা সল্ট, প্যালেস থিয়েটারের নিকা বার্ন্স এবং বাকি সকল সদস্যদের, এবং, অতি অবশ্যই, আমাদের অসাধারণ অভিনেতাদের যারা প্রতিটা শব্দকে আঙ্গিকে বাঁধতে সাহায্য করেছে।

হ্যারি পটার
বংশবৃক্ষ

পটারদের একটি প্রাচীন জাদুকরী বংশ-তালিকা, যার খোঁজ দ্বাদশ শতাব্দী পর্যন্ত পাওয়া যায়। তখন থেকেই বংশটি বেশ কিছু জাদুকরী এবং মাগল পরিবারে বিভক্ত হয়ে যায়: পেভেরেল, উইস্লী, এবং ডার্সলী।

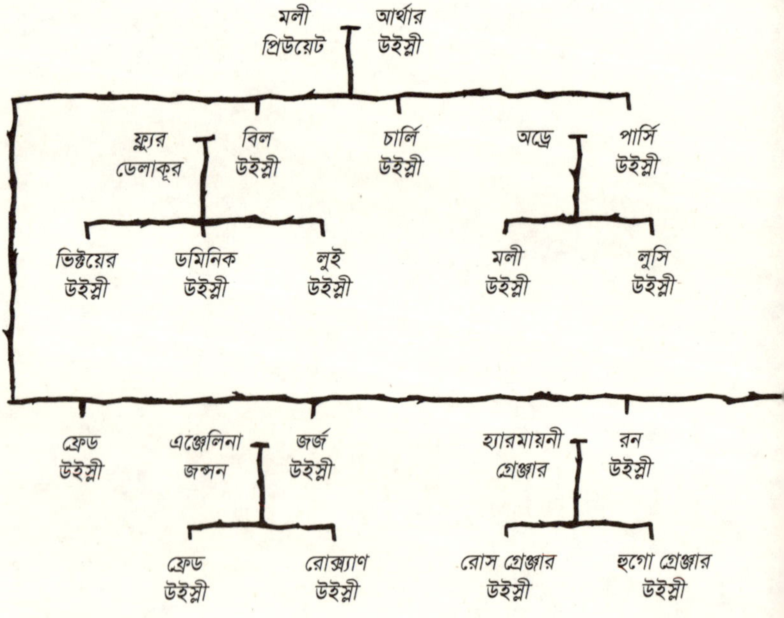

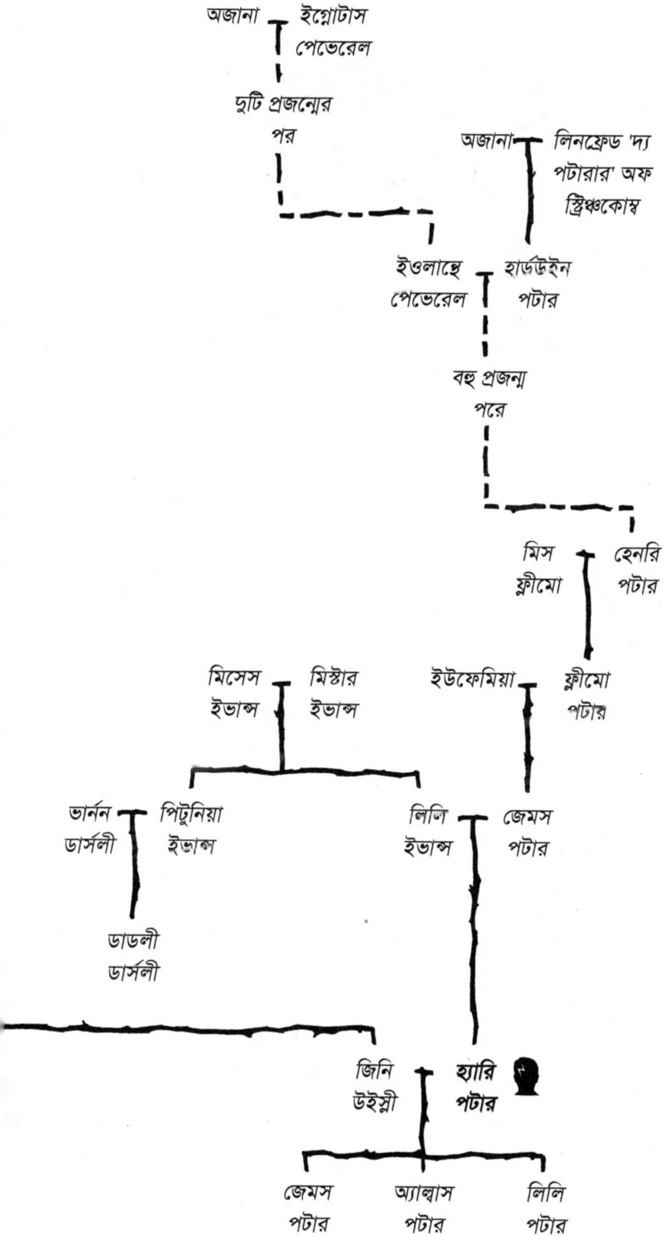
অজানা
ইগ্নোটাস পেভেরেল
দুটি প্রজন্মের পর
অজানা
লিনফ্রেড 'দ্য পটারার' অফ স্ট্রিঞ্চকোম্ব
ইওলান্থে পেভেরেল
হার্ডউইন পটার
বহু প্রজন্ম পরে
মিস ফ্লীমো
হেনরি পটার
মিসেস ইভান্স
মিস্টার ইভান্স
ইউফেমিয়া
ফ্লীমো পটার
ভার্নন ডার্সলী
পিটুনিয়া ইভান্স
লিলি ইভান্স
জেমস পটার
ডাডলী ডার্সলী
জিনি উইস্লী
হ্যারি পটার
জেমস পটার
অ্যাল্বাস পটার
লিলি পটার

হ্যারি পটার: টাইমলাইন

৩১ জুলাই ১৯৮০

ইংল্যান্ডের গড্রিক্স হলও'তে হ্যারি পটারের জন্ম।

৩১ অক্টোবর ১৯৮১

হ্যারির মা-বাবা, লিলি এবং জেমস পটার, তাদের বাড়িতে লর্ড ভোল্ডেমর্টের হাতে খুন হয়। অনাথ হ্যারি ভোল্ডেমর্টের মারণ অভিশাপ থেকে বেঁচে যায়, কারণ সেটি প্রতিক্ষিপ্ত হয়, কেবল একটি বিদ্যুতের চিহ্ন হ্যারির কপালে রয়ে যায়।

১ নভেম্বর ১৯৮১

হ্যাগ্রিড হ্যারিকে রক্ষা করে তার মাগল আত্মীয় ডার্সলীদের পরিবারে নিয়ে আসে, যারা হ্যারির বংশভিত্তি অস্বীকার করে।

দশ বছর পর...

ফিলোসোফার্স স্টোন (দার্শনিকের পাথর)

৩১ জুলাই ১৯৯১

হ্যাগ্রিড হ্যারিকে তার হগওয়ার্টসের চিঠি দেয় এবং জানায় 'হ্যারি - তুমি একজন জাদুকর'।

১ সেপ্টেম্বর ১৯৯১

হগওয়ার্টস্ এক্সপ্রেসে বসে, প্রথমবার হগওয়ার্টস্ স্কুল অফ উইচক্রাফ্ট অ্যান্ড উইজার্ডরি যাওয়ার পথে, রন উইস্লী এবং হারমায়নী গ্রেঞ্জারের সাথে হ্যারির আলাপ।

জুন ১৯৯২

হ্যারি প্রোফেসর কুইরেলের দার্শনিকের পাথর হাত করার প্রচেষ্টা ভঙ্গ করে, এবং দ্বিতীয়বার ভোল্ডেমর্টের কবল থেকে বেরিয়ে আসে।

চেম্বার অফ সিক্রেটস্ (রহস্যপূর্ণ কক্ষ)

৩১ অক্টোবর ১৯৯২

রহস্যপূর্ণ কক্ষ খোলা হয় এবং স্লীদারিনের দস্যু পর পর আক্রমণ শুরু করে।

২৫ ডিসেম্বর ১৯৯২

হ্যারি, রন এবং হারমায়নী প্রথমবার পলিজুস মিশ্রণ পান করে।

মে ১৯৯৩

ছিঁচকাঁদুনে ম্যর্টলের বাথরুম দিয়ে হ্যারি এবং রন রহস্যপূর্ণ কক্ষে প্রবেশ করে।ভেতরে গিয়ে হ্যারি ব্যাসিলিস্ক'টিকে মেরে টম রিডেলের ডায়রি নষ্ট করে দেয়, যা জিনি উইস্লীকে সম্মোহিত করে রেখেছিল।হ্যারি জিনির প্রাণ বাঁচায়।

প্রিজনার অফ অ্যাজকাবান (অ্যাজকাবানের কয়েদী)

অগাস্ট ১৯৯৩

ডেইলী প্রফেটে হ্যারি পলাতক আসামী সিরিয়াস ব্ল্যাকের ব্যাপারে জানতে পারে - 'সম্ভবত অ্যাজকাবানে বন্দী কয়েদীদের মধ্যে আজ পর্যন্ত সবচেয়ে কুখ্যাত ব্যক্তি'।

১ সেপ্টেম্বর ১৯৯৩

ডিমেন্টররা হগওয়ার্টস্ এক্সপ্রেস আক্রমণ করে।

৬ জুন ১৯৯৪

হ্যারি বুঝতে পারে সিরিয়াস নির্দোষ - তাকে অন্যায্য ভাবে সাজা দেওয়া হয়েছে এবং আসল আসামী পিটার পেটিগ্রিউ।

হ্যারি এবং হারমায়নী কাল-পরিবর্তক ব্যবহার করে সিরিয়াসকে রক্ষা করে এবং পেটিগ্রিউ, যে কিনা আসল অপরাধী, সে দ্বিতীয়বার পালিয়ে যায়।

গব্লেট অফ ফায়ার (আগুনের পাত্র)

অগাস্ট ১৯৯৪

ভোল্ডেমর্টের পুনরুত্থান চিহ্নিত করতে কুইডিচ বিশ্বকাপে ডার্ক মার্ক স্থাপন করা হয়।

সেপ্টেম্বর - অক্টোবর ১৯৯৪

প্রোফেসর ডাম্বেলডোর জানান শতবছরে প্রথম ত্রয়ীজাদুকরী প্রতিযোগিতা সেবার আয়োজিত হতে চলেছে।অপ্রত্যাশিতভাবে আগুনের পাত্র নির্দিষ্ট বয়সের থেকে ছোটো হ্যারিকে নির্বাচিত করে, এবং হগওয়ার্টসে দুজন বীর প্রতিযোগী হিসেবে ঘোষিত হয় : হ্যারি পটার এবং সেড্রিক ডিগোরি।

২৪ নভেম্বর ১৯৯৪

প্রথম ত্রয়ীজাদুকরী ক্রিয়াতে হ্যারি তার ওড়ার ক্ষমতা কাজে লাগিয়ে একটি অগ্নি-নিক্ষেপকারী হাঙ্গেরিয়ান হর্নটেইল ড্রাগনের কাছ থেকে একটি সোনালী ডিম উদ্ধার করতে সফল হয়।

ডিসেম্বর ১৯৯৪

ভিক্টর ক্রাম, ডার্মস্ট্র্যাং বীর, হারমায়নীকে তার সাথে ইউল বল'এ যাওয়ার জন্য আমন্ত্রণ জানায়, হ্যারি এবং রন পার্বতী এবং পদ্মা পাটিলকে তাদের সাথে যাওয়ার আমন্ত্রণ জানায়।

২৪ ফেব্রুয়ারী ১৯৯৫

দ্বিতীয় ত্রয়ীজাদুকরী ক্রিয়াতে হ্যারি গিলিউইড ব্যবহার করে রন এবং গেব্রিয়েল ডেলাকূর, উভয়কেই বিরাট লেক থেকে উদ্ধার করে; তার বীরত্বের ব্যাপারে বিচারকরা ভিন্ন মতামত জ্ঞাপন করে।

২৪ জুন ১৯৯৫

ট্রফিটি আসলে ছিল একটি পোর্টকী যা তাদের দুজনকে একটি কবরখানায় নিয়ে গিয়ে হাজির করে যেখানে ভোল্ডেমর্ট এবং তার মৃত্যু ভক্ষকরা অপেক্ষা করে ছিল।সেড্রিক মারা যায় এবং বিধ্বস্ত অবস্থায় হ্যারি হগওয়ার্টসে ফিরে আসে সেড্রিকের মৃতদেহ - এবং ভোল্ডেমর্টের পুনরুত্থানের খবর নিয়ে।

অর্ডার অফ দ্য ফিনিক্স (ফিনিক্সের সম্প্রদায়)

সেপ্টেম্বর ১৯৯৫

কর্নেলিয়াস ফাজ, মিনিস্টার ফর ম্যাজিক, মানতে নারাজ যে ভোল্ডেমর্ট ফিরে এসেছে।তিনি বদমেজাজি ডোলোরাস আম্ব্রিজকে, যিনি ডাম্বেলডোরের একজন প্রতিদ্বন্দ্বী ছিলেন, অশুভ শক্তির বিরুদ্ধে আত্মরক্ষা প্রশিক্ষণের শিক্ষিকা হিসেবে নিযুক্ত করেন।

অক্টোবর ১৯৯৫

হ্যারি ডাম্বেলডোরের সৈন্যদল তৈরি করে, একদল শিক্ষার্থী যারা আম্ব্রিজের বিরুদ্ধে বিদ্রোহ করার উদ্দেশ্যে এবং যেসমস্ত প্রশিক্ষণ থেকে সে তাদেরকে বঞ্চিত করে রেখেছিল সেগুলি শেখার উদ্দেশ্যে গোপনে দেখা করতে থাকে।

জুন ১৯৯৬

সারা বছর ধরে নিজের স্বপ্নে ভোল্ডেমর্টের সাথে লড়াই করার পর, হ্যারি দেখতে পায় সিরিয়াস বিপদে পড়েছে।তার সবচেয়ে কাছের বন্ধুদের নিয়ে সে মিনিস্ট্রি অফ ম্যাজিকে যায় এবং ভোল্ডেমর্টের সাথে আবার যুদ্ধ করে।

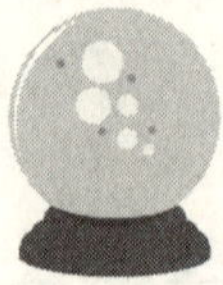

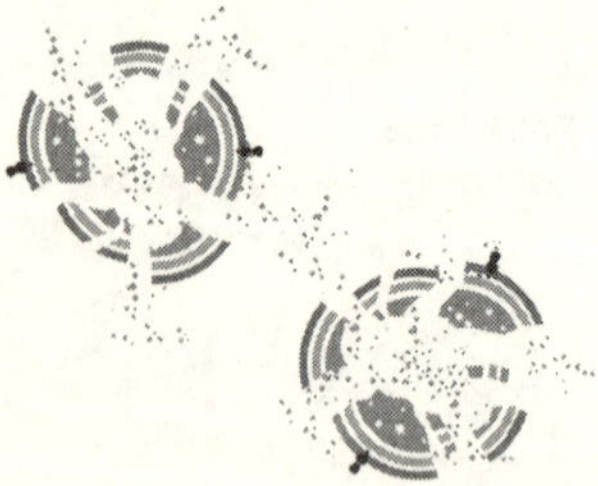

মিনিস্ট্রি অফ ম্যাজিক

হ্যারি একটি গুরুত্বপূর্ণ ভবিষ্যদ্বাণী খুঁজে পায়, যা তার ভাগ্যকে ভোল্ডেমর্টের সাথে আরো বেশী জরিয়ে ফেলে।

মিনিস্ট্রি অফ ম্যাজিক

মৃত্যু ভক্ষক বেলাট্রিক্স লেস্ট্রাঞ্জের হাতে সিরিয়াস খুন হয় এবং ডিপার্টমেন্ট অফ মিস্ট্রীস'এর যুদ্ধে মিনিস্ট্রির সমস্ত কাল-পরিবর্তক নষ্ট হয়ে যায়।

হাফ-ব্লাড প্রিন্স

জানুয়ারী ১৯৯৭

ভোল্ডেমর্টকে পরাজিত করার তার যে উদ্দেশ্য, তারই এক অংশ হিশেবে ডাম্বেলডোর হ্যারিকে কালাজাদুর সম্রাটের অতীত সম্বন্ধে জানাতে থাকে।

মে ১৯৯৭

গ্রিফিন্ডোর কুইডিচ কাপ জেতার পর হ্যারি অবশেষে জিনিকে চুমু খায়।

জুন ১৯৯৭

হগওয়ার্টসে মৃত্যু ভক্ষকরা প্রবেশ করে। ভোল্ডেমর্ট দ্বারা নির্ধারিত ভয়ানক কাজটি ড্রেকো ম্যাল্ফয় করতে না পারায়, তার বদলে সেভেরাস স্নেপ ডাম্বেলডোরকে হত্যা করে।

ডেথ্‌লি হ্যালোস (মৃত্যুঞ্জয়ী অস্ত্র)

অগাস্ট ১৯৯৭
মিনিস্ট্রির পতন ঘটেছে এবং ভোল্ডেমর্ট তার দখল নিয়েছে। হ্যারি, রন এবং হারমায়নী অবশিষ্ট হোরক্রাক্সগুলির খোঁজ করছে যার সাহায্যে তারা কালাজাদুর সম্রাটকে পরাস্ত করতে পারবে।

ডিসেম্বর ১৯৯৭
হ্যারি, রন এবং হারমায়নী মৃত্যুঞ্জয়ী অস্ত্রের ব্যাপারে জানতে পারে - তিনটি বস্তু যেগুলি একত্রিত হলে, তার অধিকর্তাকে মৃত্যুঞ্জয়ী করে তুলবে।

মে ১৯৯৮
হ্যারি, রন এবং হারমায়নী বাকি হোরক্রাক্সগুলির সন্ধানে হগওয়ার্টস্‌ ফিরে যায়, এবং হগওয়ার্টসের যুদ্ধ শুরু হয়।

হগওয়ার্টসের যুদ্ধ
ভোল্ডেমর্ট স্নেপকে হত্যা করে এল্ডার জাদু-ছড়ি পাওয়ার জন্য, যা দিয়ে সে মৃত্যুঞ্জয়ী অস্ত্র একত্রিত করতে পারবে। হ্যারি জানতে পারে স্নেপ তার মা লিলিকে ভালোবাসতো ; এবং তার আনুগত্য সবসময়ই ছিল ডাম্বেলডোর এবং সেই মহিলার প্রতি যাকে সে গভীরভাবে ভালোবাসতো, কালাজাদুর সম্রাটের প্রতি নয়।

হগওয়ার্টসের যুদ্ধ
সে নিজে একটি হোরক্রাক্স একথা জানতে পেরে হ্যারি জাদুকরী জগতকে বাঁচানোর জন্য ভোল্ডেমর্টের কাছে নিজেকে উৎসর্গ করে দেয়।

হগওয়ার্টসের যুদ্ধ
নেভিল লংবটম নাগিনীকে হত্যা করে, এবং হ্যারির হয়ে সে শেষ হোরক্রাক্সটিকে নষ্ট করে।

হগওয়ার্টসের যুদ্ধ
হ্যারি ভোল্ডেমর্টের শেষ প্রতিঘাত সহ্য করে অবশেষে তাকে পরাস্ত করে।

উনিশ বছর পর...

১ সেপ্টেম্বর ২০১৭
হ্যারি (বর্তমানে ৩৭) এবং জিনি বিবাহিত, এবং তাদের তিনটি সন্তান আছে। তারা রন এবং হারমায়নী গ্রেঞ্জার-উইস্লীর সাথে কিংস্‌ ক্রস স্টেশনের প্ল্যাটফর্ম নয় এবং তিন চতুর্থাংশে দেখা করেছে। তাদের সন্তান অ্যালবাস পটার এবং রোস গ্রেঞ্জার-উইস্লী হগওয়ার্টসে প্রথম বর্ষ আরম্ভ করতে চলেছে। অ্যালবাস ভয় পাচ্ছে তাকে স্লীদারিনে পাঠানো হবে, এবং হ্যারি তাকে আশ্বাস দিচ্ছে : 'অ্যালবাস সেভেরাস, হগওয়ার্টসের দুজন প্রধান-শিক্ষকের নামে তোমার নাম। তাদের মধ্যে একজন স্লীদারিন ছিলেন এবং তিনি সম্ভবত আমার জানা সবচেয়ে সাহসী ব্যক্তি'। ট্রেনের ভোঁ বেজে ওঠে এবং অ্যালবাস ও রোসের যাত্রা শুরু হয়।